岭南文化书系
韶文化研究丛书

清初岭南高僧澹归诗歌研究

宁夏江　著

暨南大学出版社
JINAN UNIVERSITY PRESS

中国·广州

图书在版编目（CIP）数据

清初岭南高僧澹归诗歌研究/宁夏江著 .—广州：暨南大学出版社，2022.11

（岭南文化书系. 韶文化研究丛书）

ISBN 978 - 7 - 5668 - 3501 - 7

Ⅰ.①清…　Ⅱ.①宁…　Ⅲ.①澹归（1614—1680）—诗歌研究　Ⅳ.①I207.22

中国版本图书馆 CIP 数据核字（2022）第 175972 号

清初岭南高僧澹归诗歌研究

QINGCHU LINGNAN GAOSENG DANGUI SHIGE YANJIU

著　者：宁夏江

出 版 人：张晋升
项目统筹：苏彩桃
责任编辑：黄　斯　刘　蓓
责任校对：孙劢贤　黄晓佳　林玉翠
责任印制：周一丹　郑玉婷

出版发行：暨南大学出版社（511443）
电　　话：总编室（8620）37332601
　　　　　营销部（8620）37332680　37332681　37332682　37332683
传　　真：（8620）37332660（办公室）　37332684（营销部）
网　　址：http://www.jnupress.com
排　　版：广州市天河星辰文化发展部照排中心
印　　刷：韶关市新华宏达印务有限公司
开　　本：787mm×1092mm　1/16
印　　张：21.75
字　　数：330 千
版　　次：2022 年 11 月第 1 版
印　　次：2022 年 11 月第 1 次
定　　价：79.80 元

（暨大版图书如有印装质量问题，请与出版社总编室联系调换）

总　序

一

韶关历史悠久，文化底蕴深厚，源远流长，为岭南开发较早的地区之一。宋代乐史撰《太平寰宇记》所引《郡国志》言："韶州科斗劳水间有韶石，两石相对，大小略均，有似双阙……昔舜帝游此石，奏韶乐，因以名之。"其实，"韶"字来源于"舜帝南巡奏韶乐"的千古美妙传说早在隋唐时期就已流传。隋开皇九年（589），韶州以"韶"为州名，千百年来始终未改。此后，在中华大地上以"韶"命名的古城韶州成为岭南著名州府。迄今为止，韶关是唯一以"韶"命名的历史文化名城。

马坝人的发现证明了早在十多万年前，人类的祖先就在韶关这块古老的土地上繁衍生息。石峡文化遗址的发掘又告诉人们，在四五千年前，这片区域已经与长江流域在经济文化方面有了密切的联系，及至秦破百越、纳岭南，韶州成为岭南最早归属中央政权管辖和开发的地区之一。汉晋以降，珠玑先民持续南迁至珠江三角洲，衍成广府民系和广府文化。可以说，韶文化是岭南文化早期的一个主要源头。唐代著名文学家皇甫湜在为韶州作《韶阳楼记》时写道："岭南属州以百数，韶州为大。"韶关作为广东北大门及粤北历史文化中心，自古就发挥了传输中原文化、弘扬岭南文化的先进作用。

韶关自古为岭南重镇，又是人杰地灵之都、山川灵秀之域。唐初，禅宗南派创始人六祖惠能在韶州弘法近四十年，述成了第一部中国化的佛家经典《六祖坛经》，形成了著名的禅宗文化。南北朝时期以勇猛刚烈著称的风烈将军侯安都，唐开元盛世名相、以风度名扬天下的张九龄，学深刚毅、文采拔萃、以风采而著名的北宋政治家余靖，明代抗倭名将陈璘，清代著名思想家廖燕等，都是受韶文化滋养的土生土长的韶州人杰。唐代大文豪韩愈，北宋文学家苏东坡，南宋诗人杨万里、著名理学家朱熹、名臣文天祥，明代才子解缙、著名学者丘濬、理学家陈白沙、科学家徐光启、军事家袁崇焕，清代著名诗人王士禛、朱彝尊，以及民国时期革命先行者孙中山，中华人民共和国创建者毛泽东、朱德、陈毅等一大批名人都在韶关留下了千古流芳的诗文和历史足迹。在中华世纪坛上铭刻的一百多位对中国历史文化产生深刻影响的人中有两位外国人，其中有一位是被誉为"中西文化交流第一人"的意大利传教士利玛窦，他也曾经于明代在韶关活动六年，对西学东渐和东学西传作出了不可磨灭的贡献。

从古代相传"舜帝南巡奏韶乐"到岭南名州、历史文化名城，韶关经过代代相传，已经形成了岭南文化中不可或缺的重要组成部分——韶文化。因此，我们说，韶文化是指分布在粤北地区的、受历代行政区划和自然环境影响孕育滋生的一种有着较为突出特征的史志阶段的区域文化。简言之，韶关本土的历史文化就是韶文化。韶文化的核心是以"韶"为主的包容、和谐、善美的传统精神，其文化结构的主要元素是舜帝韶乐文化、客家文化、南禅宗佛教文化、历史名人文化、瑶族文化、矿冶文化、山区生态文化、红色革命文化等，在文化形态上既表现了与岭南文化的同一性，又表现出自然与人文各方面的多元性和独特性。正是由于以上在地域特征、自然生态、族源构成等方面显示出的诸多特殊性，以"韶"为主题的韶文化才得以确立，并在数千年的历史中不断融合发展。

二

韶文化是岭南文化中一个主要的文化类型。这个文化类型的特色在以石峡文化为代表的萌芽阶段已初现端倪，在秦代南越国及两汉以后步入发展阶段，曲江（又称曲红，因曲红冈得名）、始兴郡皆为当时岭南最重要的中心城市之一，特别是此地最富特色的以丹霞红岩为主的自然生态风光逐渐被人们发现，而且由于舜帝南巡，在岭南地区奏韶乐的历史传说，原名"曲红冈"的丹霞地貌被赋予"至美""至善"的韶乐精神，并命名为"韶石"："隋平陈，为韶州，以韶石为名。"（唐初梁载言《十道志》）至此，以"韶"为核心的优美的自然环境和善美和合的韶乐人文精神在粤北地区被有机地结合起来，韶

乐、韶石成为韶州这一地区最响亮的文化符号。基于地方行政区划和自然环境特殊性而形成的区域文化——韶文化，在保留了岭南文化一般特征的同时，逐渐在粤北展现出自己独特的文化结构、文化形态特征，主要表现在：

——舜帝韶乐文化。它不仅是韶关得名之源，而且有历史上一大批古建筑作为载体，以及隋唐以来历代史志和名人歌赋作为文献记录。韶乐的和谐善美精神在韶关地区的传播至少有千余年，是韶文化的精神内核，是统领其他文化要素的主导部分，也是区别于其他区域文化的重要地方特色。之所以把粤北地区的文化称为"韶文化"，其主要原因正在于此。

——汉族移民文化、粤北客家文化、瑶族文化、疍民文化构成了韶文化的民族民系主体。特别是持续南迁的珠玑移民构成了日后广府民系的主体，对岭南和东南亚的开发影响深远。

——发源于韶关的南禅宗佛教文化及其他宗教文化构成了韶文化精神层面的重要补充。南禅宗文化使佛教比较彻底地中国化，影响超出岭南，并传播到全国甚至全世界。

——历史上，粤北古道交通文化和名人文化突出。粤北是中原文化和岭南文化之间的主要通道、海上丝绸之路的陆上重要节点，而惠能、张九龄、余靖等都是岭南人杰，影响广泛。

——历史悠久的矿冶文化。韶关采矿历史久远、规模巨大，是世界上最早运用"淋铜法（湿法炼铜）"来大规模生产胆铜的地方。矿冶业延续至今，是韶关的重要经济命脉，也是韶关突出的城市文化特色和韶文化的突出特征。

——山区生态文化。地域居民秉承"天地同和"精神，在历史长河中与自然和谐相处，生态环境基本保持良好，是韶文化特色的显现，也是今后韶关发展的最重要的资源之一。

——以毛泽东、朱德、陈毅等人及抗战时期的广东省委在韶关的革命活动为代表的红色革命文化。此外，孙中山以韶关为根据地二次誓师北伐、抗战初期广东省省会北迁韶关等也都是宝贵的历史财富。

上述文化结构、文化形态特征是韶文化的主要内涵，也是我们开展韶文化研究的主要方向。

三

重视韶文化的研究、传承与弘扬，对岭南文化的传播与发展具有非常重要的意义。深入细致地挖掘和研究韶文化，可以有力地推动粤北历史文化研究的发展，推动地方人文历史与环境的良性互动，丰富人民群众的精神文化生活，深化岭南文化的固有内涵，促进岭南文化繁荣发展，为广东建设文化强省、韶关建设区域文化中心提供理论依据和文化支撑。有鉴于此，韶关市和韶关学院于 2009 年 11 月正式联合成立了韶文化研究院，现已拥有专职、兼职研究人员 40 多人，特聘文化顾问 10 人。研究院成立以来，在韶关学院和韶关市委宣传部、韶关市社会科学界联合会的领导与支持下，积极开展地方文化历史研究与传播工作，先后获准设立广东省张九龄研究中心、广东省韶文化研究基地。2012 年 7 月，经广东省委宣传部和广东省社会科学院发文，研究院升格为广东地方特色文化（韶文化）研究基地，成为全省首批九大特色文化研究基地之一。

本丛书即该基地的初期研究成果。丛书的规模暂不限定，计划先用三年时间陆续推出几批著作。目前选题以历史文化为主，专注于与韶关有关的人、事和物，今后将逐渐扩大研究范围。

感谢韶关学院的党政领导和韶关市委宣传部、韶关市社会科学界联合会对本丛书立项、研究撰写和出版发行的支持与资助。特别感谢本丛书的各位作者，正是由于他们的辛勤劳动和无私奉献，本丛书得以付梓面世。暨南大学出版社对本丛书的出版发行给予了帮助，在此一并感谢。

是为序。

韶关市韶文化研究院
韶关学院韶文化研究院
广东地方特色文化（韶文化）研究基地
2017 年 10 月

前　言

澹归（1614—1680），浙江仁和人，俗名金堡，字道隐，本名浚，后更名为堡，自号卫公，又号舵石翁、甘蔗生、遍（徧）行道者，法名今释。崇祯十三年（1640），举廷试二甲第四十名，同榜者有方以智、周亮工、陈洪绶等人。① 十五年（1642），授山东临清知州。时义军蜂起，临清聚众数万，民情汹汹。金堡只身入虎穴，"慷慨为陈大义，盗魁感泣"，民怨遂平。官任期间，金堡摘奸发伏，安抚流人。山东总兵刘泽清进驻临清，"骄悍蔑文吏，渔猎百姓"②，金堡直言责之③。逢大灾之岁，"旱疫洊至，民多流亡"④，金堡因安抚流人而缓于朝廷催科，被罢职还乡。金堡为官临清虽短短数月，却政声颇著，故罢官后，得吏部尚书郑三俊举荐而再被征召，拟于甲申复官，然赴京途中，遇义军克北京，遂南还。

顺治元年（1644）五月，清兵大举南侵，南明弘光政权顷刻覆亡。金堡与姚志卓等起兵欲复杭州，事败。十月，入唐王隆武政权，"除公职方郎中，不拜"⑤。其间，金堡奔走于浙、闽两省，联络各方义军，"经略三吴"诸地⑥。次年七月，浙东兵败，闽中形势告急，金堡疏请唐王投湖南何腾蛟部，然唐王受制于郑芝龙，未能采纳其建议。金堡又屡上疏，"语侵郑芝龙"⑦，芝龙欲杀之，金堡遂走湖南。八月，唐王遇害于汀州，浙、闽沦陷。金堡流寓于湖南辰、沅一带，"知天

---

① 朱保炯、谢沛霖：《明清进士题名录》，《近代中国史料丛刊》第 79 册，台北：文海出版社 1998 年版，第 2617 页。

② （明）王夫之：《金堡列传》，《永历实录》卷 21，长沙：岳麓书社 1982 年版，第 183 页。

③ （明）王夫之：《金堡列传》，《永历实录》卷 21，长沙：岳麓书社 1982 年版，第 184 页。

④ （清）光鹫：《舵石翁传》，（清）吴道镕撰，（清）张学华增补：《广东文征》第 6 册，香港：香港中文大学出版社 1973 年版，第 440 页。光鹫（1637—1722），又名成鹫，清初广东肇庆鼎湖山庆云寺僧。

⑤ 吴天任：《澹归禅师年谱》，香港：佛教志莲图书馆 1989 年版，第 10 页。

⑥ （清）邵廷采：《西南纪事》卷 7，北京：新华书局 1990 年版（影印）。

⑦ （清）邵廷采：《西南纪事》卷 7，北京：新华书局 1990 年版（影印）。

下将亡，恒自祈死"，自称为"无路之人金堡"①。在此期间，他阅读了《楞严》《圆觉》二经，"阅竟乃发深信，恨知佛法晚，渐有出世之想"②。

顺治三年（1646）十一月，桂王朱由榔在肇庆称帝，改元永历。顺治五年（1648）八月，金堡至桂林，以瞿式耜荐，谒见永历帝，官兵科给事中。甫受职，即向永历帝呈《时政八疏》，针砭朝中痼疾，指摘权奸，举朝为之沸然。金堡与都察院左都御史袁彭年、吏科都给事中丁时魁、户科右给事中蒙正发、礼部侍郎刘湘客等直臣，核功罪，裁恩幸，弹劾庆国公陈邦傅、文安侯马吉翔等人结党营私、把持权柄之行径，气势颇盛，时人以"五虎"目之。陈邦傅、马吉翔等人寝食难安，思以陷之。"虎牙"金堡尤为陈、马等人所忌恨，皆欲拔除之。

顺治七年（1650），清兵连克南雄、韶州等粤北要冲，永历帝弃粤东而奔梧州。梧州地处广西中部，为陈邦傅所辖，陈邦傅、马吉翔与吴贞毓、张孝起等人趁机疏攻"五虎"，并派缇骑逮捕金堡等人，下锦衣卫。丁时魁、刘湘客、蒙正发等人屈服，唯金堡虽在狱中受尽酷刑，腕血冲背，双腿折残，仍不肯服罪，大呼二祖列宗，幸赖严起恒等人疏救，遂得减死，被流放云南金齿（今云南保山市），后改为贵州清浪卫（今贵州清溪县）。逢清兵南下，道阻，押解兵士溃逃，金堡遂至桂林，兵部尚书瞿式耜欲留其充书记，金堡辞曰："朝廷罪人，安可私佐相公，且时事已去，非敢爱死。"③旋削发出家，法名性因。

顺治九年（1652），金堡东下，至番禺海云寺，礼岭南曹洞宗高僧天然函昰，受具足戒，更名今释，字澹归。天然对这位粗直、好净的弟子心存几分顾虑，将其安置在厨下洗涤厨器，以考验其诚心。澹归"隆冬龟手，不废服勤，碗具破缺，典衣偿之。天然知为法器"④。顺治十年（1653），澹归从今堕出岭，为天然和尚居匡山长住计，乞缘江左。天然主栖贤寺，澹归充书记。顺治十二年（1655），澹归归岭南。

---

① （明）王夫之：《金堡列传》，《永历实录》卷21，长沙：岳麓书社1982年版，第184页。
② （清）光鹫：《舵石翁传》，（清）吴道镕撰，（清）张学华增补：《广东文征》第6册，香港：香港中文大学出版社1973年版，第440页。
③ （清）邵廷采：《西南纪事》卷7，北京：新华书局1990年版（影印）。
④ 吴天任：《澹归禅师年谱》，香港：佛教志莲图书馆1989年版，第67页。

对于入世既深、尘缘深重的永历诤臣金堡而言，断发并不意味着尘缘尽泯、六根已净，想要淡忘世事、消泯内心之苦痛，从而体悟圆融无碍的禅境，谈何容易。澹归在遁入佛门的最初几年，不自主地在佛禅与世俗、禅僧与儒生之间徘徊。澹归曾自云："自庚寅落发，倏已壬辰，身托缁流，心乖白月。宰官之障未除，文士之气未尽。万行未习，六度未修。"① 然而他立志参方，苦行精勤。随着时间的推移，胜国遗民情怀渐释，郁勃之气稍平。

顺治十五年（1658），澹归至东莞篁溪，居天然和尚法筵芥庵，天然和尚常接其入丈室，"以本分钳锤"，然澹归"未能洒然"，迟迟未能得到天然的印可。澹归与当地士人张安国、徐彭龄游。安国、彭龄欲为澹归谋三年闭关计，会安国得废苑于篁溪，因竹为径，据水作亭，圃以玫瑰，池以莲花，既成，名之戠庵。

顺治十八年（1661），南明遗民李充茂（字鉴湖）将他与其兄李永茂（字孝源）购得的丹霞山施舍给澹归建丛林道场。康熙元年（1662）三月，澹归入丹霞，作《喜入丹霞》云："且喜到家深稳在，不妨随路又庄严。"② 澹归颠沛流离大半生，得丹霞仿佛找到了自己最终的栖息之所。

澹归得丹霞山后，呕心沥血，四方募化，惨淡经营五年，丹霞山初具规模。康熙五年（1666）腊月，澹归迎接其师天然和尚入主丹霞法席，丹霞山成为粤北重要丛林。然而，他自觉参禅悟道没有多大进展。也许是因为精勤过度却一直没能找到悟入之路，他病倒了，以至生命垂危，天然和尚至其榻前，握其手云："汝从前所得，到此用不着，只怎么去，许尔再来。"澹归闻此语，"于病中返照，大生惭愤，起坐正观，万念俱息，忽然冷汗交流，碍膺之物，与病俱失。从此入室，师资契合，顿忘前所得者。老人乃印可"③。康熙七年（1668），天然和尚付其大法，为第四法嗣。

康熙十年（1671），天然和尚受请住持匡山归宗寺，澹归与诸子

---

① （清）澹归：《参方发愿文》，（清）澹归和尚著，段晓华点校；《徧行堂集一》卷8，广州：广东旅游出版社2008年版，第205页。本书所引澹归诗文，如没有特别注说，均引自段晓华点校的《徧行堂集》（广东旅游出版社2008年版）。

② 《喜入丹霞》，《徧行堂集三》卷35，第14页。

③ （清）光鹫：《舵石翁传》，（清）吴道镕撰，（清）张学华增补：《广东文征》第6册，香港：香港中文大学出版社1973年版，第440页。

极力挽留，天然卒行，几至绝裾。天然离开后，丹霞山住持一直空缺。康熙十三年（1674），澹归顺众所请，住持丹霞山。四方闻讯，瓶笠云集，堂室几不能容。

康熙十七年（1678），澹归辞去丹霞山住持，赴嘉兴请藏经，由其法弟今辩乐说继任。次年四月，请得藏经遣人送回，驻留江浙，贫病甚。康熙十九年（1680），澹归示寂于平湖陆世楷之南园，世寿六十七，僧腊二十九。

澹归著述极富，计有《明文百家释》《金堡时文》《临清来去集》《行都奏议》《粤中疏草》《梧州诗》《梦蝶庵诗》《岭海焚余》《丹霞初集》《丹霞二集》《丹霞日记》《徧行堂杂剧》《徧行堂集》《徧行堂续集》等多种著作。① 可惜这些著作绝大多数或失传，或被禁毁，今所能见者，仅为《徧行堂集》《徧行堂续集》《岭海焚余》《丹霞日记》四种。

澹归的诗主要存留于《徧行堂集》② 与《徧行堂续集》中，共二十一卷，两千五百余首，为出家后所作。其出家前的诗集《临清来去集》《梧州诗》《梦蝶庵诗》等均已失传，无以见其貌。故研究澹归之诗，实为《徧行堂集》与《徧行堂续集》中之诗，即其作为僧人之诗。③

由于资料文本发掘和整理滞后，有关澹归的研究一直没有得到深入开展。近年来，随着《徧行堂集》《徧行堂续集》等文献资料的发掘、整理和出版，澹归研究才有起色。已有的研究主要集中在澹归生平、澹归词、澹归遗民思想等几个方面。有关澹归诗歌的研究少之又少。目前，有关澹归诗歌创作的研究有李舜臣的《释澹归及其诗文》，该文对澹归的诗文创作作了整体探讨，内容比较宽泛，对他诗歌的论述只占较小部分；有关澹归诗学思想的研究有李福标的《从〈遍行堂

---

① 一般认为澹归还为平南王尚可喜撰编《元功垂范》，然此书作者争议极大，不能确认是澹归所作。参见何方耀：《澹归金堡与〈元功垂范〉关系考辨》，钟东主编：《悲智传响：海云寺与别传寺历史文化研讨会论文集》，北京：中国海关出版社2007年版，第45－69页。

② （清）澹归《徧行堂集缘起》云："予以壬辰谒雷峰，涤器厨下，尽弃笔研。俄充化主，未免以诗文为酬应。及开丹霞，穿州撞府，积藁渐多。门人编录，迄于甲寅。凡四十八卷，目曰《徧行堂集》。"甲寅年为康熙十三年（1674）。则《徧行堂续集》当作于其后至康熙十九年（1680）澹归去世这段时间。

③ 李舜臣：《释澹归及其诗文》，钟东主编：《悲智传响：海云寺与别传寺历史文化研讨会论文集》，北京：中国海关出版社2007年版，第177页。

集〉看僧澹归的诗文批评》，文章指出了澹归文学批评的特点，重点分析其诗学批评观，总结了其诗文批评的价值，但该文不是对澹归诗学思想的专论，限于篇幅，还有许多方面没有探讨；兼论澹归诗学批评与诗歌创作的有廖肇亨的《今释澹归之文艺观与诗词创作析论——兼探集外佚文两篇》，文章前半部分详述了澹归诗论的要旨，后半部分概述评说其诗词创作，也因为受篇幅限制，分析不够深入全面。

此外，《明遗民诗》《晚晴簃诗话》《清诗纪事》等文献资料选录了澹归的诗歌并附有简评。清代诗歌史中有关遗民诗歌章节中涉及澹归的诗歌，少数研究澹归生平事迹和遗民思想文章也涉及澹归诗歌中的相关内容，但都是作为背景材料，基本上是用几句话简单带过，谈不上有深入独到之见解。可以说，目前对澹归的诗歌研究还处于刚起步阶段，尚待发覆之处颇多，这与澹归的诗学成就以及他在清初岭南诗坛上的地位和影响很不相称。本书试图弥补学界对澹归诗歌研究的不足，这是笔者写作的一个动机。

以诗记史、以诗证史、以诗补史是中国古典诗歌的重要特征。澹归处于明末清初这段波诡云谲的历史时期，他遁入佛门后颇具传奇色彩的人生经历，在他的诗歌里有真实而完整的记录。他的诗歌涉及面极为广泛，举凡清初的政治经济、世况民情、佛理禅派，以及岭南仕宦士民、山水名胜、风俗人情都有反映。同时，澹归诗歌对于明末清初遗民史研究、明清之际士大夫思想史研究、清初曹洞宗的发展史研究乃至岭南民俗史研究都有一定的价值和意义。本书力图展现澹归诗歌的价值和意义，这是笔者写作的另一个动机。

然而，研究澹归的诗歌，难处有三：一是澹归的诗歌是按体裁进行编排，并不是按写作年代的顺序进行编排，有时抒写同一事件的诗歌，因体裁不同，散落在其诗集中的不同地方；同一时间写的诗歌，也因体裁不同，出现在不同地方。读他的诗歌，由于缺乏一条"时间"主线的牵连，很难把握他诗歌创作的背景和前后关系。二是没有详细的澹归年谱，稍可观者只有吴天任撰的《澹归禅师年谱》，然而吴先生撰写年谱时，没能看到《徧行堂集》等文本资料，年谱中的许多内容是根据一些外围性材料写成的，其简略可知，这就为了解澹归诗歌创作的背景和思想内容增大了难度，影响对他诗歌的理解。三是澹归有些诗歌阐述佛禅教义，引用内外典及宗门公案掌故，或者是他

们法门之间的"内行话"，实难明白其意旨。

本书把澹归的诗歌作为研究对象，力避过多拇扯澹归的散文、语录，只有同诗歌相关的内容才选择性采用。词向来被称为"诗余"，本书所说澹归的诗歌包括他的诗和词，但由于澹归词得到广泛而深入的研究，所以在写作本书过程中有诗"详"词"略"的倾向。

本书是笔者研究澹归诗歌的草创之作，由于才疏学浅，水平有限，加上这几年忙于行政工作，读澹归的诗作，不解之处、误解之处、难解之处良多，所以本书只是对澹归诗歌进行了粗浅的探析，希望能起到抛砖引玉的作用，引来更多的专家学者关注澹归的诗歌。

最后，要感谢《徧行堂集》点校者段晓华先生。有了段先生的点校，省去了研读古籍的辛苦。

宁夏江

2022 年 5 月

岭南文化书系

清初岭南高僧澹归诗歌研究

目　录

第一章　澹归诗歌中的海云禅派

澹归诗歌中的曹洞僧群是指明末清初以来以天然函昰为核心的曹洞宗派系（有研究者称之为"海云禅派"）。提起以天然函昰为核心的曹洞宗派，不得不言及宗宝道独。宗宝道独是江西博山无异元来的首座弟子，宗宝道独度岭来粤开创了华首法系。天然函昰是宗宝道独的首座弟子，所以以天然函昰为核心的曹洞宗派是博山传岭南华首一脉衍生而来的。①

无异元来制定了世代递传的法号偈语："元道弘传一，忘光照普通。祖师隆法印，永传寿昌宗。"他的另一高徒道丘所传鼎湖法系，即依此偈，由道丘而弘赞，而传源，而一机……直传至今。华首法系则依宗宝道独另制的偈语："道函今古传心法，默契相应达本宗。森罗敷演谈妙谛，祖印亲承永绍隆。"天然函昰是华首法系第二代传人，其字辈就是"函"，他至少传过今、古、传、心、法五世。澹归今释是天然函昰的第四法嗣，其字辈就是"今"。

澹归的诗歌中很大部分是他与师辈同门唱和、劝勉、赠别、祝寿、怀念之作，真实记录了从顺治九年（1652）到康熙十九年（1680）近三十年间他们的法门之谊、手足之情。

---

① 博山在岭南的另一脉是元来无异另一弟子道丘所传鼎湖一脉，主要住持肇庆庆云寺、新会玉台寺、宝安广慧寺、南海象林寺等法席。

第一节 "道"字辈与"函"字辈

一、宗宝道独

宗宝道独（1600—1661），号空隐，南海陆氏子。六岁失父，随母居近寺，闻梵呗音，过耳成诵。事母至孝，母卒守墓三年。二十九岁入博山，参礼无异元来。无异异之，呼入方丈，与语竟夕，受具足戒而得法。初住庐山之黄岩，后历主华首、长庆、海幢等寺庙法席。顺治十八年（1661）示寂于东莞篁溪芥庵。有《长庆宗宝独禅师语录》六卷行世。

钱谦益《长庆空隐道独和尚塔铭》云："师悲智坚密，垆鞴弘广，植菩提之深根，茂忠孝之芽叶，节烈文章之士，赖以成就正骨，被濯命根。"① 他的两大高徒天然函昰和祖心函可都是讲求节义、有德行的高僧，故有"随身两膝无剩余，龙象踏蹴看二驹"② 之誉。

道独是澹归的师祖，澹归对道独非常敬重。他说："恭惟本师空隐独和尚，以再来身，得一切智。传云岩之宝镜，无愧古人；握大慧之竹篦，而验学者。香象截流，藏在不萌之草；老人入夜，分开无尽之灯。作南来宝地之梯航，豁竖亚面门之眼目。"③ 高度评价道独开创华首法系之功，"罗浮之有丛林，实惟空隐大和尚开法华首，盖自亲印博山，远绍洞上，不绝如线之绪。当是时，天然昰和尚为座元，祖心可和尚为都寺，号为师子窟"④。

澹归得丹霞山道场，得益于道独与丹霞山海螺岩亦若居士的交谊。澹归作诗记曰："白眼悠悠不索怜，青山黯黯徒生羡。空隐老人坐海幢，海螺岩畔思回翔。乞山酬偈一错愕，左文右武皆荒唐。"⑤ 澹归对诗中所言情形在《乞山偈》中作了解释："亦若居士所居长老寨

---

① （清）钱谦益：《牧斋有学集》，上海：上海古籍出版社 1996 年版，第 1273 页。
② （清）钱谦益：《牧斋有学集》，上海：上海古籍出版社 1996 年版，第 1274 页。
③ 《空隐老和尚六十初度礼万佛忏疏》，《徧行堂集一》卷 10，第 278 页。
④ 《华首台募建普同塔疏》，《徧行堂集一》卷 10，第 258 页。
⑤ 《喜得丹霞山赋赠李鉴湖山主》，《徧行堂集二》卷 31，第 363 页。

海螺岩，山水佳绝，空隐老汉闻之，四十余年矣。一日走海幢，无端谈及，忽遇莽澹归冲口便道：'居士须将此山供养老和尚。'亦若唯唯，临别谓澹归：'有甚偈颂，写纸与我珍藏。'澹归道：'我便有乞山之偈。'亦若道：'我即有酬偈之山。'"澹归即作乞山偈："空隐老汉，亦若居士。一个下来，一个上去。全宾是主，全主是宾。澹归于中，充个牙人。这场买卖，如意自在。地涌金莲，天垂宝盖。乞山有偈，酬偈有山。更有相酬，兜率陀天。此日做中，他年作保。"① 虽然亦若居士不是丹霞山主，但他有心将丹霞山捐赠给道独作佛门道场，后来真正的山主李充茂将此山舍与澹归，亦若居士或从中起到牵线搭桥的作用。

康熙元年（1661），澹归入丹霞前夕，请人画道独像，携画入丹霞，赞之曰：

海幢方丈里，曾说海螺岩。乞山才有偈，碧海落秋蟾。此日此山在手，常寂光中知否。我须酌水知源，岂敢波波乱走。便携一幅似师真，同入丹霞不露身。华首塔头相望处，梅花全是雪精神。②

澹归时常怀念师祖的功德，"忆昔华首老，听法如云从。我行一无有，展手寻三空"③。游惠州瑞开佛阁，看到道独当年施戒于此留下的佛幢，动情写道："是佛旌幢留世界，何年歌舞失亭台。盛衰各有无穷泪，谁洒昆明一寸灰。"④ 康熙七年（1668），澹归专程赴惠州礼华首台，作诗表达对道独的崇敬之情："吾宗源在此，七载不轻来。近礼全身塔，还登华首台。水流仙掌合，山立锦屏开。存殁深松话，风生万壑哀。⑤"

澹归深得道独喜爱和信任。在他生病的时候，道独不顾年事已高，亲身前去探望，并赠以汤药，"一呷便宽青六散，不扶自立睡三哥。依光鸽子休生颤，持月龙驹不较多"⑥。澹归与其同姓兄弟金光相识，可能是通过道独的介绍，"海幢为省西禅老（空隐师翁），与君双手才

① 《乞山偈》，《徧行堂集一》卷15，第391页。
② 《请空隐老和尚真入丹霞赞》，《徧行堂集一》卷14，第364页。
③ 《留别翟宪申》，《徧行堂集二》卷30，第329页。
④ 《题惠州瑞开佛阁》，《徧行堂集二》卷34，第460页。
⑤ 《入罗浮礼空老和尚塔宿华首台》，《徧行堂集二》卷32，第400页。
⑥ 《病中遣兴》，《徧行堂集三》卷40，第203页。

叉胸"①。澹归贪吃荔枝，道独吃荔枝则上火，澹归揶揄道："华首老人牙齿痛，真佛侍者眉棱重。后车唤我看前车，我已四十心不动。"②

二、天然函是

天然函是（1608—1685），字丽中，号丹霞老人，明清易代之际岭南高僧。俗姓曾，名起莘，番禺造径村人。少颖悟，负才名。青年时曾作诗《莫厌贫》，云"读书慕先贤，抱志志四方"，常与梁朝钟、张二果等在广州城东芳草街罗宾王家相聚，评古论今，纵谈世事，以匡时救世为己任。明崇祯六年（1633）中举，次年赴京会试不第，南还至吉州（今江西吉安市），卧病金牛寺，夜感异梦，病愈还家后断欲绝荤，专心钻研佛学。崇祯九年（1636），与张二果同行至庐山黄岩寺拜谒道独和尚，遂对禅机更感兴趣，萌发出家之念。时值明末局势动荡时期，因深感身逢乱世，有志难酬，故出家之意弥坚。崇祯十二年（1639）以赴京会考为名，辞亲北上，次年至庐山归宗寺，拜道独为师，按"道函今古传心法"的法脉派辈诗取名函是，为曹洞宗三十三世传人，岭南曹洞宗华首系第二代传人。

崇祯十四年（1641），随道独还粤，住罗浮华首台寺为首座。先后任雷峰、栖贤、芥庵、海幢、别传、归宗等寺住持。门风高峻，弟子众多，其中嗣法弟子"海云十今"，即今无阿字、今覞石鉴、今摩诃衍、今释澹归、今壁仞千、今辩乐说、今笔角子、今遇泽萌、今但尘异、今摄广慈，皆是名重一时的高僧大德。

明末清初，官员遗老、文人志士逃禅者甚众，他们避于浮屠，以贞厥志，故有"胜朝遗老半为僧"的说法。岭南遗民更是逃禅成风，他们多投天然函是门下，杰出者有陈子壮、黎遂球及"岭南三大家"之一的屈大均等。天然函是所主持的道场，可以说是故臣庄士安身立命之所。邓之城说："沧桑之际，粤中士人多从彼教游，所谓'十家王谢九为僧'是也。"③ 今辩说："吾粤向来罕信宗乘，自师提持向上，

---

① 《除夕书怀赠公绚》，《徧行堂集二》卷31，第355页。
② 《食荔枝》，《徧行堂集二》卷31，第356页。
③ 邓之诚：《清诗纪事初编》，上海：上海古籍出版社2013年版，第295页。

缙绅缝掖执弟子礼问道不下数千人。"① 在函昰身边有大批士人披上袈裟，在山林丘壑间、古佛青灯旁，歌咏吟啸，长歌当哭。

这些遗民虽隐身佛门，但并没有"跳出三界外，不在是非中"。他们心念故土，萦怀国事，以"忠孝廉节"为信念，以"保天下"为己任。天然函昰虽在明亡以前就已出家，但满是儒僧情怀，正如陈垣所说："世变以来，宗门不能独免，虽已毁衣出世，仍刻刻与众生同休戚也。"② 他的诗文中多处以虎狼喻清官吏兵士，借以表达他的不满和不合作的态度。汪宗衍《明末天然和尚年谱》记曰："和尚虽处方外，仍以忠孝廉节垂示及门，迨明社既屋，文人学士，缙绅遗老，多皈依受具，一时礼足凡数千人……天然以世外之身，未能参与其间，而平昔所投分者，大都节义之士，声气隐隐相通。"③ 天然函昰应机施教，如洪钟待扣，宗风丕振，道声远播，在岭南遗民中声誉极高。

顺治七年（1650），澹归寓桂林茅坪草庵。桂林陷，遂于庵中落发为僧，法名性因。顺治九年（1652），澹归下东粤，礼天然函昰于雷峰海云寺，复受具足戒，易名今释，字澹归。澹归为什么投奔天然，笔者认为大致原因有二：一是粤东处平南王尚可喜辖治之域，尚可喜晚年佞佛，大修寺庙，铸造佛像，礼遇高僧，僧人的生存环境相对宽松，澹归当时尚是清王朝通缉的南明重犯，他在桂林难以安身，随时都有被拘捕的危险。二是澹归虽然在茅坪庵中落发为僧，但茅坪庵是民间寺庙，他无法获得度牒，即无法得到做和尚的身份证，而海云寺是当时岭南最负盛名的宝刹，是得到官府认可的寺院，有颁发度牒的资格，一旦获得度牒，就能受佛门护佑，即便以前有罪，也可因入佛门而不再被追究，这是澹归下粤东皈依天然和尚最主要的原因。

澹归遁入佛门后获得重生，他抒写自己九死一生的经历时云：

我生遘阳九，日车便倾覆。谬欲信大义，意广才不足。开口连要津，杀机互相伏。愧乏介石姿，引去未能速。乃于播迁际，孤根锻黑狱。幸蒙浩荡恩，荷戈免刑剭。桂林值土崩，清浪行羝触。脱身事三宝，厉怀拔五浊。此生已再生，凉风翛烦燠。④

---

① （清）释今辩：《本师天然昰和尚行状》附录，《明版嘉兴大藏经》第38册，台北：新文丰出版公司1987年版。

② 陈垣：《清初僧诤记》卷2，上海：上海书店出版社1990年版，第38页。

③ 汪宗衍：《明末天然和尚年谱》，台北：台湾商务印书馆1986年版，第1页。

④ 《癸巳六月六日灯下作诗示世镐诵》，《徧行堂集二》卷30，第320页。

诗歌回忆了他在崇祯政权灭亡后，想匡扶永历政权，却因忤逆了一班权臣，遭到他们陷害，在狱中受尽了折磨，后被流放贵州清浪卫。幸亏能脱身投奔天然门下，他才得以"再生"。天然函昰就是给他"再生"的高僧。

天然函昰为人随和，澹归陪侍左右，或随车漫游，或参悟佛法，闲适而惬意：

野人无一事，师友落闲园。此意自往古，不知谁独存。所思能命驾，弹指即开门。爽色分秋气，随机亦共论。①

师徒都爱寻山水幽情，看夕阳云霞，听波涛溪水，徜徉于山水云霞之间。如他陪天然函昰游洞山寺：

荒草衔山一寺深，闲陪杖履惜幽寻。乱云作树争空有，落日驱涛战火金。老欲住山追蝶梦，徐当挟水听龙吟。蒲团话到无言处，片月同悬永夜心。（其一）

凭他旧眼诧新山，丘壑难教罢往还。谁送白云风以外，各依碧藓树之间。脚跟未定登临涩，鼻观才通视听闲。便欲雨华吾不坐，已曾付与石头顽。②（其二）

洞山寺在荒山深处，傍晚时霞光灿烂，树杪与云彩幻成一片，蝴蝶翩翩起舞，流水潺潺作响，美好的景色让人流连忘返。入夜后，师徒住在洞山寺，黅夜长谈，这是多么美好的禅境啊！就在这清静无尘之境，天然函昰触发禅机，引导澹归开悟，以求师徒心心相印。

澹归"每入丈室，天然和尚接以本分，钳锤虽有启发，未能洒然"③，天然函昰却很有耐心，也对澹归很有信心，伺机开导。顺治十五年（1658）小除夕，天然有诗赠澹归云：

道在忧弥深，空忧愧无补。爱尔性忱挚，惧尔性疏稿。我归自栖贤，晤别犹草草，蓺庵一月谈，投机恨不蚤。屈曲有深言，直捷无行路。暗明绝暗明，回互不回互。十地岂其俦，万法从兹扫。一喝双耳聋，一蹋全身倒。释子非百丈，山僧非马祖。④

---

① 《雷峰老人至蓺庵，是夕尹右民孝廉过访》，《徧行堂集二》卷32，第393页。
② 《陪本师天和尚游洞山》，《徧行堂集二》卷34，第467页。
③ 吴天任：《澹归禅师年谱》，香港：佛教志莲图书馆1989年版，第74页。
④ 《戊戌小除示澹书记》，（清）天然和尚著，李福标、仇江点校：《瞎堂诗集》卷3，广州：中山大学出版社2006年版，第14页。

天然函昰在诗中指出澹归虽然悟道心切，但佛根尚浅，并说自己没有马祖道一高超的引导之法，澹归也不会像怀海百丈触机即悟。参禅之路没有捷径可走，还得靠真参实悟。他对澹归充满期待，相信澹归总有悟入的那一天。

在天然函昰的启示下，澹归悟性渐开。顺治十七年（1660），澹归"在宝安梢潭夜渡，时尹孝廉右民，持制义一篇见示。既别，舟中蒸热，百千蚊子围绕，目不交睫，偶忆其题，不觉本来面目，为之看破"①。这说明澹归已能看破功名，初具禅心。顺治十八年（1661），"春雨中，与海发印公谭次，乘兴得二义"。这说明其已登佛门之堂，只差入室一步。悟道得法不是无缘无故的，是在一定环境、际遇和缘分的催生下才发生的，即"法不孤起，仗境方生"②。

天然驻锡的海云寺地近珠江，长年饮用渗入海水的河水。顺治十六年（1659）冬，天大旱，海云寺及其周围饮用水源干涸，天然函昰踏遍雷峰山找水，最后在寺内凿石得泉，他欣喜无比，"雷峰无佳泉，故饮河水，河通潮，性咸，一众苦之。十月，凿石得泉，味甘且多。冬天久旱，万井皆涸，忽然得此，涸为过望，命名冬泉，作诗志之"。

冬日水枯穿地骨，泠泠涌出映眉泓。十年咸海空愁热，一掬香流但有名。可汲岂须伤井渫，真源那复待河清。莫劳櫓断更招隐，到处佳泉惬老情。③

澹归时在东莞芥庵，闻之作诗寄贺，称颂天然卓锡得泉，功德无量，兼寓在天然的点授下，自己参禅悟道会有触机而发之意：

云根裂破惊泉出，转眼琉璃碧一潭。济伏委从河以北，惠通直到海之南。百源可隐身将老，六路虽清意未甘。点滴无时波浪涌，半寻拄杖莫轻探。（其一）

菩萨泉生菩萨日（时届老人诞辰），漫劳井底镇丹砂。金刚轮出牛千乳，甘露池分象六牙。只是冬抽胡地笋，却须春酽仰山茶。遥怜

---

① 吴天任：《澹归禅师年谱》，香港：佛教志莲图书馆1989年版，第74页。

② 《四书义自叙》，《偏行堂集一》卷7，第194页。

③ 《冬泉（有引）》，（清）天然和尚著，李福标、仇江点校：《瞎堂诗集》卷11，广州：中山大学出版社2006年版，第119页。

病客需甘澜①, 百里龙吟寄一洼。(其四)②

　　顺治十八年（1661），澹归得李充茂施舍的仁化丹霞山，"自充监院，前后创造，胼手胝足，运水搬柴，跨州过郡，送往迎来，人事辐辏，五官并用"③。历时五年，将丹霞山创建成与南华寺、云门寺并峙的粤北丛林。澹归营创丹霞山，目的之一是为天然寻找一片晚年可以安静度日的地方，以报答再生之恩。他多次对朋友说："弟料理丹霞，本为天然老人逸老计"④，"弟营建丹霞，盖为本师天然和尚休老之地"⑤。

　　康熙五年（1666）腊月，天然函昰受澹归之请，入丹霞别传寺主法席。丹霞山水景物奇绝，天然函昰甫至，便在澹归及众僧的陪同下，随足力所及，游览山中诸胜，欣然作《丹霞诗》十二律⑥。澹归应天然之命，作《和天然老人丹霞诗十首》。师徒之诗都书写了法堂、长老峰、紫玉台、海罗岩、龙王阁等建筑名胜，也描绘了松岭、竹坡、芳泉等小景观。澹归诗第一首和最后一首云：

　　五年荒草得人锄，捧出天然我亦初。曲水屡疑青嶂夺，雄峰不受白云扶。鼓钟竞发螺岩爽，龙象群分鹫岭图。浩劫剖开新世界，一炉镕尽旧规模。(其一《初入丹霞》)

　　连波涌作百千峰，合势分形各不同。未许秦人求出路，肯容谢客辨来风。玉台起雾趋江左，舵石捎云略海东。此日随师三匝后，自矜长在翠微中。(其十《绕丹霞》)⑦

　　诗中言及自己在丹霞山五年，筚路蓝缕，使之旧貌尽换新颜。颂

---

① 《徧行堂集三》作"澜"，此处为笔者更改。
② 《奉和老人冬泉之作》，《徧行堂集三》卷35，第1页。
③ 蔡鸿生：《清初岭南佛门事略》，广州：广东高等教育出版社1997年版，第217页。
④ 《与陆丽京学博》，《徧行堂集二》卷28，第275页。
⑤ 《答黄伯修总戎》，《徧行堂集二》卷25，第201页。
⑥ 诗序曰：日赴丹霞，舟入江口，云烟缥缈，水石回环，奇峰间出，出没无路，转转如行万山中。比知此山之胜，渐近望长老峰脚，疑衡亘蜿蜒，从无余地。及登岸，数绕入关门，迥出意外，主山崇深，左右朝列，峰峦林立，如与本山相连。舟所縠长江，如南华香水溪，又如栖贤金井玉渊，而实下临百丈，一川平阔，远睇孤危，到来豁朗，此极奇极稳，真梵刹之称美者也。澹归谓与曹溪、云门鼎足，洵非过誉，垂老得此，犹敢叹相遇之晚耶？初入院，纵目应接不暇，无开口处，澹归谓和尚法眼不可无以表彰，乃随足力所及，辄成十二律，名《丹霞诗》，因命能文诸衲随意属和，不拘各体，总以识一时山川人事之合。[（清）天然和尚著，李福标、仇江点校：《瞎堂诗集》卷12，广州：中山大学出版社2006年版，第129页]
⑦ 《和天然老人丹霞诗十首》，《徧行堂集三》卷37，第77-78页。

扬丹霞雄峰突起，曲水相环，群山罗列，青翠如画，气象万千，是不可多得的丛林。

康熙五年（1666）冬末，澹归病作，几至垂危，天然亲至榻前，握手与诀曰："汝前所得，到此用不着，只恁么去，许尔再来！"天然诀语的意思大致是澹归此前一直执着于尘俗念想，劳而无用；此番大病，如能将先前的念想彻底抛弃，就真正到了明心见性的时候了。澹归得天然数言点醒，触机顿悟，大惭，冷汗交流，已而病愈。从此入室，师资契合，顿忘前所得者，老人乃印可。① 康熙七年（1668）元旦，天然付澹归大法，立为第四法嗣。澹归自顺治九年（1652）投天然函昰门下，至此方"修成正果"，历时十六年，其用心之苦，所遭磨砺之多，殆非常人所能忍。其师天然对澹归的信心和耐心，也非一般高僧所能及。

康熙七年（1668）春，澹归好友、南雄太守陆世楷（字孝山）同幕僚沈皞日冒雨来访丹霞，拜谒天然函昰。澹归有诗记曰：

> 炷香绕清磬，摄齐过方丈。吾师惟朴衷，深静各相向。沈侯来朝霞，意气自清壮。微言徐引伸，亹亹生跌宕。庭户虽萧森，霁色起疏畅。②

诗歌赞扬天然恬静随和，言语温润，却发人深省，如拨云见日，深受教益。由于陆世楷公务繁忙，第二天就要回署，当晚宾主又进行了长谈，至夜深三更才罢，"不因跋涉劳，何由见深情。老人有别绪，一语连三更。人生会如梦，亦梦谈无生"③。

是年十月十四日，在澹归的组织和邀请下，天然之徒齐集丹霞山，为老人六十一寿庆生。生日聚会后，天然僧徒纷纷离开了丹霞，澹归作诗安慰老人：

> 辛苦频烦锦水船，离情如月未离天。思归肯落秋鸿后，话别曾经春燕前。（正月与石鉴兄始别）盛事难追怜隔岁（老人庆生，诸子咸集于丹霞），壮心易息爱余年。白云到处堪回首，一片亭亭紫玉边。④

① 蔡鸿生：《清初岭南佛门事略》，广州：广东高等教育出版社1997年版，第224页。
② 《戊申春二月三日，孝山、融谷冒雨重游丹霞，即事七首》，《徧行堂集二》卷30，第330页。
③ 《戊申春二月三日，孝山、融谷冒雨重游丹霞，即事七首》，《徧行堂集二》卷30，第331页。
④ 《己酉奉和天老人送别兼寄首座元韵》，《徧行堂集三》卷37，第112页。

诗云法门兄弟虽然离开了丹霞，但"离情如月未离天"，大家心不离师，恰如亭亭白云不离丹霞紫玉台。

是年冬，丹霞下院龙护园在南雄落成，澹归陪同天然函昰前去视察，再次与陆世楷等人聚会，天然仁慈和善、循循善诱的儒雅风度给澹归留下深刻的印象。一年后，澹归在龙护园还回忆这次聚会："一笑忆吾师，霍如天共晓。"自注云："客冬，天老人集此，孝山有'忆昨金粟临'之句。"①

康熙八年（1669）元旦，天然委任澹归为别传寺西堂。别传寺僧众多，一切开销用度都靠澹归营计维持，他常年奔波在外，募化钱粮，无法陪侍在天然身边。

康熙十年（1671）冬，天然受匡山归宗寺之请，欲前往主法席。澹归与丹霞众僧极力相留，然天然去意已决，几至绝裾。天然离开丹霞山后，澹归多次致信天然函昰，请他再回住持丹霞，其中一信尤为恳切哀婉："自客冬和尚赴归宗请，水云林木，声色黯然，山中僧行，凄断无比，正似婴儿失乳，长夜不旦，所望旭日回光，慈母顾复，度日如岁，何止三秋！……今释等洒扫庭除，栽培薪木，炷香虔祷，屈指归期，伏愿和尚不悋慈悲，俯垂盼睐，早还岭内，曲慰舆情。"②

天然言传身教，澹归敬之胜如父母，他对友人说："吾法于师，敬之如君，爱之如亲，非若世间之泛泛者。"③他在世人面前极力推崇天然，称其平易朴实，甘于清苦，志行高洁，在法门威望极高，深受世人景仰。如"君见天然翁，穷岩只老叟。杀活一时行，魔佛两俱掊"④，"中有天然翁，相对出语嘿。春容发宿智，庶用慰畴昔"⑤，"从来长老是天然，手绾修蛇盘猛虎……别传老子法所出，令行三峡如霜雪"⑥。在《赠刘坦如》诗中云：

……君见天然老，可得无生意。百岁已过半，辕偾上中驷。象王独往来，忽受微尘制。如持衣底珠，而与蜣螂市。会操一尺棰，各取

---

① 《次韵孝山上元前一日茶集龙护园》，《徧行堂集二》卷30，第340页。
② 《上本师天然昰和尚》，《徧行堂集二》卷21，第103页。
③ 《答巢端明孝廉》，《徧行堂集四》续集卷12，第280页。
④ 《送与安上座入丹霞》，《徧行堂集二》卷30，第341页。
⑤ 《送彭退庵》，《徧行堂集二》卷30，第342页。
⑥ 《再欢喜歌赠方大林、大任、大目昆友》，《徧行堂集二》卷32，第375页。

万里势。丹霞煮黄独,缓火熟无炽。十年作宰相,一笑与李泌。①

诗歌赞扬天然德行高尚,深居简出,为人十分谦逊。

康熙十二年(1673)春,天然在归宗寺病甚。澹归得信后,即前去探视服侍。在澹归等人的照料下,天然病愈。第二年新春,澹归陪天然游附近玉帘泉瀑布。天然久病初愈,又逢春日胜景,心情舒畅,师徒作诗相和,澹归欣喜之情可由诗中见之:

> 胜游共喜趁初春,爽气还从丈室分。绝壁已回飞鸟度,惊涛未许定僧闻。碧钱老作千年质,素练新成五色文。更忆披襟当夏日,也应彻骨染秋云。②

康熙十七年(1678),澹归向天然请辞丹霞山住持,欲出岭去嘉兴请藏经,天然不许,后经澹归几度坚请,方才应允。澹归请得藏经后,滞留于嘉兴平湖。康熙十九年(1680),澹归病重,预感来日不多,写信给天然:"不能再入匡庐侍杖履,徒有结恋。所耿耿者,承和尚着重付嘱,无从觅一个半个,以此负恩,然法缘澹薄定矣,惟恃愿力问之他生耳。……法门秋晚,老成凋谢,惟恃净成作狂澜砥柱,幸倍万保练,以副人天之望。临笺凄断,不知所云。"③ 言辞哀婉。

八月九日,澹归病发,卒于当湖陆世楷之南园。天然闻讯,伤心欲绝,沉痛赋诗悼之:

> 忆别山堂意黯然,相期隔岁返林泉。木兰花发诗频寄,山菊霜零梦已先。僧史未酬当世业,道风空付后人传。普贤行愿谁如汝,长子于今永绝弦。(其一)

> 爱物情深转似嗔,随缘衣钵散僧贫。生营狮座酬初志,死塔他山见凤因。每念孤怀真类我,尝于歧路愧求人。师资相构何期合,百劫千生两认真。(其二)④

天然沉痛诉说自己与澹归分别后诗歌唱和往来不断,还期望与澹归重逢林泉,想不到他竟长逝而去,欲重振宗门的愿望也没能实现;哀叹法门失去了一位龙象,自己丧失了一位心灵相通的知己。

---

① 《赠刘坦如》,《徧行堂集二》卷30,第335页。
② 《甲寅新正二日,侍天老人同诸及门游玉帘泉》,《徧行堂集三》卷38,第150页。
③ 《上本师天然昰和尚》,《徧行堂集四》续集卷10,第228页。
④ 《哭澹归释子二首》,(清)天然和尚著,李福林、仇江点校:《瞎堂诗集》卷15,广州:中山大学出版社2006年版,第172页。

三、剩人函可

剩人函可（1612—1660），字祖心，俗姓韩，名宗騋，广东博罗人。早年与当世名流巨儒切磋论交，声名倾动一时。崇祯十三年（1640），上庐山拜空隐道独为师，皈依佛门，祝发受戒，易名函可。顺治二年（1645），函可亲历清兵攻陷南京，将这段历史写成《再变纪》。顺治四年（1647），函可由南京返回广东，出南京城时被清兵搜出《再变纪》手稿而被捕。后经人援救，免死刑，流放辽阳千山，敕住慈恩寺。顺治十六年（1659），函可示寂于沈阳金塔寺，终年四十九岁。

澹归没能与函可见面①，但彼此可能相闻②。后澹归礼天然，对这位"师叔"非常崇敬，曾赋诗一首寄给身在关外的函可，表达敬意：

> 古人且说浮于海，绝径谁知住此山。万里云霄高着眼，何妨不入玉门关。③

函可示寂后，澹归跋其《秋吒八章》，言函可胸中块垒，惟长歌当哭，可以消之。④

第二节 海云"八今"

天然函昰一生收徒甚众，嗣法弟子为著名的"海云十今"：今无阿字、今觌石鉴、今摩诃衍、今释澹归、今壁仞千、今辩乐说、今菴角子、今遇泽萌、今但尘异、今摄广慈。第十法嗣今摄不见澹归诗文集中提及。据笔者搜集到的现有文献资料显示，澹归只与海云"八

---

① 蔡鸿生《清初岭南佛门事略》记曰：1637 年，曾起莘自匡山归，韩宗騋亟入广州，与相见，并邀起莘入博罗，住于己家之止园二月，起莘为言向上事，时金堡亦隐于止园，三人相得甚欢。这段文字应有误，将"金道人"误为"金堡"（金堡字"道隐"）。

② （清）光鹫《舵石翁传》云："（金堡）年二十三，举崇祯丙子科乡荐，千山剩公为居士时，见其制义，击节叹曰：'此宗门种草也。'"［（清）吴道镕撰，（清）张学华增补：《广东文征》第 6 册，香港：香港中文大学出版社 1973 年版，第 438 页］此说存疑。

③ 《寄千山剩和尚》，《徧行堂集三》卷 40，第 192 页。

④ 《剩人和尚秋吒八章跋》，《徧行堂集四》续集卷 9，第 211 页。

今"（今无阿字、今龥石鉴、今摩诃衍、今壁切千、今辩乐说、今菴角子、今遇泽萌、今但尘异）有交往。

一、今无阿字

今无阿字，番禺万氏子，少年即皈依佛法，终其生参悟佛理。顺治五年（1648），年仅十六岁的今无来到雷峰山，礼天然函昰，祝发受戒。顺治十三年（1656），今无奉师命北出山海关，徒步万里，往千山探望流放于此的师叔函可，函可一见，深为器重。次年九月，今无辞别函可南归，历时三年才回到岭南。顺治十八年（1661），今无游琼州，其间曾经历兵变，险以叛军首领之罪名陷构。康熙元年（1662），今无受天然函昰付嘱大法，被立为第一法嗣。次年入主海幢寺。尝至鹅湖、河源、广州诸处说法，凡六会，度缁白徒众千百余人。辩才无碍，时人喻之"如孙吴之用兵，苏张之辩舌，无愧妙喜"。康熙二十年（1681），今无卒于海幢寺，时年四十九。有《光宣台集》行世。

今无比澹归小十九岁①。澹归投奔海云寺时，今无谦称自己"时髫龄，目未识丁，岂知其材烂江花，德温卫玉"。然二人很快相识相知，今无说他与澹归相交三十年，"澹归之为澹归，日进而月化，同床知被莫踰于予"②。

澹归和法门僧众对今无非常敬佩。主要原因有五：①今无是天然函昰所立的第一法嗣，宗门赋予他相当的地位；②今无淳朴厚实，人品端正；③今无聪敏颖悟，具佛门龙象之质；④今无学识渊博，乃佛门才俊；⑤人称今无是博山无异元来转世。

澹归称赞今无"隽朗不群"③，"乃岭海奇士也"④，"悟门超逸，文才高妙，气度亦磊落不群"⑤。在为今无《光宣台集》所作的序中，澹归对今无更是赞誉有加：

> 予尝私语，以为雷峰门下，故称才薮，即其所至，皆已卓然有成；若夫气格雄杰，思理深长，入境都尽，出路愈多，山颠已涉，海涛忽

---

① 澹归生于 1614 年，阿字生于 1633 年。
② （清）阿字：《徧行堂文集序》，《徧行堂集一》卷首，第 4 页。
③ 《与顾象三别驾》，《徧行堂集二》卷 27，第 240 页。
④ 《与郑鲁城广文》，《徧行堂集二》卷 28，第 277 页。
⑤ 《与马子贞太守》，《徧行堂集二》卷 26，第 232 页。

作，势欲断而仍连，义将显而更隐，予以推兄，不为他人轻出一指
也。……兄经营土木，量度米盐，酬酢公卿，调摄僧行，昼夜不遑，
尺寸不失，而寻丈以计，毫素日长，此一异也。言有二，或以手为口，
或以口为手。乐令之清谈，潘生之文笔，用不能兼，势须相借。兄说
法则草靡众喙，论事则风生四座，奋舌而出，灿然成篇，援毫而书，
快如面语，又一异也。然则具万夫之禀，为古今之通人，以道发才，
以才发道，行锋车于八达之途，直趋宝所，予昔为兄屈一指，今既
信矣。①

康熙元年（1662），今无被付大法，立为首座。澹归作诗相贺：

朱弦又见发新桐，倾耳还乡绝调中。最喜扶南鲲独化，莫愁冀北
马俱空。洞山有子推三堕，首座无人即九峰。欲枉金瓶探妙药，丹霞
一为起衰慵。②

诗歌称赞今无英才绝特，被立为首座，暗合祖师之意。

康熙二年（1663），今无在海幢升座说法，澹归又有诗记一时
之盛：

三春花雨动珠江，山上传钟集下方。此座久分多子塔，七年独竖
妙音幢。紫云更覆香台外，白拂初交宝几旁。灌顶位中谁第一，喜逢
作述赋重光。③

同年，澹归行化广州，回丹霞，临行前有诗赠别今无：

白月满清江，孤心影一双。岁寒常此切，愿大莫能降。暗起难醒
柝，明催欲谢缸。事繁兼食少，珍重水云幢。（其一）

烟合人归市，波分獭过鱼。移舟俱理楫，举烛正裁书。辛苦谁知
味，忧危更索居。泪倾无语地，拜罢独踟蹰。（其二）④

"白月满清江，孤心影一双"，点明两人情谊之深；今无料理海幢
寺，澹归营创丹霞，故有"愿大莫能降"之句。澹归劝勉今无不要过
度劳神操心，要多珍惜保重，并言离开了今无，自己倍感孤独无助。

康熙四年（1665），传言清廷有沙汰僧侣之旨，澹归忧惧扶病从

---

① 《光宣台集序》，《徧行堂集四》续集卷3，第49页。
② 《阿字无公为雷峰第一座寄贺》，《徧行堂集三》卷35，第12页。
③ 《阿字座元开法海幢》，《徧行堂集三》卷37，第93页。
④ 《西南重别阿字首座》，《徧行堂集二》卷33，第410页。

海幢寺还丹霞山，与今无别于胥口①。今无放心不下，随后又追至丹霞山。途中作组诗《相江叹》，兼慰澹归：

安能关至计，无乃损皇仁。错念关前世，闲言误后人。昙花甘委雪，篱槿岂禁春。谁念琉璃国，笳吹不起尘。（其三）

圣朝应勿阙，期道与斯文。清磬凭谁击，名香岂易焚。寒星人外见，天梵静中闻。纵得常如此，沙鸥已失群。（其七）②

澹归有诗相和。诗前有序："乙巳九月十四日，阿字首座与予别于胥口。时法门多故，予复抱病还山，诸护法深加悯念，属师躬致曲折，乃掌扁舟追予于英州，不及，遂入丹霞，成两日夕登临晤语之乐。失便宜得便宜，非出家人未易受用也。师垂示五言近体十首，顷在韶阳归舟，重忆此境，追酬雅什，不限韵数，各纪一时。"③ 诗曰（简称《和阿字兄》，选六）：

抛缆过高树，联舟宿浅沙。师来无几杖，我请乏香花。倾倒添残烛，肥甘足嫩茄。可怜脱略意，真个是山家。（其三）

不藉当涂爱，宁知择胜功。风轻五色雀，云暖万年松。山色遥相引，溪声静有容。吾师雄顾盼，直上最高峰。（其四）

伎俩凭山鬼，盲聋任老僧。哀怜缠弱草，惭愧立轻冰。此后惟孤掌，从今祇服膺。下方如仰睇，依旧碧崚赠。（其八）

不得无离恨，香林顾复深。几年同建立，何日更登临。老母城东指，常啼市上心④。海幢波浪阔，回首一长吟。（其十一）

六尺茶条硬，乾坤一手担。剑眉才剔竖，墨沈便沉酣。到岸泥沾袜，归舟虱满衫。此行那得似，蓟北又琼南。（其十三）

今夜韶州月，中宵不敢明。经过当仄径，关切尚悬旌。急难怀兄弟，如初念友生。茫茫烟雨内，不见古人情。（其十四）⑤

---

① 胥口在西江与北江交汇处，古称胥口镇，今为芦苞镇（佛山市三水区）。

② （清）阿字：《光宣台集》，《清代诗文集汇编》第 129 册，上海：上海古籍出版社 2010 年版，第 264–265 页。

③ 《和阿字兄》，《徧行堂集二》卷 33，第 412 页。

④ "老母城东指"与"常啼市上心"都是佛教典故。城东老母是佛祖释迦牟尼佛的邻居，但佛祖从未为老母说法，弟子怪而问焉，佛祖慨叹自己与她无缘，无法度化她。常啼菩萨一心向佛，他依照佛祖所教，向东而行，但不知向东走到什么地方，路有多远，向什么人求法，不禁仰天啼泣起来，一直哭泣了七天七夜，忽然有佛陀现身，为他指点，他最终到达目的地而得法。

⑤ 《和阿字兄》，《徧行堂集二》卷 33，第 412–413 页。

从诗歌中可以看出澹归对今无非常敬重，以"师"称之。今无来到丹霞，两人促膝作长夜之谈（"倾倒添残烛"）；澹归因丹霞条件艰苦，无以招待今无而感到惭愧（"可怜脱略意，真个是山家"）；澹归陪同今无游览秀美的丹霞山，并登上了长老峰；澹归表示自己挺身而立，不惧来自各方的压力，却担心自己没有佛性，难以参悟得道（"老母城东指，常啼市上心"）；并说今无此行虽比不上他北上千山和南下琼州，但也十分艰辛，感谢今无在患难时期对自己深厚的关爱之情。

正因为两人交谊甚深，澹归遇到困难，首先就会想到今无。有一次澹归外出江西，恰逢官府查禁甚严，他身陷禁中，脱身不得，就想到今无如果在这儿该多好啊，"片叶不教空放过，果然有路莫登舟。滕王阁上无消息，寄语阿师一字愁（时船禁严甚）"①。

康熙十年（1671）春，澹归告别今无回丹霞山，写了一首离别词。两人情谊之深，于此词亦可见之：

叹离情一往一重来，可似海门潮。已千秋期许，十年建立，两地忧劳。又道如形伴影，彼此不容招。底事扁舟上，回首迢迢。　待向梅关北去，倩宾鸿寄语，云阔天高。想闻声欲下，转眼失鹪鹩。更有时、连床续梦，怕冰霜折断岁寒梢。晨钟起、添些风雨，相助萧萧。②

词朴实无华却显得深沉凄苦，言自己与今无各住持一寺，事务繁忙，虽彼此牵挂想念，却难得相聚。自己在丹霞山，道途远阻，音信不通，求于梦中一见都很困难。这首词远非泛泛赠别之作可比，流露出作者真挚的情谊。

三藩之乱，海云寺、海幢寺都受惊扰。今无听说丹霞山附近的下富村受到抢掠，担心澹归亦受惊扰，慨叹兵荒马乱时期，撑持佛门不易，作诗以示慰问：

五羊仲春廿有一，韶阳又隔十四日。安危山上知若何，悲凉此处苦已极。平生几度遇剧乱，烽火每每烧颜色。传闻六县亦多盗，钩连蛮峒如豺虎。宛同水寇恣劫杀，不抢仁化抢下富。梦觉关前虽未来，海螺岩上当先怖。雷峰殿外筑层城，吹竹鸣金昼夜惊。高挂蒲团无祖意，空令胸次有刀兵。四郊城内人民失，月中盘米收不得。半生精兵

---

① 《章门邂逅大林并寄阿字兄》，《徧行堂集三》卷41，第243页。
② 《八声甘州·留别阿字无兄》，《徧行堂集三》卷43，第305－306页。

已消磨，一掌祇园难建立。我欲还披百结衣，近来公瘦或稍肥。人行须便寄一纸，不久应同话翠微。①

澹归敬重今无，为他作过多首贺寿诗。如：

劫外全回大地春，尘中又见一轮新。九枝秀草②生来异，两道飞流落处亲。震荡声光消霹雳，摩娑头角涌麒麟。曾开正觉山前眼，不向星边觅老人。③

诗歌赞美今无卓异于世，法力高深，堪当佛门重任。

在另一首贺寿诗中，澹归赞美今无品德高尚，才华横溢：

圣人道与圣人才，撇向街头捡得来。不去腰间抄布袋，明珠落处指尖开。（其四）④

今无幼时家贫失学，但在天然函昰的影响下，聪明好学，成为其门下有名的诗僧。澹归与今无在一起，谈诗论艺是主要话题之一。有一次，肇庆府知府史树骏寄来《邢襄诗志》，澹归即与他"披襟快读，渠于作者惨澹经营处一目便了，日落篝灯，不知手舞足蹈，真胜事也"⑤。其诗记曰：

暑雨散微凉，闲情立短廊。素书落金玉，诗志得邢襄。一鼓河山应，齐吹伯仲长。吾家有真契，朗咏过斜阳。⑥

澹归诗集中有《退庵、汉翀招同杨莲峰司李、黄君甫都阃、李禹门参戎、王震生孝廉、海幢阿字首座探梅龙溪》《探梅后泊龙溪口月下，同阿字兄、乐说弟、乘消、觉熏、汝得、纯铸诸禅，分赋得人字》，今无亦有诗《箽村探梅后，月夜泊舟龙溪江口，同澹归、乐说、觉熏、乘消、汝得、纯铸分赋得天字》，这说明不仅他们两人互相唱和，还带动了宗门尚诗之风。澹归和今无成为"海云诗派"中最活跃的人物。

① （清）阿字：《光宣台集》，《清代诗文集汇编》第129册，上海：上海古籍出版社2010年版，第237页。

② 佛门认为九枝秀草出现于世，就有圣人降生，三祖商那和修尊者（亦名舍那婆斯）出生时，这种草出现于世，因此而得名。

③ 《海幢阿字无兄初度》，《徧行堂集三》卷38，第144页。

④ 《阿字无兄初度》，《徧行堂集三》卷41，第224页。

⑤ 《与史庸庵太守》，《徧行堂集二》卷26，第228页。

⑥ 《庸庵寄示〈邢襄诗志〉，与阿字兄同阅却寄》，《徧行堂集二》卷33，第432页。

韶文化研究丛书

第一章 澹归诗歌中的海云禅派

017

二、今覞石鉴

今覞石鉴，新会杨氏子，才华挺出，有用世志。及见天然函昰，往复数四，遂笃信空宗，参究益力，以居士悟入。顺治十七年（1660），年四十二，始落发受具，入侍者寮。康熙元年（1662），天然付之大法。三年（1664），领西堂，继栖贤席。七年（1668），移住福州之长庆寺。未几返栖贤，幽居岩谷，道容宽深，著《栖贤三十咏》以见其志。"洞上缜密家风，允推克肖，学士大夫多倾心请益"①。康熙十七年（1678），在栖贤寺呕血而逝。有《直林堂全集》行世。

澹归十分推重今覞，曰"其锻炼衲子，发明大事者，今海幢阿字无、栖贤石鉴覞，其尤表表者也"。② 赞扬今覞"英迈逸格之人，雷峰真子，宿具弘愿，振兴祖庭"③。又有诗句云："高流自合掩云关，化主从来不在山。一緉芒鞋如挂壁，半寻拄杖各随湾。"④ 对今覞高尚道风表示由衷的赞美。两人关系非常融洽，可以随便揶揄言笑。如澹归在《栖贤石西堂因海幢僧使送舍利回，垂寄四偈，奉答五绝》，其五的注解中云："予有'一脚踢翻栖贤谷'之语，谓舍利宝光从澹归脚尖上踢出来。西堂云：'贪天功以为己力，寄三十棒与他吃，看他又作么生会？'"⑤ 两人都为佛门之事忙碌奔走，聚少离多，恰如澹归所言："旅雁未高翔，饮啄交相怜。相怜不可久，此恨谁为传。"⑥

康熙元年（1662），今覞被付大法，澹归作诗相贺，赞扬今覞堪比北宋明教嵩禅师和大学士杨亿，超迈明代陈白沙：

冈城紫气欲横天，珠海垂虹跨玉渊。万里烟销悬宝剑，八音响绝起师弦。正宗独许嵩明教，拔俗全超杨大年。回首白沙应自失，一肩祖道塌先贤。⑦

---

① （清）徐作霖、（清）黄蠡编：《海云禅藻集》卷1，逸社丛书1935年排印本。
② 《雷峰山海云寺碑》，《徧行堂集一》卷11，第283页。
③ 《与黎博庵学宪》，《徧行堂集二》卷24，第172页。
④ 《送千一佛公之栖贤》，《徧行堂集三》卷40，第211页。
⑤ 《栖贤石西堂因海幢僧使送舍利回，垂寄四偈，奉答五绝》，《徧行堂集三》卷41，第230页。
⑥ 《将还丹霞留别孝山兼呈石鉴兄》，《徧行堂集二》卷30，第339页。
⑦ 《寄贺石鉴覞兄》，《徧行堂集三》卷35，第32页。

康熙三年（1664），今覞赴栖贤，继西堂席，澹归即与当地官吏信众联系，请求他们支持今覞，"石鉴法嗣雷峰，雷峰天然和尚，弟所从禀戒，在其会下极久，门风高峻，而石鉴又杰出，今住栖贤，欲重兴祖庭"①，"石鉴大师受雷峰付嘱，出理此刹，欲起废院而一新之，皆是菩萨行愿"②。今覞前往栖贤，澹归有诗赠别，相信今覞不会负天然师托付，定能完成重振栖贤的使命：

法海初乘万里风，金鳞赤日耀芙蓉。规模独辟天人外，堂构重兴父子中。震荡耳边来啸虎，摩挲眼底失冥鸿。相当一笑三年后，七佛峰前五老峰。（期至丹霞，在戊申岁）③

康熙七年（1668），今覞奉天然函昰之命，代为住持福州长庆寺。澹归致信当地护法信众，广泛宣传今覞，为今覞住持长庆寺营造了良好的舆论环境，"石鉴法兄乃奉本师天然和尚命，补处此位，人恰当，地恰当，时恰当，于大士法喜无不恰当者。计护念之笃，左提右挈，作大佛事，必不异于先师翁在日也"④。今覞前往长庆，澹归又作诗相赠：

末流日以下，此道将安终。自非再来人，岂克扶吾宗。冈城有胜流，紫肩左蒙茸。齿稚希圣贤，骨老成英雄。了见物不迁，信此心无穷。全归最上乘，一印传雷峰。雷峰博山孙，密移选飞龙。双幢夹长庆，从天下瑶宫。吾兄嗣真化，矫若千雷从。领众出栖贤，大法初昭融。如来隐遗蜕，五色光瞳眬。符采一相映，出地先浮空。煜如海底日，忽发三更红。（丁未浴佛日，栖贤桥畔涌出舍利）飞书来八闽，仰天乞清风。推毂重此行，祖德存良弓。九仙骋逸驾，顿骖扶桑东。不隔昆仑西，五老予怀中。别情非不深，所贵开群蒙。吾闻禅贩子⑤，哜嘬繁师虫⑥。薄浆窜白乳，瓦缶争黄钟。活人既有刀，挂角元无踪。百草萎霜雪，独立惟高松。正眼本不邪，卷帘忽亡功。寄语棱禅客，

---

① 《与黄仲霖御史》，《徧行堂集二》卷25，第192页。
② 《与陈士业文学》，《徧行堂集二》卷29，第303页。
③ 《送石鉴西堂之栖贤》，《徧行堂集三》卷38，第44页。
④ 《与陈莲石太史》，《徧行堂集二》卷24，第178 – 179页。
⑤ 《邓尉圣恩寺志》卷十四《塔铭》：先是众请梓师（剖石）语录，师不许，曰："三藏尚为故纸，以吾言为裨贩子乎？"
⑥ 《续指月录》卷六：（雪岩满）师与胜默同参，尝跪受呵斥，或问其故？师曰："今诸方师资法属，净讼招讥，师虫自食身中肉也。某虽不肖，敢复蹈覆辙耶？"

项羽犹重瞳。谁偿七蒲团，我欲烹而翁。念此热我肠，千里携孤筇。①

诗歌颂扬今觊堪为曹洞宗传人。回忆今觊住持栖贤，以高僧之大德，感动如来佛祖现出舍利。今觊又奉天然函昰师之命，继任福州长庆之法席，相信以今觊坚忍的定力、杰出的才能，定能开创新的局面。

今觊住持长庆寺半载，复还栖贤，澹归有诗相迎，称其为不畏艰难险阻的"铜头铁额老"：

随肩柳栗去留轻，到处青山足送迎。验取铜头铁额老，洗教金井玉渊清。千华座下衣还绕，七佛峰前鼓自鸣。谁道红尘曾有路，从来不见一人行。②

康熙十七年（1678），今觊中寒疾呕血，示寂于栖贤，年六十。示寂前，今觊读澹归《徧行堂前集》，每至三更。澹归闻之，作歌四首哭之：

未和远游赋，先吟归去来。达人缘即道，乞士法为财。龛窄宜枯坐，山深好活埋。留将慈氏下，方便为渠开。（其一）

退院何容请，思君亦太劳③。痰才攻若线，血已败如潮。走向狂边歇，言从呓处消。恰乘欢喜隙，撒手更逍遥。（老人至，师喜甚，遂愈，愈后即死。或疑之，予曰："正欢喜时不死，便非俊物。"）（其二）

病愈方堪死，欢来不用生。剧谈曾浃日，快读每三更。泯迹归全主，摧锋陷老兵。未知谁胜负，一笑且横行。（老人云："石鉴读汝集，每至三更，复病而死。"予向与山鸣长老剧谈三日，开先僧云："因此疾笃，遂化去。"）（其三）

死别都休哭，生离应有歌。莫言三际断，争奈一家何。急雨碉中落，凉风月下多。挑灯发高论，识取病维摩。（其四）④

今觊亡世，澹归非常悲伤，长歌当哭，但他强颜作欢，写下这组诗歌。诗歌赞颂了佛门这位"摧锋陷阵"的老兵"死得其所"，其生前"挑灯发高论"儒雅之姿犹时时浮现在作者眼前。

---

① 《送石鉴觊兄奉命之长庆》，《徧行堂集二》卷30，第338页。
② 《寄赠石鉴觊兄退长庆院还栖贤》，《徧行堂集三》卷38，第122页。
③ 康熙十七年（1678），天然函昰自海云至栖贤，石鉴大喜，"请以院事属角子䒠，而身侍老人，朝夕与同参谈道论文"（《栖贤石鉴觊禅师塔铭》，《徧行堂集四》续集卷8，第177页）。
④ 《悼栖贤石鉴觊兄》，《徧行堂集四》续集卷14，第344页。

今覜诗"出于王孟"①，多描绘山水风景优美秀丽，诗风清新自然，颇多佳作。澹归称读今覜"所辑栖贤诗文，真足以挽颓流而励末俗，与今之禅贩如来者远矣。此老文章品节，向于岭表，国士无双"②。

三、今摩诃衍

今摩诃衍，天然函昰之子，原名琮。少为邑诸生，颖悟拔俗，好黄老之学，天然函昰不能禁。顺治七年（1650）冬一夕，窥内典，遂尽蠲夙习，从大父母落发，同时受具雷峰；十二年（1655）游匡庐，十五年（1658）还粤。时天然函昰立按云堂，策励后学，朝夕下堂勘验。今摩读《宝峰照自赞》有省。一日因病而机缘顿开，呈偈云："做贼心虚真点胸，翻疑鼻孔向人中。一回开眼犹如梦，处处云山带碧峰。"天然函昰额之。康熙三年（1664），付嘱大法，立为第三法嗣。爱匡庐山水幽邃，有终焉之志。鹤鸣峰旧有僧室，老竹万竿，下瞰彭蠡之胜，购而居之，影不出山三十余年。后闻山中僧徒悉编保伍，遂归雷峰。康熙三十七年（1698）秋示寂。

康熙三年（1664），今摩被立为第三法嗣时，澹归贺曰："吾师以超绝过人之姿，生菩萨家为法王子，盖不特雷峰一家之庆，乃自有佛法来最胜希有之庆"③。且作诗赞扬今摩出生高贵，颖悟超俗，依父皈依佛门：

天然尊贵不由人，髻里明珠掌上珍。真俗贯穿双父子，官家劈破一君臣。通身手眼通霄路，透顶波澜透网鳞。却笑罗云④遭钝置，活埋一钵走风尘。⑤

今摩在雷峰受法后，即返回庐山鹤鸣峰，澹归有词赠别，寄托思念之情：

---

① 《题石鉴和尚遗墨后》，《徧行堂集四》续集卷9，第202页。
② 《与陈士业文学》，《徧行堂集二》卷29，第303页。
③ 《与诃衍摩大师》，《徧行堂集二》卷22，第121页。
④ 罗云，亦作罗睺罗，相传为佛陀之嫡子，在佛陀十大弟子中为密行第一，后于法华会上回于大乘。
⑤ 《寄贺诃衍摩兄》，《徧行堂集三》卷35，第32页。

恰似优昙花一现，不容几日盘桓。知君去住自翛然。危峰青侧立，冷着妙旁观。　千里可能同入梦，相携紫玉台前。梅花香骨未凋残。谁将明月影，拓在石栏干。①

今摩鹤鸣峰有特产腐查饼，原料和制作工序独特，澹归作诗述之，认为啖饼后再喝茶，其味醇美悠长：

不因苦笋脱春衫，且为酸斋买曲镰。落下梅花羹莫糁，熏来鱼子粟仍黏。曾将白饼欺蒸饼，却被淮盐胜粤盐。饭袋得伊春满后，两旗同试一枪尖。②

澹归赴嘉兴请藏经完毕后，曾与今摩谈及卜居庐山，作诗表达对隐居鹤鸣峰的羡慕之情：

鹤鸣峰顶啸，櫓断水边诗。老不能登顿，贫兼守拙迟。矮篱垂雨叶，曲碉飏晴丝。记得村居里，鸡鸣犬吠时。③

四、今壁仞千

今壁仞千，东莞温氏子。幼通坟典，弱冠出世，习毗尼于鼎湖。闻天然函昰倡道雷峰，徒步归之。天然一见知为法器，许以入室。屡呈所见不契，寻于丹霞侍寮，一言之下，知解尽脱，执侍弥勤。康熙七年（1668）元旦，与澹归同日付嘱，立为第五法嗣。康熙十年（1671）冬，分座海云，是年十二月示寂。

康熙七年（1668），澹归与仞千同付大法，澹归以诗贺之，谦称虽与仞千同被付法，却没能如仞千陪侍师之左右，悟道也不及仞千：

古人有语寄空山，百道春云响夜泉。入室与闻尊贵旨，到头不会祖师禅。十年挈杖难居侧，一日扬秕忽在前。老我只知无事好，儿孙须上虎丘船。④

仞千去世，澹归为其作塔铭，赞扬他精勤修持，至死不渝。其文略曰："（仞千）止持坚确，篝灯读经，伏几作字，不舍昼夜，遂致咯

① 《临江仙·送诃衍兄还庐山旧隐》，《徧行堂集三》卷42，第277页。
② 《鹤鸣峰腐查饼，其味甚长，戏柬诃衍摩兄》，《徧行堂集四》续集卷14，第371页。
③ 《与鹤鸣摩兄、栖贤䒳弟谈卜居匡岳之事》，《徧行堂集四》续集卷14，第344页。
④ 《赠仞千壁弟》，《徧行堂集三》卷37，第92页。

血。迨谒老人，许以入室……羸疾既深，同参益切，诫以节劳，笑而不答。"①

五、今辩乐说

今辩乐说，番禺麦氏子。兄弟四人，皆有文名。家贫事母孝。尝学帖括于梁之佩。之佩乃海发禅师，导以内典梵行，忽有所省。求行脚僧引至匡庐，参天然函昰薙染。顺治十七年（1660）还雷峰受具。澹归辟丹霞，迎天然开法席。今辩劻维甚力，鞠明究曛，胁不沾席者数年，从此悟入。康熙七年（1668）解夏，天然付以大法，分座丹霞。天然函昰示寂后，遂主海云、海幢。会福州绅士请继长庆师翁之席，遂从浙入闽。康熙三十六年（1697）示寂长庆。有《四会语录》《菩萨戒经注疏》行世。②

今辩深得澹归赏识，澹归赞扬他"胸中寥廓有如此，世上萧疏得几人"③。康熙七年（1668），今辩被付以大法，澹归作诗祝贺他得师心传，分座丹霞：

> 片云绝壁古犹今，才得明心即负心。有样不传无缝塔，八音齐鼓独弦琴。翠岩石上迷双砾，龙猛盂中契一针④。却怪螺岩全布水，烦君特地作龙吟。⑤

澹归与今辩情感契合，澹归时常邀今辩等二三人小聚，品茗谈心：

> 独坐时堪三两人，香炉茗碗未生尘。暗云尚销千岩梦，破衲同回一缕春。事往那容分菽麦，老来常欲负松筠。不知此地清谈外，谁是虚舟不系身。⑥

澹归在外化缘，丹霞山中事务，多委今辩操办。澹归曾行化赣州，扶病还山，心灰意冷，见山中人和事兴，心情转好，作词称赞今辩的

---

① 《海云西堂仞千壁禅师塔铭》，《徧行堂集四》续集卷8，第174页。
② （清）徐作霖、（清）黄蠡编：《海云禅藻集》卷1，逸社丛书1935年排印本。
③ 《探梅后泊龙溪口月下，同阿字兄、乐说弟、乘消、觉熏、汝得、纯铸诸禅，分赋得人字》，《徧行堂集三》卷37，第87页。
④ 《指月录》卷3：十五祖迦那提婆尊者，谒龙树大士，将及门，龙树知是智人，先遣侍者以满钵水置于座前，尊者睹之。即以一针投之而进，欣然契会。
⑤ 《贺乐说辩弟嗣法》，《徧行堂集三》卷37，第107页。
⑥ 《同节生居士，乐说、梅叟二长雨窗小坐》，《徧行堂集四》续集卷14，第359页。

修持引带作用：

余生偷得，生亦无余想。没兴砥狂澜，双吊在、眉头心上。芸人舍己，两地各抛荒，涧水曲，树云深，壁立辜丹嶂。 凝冰焦火，自愧人难傍。欢喜一团春，美玉友、温温德量。住山本色，雕琢不容施，事有尽，意无穷，只手烦回向。①

康熙十六年（1677），澹归决意从丹霞退院，欲委今辩继席丹霞。康熙十七年（1678）春，澹归在《上本师天然函昰和尚》云："前屈乐说为首座，力劝不从，盖其意不忍竟离和尚，亦恐被丹霞法席粘住耳。不忍离和尚是其孝，恐法席粘住是其高，皆美德也，岂敢强夺其志？然丹霞一坐具地，遂为凶衰不祥之物，亦可怜矣。"② 澹归在信中备陈今辩不肯接任丹霞继席的原因，实则说今辩有此品德和胸怀，甚当大任，是丹霞继席的不二人选。并称自己决意出岭，当以丹霞托付于今辩。澹归离开丹霞后，今辩勉摄丹霞院事③。澹归在韶州闻之，作诗相勉：

山中速我归，使者日相望。我昔有成言，复济如此江。玉友肯继席，元日初开堂。闻之喜不寐，独舞如商羊。久旱泉脉枯，龙雨吹天香。遣人往致斋，力短心自长。人亲或以柔，人疏或以刚。道隆不在炎，道污不在凉。往年建立意，暗室分千光。幸无长夜忧，云水资翱翔。④

诗歌表明自己离开丹霞之意已决，"无再入方丈之理"⑤，听到今辩接任继席，万分高兴。他建议今辩治理丹霞方式方法要灵活，相信丹霞山在今辩的住持下，会更加兴盛。

澹归出岭后，今辩到江西南安与澹归会面，为他送行，澹归作诗相赠：

不少分携恨，嗟君泪未干。卜邻吾亦易，弘道尔非难。解夏月常洁，立秋风渐寒。云山江上影，仍是大家看。⑥

---

① 《蓦山溪·从章门扶病还丹霞，喜与乐说辩弟重见》，《徧行堂集三》卷43，第291页。
② 《上本师天然函昰和尚》，《徧行堂集四》续集卷10，第226页。
③ 蔡鸿生：《清初岭南佛门事略》，广州：广东高等教育出版社1997年版，第239页。
④ 《南韶杂诗·喜闻乐说辩弟受大众请，继席丹霞》，《徧行堂集四》续集卷13，第304－305页。
⑤ 《与丹霞乐说辩和尚》，《徧行堂集四》续集卷10，第233页。
⑥ 《与乐说辨弟别于南安》，《徧行堂集四》续集卷14，第342页。

诗歌表达了二人难舍难分之情，相信以今辩的功德，完全能胜任丹霞法席；并表示自己尽管已退院，仍会时时关注丹霞山。

康熙十九年（1680），澹归在示寂前，将今觊石鉴遗集及自己的《徧行堂续集》寄还丹霞，托付于今辩。今辩不负所托，校阅石鉴遗集，刊刻出版；编校《徧行堂续集》，并筹资付印，于澹归圆寂五年后面世。

今辩颇能诗，澹归与他及同门诗友经常相互唱和。澹归曾记他与今辩、阿字、乘消、觉熏、汝得、纯铸等同门探梅罗浮山，泊船龙溪口，月下分韵赋诗之雅事。①

六、今䒢角子

今䒢角子，新会黄氏子，其父为今如真佛。今䒢自幼随父出家，九岁成僧，不数年遂悟大乘。为天然函昰第七法嗣。住柳溪，复徙栖贤，继今觊石鉴主法席。康熙三十七年（1698）自栖贤移丹霞，后主海幢法席。

康熙八年（1669），天然函昰在丹霞付今䒢大法，澹归在外闻，来信相贺："承闻解夏得法，读秉拂语，高妙过人，喜不自胜，此真丹霞门下飞兔流星，非驽马可得齐足也。承当个事，全要年力方刚，仆老矣，每自恨迟暮，不堪为后昆标表，有此心胸，无此岁月，免不得负佛祖、负师友，待得来生童真入道时，早已输公一着矣。海幢戏与尊公言：仆五六年前，便说角子贤郎定当跨灶，今已撞倒烟楼"②。赞扬今䒢"年力方刚"，堪为佛门大器；自己已是迟暮之年，无法与今䒢相比，并说五六年前就对其父今如预言今䒢必成大器，今果如其言。澹归随札附诗相贺：

千雷万电激龙门，烧尾③全擎头角尊。天上弄珠翻黑海，潭中吹竹起红云。英灵让尔追先德，老病怜予误后昆。恰好眼前无一事，牛羊日夕下荒村。④

---

① 《探梅后泊龙溪口月下，同阿字兄、乐说弟、乘消、觉熏、汝得、纯铸诸禅，分赋得人字》，《徧行堂集三》卷37，第87页。

② 《与角子䒢大师》，《徧行堂集二》卷22，第126页。

③ 烧尾，鲤鱼跃过龙门之时，天雷击去鱼尾，鱼乃化身成龙。

④ 《贺角子䒢弟得法》，《徧行堂集三》卷38，第136页。

澹归赴嘉兴请藏经完毕后，曾与今𦮼谈及卜居庐山的愿望：

住院如退院，入山休出山。老僧当此际，二与四之间。磵月寻峰上，林烟罩地还。雨余无虎踪，深夜莫留关。①

七、今遇泽萌与今但尘异

今遇泽萌，江苏松江孙氏子。康熙十一年（1672），入庐山归宗寺谒天然函昰，一见契合。后返雷峰，受天然函昰付嘱，立为第八法嗣。康熙二十五年（1686），接任丹霞别传寺法席。三十五年（1696）赴庐山住持栖贤寺。

今遇被付大法，澹归有诗相贺：

记得玉帘泉上坐，溪山异处月云同。未知斋瓮深于海，且喜赤梢狞似龙。二十年前曾自见，三千里外莫相逢。好教十字街头立，不把天台一线通。（曾有天台住静之约）②

诗歌回忆了他们曾经共处的美好时光，并说今遇很早就显露出不凡的才德。现今遇被付以大法，看来两人的天台住静之约是难以实现了。

澹归与今遇有书信往来，多谈论如何修身养性，偶及宗门琐事。今遇能诗，澹归曾将自己的诗集"请正"于今遇。③

今但尘异，少年时即出家，礼天然函昰为师。康熙十六年（1677），受天然函昰付嘱，立为第九法嗣。雍正六年（1728），接任丹霞法席。

澹归赞扬今但"年志方盛"却"严气正性，冷峭绝群"④。今但被付大法，澹归作诗为贺，赞扬今但少年老成：

少年长老足机筹，滑路怜人得自由。万里无云成二见，五台不去是同流。高堂已奏归田曲，古渡还乘泛月舟。老我岂堪论胜负，一时打灭火柴头。⑤

---

① 《与鹤鸣摩兄、栖贤𦮼弟谈卜居匡岳之事》，《徧行堂集四》续集卷14，第344页。
② 《贺泽萌遇西堂秉拂海云》，《徧行堂集四》续集卷14，第365－366页。
③ 《与泽萌遇大师》，《徧行堂集四》续集卷10，第238页。
④ 《题瞎堂老人诗卷》，《徧行堂集四》续集卷8，第181页。
⑤ 《贺尘异但侍元秉拂海云》，《徧行堂集四》续集卷14，第366页。

从澹归与海云"八今"的交往可看出，天然函昰的法嗣多是诗文颇有造诣的儒僧，以天然函昰为核心，形成了一个以诗文相砥砺的僧人文化群体，即后人所称的"海云诗派"。在这种风气的影响下，那些不曾识字的僧人也学会了作诗。如今无早年失学，出家前不曾识字，但皈依后便学会吟诗，成为清初岭南重要诗僧。他回忆了自己的学诗历程："余与顿修同游雷峰之门，学性命之学，乃庚寅岁。又学为文，学诗，学书。"① 又如今竹"初不识字，久之能诵梵典，逾年知书达礼，握管成文，皆有至理"②，后亦成为诗僧。

海云诗派对岭南诗坛的影响，正如论者所云：

> 吾粤方外士以诗鸣者，具本正声，所以古今传颂不绝。大率明季甲申、丙戌之遗老而逃于禅者多，如憨山之有《梦游集》，空隐之有《芥庵集》，正甫之有《零丁山人集》，天然之有《瞎堂集》，祖心之有《千山集》，阿字之有《光宣台集》，石鉴之有《石林堂集》，诃衍之有《雀鸣集》，真源之有《湛堂集》，刃千之有《西台集》，乐说之有《长庆集》，澹归之有《遍行堂集》……大启宗风。其诗类多感时述事，亦如憨山之一派皆出乎性情之正，所以历久而弥彰。③

海云"八今"关系融洽，共担中兴曹洞宗重任。由于年龄经历、相交时间和性格兴趣等方面的差异，澹归与海云"八今"的交谊也不尽相同，相对来说，他同第一法嗣今无、第二法嗣今覞相交时间长，性格相投，又是函昰早期非常倚重的左右臂膀，他们三人的交往更密切一些。第五法嗣今辩分座丹霞，长期在丹霞山辅佐澹归处理山中之务，为人厚朴勤勉，澹归与他关系密切自不用说。第三法嗣今摩由于长年隐居庐山鹤鸣峰，影不出山，澹归自然与他交往就少些。第七法嗣今覞虽与澹归同属"今"字辈，但年龄差别大，澹归与他父亲真佛相交，今覞实际上对澹归以叔辈待之，受束于礼节，今覞不可能与澹归随意亲近。第五法嗣今壁、第八法嗣今遇、第九法嗣今但，长期侍奉于天然函昰左右，澹归与他们三人关系相对稍疏。

---

① （清）阿字：《送顿修监寺栖贤寺》，《光宣台集》卷6，《四库禁毁书丛刊》集部第116册，北京：北京出版社1997年版，第155页。

② （清）徐作霖、（清）黄蠡编：《海云禅藻集》卷2，逸社丛书1935年排印本。

③ （清）何桂林：《莲西诗存序》，（清）释宝筏：《莲西诗存》，光绪十九年刻本。

第三节 其他"今"字辈

"今"字辈大多数人礼天然受具，也有少部分人礼道独受具。澹归与很多"今"字辈的情谊，不亚于海云"八今"，如他同今湛、今锡、今引、今离、今堕等人的交谊就十分深厚。尤其是在他营创丹霞山时，视与他同甘共苦的"今"辈为手足。

一、今湛

今湛，字旋庵，三水李氏子。原名廷辅，髫龄即发心出世，住雷峰隆兴寺。闻天然函昰倡道诃林，躬延天然至雷峰作开山第一祖。时龙象云集，寺破旧湫隘，众无所容。今湛发愿行募，泥首击柝于阛阓者三年。前后殿阁，巍然鼎新，改名海云。又范金铸诸菩萨相，遂成宝坊。湛丰颐广额，貌类应真，忘己徇物，自少至老无锱铢之蓄。严事师长，调摄四众，尤缁流所罕靓。今湛先后为海云、海幢都寺。趺化于康熙十六年（1677），世寿六十五，僧腊三十。

澹归对今湛十分敬重，称其"于法门可谓真至纯诚，有不二心之操者矣"①。今湛五十一岁，澹归为他写了一首祝寿诗，赞美他关爱众生，化缘不辞劳苦；舍身佛门，呕心沥血；捐尽资产，无怨无悔：

丹霞已破生辰窟，还有生辰消不得。海幢总院旋庵湛，七月十七五十一。公长我才一岁半，供养十方无等匹。眼圆鼻直须如刷，瘦削达磨连水月。十方世界逼侧同，普贤毛孔西天东。张郎有钱不会使，李郎两手招清风。（公俗姓李）雷峰舍却当体空，海幢接着今年穷。莫道卓锥还有地，可怜绞水更无縢。日日过堂一千指，无米而炊长若此。常啼菩萨卖心肝，血流满口何曾死。共说因缘事愈难，事若不难吾亦耻。万行皆从难处圆，不退转地安如山。红鲜点点血非血，八功德水莲花环。有佛自称无量寿，官物私收面皮皱。我为公不破生辰，昨日青天今白昼。五十以前老吾老，五十以后幼吾幼。不知谁老兼谁

---

① 《雷峰旋庵都寺六十寿序》，《徧行堂集一》卷5，第135页。

幼，且喜无前亦无后。大家满引一巡茶，自古青山不唧嚼。那边月满兔儿肥，这里雪消狮子瘦。此是名超一切人，不须更念三行咒。（公舍隆兴以供十方，无几微见于颜色，故有"雷峰舍却"之语。海幢无常住，为众忧劳呕血，故有"红鲜点点"语）①

天然函昰六十岁生日，弟子云集丹霞，为天然庆生。庆生毕，今湛小游丹霞，即欲回海云寺料理事务，澹归有诗相送，难舍难分之情，于诗中见之：

亲到丹霞意即休，千岩万壑梦潜留。扶筇已放登临眼，倚桌犹存去住谋。十六年来情所切，弟兄星散泪难收。片鳞且慰离群恨，莫遣青山怨白头。②

康熙十六年（1677），今湛趺化于海云寺，时澹归作计退院丹霞，闻讯作歌悲之，愿他逝后升天成佛：

一声断雁忽相闻，合志祇林手暂分。退院我方惭老计，息缘公已叹离群。葛洪井畔三生路，兜率③天边一片云。不向双扉横独木，明湖巨榜待高勋。④

二、今锡

今锡，字解虎，新会黎氏子。原名国宾，邑诸生。少修梵行，早有出世之志，遇天然函昰即求脱白受具。初为海云典客，会阿字分座海幢，营建方兴，百务丛集，监院空缺，天然乃命今锡充之。左右勷维，法门大振，寻迁都寺。性慈和，生平无厉色暴声，与人殷殷有真意。工行书，临帖以指划襟，襟为之穿。性好奇玩，瓦石木瘿，凡有蓄者，莫不奇绝。⑤ 其子月旋亦依止海幢，并称耆德。

解虎与澹归感情很深，然相聚之日少，澹归自称"与兄同病，无暇相怜"⑥。解虎收藏奇玩甚多，曾持一黄皮蚝示澹归，澹归"攫而有

---

① 《旋庵湛公生辰歌》，《徧行堂集二》卷31，第365页。
② 《送旋庵湛都寺还雷峰》，《徧行堂集三》卷37，第93页。
③ 兜率，又作兜率陀天，乃欲界六天之第四天。此天有内外两院，兜率内院乃即将成佛者（即补处菩萨）之居处。
④ 《挽旋庵湛都寺》，《徧行堂集四》续集卷14，第365页。
⑤ 冼剑民、陈鸿钧：《广州碑刻集》，广州：广东高等教育出版社2006年版，第177－178页。
⑥ 《与解虎监寺》，《徧行堂集二》卷23，第139页。

之",并纪之以诗。序云："黄皮,果名,根蟠古蚝壳之半,宛转附丽,疑为鬼作。解虎锡公持以相示,余攫而有之,始问所从来。云王君玉舟所畜,凡三避兵,坚持不忍弃,信知奇物与好奇者常不相背。为纪以诗,立柬主人,使无留憾。"诗云:

有如此石那不爱,被人夺却谁人怪。我今获此黄皮蚝,且喜眼明手亦快。此蚝磊砢刚且明,黄皮却以柔相亲。婉如为作称体衣,前后熨贴宫罗轻。掩背不得更掩口,滑稽复似东方生。东方小儿薄脣唇,赚却侏儒自诉贫。携来一勺量米壳,笑煞堂堂八尺身。手中胡卢失本相,瘿瓢托出光辚辚。当时两强未相下,居间何物能调停。或言水木自相生,穷儿得母谁能分。枯枝入土枯鱼惊,此老犹有江湖心。相呴以湿濡以沫,物交岂得非人情。我闻此语一叹息,舌头无骨知谁凭。一切诸法休横计,如虫蚀叶忽有字。虫叶从来两不知,即此名为清净智。彼无作者无不作,初非一相还非异。狭路相逢没处藏,假是真非俱嘿置。方我得之解虎公,突如物见东家翁。双眸一注不可脱,这边有即那边空。昔日曾经好事手,晦明风雨摩挲久。几回兵火满山城,白首同归赤脚走。只顾蚝存不顾家,僻肠高兴逢人夸。山门寂历休回首,亦未风吹镜里花。一击槁枝歌一遍,无情忽露多情面。持报当年旧主人,可负君家真赏鉴。①

诗歌写得轻快诙谐,详述黄皮蚝之奇特,由于"夺"蚝者乃法门兄弟,解虎纵然不舍,也只得忍痛割爱。

当然,澹归遇到奇玩,也不会忘记解虎,曾送解虎一虾(蛤)蟆石,以补夺蚝之歉,作诗曰:

寄君一座虾蟆石,争似黄皮牡蛎房。两个一家才问罪,两家一个又追赃。②

康熙元年(1662),澹归离开雷峰,入丹霞营创别传寺,临行前有词赠别解虎,回忆两人相处十年,凡事都相互帮衬,现在分离远去,自己将会非常孤单寂寞。词写得凄凉而真切:

十载化人频此住,也曾事事商量。一回归去一回忙。路从今日远,

---

① 《黄皮蚝歌》,《徧行堂集二》卷31,第361－362页。
② 《寄解虎锡公虾蟆石》,《徧行堂集三》卷40,第209页。

心是昔年长。不道夜阑明月影，深深还照虚堂。半天零露冷于霜。老来空自惜，情至欲相忘。①

康熙十年（1671），解虎六十岁。澹归以寿词相贺，称赞解虎一心向佛，修持四十年：

花甲初周，明辰又起，谁见循环有终始。珠光映如满月白，衣痕覆出前身紫。万年基，千秋寺，一回耳。　旧日天龙曾竖指②，编贝如新四十齿。笑抚后来皆我子。方舆眼空泰华峻，百川心为沧溟死。吉祥门，欢喜地，长留此。③

解虎为人讲信义，曾答应友人姚水真让澹归为其所藏僧伽诗册作序。康熙十五年（1676），解虎病危，为兑现宿诺，求澹归为姚水真诗册作序，澹归因病而未能。解虎病逝后，澹归终为之序。④

三、今引

今引，字勤修，别传寺直岁。澹归在丹霞山营建过程中，遇诸难事，都与他商量，也能得到他的大力协助。澹归给陆世楷及沈蜂日信中云："勤修直岁已到，共论山中事，直至半夜，通盘打算，殊为愀然"⑤，"两夜与勤修直岁说些家长里短"⑥。今引五十岁，澹归为之作寿序，赞曰："予开丹霞，勤修引上座以宿愿力欣然来助，领直岁，迄今十年。上自螺峰塔，下至护生隄、童子岩，中为别传，殿阁堂寮，木石丹垩，僧行工作，皆其心所经画，手足所运奔，口舌所呼应，间以其暇及种植，为常住计，不遗余力。予所见丛林知事僧，秉贞谅之操，竖勇猛之幢，持久远之局，无若此者。"⑦

今引身手敏捷，勇而有力，澹归巡游丹霞，今引与古震开道引路。

---

① 《临江仙·留别解虎诸子》，《徧行堂集三》卷42，第276页。
② 唐代俱胝和尚初住庵时，有尼师名实际，戴笠执锡绕师三匝言："道得即拈下笠子。"如是三问，师皆无对。尼便去。师云："日势稍晚，且留一宿。"尼答："道得即宿。"师又无对。尼去后，师心大惭，起大疑及勇猛精进之心。其后，天龙和尚至庵，师即迎礼，具陈前事，天龙竖一指示之，师当下大悟。自此凡有学者参问，师唯举一指，无别提唱。（《景德传灯录》卷11）
③ 《千秋岁引·解虎锡监寺六旬初度》，《徧行堂集三》卷43，第292页。
④ 《祭海幢都寺解虎锡公文》，《徧行堂集四》续集卷5，第100页。
⑤ 《与南雄陆太守孝山》，《徧行堂集二》卷26，第220页。
⑥ 《与沈融谷文学》，《徧行堂集二》卷28，第289页。
⑦ 《勤修直岁五十寿序》，《徧行堂集一》卷5，第123页。

"石吼迎地藏王菩萨像，自仙城来，关门颇窄，势不可入，勤修造一车四轮，峰顶数十人垂双缆曳之。修奉像升车，持缆踏轮以随，至石势突出，车辄留滞，以一足踢石，一足荡车，顿挫跳脱，凌崖直上"。澹归见而壮之，为作歌云：

谁向丹霞飞一锡，大身却讶天梯窄。勤公为造四轮车，矫首悬崖一百尺。手持巨绳，脚蹴双轮。石方垂颐，人在下唇。左荡右踢，邪许相答。先驱忽报陟昆仑，一拍俄惊裂华岳。直上层城势逼天，羲和顿辔重加鞭。僧稠壁上来如鸟，御寇风中去似仙。君不见罔明大士从地涌，又不见紫金相好坚牢捧。道重安知生死轻，境奇未觉神观竦。那罗延身岂易当，愧我力短心徒长。那得一千五百云水尽如此，无数毫端现宝幢。①

四、今离

今离，字即觉，新会黄氏子。原名尚源。邑诸生。品行端恪，嚬笑不苟，传江门之学，学者多宗之。闻天然函昰阐法于诃林，谒请辩论儒释宗旨，披剥累日，不觉自屈，即日皈依落发，家人生徒犹未知也。顺治五年（1648）受具，随杖居雷峰。顷充华首、栖贤监院，再领雷峰监院。离戒律精严，博通三乘教典，行住坐卧，默诵不辍。方便度人，一出于至诚，慈和之气，达于眉宇，望而知为有道尊宿。康熙十二年（1673），往栖贤省觐天然，天然许还雷峰付以大法。遇咯血病作，未承记莂，是年秋示寂庐山。②

澹归有词一首，记与今离同登丹霞海螺岩，礼岩上舍利塔：

螺岩绝顶凌虚，刹锋独立人天表。烟霞拥护，日星照映，江山围绕。八面风吹，浮尘扫尽，游丝莫袅。问同来道侣，水晶髤塔，较累赘，争多少？ 眼底乾坤芥子，便眉端、一毫非小。祖庭秋晚，法云远覆，寸心难了。回雁峰前，几声嘹唳，画开林杪。肯深埋此地，万年一念，且忘昏晓。③

---

① 《地藏菩萨登山歌》，《徧行堂集二》卷31，第370-371页。

② 杨权主编：《天然之光：纪念函昰禅师诞辰四百周年学术研讨会论文集》，广州：中山大学出版社2010年版，第114页。

③ 《水龙吟·同即觉离公登海螺岩，礼舍利塔，用东坡〈咏笛〉韵》，《徧行堂集三》卷44，第319页。

词写他与今离登上丹霞海螺岩，极目望远，大好风光尽收眼底。远眺的祖庭栖贤寺（舍利来源地），却远在天边迷雾之中。他们希望日后圆寂之后，也能埋葬于此。

五、今堕

今堕，字止言，番禺黎氏子。原名启明，字始生。喜谈论，尚气节。因乡乱其兄遇难，遂无意于世，尽散家产，结纳名贤。父老逼其成婚，正襟危坐，达旦而逃。顺治六年（1649），求天然函昰薙染受具，命为诃林监院。顷奉书入闽，省觐道独。堕虔诚向佛，惜年不逮行，甚为诸老所惜。临终，天然作偈许其再来付嘱。

澹归初来岭南，"甫进戒，从止言阿阇黎出岭，为匡山长住计。过彭蠡，涉扬子江，侨居晋陵。甲午至琴川，驻锡贯清堂。冬还栖贤"①。澹归曾回忆两人相处的这段时间云："往在吴中，止言堕师与余追论故人，每有山河之感。"② 可见今堕是个有遗民气节的僧人。今堕德贤心善，给了澹归很多关怀。澹归相随今堕，结识了很多岭南士人，如今堕曾带澹归拜访惠阳叶锦衣，得识邝中翰湛若之琴③；于贺汉年宅，得观丁南羽所画佛菩萨阿罗汉像④。

澹归与今堕感情至深，《病中遣兴》云：

病中欲见人须到，梦里相思我正忙。听得一声声是是，却怜无力下匡床。（止师归）⑤

诗歌写他病中思念今堕，恰逢今堕前来探视他，他听到今堕户外之声，却无法下床相迎。两人之交情，是何等感人啊！

《载庵》云：

剪棘同相约，携瓢到几时。（迟止言阇黎未至）断风留曲径，野色进疏篱。适意无前定，深山已后期。只应长闭户，石上坐支颐。⑥

① 《四书义自叙》，《徧行堂集一》卷7，第194页。
② 《次韵思圆后公遗诗》，《徧行堂集二》卷32，第388页。
③ 《绿绮台歌》，《徧行堂集二》卷31，第352页。
④ 《贺汉年宅，观丁南羽所画佛菩萨阿罗汉像，皆紫柏大师题赞，系之以诗》，《徧行堂集二》卷34，第458页。
⑤ 《病中遣兴》，《徧行堂集三》卷40，第202页。
⑥ 《载庵》，《徧行堂集二》卷32，第390页。

诗歌写他与今堕相约修饬园圃，然今堕迟迟未至，他无聊地坐在石头上等待，大有"有约不来过夜半，闲敲棋子落灯花"之意境。

《书怀呈止言堕阇黎》云：

> 劈破邻虚尚有尘，无端风雨又三春。不知水草还牵我，颇觉聪明解送人。白发渐来催懒慢，青山未葬莫嶙峋。最怜荒莽疏钟外，斟酌蹉跎病里身。①

诗歌写他向今堕感慨时光易逝，自己年老多病，颇有身心疲惫之感。

今堕四十岁生日，澹归作《止言阇黎四十初度》，述今堕传奇经历，赞扬今堕身入佛门，把他比作黄龙英邵武、云门文偃，祝愿他像佛祖一样再生于世，子孙延绵：

> 白满中庭夜未央，掩星夺月解空祥。处胎自不投烟火，洒血曾经喋虎狼。放下并无千数佛，随来只见两重光。欲知浩劫难穷处，碧海春云日渐长。（师之母不粒食，不火食。师报兄仇，率兵剪沙湾叛主者千家，故有第三、四语）（其一）
>
> 生机才转失乾坤，大法悬丝定一尊。双岭同怀英邵武，单词独辨古云门。人天即拟推难觅，龙象焉知踏易翻。此日护明元不降，东风好为长儿孙。（其二）②

澹归在丹霞别传寺设神位崇报先德，今堕与列焉③。澹归在《止言堕阇黎真赞》云："孤峰独宿之标，一生取证之志。生不能酬，殁而犹视。只为阇黎性太紧，便要一锹掘个井。"④

六、今应

今应，字无方，番禺许氏子。顺治六年（1649）出世受具，继旋庵湛公为雷峰监院。慈忍谦逊，人皆乐为之用。会修建殿宇，榱桴瓴甋坌集，应密审尺寸，量材大小，然后指麾匠石，皆中绳度，无竹头

① 《书怀呈止言堕阇黎》，《徧行堂集二》卷34，第459页。
② 《止言阇黎四十初度》，《徧行堂集三》卷35，第4页。
③ 杨权主编：《天然之光：纪念函昰禅师诞辰四百周年学术研讨会论文集》，广州：中山大学出版社2010年版，第114页。
④ 《止言堕阇黎真赞》，《徧行堂集一》卷14，第365页。

木屑之遗，人服其能，惜工未竣已西首矣。^① 澹归有诗云：

道力难将业力驱，化人心血竟无余。转婴镜应消磨尽，丈六金身尚索居。（壬辰预铸佛之役，同学如梁同庵、崔石师、台设镜、无方应皆为异物，余迁化尚多，大殿犹未落成，为之三叹）^②

今应家族之人受其劝导，出世为僧者良多。然今应病中垂危时，致信其家族乞药，竟无回应，澹归为此颇感世态炎凉：

死生老病只随缘，烧却无方亦可怜。乞药有人浑不待，免教重费纸灰钱。（无方应公病亟，更见嘱其族人为乞药，未报而殁）^③

今应殁后，澹归一直思念他，相信他在另一个世界仍在修持，故有诗云：

紫金山色自巍峨，破戒场中苦口诃。醒后一声观自在，慈悲极处即阎罗。（潭山有人，病中为鬼卒持去，过一金山，见无方应公跏趺其上……）^④

七、今镜

今镜，字台设，三水李氏子。年十七，随母出世，求天然函昰剃发，禀具执侍丈室，自小持船静室至诃林、雷峰、栖贤诸大刹。镜行解精研，为同门所重，事尼母尤孝，人比之陈尊宿。顺治十三年（1656）坐化，不及担荷大法，时贤惜之。^⑤

今镜是有遗民气节的僧人，与澹归同具家国情怀。故澹归在《万年山中送台设镜师还雷峰》云：

有身元不定，欲住倩谁安。山水气俱尽，乾坤血未寒。看人归似梦，与病转如盘。悔出雷峰早，生疏荔子丹。^⑥

① 杨权主编：《天然之光：纪念函昰禅师诞辰四百周年学术研讨会论文集》，广州：中山大学出版社2010年版，第114页。

② 《绝句》，《徧行堂集三》卷40，第190页。

③ 《绝句》，《徧行堂集三》卷40，第188页。

④ 《绝句》，《徧行堂集三》卷40，第189页。

⑤ 杨权主编：《天然之光：纪念函昰禅师诞辰四百周年学术研讨会论文集》，广州：中山大学出版社2010年版，第114页。

⑥ 《万年山中送台设镜师还雷锋》，《徧行堂集二》卷32，第388页。

澹归生平特喜荔枝，他出来时太早，荔枝还未成熟，现掐指计算，今镜赶到雷峰寺应还吃得上荔枝。澹归又有《食荔枝》诗回忆今镜为满足他对荔枝的嗜好，"偷"今如真佛所藏的佛台供荔饷之。诗前序曰："自十三日不得荔支，已无余想。台设阇黎遽搜真公囊底，为最后供……皆绝顶黑叶也。水尽山穷，又入桃花源里，事出意外，不可无诗。"诗曰：

别却丰湖下宝安，水晶应日浮冰盘。已知俭岁敢嫌少，欲解真馋不惮酸。舌与荔支作一片，照水飞霞光潋滟。美食难教中饱人，独有此公饱不厌。我得荔支病骨轻，监寺极有添花情。荔支未熟百鸟瘦，熟时百鸟皆和鸣。几年菀结变枭勇，不数大战昆阳兵。三日已来饷道绝，旧病欲作还零丁。平原出猎不见兔，老拳闷杀摩天鹰。小童伴我操丸药，食指不动动两脚。黑叶仍堆满案红，钩起相思一络索。一回叹此非意中，老真囊底成顽空。贼打贫儿事亦好，其奈人心各不同。闻他说是最后供，欲将谁向西方送。荔支有处即西方，不消举足分轻重……①

八、今严

今严，字足两，顺德罗氏子。原名殿式，字君奭。邑诸生，与兄寅皆有文名，梁朝钟、梁佑逵皆呼为小友。弱冠即从天然函昰。顺治六年（1649）脱白受具。其母颇知书，相继落发。严性孤高好洁，不能容物，遇非其人，虽贵势不肯晋接。居雷峰丈室最久，人罕见之。顺治十四年（1658）年底奉命往嘉兴请藏经，还至归宗，阅大藏经一周，遭岁俭，日止一糜，研览不辍。爱栖贤山水之胜，扶病强行。居亡何，竟以宿疾蜕于五乳峰静室。严道念甚深，知解明敏，非禅宿所敢望。有《西窗遗稿》传世，《秋怀》《百合》诸诗，为世所传诵。②

今严奉命往嘉兴请藏经，兼作西湖之游，归则入栖贤读经，澹归有诗羡慕今严此行：

---

① 《食荔枝》，《徧行堂集二》卷31，第357页。
② 杨权主编：《天然之光：纪念函昰禅师诞辰四百周年学术研讨会论文集》，广州：中山大学出版社2010年版，第115页。

故乡何地剩相思，飘笠看他笑我迟。紫柏余光轻梵夹，白松昨夜长西枝。两峰插镜春先得，三峡流霜夏不知。怪煞同行人独返，途中却寄到山诗。①

九、今如

今如，字真佛，新会黄氏子。诸生，角子今辈之父。性慈和，简于言笑，博通教典。顺治十年（1653）皈天然函昰受具，随杖居栖贤。十二年（1655），复入岭，执侍宗宝道独左右服勤。道独涅槃后，依天然函昰，与今觐石鉴、即觉离公为性命之友。澹归与今如交厚，曾言其子今辈必成大器。今如年腊既深，归老雷峰，一夕坐脱。②

澹归没有诗歌专写今如，只在《食荔枝》一诗中云："华首老人牙齿痛，真佛侍者眉棱重。"③ 称赞今如照顾道独非常尽心。

十、今㭊

今㭊，字姜山，新会莫氏子。原名微，字思微，邑诸生。少与邑人汤建孟、族弟莫幽蒨结方外之游，览胜吊古，几遍宇内。后依天然函昰决生死疑义，顺治十七年（1660），始脱白受具。康熙七年（1668），为雷峰监院。一僧因目眚辞去，㭊至其所居送之，仰视西日射入窗隙，蹴然悔谢曰："某甲身为监院，竟不知公居止为西乌所薄，罪何可逭？"引咎不已，自解所衣赠之。其慈逊若此。人比之扬岐、石窗诸尊宿。后居福州长庆寺坐化。

今㭊赴江浙，澹归有诗送别，羡慕其江浙之行：

千山吹雨过田家，一片离情托水涯。薄力未能当药草，远思且得寄蒹葭。云开春涧流新月，风落寒岩挂晚霞。剩有金陵怀古句，携归散作锦溪花。④

① 《送足两严公、说非密公请藏禾中，兼为西湖之游。严公归途便入栖贤》，《徧行堂集三》卷35，第8页。

② 杨权主编：《天然之光：纪念函昰禅师诞辰四百周年学术研讨会论文集》，广州：中山大学出版社2010年版，第114页。

③ 《食荔枝》，《徧行堂集二》卷31，第357页。

④ 《送姜山㭊公之江南》，《徧行堂集三》卷38，第122页。

十一、今稗

今稗，字闻者，番禺苏氏子。顺治十年（1653）出世，十五年（1658）受具，执侍丈室三十余年。居栖贤，往来省觐，不惮跋涉。性脱略，不受羁绁。脱白后，始知书，能强记，习静之力也。澹归有《闻者自诡探庐岳老人还报，题此送之》，赞美今稗挟一片精勤之心，春来秋往，不辞劳苦：

岸断波联云树微，远天孤雁带霜飞。春来莫问秋来客，海燕东风一路归。①

十二、今佛

今佛，字千一，新会人李氏子，邑诸生。世乱，父为豪猾所害，阖门被戮。佛匿山泽间得免，日夜思报父仇。久之，猾亦轻其孱息，不复置念，单骑出入，自忘戒备。佛藏刀怀中，诇伺得间。一日遇猾道左，立刲其胸，割其首，鸣之于官。官悯其孝，原之。遂易服，礼道独剃度受具，充芥庵监寺，后为栖贤典客。卒于丹霞。

今佛寄给澹归石耳，澹归作书答谢："极慰所需，念无以答雅意，辄楷书护生隄告成文，为兄便面，亦见丹霞诸兄弟于镬头下兴复不浅也。棕鞋一双，并佐登临之用，余未尽。"② 今佛出任栖贤典客，澹归有诗送之，赞扬今佛洒脱自如：

我入丹霞公有作，公归庐岳我当酬。玉渊潭上三春雨，一点冰霜万斛秋。（其一）

高流自合掩云关，化主从来不在山。一緉芒鞋如挂壁，半寻挂杖各随湾。（其二）③

---

① 《闻者自诡探庐岳老人还报，题此送之》，《徧行堂集三》卷41，第244页。
② 《与千一》，《徧行堂集二》卷23，第150页。
③ 《送千一佛公之栖贤》，《徧行堂集三》卷40，第210–211页。

十三、今竹

今竹，字俱非，湖广人。由行伍得度，投天然函昰剃发受具。初不识字，久之能诵梵典，逾年知书，握管成文，皆有至理。充海幢典客，礼数优娴，被服若出儒素。随天然函昰居丹霞，精研道妙，后奉命居长庆，严修梵行，为绅士所倾仰。

今竹曾驻锡泐山，澹归过之，见"一丘一壑，位置楚楚，草无剩白，树有余青。与俱非诸公坐话，久之将还……"① 作诗赞美泐山风景优美，是个修持的好地方：

别见峰头又一溪，风生叶谢到应迷。上来更度石门迥，落处平窥布水低。十岁树方存远计，三间茅不为幽栖。即看春雨携锄后，万绿抽条一派齐。②

十四、今龙

今龙，字枯吟，高州茂名人。少年脱白，礼石波禅师受具。顺治十六年（1659），参天然函昰于雷峰，求入室。咨决疑义，下语未契，出为典客。随入丹霞，参请益切。会石鉴住持福州长庆寺，奉命以监寺辅行。泊石鉴退院，今龙从福州往参天童，当机大悟，木陈和尚付以大法，道风倾于东南。寻示寂天童。今龙威仪整雅，行解坚卓，颇弄文翰，有《语录》《诗稿》行世。

澹归与今龙关系密切。今龙以监寺辅行福建长庆寺，澹归有诗相送，道惜别之意与相思之情：

春水且未动，送君当雨时。蛟龙应得此，舟楫欲无辞。万里流堪濯，千华润不知。相期三载外，灌顶肯嫌迟。（其一）

短袂能无念，长途春正寒。离人轻折柳，法将重登坛。烟雨浮青嶂，天风落紫澜。谁持消息返，为我问盐官。（其二）③

---

① 《对现台说》，《徧行堂集一》卷3，第71页。
② 《泐山赠俱非上座》，《徧行堂集三》卷37，第92－93页。
③ 《送枯吟往佐长庆》，《徧行堂集二》卷33，第426页。

十五、今儆

今儆，字敬人，番禺陈氏子。原名虬起，邑诸生。静默寡言笑，少从孝廉梁佑逵结净业于芳草精舍。时天然与剩人、二严倡道于罗宾王散木堂，儆从诸弟子获闻绪论。顺治三年（1646），遂弃章缝；十三年（1656）以居士居雷峰；十五年（1658）始薙落受具，历典清职。后居丹霞，因病辞归雷峰，未几坐蜕。

今儆六十岁生日时，澹归有诗相赠，赞美他一生洒脱自如，祝愿他如浮丘、宝掌一样高寿：

未摛浮丘背，休输宝掌心。人间无海岳，此意足登临。山绕云衣浅，波分月镜深。一生谁好梦，随处得花阴。①

十六、今印

今印，字海发，顺德梁氏子。原名琼，字之佩，更名海发，为邑诸生。顺治十四年（1657）秋闱不遇，至匡庐皈天然函昰落发受具。澹归有诗赞美他遁入佛门之举：

秀才抛却入庐山，多少忙人笑不闲。也胜陈郎新未了，一头撞倒落星湾。（梁海发以童子试冠军，便弃之，往庐山，谒栖贤出家。世间人观之，如海发已死矣，其同时秀才陈美最，一病遽死，还留得么?)②

澹归与今印常谈论佛法，深受今印启发，曾忆云："辛丑春雨中，与海发印公谭次，乘兴得二义。印公故此间皋比雄，不复有见猎之喜习气。"③ 两人分离后，常以书信探讨佛法，其一书信曰："手示极中窾綮，可谓先得我心，此理自去冬申明，至今无异说也。锄头没道理，可以道理夺之，笔头有道理，不可以没道理者消之，此大修行人之所以难，大菩萨行之所以不易耳。"④

---

① 《雷峰敬人典客六十初度》，《徧行堂集二》卷33，第432页。
② 《绝句》，《徧行堂集三》卷40，第191页。
③ 《四书义自叙》，《徧行堂集一》卷7，第194页。
④ 《与海发》，《徧行堂集二》卷22，第135页。

十七、今四

今四，字人依，新会张氏子。原名圣睿，邑诸生。年三十余，出世礼枞堂禅师剃染。顺治十四年（1657），皈道独受具，充记室。出为海幢典客，今无阿字住持海幢，道法盛行，王臣士庶轩车相望，今四周旋左右，应酬圆转。及石鉴分座栖贤，以监院辅之，时值修建，酌盈济虚，所需不匮。后以母老归养，竟坐化于象岭下。

今四以监院辅石鉴入栖贤，澹归有诗送之，回忆昔时与今四在栖贤寺一起度过的难忘时光，具言栖贤寺周围一事美好的景色：

玉渊潭上石，我亦坐题诗。别恨当春雨，孤情忆昔时。卿云开蔓草，宝树发交枝。他日重相过，知公愿所持。（其一）

华藏吾山水，谁当见合离。三岩今有主，五老更无欺。挂杖虽依壁，芒鞋亦过溪。远公曾画断，一笑问醯鸡。（其二）①

十八、今普

今普，字愿海。其先姑苏人，居广州，姓朱。敦实纯朴，言辞简约而善讽，不见喜愠之色。初求天然函昰出世，人多易之，迨受具办道，人皆逊其能。入侍丈室，充丹霞化主。瓢笠遍于岭外，后归终雷峰。弟大严亦为僧海幢，兄弟皆继父技，精篆刻。愿海赠澹归篆章，澹归珍之如宝，只在"遇笔墨称意时，乃用此印"②。

今普充丹霞化主，澹归曰："向丹霞山成苦行头陀……予忝为监院，六年奔走一钵中，除经营土木外，欲使大众足食，犹岌岌见难，岂能令之足衣耶？本师天老人深用悯恻，思有以辅予不逮，而愿海贤公首应此命。"③ 今普外出募衣物，澹归为之撰乞衣偈，曰："衣食二字，众命所关，今岁常住布，不得兄发心，则郎当亦自不少。若人人如兄发心，则一切道场无不立见成就，岂特丹霞一刹耶！"④ 并作诗赞之曰：

---

① 《送人依之栖贤》，《徧行堂集二》卷33，第421－422页。
② 《与愿海》，《徧行堂集四》续集卷10，第243页。
③ 《乞衣疏》，《徧行堂集一》卷9，第237页。
④ 《与愿海》，《徧行堂集二》卷23，第158页。

暑雨祁寒不怨咨，无衣未遣外人知。即今家丑须君播，玉线金针用有时。（其一）

片衣曾乞豆皮宗，阔幅新裁近不同。九夏三冬无向背，管教日日在春风。（其二）①

澹归一行人游罗浮山飞云顶，今普为众人探路，从岭上滚落而下，澹归作诗赞其勇猛：

东溪敢作遁逃薮，岭上谁穿一片云。大勇却推朱愿海，无毡滚落邓将军。（愿海滚落飞云顶，至今为口实。有此八人，便可抬起郎当汉，建大将旗鼓矣）②

十九、今渐

今渐，字顿修，浙江湖州茅氏子，鹿门先生裔孙。顺治八年（1651）入雷峰时，年始二十。及见天然函昰，出世之念益坚。受具后，与山品岩公缚茅雷峰山麓，闭关逾二载。天然函昰以法器期之，畀掌记室，对其多所指授。顷从天然入栖贤，刀耕火种剪除芜秽。后以母老归养，种茶自给。母逝后再出游，遇乐说和尚主法长庆寺，遂依之。

今渐与澹归是浙江老乡，关系要好。今渐曾专程来丹霞看望澹归，澹归感其情谊③：

铁壁云封不易寻，竭来犹识故乡音。泪枯释种天中钵，梦绕成连海上琴。春入三岩同守岁，月沉二水各分襟。遥怜师友深谈处，剪烛无忘此夜心。④

今渐以母老归养，澹归有诗送之，望其尽孝后再回丛林：

未说君当去，高堂信有恩。一回惊雪水，不是到羌邨。穷子归亦暂，故山盟欲温。芒鞋那可怨，多劫水云痕。⑤

---

① 《愿海乞布之仙城》，《徧行堂集三》卷41，第234页。

② 《游飞云顶而逃入东溪者八人：断更、智拔、竹主、就位、纯铸、求自、本洁、四藏》，《徧行堂集三》卷41，第228页。

③ 澹归《上本师天然昰和尚》言："顿修逼岁入丹霞，且喜得一番谈笑。"（《徧行堂集二》卷21，第95页）

④ 《送顿修上座还雷峰》，《徧行堂集三》卷36，第60页。

⑤ 《送顿修渐公省亲湖州》，《徧行堂集二》卷32，第388页。

二十、今身

今身，字非身，新会刘氏子。邑诸生，原名彦梅。嗜学好古，善鼓琴。不受俗羁，禀世雄氏之教。康熙七年（1668）弃诸生，受具丹霞，后侍天然函昰于归宗。晚隐苍梧龙化七寺，多致儒绅之慕。康熙三十三年（1694）示寂，其所度白衣弟子思其遗范，于所居龙化七寺绘影祀之。

澹归营建丹霞丛林时，今身行募苍梧，澹归作诗赞今身不辞劳苦，为丹霞僧众排忧解难：

眼前润泽倩谁浇，囊水还旌白象劳。分付三江休出海，连波卷作锦溪涛。①

二十一、今鉴

今鉴，字灵知，丹霞长者。澹归营建丹霞丛林时，今鉴长期在外化缘。有一次偶回丹霞，恰逢澹归在外。澹归回来时，今鉴已经歇息，错过夤夜长谈时机：

渺渺浮云怜久客，迟迟残梦得深山。手中有钵放未下，涧底无松种亦闲。一锡饱参公幸歇，三时垂尽我方还。却惭辜负良朋惯，好韵才从病里攀。②

二十二、今地

今地，即李充茂，字鉴湖，丹霞山旧主。河南南阳人。礼天然和尚，山名今地，字一超。其兄永茂，字孝源，明天启进士，崇祯时官金都御史，弘光末巡抚南赣。兄弟共以百二十金买仁化丹霞山，以避世乱。孝源卒，顺治八年（1651）充茂扶榇归里。顺治十八年（1661），充茂来五羊城，与时在海幢寺的澹归相契，遂舍山以事三

---

① 《非身行乞苍梧》，《徧行堂集三》卷41，第238页。
② 《次韵酬灵知鉴公》，《徧行堂集三》卷35，第26页。

宝。澹归《李鉴湖祠部六十寿序》云："李子鉴湖，古穰之胜流。避地，偕其伯兄文定公，寻山而得丹霞，几于朝夕与共，坐卧不能离。既奉父兄之灵，携其孤侄还乡，数梦寐至焉。岁辛丑，来五羊，闻予有同爱于丹霞，遂举以归予，为道场结界，期三年成，二老为终焉计。"① 并赞之曰："恭惟鉴湖山主大居士，才钟间气，道出凡情。人伦作楷，名流之砥柱千寻；梵辅乘时，法苑之长城万里。今释曩厕同朝，幸邀末契，十年远想，一旦重逢。念其迂拙，不宜久在鄘中；有此高深，方便送还物外。未蒙紫玉之记莂，先获丹霞之净檀。"② 可见澹归曾与充茂同朝为官，相互认识。

充茂把丹霞山赠给澹归作丛林道场，澹归有诗相谢：

十三年前与君别，多少披离得相见。白眼悠悠不索怜，青山黯黯徒生美。空隐老人坐海幢，海螺岩畔思回翔。乞山酬偈一错愕，左文右武皆荒唐。今朝真见吾山主，未曾下口心先与。果然一诺重千金，回首红尘在何许。当年文定初寻山，（孝源）一条柳栗穿秋烟。深林峭壁无不到，飞猿堕鸟同盘旋。蓦见丹霞双抚掌，虎潜豹伏龙归渊。君为贤昆勤卜筑，尺椽片石囊俱覆。依高俯下出岩扃，竹暗松明藏板屋。此山斗绝十里余，蟠江拔地方邻虚。一夫当险不可上，古今治乱无乘除。结构才终又归去，擘窠为勒摩崖字。分付天龙谨护持，木客山魈休窃据。清浪军汉时出家，芒鞋踏破天之涯。金轮峰上才然顶，杨子江心罢试茶。贯清堂捧栖贤令，脚挂风筝难自定。万年持钵了残经，梅岭扶筇发归兴。粥饭参苓且信缘，山林城市长奔命。雷峰无客助新工，宝水有人修旧恨。旃檀荆棘各丛林，珠玉泥沙同破甑。世上薪抽世外炉，霜朝面改花朝镜。自惭薄德暗低头，毕竟由人不自由。何时一曲埋孤影，双眼看云万事休。不谓此山落吾手，恰好全身藏北斗。四岭天王忽现形，一林师子俱开口。蒲团坐地百花新，琉璃照夜孤峰走。独磬萧然散白云，五刑枉煞悲黄狗。狂歌为拜主人翁，片片烟霞手自封。敢信入鄘犹有事，从来挂角更无踪。他年欢喜思今日，峰顶月华连海碧。同侪笑指翠苔文，一寸孤心千里结。弟兄不负二难名，宾主须留三到迹。论功若叙魏无知，大书莫漏汪罇石。（汉翀始

---

① 《李鉴湖祠部六十寿序》，《徧行堂集一》卷5，第110页。
② 《答李鉴湖居士启》，《徧行堂集二》卷21，第91页。

知此山本末）①

诗歌回忆了充茂兄弟经营丹霞山的经过。述说自己四处飘荡，想寻找一个落脚点，却意外得到充茂所赠丹霞山，内心十分高兴，对李氏兄弟充满感激之情。

又有《满庭芳·喜李鉴湖山主至》，抒写自己想见到李充茂，乞讨丹霞山为丛林，不意李充茂真的来了，自己充满欣喜之情：

三载来期，十年研额，今春始见珠江。开眉一笑，颜比昔人苍。世路不堪回首，车轮转、薄似羊肠。尘劳侣，随时歌去，心地足清凉。　相当，成二老，到家消息，信有西方。算我迟展钵，君早开荒。眼底水云宽阔，休追忆、梦里羲皇。松筠晚，蒲团茗碗，深坐共焚香。②

充茂回河南邓州时，澹归有《送李鉴湖还邓州》，期待李充茂来丹霞出家。诗云：

舍山主与住山宾，来去曾无第二人。十载长怀愁又结，三年重到约须申。烟霞老带多生癖，霜雪深埋一点春。为拂从前高卧石，莫教瓢笠误风尘。③

康熙十一年（1672），李充茂返丹霞，"仍居竹坡旧隐，一衲萧然，缁白无不仰其高致"。充茂生前就请澹归为其作墓志铭。铭曰："道人角技少年场，具文武才，有英雄之目，经纬庶事，无巨细，井井有条，坐而言，起而可行，未有尺土以展其逸足。虽蒲团枯坐，每及忠孝大节，双眸炯炯，如寒星射人，无芒角而有焰采，其执义纯固，有必不容泯没者。"④

二十三、今白

今白，字大牛，番禺谢氏子。原名凌霄，邑诸生，倜傥人也。善诙谐，举止闲适，诗文皆有奇思。顺治十年（1653），皈天然函昰剃

---

① 《喜得丹霞山赋赠李鉴湖山主》，《徧行堂集二》卷31，第363－364页。
② 《满庭芳·喜李鉴湖山主至》，《徧行堂集三》卷43，第301页。
③ 《送李鉴湖还邓州》，《徧行堂集三》卷35，第9页。
④ 《一超道人墓志铭》，《徧行堂集四》续集卷8，第175－176页。

染受具；十三年（1656），值雷峰建梵刹，工用不赀，发愿行募，沿门持钵十余载。所至之地，方便接引者甚众，人皆称为今白禅师。一夕行乞，端坐而逝。

澹归《为雷峰乞米说》形象描绘了今白化缘："即今海上纷纭，官吏兵民食不甘味，卧不贴席，正当极忙之际，走出一个大牛比丘，冲州撞府，大声疾呼道：'施主施主，莫饿坏了我雷峰大众！'"[①] 在《为大牛白公铭拜街梆》赞之曰：

> 雷峰山里赤骨贫，十字街头卖古董。声声敲彻髑髅寒，放去收来绝狐种。[②]

澹归与今毬、今白、今鹙、今再、今种交谊亦深，这里不赘述。

第四节　"古"字辈

"古"字辈有天然函昰的法属，也有"海云十今"的法属，故"古"字辈人数比"今"字辈更多。澹归与"古"字辈的交谊不及"今"字辈，主要是因为年龄和辈分上的差异，形成了"代沟"。与澹归交谊较深的"古"字辈多为天然函昰的法属。

虽然自己法字辈高，但澹归与年长的"古"字辈情同兄弟，诗文中的感慨之言，足显其仁厚之心；澹归对年轻的"古"字辈寄予厚望，谆谆之言，可见长者关爱之心。

一、古震

古震，字石吼。自澹归营创丹霞山，古震就一直追随澹归，任别传寺监院，成为澹归得力的左右臂膀。澹归之有石吼，就像阿字之有解虎。许多迎来送往、催债讨钱等事物，都由石吼操办和完成。澹归对石吼十分信任，非常欣赏石吼的才干，难办之事交石吼去做，石吼总能出色完成任务。澹归有诗赞石吼云：

---

① 《为雷峰乞米说》，《徧行堂集一》卷3，第69页。
② 《为大牛白公铭拜街梆》，《徧行堂集一》卷15，第397页。

病马难鞭策，徒衔万里心。索逋颜屡厚，干盐用弥深。抖擞方资尔，驱驰不自今。死边参活句，斟酌问知音。①

石吼虽然疏于文墨，却心地纯厚，尽心协助澹归经营丹霞山，澹归待之如同兄弟：

七载空皮骨，谁同行路难。子虽疏翰墨，却喜有心肝。穗石春深树，章江雨后滩。鸰原相急处，一念莫教宽。②

石吼四十岁生日，澹归作诗相贺，赞扬他像十祖胁尊者，出身不凡；出家后像罗睺罗尊者，尽心向佛，勤于修持：

谁呼白象载明珠，火树枝边月影虚。共许直心酬净土，还将密行驾锋车。八风不动吾何取，一滴俱无尔自殊。三寸锄头三尺柄，唤人深掘竹篙薯。③

二、古汝

古汝，字似石，琼山人。十岁衣缁，顺治十六年（1659）受具。古汝侍天然勤谨，且能为其分忧，澹归在所撰《归宗乞米引》云："似石上座见老人之焦劳，悯大众之枯澹，发愿行乞。"④ 澹归去归宗寺看望天然，带病还丹霞，与古汝"同舟而还，大病时，全得其方脉看视之力"⑤，"一路调治，亲送入岭，殊感其高情也"⑥。澹归作词，赞古汝常吟诵以明志，医术高明：

按指无弦尚有琴，欹檐独树不成林。壶卢里面丹愁少，柳栗前头水恨深。 没答飒，共沉吟，布囊抖底见黄参。忽开老眼三年艾，且剩干柴一片心。⑦

---

① 《送石吼院主之仙城》，《徧行堂集二》卷34，第438页。
② 《石吼直岁之羊城，予将出庾关托钵》，《徧行堂集二》卷33，第421页。
③ 《示石吼直岁四十初度》，《徧行堂集三》卷38，第125页。
④ 《归宗乞米引》，《徧行堂集一》卷10，第273页。
⑤ 《与沈詹山明府》，《徧行堂集二》卷27，第255页。
⑥ 《与栖贤石鉴觊和尚》，《徧行堂集二》卷22，第120页。
⑦ 《鹧鸪天·似石解囊参为予下药》，《徧行堂集三》卷42，第266页。

三、古电

古电，字非影，新会李氏子。幼随母出世，依天然函昰，顺治十七年（1660）受具，执侍服勤三十余年，寒暑靡间，凡事皆肩荷向前，不遗余力。每一参请，必膝行胡跽，天然函昰深契之。居栖贤，独肩常住之务。今辩乐说称其行解相应，乃法苑长城。世寿五十五，示寂栖贤。

天然住丹霞，古电为丹霞化主，行募江右。天然住归宗寺，"时当俭岁，米价翔涌，衲子奔凑，仓库萧条，老人二时过堂，仅薄粥耳。非影上座躬秉苦节，为众托钵，义切救焚，恨迟激水"①。澹归曾有两诗相赠，赞其化缘支撑佛门，不辞劳苦。其一《送非影电公乞米信丰》曰：

托钵人间即转轮，谁从香土别呈春。有心自逐三青鸟，不意曾烦大黑神。善爱掌中全饮食，懒融脚下半风尘。凭公十字街头去，把手孤峰日两巡。②

其二《非影行乞凌江》曰：

放脚凌江试早春，家家衣祴到门新。谁言钵上休安柄，看我追添热铁轮。③

四、古毫

古毫，字月旋，海幢解虎锡公之子。龆龀从顶湖栖壑和尚落发受具。迁住海幢，执侍阿字丈室，寻为典客。父子皆以勤劳敏慧出群。古毫气宇轩豁，人乐与之游，虽遇贵游傲诞，能以理调伏。工水墨兰石，每踞地洒水学习。惜早蜕不能究道。

古毫好学诗，曾向澹归请教有关诗歌方面的问题："辨真未到飞云顶而作飞云顶诗，何如？"澹归以诗作答，认为作诗乃写心，不必句句坐实：

---

① 《归宗乞米引》，《徧行堂集一》卷10，第257页。
② 《送非影电公乞米信丰》，《徧行堂集三》卷37，第109页。
③ 《非影行乞凌江》，《徧行堂集三》卷41，第240页。

游人未到诗先到，莫说心通路亦通。且喜山灵齐合掌，果然句句是谈空。①

澹归羡慕古毫无所羁縻，洒脱自由：

人间莫觅藏身处，孤筇直指千峰去。茅屋只三间，心空境自闲。　输君能早计，我老休还未。切忌出头来，推他骑不开。②

五、古桧

古桧，字会木，番禺许氏子。顺治九年（1652），从族叔入雷峰，礼天然函昰。翌年，坚求出世，时年十七。行脚历白门、九华、牛首、天台诸名胜，遍游诸方，皆欲委以要职，不肯少留。既归，值天然主法归宗，众僧外出募食，皆持空钵而返，独会木操轻舟载十余石归。身任雷峰典客二十七年，化导有情，推诚忘我，人皆称为木典客。临涅口颂观世音名号，随顺而化。有《梦余草》一卷行世。

澹归很欣赏古桧的才干，常委托古桧办事。古桧曾"访姚六康明府，还入栖贤，即上丹霞省觐"，离开丹霞时，澹归有致雄州陆孝山使君、南昌黎博庵先生两函，托古桧转呈；并有诗羡慕他遍游诸方，来去自由：

九子山开青菡萏，桃花潭映碧琉璃。千年更把白龙钓，一笑谁乘黄鹤飞。为我寄将双尺素，因人酬与六铢衣。未亏五老冰霜瘦，来趁三岩笋蕨肥。③

六、古理

古理，字乘消，天然函昰法属。澹归对古理很关心，曾与古习信中说："乘消一病几死，日来尚在服药。传达吐血，几作血治，得一道友用外感方治之，乃愈。"④ 古理能诗，《徧行堂诗集》中有《探梅

---

① 《月旋云：辨真未到飞云顶而作飞云顶诗，何如》，《徧行堂集三》卷41，第228页。
② 《菩萨蛮·月旋寻山》，《徧行堂集三》卷42，第258页。
③ 《送会木禅者之秋浦》，《徧行堂集三》卷37，第86页。
④ 《觉熏侍者》，《徧行堂集二》卷23，第153页。

后泊龙溪口月下，同阿字兄、乐说弟、乘消、觉熏、汝得、纯铸诸禅，分赋得人字》：

犹见寒香罩眼新，更乘寒月卧江滨。胸中寥廓有如此，世上萧疏得几人。烟合远峰微似梦，潮分夜气迥无尘。何须添入横斜影，墨晕全开劫外春。①

七、古掷

古掷，字作金，天然函昰法属，丹霞化主。澹归作诗赠古掷，赞其化缘不惧劳顿苦辛：

此念能无切，同流钵欲空。携瓶梅岭外，挹水凤池中。阛阓人难识，烟霞梦易通。殷勤泖山树，轻绿漾晴风。②

古掷外出化缘，澹归托各方仕宦照应。如《送作金上座乞米永安并寄罗紫剑广文》：

微风片叶过循州，不为登临赋远游。验取空山传此钵，好从丈室问同流。移将五秉来周急，空得三轮未解忧。攀例攀条语贤宰，一家推处各家收。(五秉也不少，九百也不多，山中无公西氏老母，然原先生邻里乡党却有一窝子也)③

八、古习

古习，字觉熏，天然函昰法属，于丹霞侍从澹归。澹归对古习充满期待，曾对他说："汝本有才力，足以撑持丛林，吾望汝已深，则训汝不得不切。"④ 古习从容无忧，澹归评之曰："觉熏比丘性缓而习懒，然烦恼颇轻，举止亦自回翔廓落。予戏谓：'此子从北俱卢洲来。'"⑤ 澹归有《觉熏有冒雨行舟之作示之》，描写古习于众中慌乱

---

① 《探梅后泊龙溪口月下，同阿字兄、乐说弟、乘消、觉熏、汝得、纯铸诸禅，分赋得人字》，《徧行堂集三》卷37，第87页。

② 《作金行乞虔州》，《徧行堂集二》卷33，第427页。

③ 《送作金上座乞米永安并寄罗紫剑广文》，《徧行堂集三》卷38，第122页。

④ 《觉熏侍者》，《徧行堂集二》卷23，第153页。

⑤ 《游山语》，《徧行堂集一》卷15，第403页。

之际所表现出来的镇静与洒脱：

> 俯视不见水，仰视不见山。乾坤迷宿雾，岩溜徒潺潺。我行当乞食，策杖辞云关。片叶转深江，奔雷怯层湾。一笑语同舟，慎勿愁险艰。芒鞋穿纤路，急篙斗飞湍。逆风吹苦雨，襟袖无由乾。习子忽有句，长吟发欢颜。道流所异人，用忙如用闲。苦趣虽复增，诗情未尝删。删增两不受，此老随时还。①

古习能诗，《徧行堂诗集》中有《探梅后泊龙溪口月下，同阿字兄、乐说弟、乘消、觉熏、汝得、纯铸诸禅，分赋得人字》（见上）。

九、古机

古机，字汝得，天然函昰法属。古机奉海幢阿字和尚之命入丹霞为天然函昰庆生，澹归陪同古机游览丹霞山，为他指点眼前景象：

> 此山须作三回看，上下中间各一天。最是倒骑龙尾后，无人透过海螺前。（倒骑龙尾，透过海螺，此处着脚稍难，故宜着眼，不易耳）②

汝得能诗，《徧行堂诗集》中有《探梅后泊龙溪口月下，同阿字兄、乐说弟、乘消、觉熏、汝得、纯铸诸禅，分赋得人字》（见上）。

十、古泯

古泯，字一拍，天然函昰法属。澹归营创丹霞，古泯追随前后。古泯字"一拍"就是澹归所取："予友泯公，字六如，予为更字曰'一拍'，盖取古德'一拍双泯'之语也。"③澹归作诗鼓励古泯努力修持：

> 觅不心来孰与安，且乘春水下前滩。云垂南海方抟翮，月上东峰复弄丸。老树笑人空著屐，直钩怪我错投竿。如君壮色休轻掷，坐破蒲团几个看。④

---

① 《觉熏有冒雨行舟之作示之》，《徧行堂集二》卷30，第331页。
② 《示汝得奉首座命入丹霞庆生》，《徧行堂集三》卷41，第231页。
③ 《一拍说》，《徧行堂集一》卷2，第49页。
④ 《送一拍双公之雷峰》，《徧行堂集四》续集卷14，第359页。

別传寺与蔡家发生田产纠纷，古泯处理不当，让澹归很失望。澹归给古泯信中云："兄是伶俐人，何故自家哄自家如此！此等事，兄本不明白，却强作明白，便道若如契言，则无异论。真所谓牛头不对马嘴，岂不可笑！兄此后大须虚心，大须谨慎，不得轻浮妄动，自误误人也。"①

澹归与古渝、古义交谊亦深，这里不赘述。

附：

一、法奏

法奏（山名、辈分待考）为丹霞山化主。法奏曾在坪石一带化缘，澹归写信给坪石地方长官孙城守，希望他关照法奏。法奏外出化缘，澹归有诗相赠：

乞食吾家法，形劳心自安。深山无绝路，闹市亦空观。秋稼村村足，春风面面宽。随机知省力，添取一灯寒。②

二、圣无

圣无（山名、辈分待考）为丹霞化主。圣无曾在始兴一带化缘，澹归给始兴檀越徐伯赞信，希望他多帮助圣无，"俾之满载而归也"③。为圣无作《化豆子引》，称"衲僧家无一顿不咬菜根，又以吃豆腐作奇特商量也。丹霞大众一月只有四顿豆腐，两顿油煮，两顿水煮。有时商量不就，奇特不来，依旧把菜根横咬竖咬"④。作《示圣无乞油偈》，曰"判得全身供众，任把毫毛撮弄"⑤。又有诗赠圣无：

荆棘稠林无赤脚，可怜未始出吾宗。也须铁钵擎油海，豆粒全沉长老峰。⑥

---

① 《与六如》，《徧行堂集二》卷23，第149页。
② 《法奏乞米平石》，《徧行堂集二》卷33，第428页。
③ 《与徐伯赞长者》，《徧行堂集二》卷29，第312页。
④ 《化豆子引》，《徧行堂集一》卷10，第273页。
⑤ 《示圣无乞油偈》，《徧行堂集一》卷15，第384页。
⑥ 《圣无行乞始兴》，《徧行堂集三》卷41，第244页。

三、扶九

扶九（山名、辈分待考）为明遗民，抗清失败后，栖身佛门，依澹归座下，为丹霞事务而奔波。澹归有词嘉慰他：

铁甲抛残有衲衣，危峰更上一重梯。八千人去空成败，五十年来枉是非。 无事了，正相宜，海鸥随处得忘机。却因田里催租早，脚下芒鞋露不晞。①

四、破迷

破迷（山名、辈分待考）掩关深谷，工画佛像。澹归赞其人品与画艺："二十余年，沿门托钵，充三宝家奴，尘土面目，早不自认……掩关深谷，莫接高风，某于数齿犹在弟行，而衰病见逼，乃如前辈，其为健羡，何可言也！承远贻圣像，不减吴生，敬奉为晨夕瞻礼，敢忘法施之重？"② 又作诗赞之曰：

霜清落叶响柴关，万古春云屋半间。领得毫端无尽意，炉香长绕白华山。③

第五节　俗家弟子

俗家弟子，即举行了皈依仪式，成为三宝弟子，但并未剃发出家的居士。俗家弟子可以受持戒律，也可以不受持戒律。他们"安居当下"，不像僧侣一样脱离尘世，遁入山林。

明末清初岭南文人学士、缙绅遗老多礼天然函昰，成为海云俗家弟子。他们在清入主中原后，灰心失意，欲在佛门求得慰藉之方，然又依恋世俗生活，不肯隐于丛林之中。"岭南三大家"屈大均、陈恭

---

① 《鹧鸪天·扶九庄主五十初度》，《徧行堂集三》卷42，第265页。
② 《与破迷》，《徧行堂集二》卷23，第159页。
③ 《破迷老宿画观世音菩萨寄供，题此答之》，《徧行堂集三》卷41，第245页。

尹、梁佩兰，还有陈子壮、黎遂球、梁朝钟、王邦畿、张穆等海云俗家弟子，都具遗民气节、擅长诗词。

一、"函"字辈

空隐道独除了有函昰和函可两大法嗣外，还有函静韩履泰、函诸王应华、函闻王应芊、函昰邝日晋、函美黎遂球、函全陈学俭、函机梁朝钟、函骆罗宾王以及李云龙、张二果等俗家弟子。他们或早卒，或抗清牺牲，与澹归有交往者仅见邝日晋和王应华二人。

（一）邝日晋

邝日晋，字无傲，一字檗庵，南海人，官总兵。张家玉起兵东莞，邝日晋率部响应，旋隶家玉部曲，数有战功，晋都督同知。国亡，礼空隐道独，削发为僧，名函昰，字安老。复舍其磊园为禅林。晚逾岭北游，为九嶷尊宿。著有《楚游稿》《磊园集》。①

澹归有诗题邝日晋磊园：

名园胜屐得相逢，近水何尝隔一重。初日全敷金菡萏，轻烟半醉木芙蓉。钵音未合晨调呗，烛影方摇夕举烽。莫道畏人成小筑，簪缨时复话从容。（其一）

尽唤桃花散早春，行藏那得百年身。儒文侠武分还合，子鹤妻梅假亦真。海上钓鳌曾有客，园中看竹复何人。晚钟只欲留僧住，寄取香台覆钵中。（其二）②

诗歌赞扬磊园环境优美，是修身安禅的好地方，也暗示邝日晋虽然息影园林，却日与簪缨方外交游，仍有所待也。

（二）王应华

王应华，字园长，东莞人。崇祯元年（1628）进士，崇祯朝礼部侍郎，清兵围攻广州，城破出降。空隐道独在东莞，居篁村芥庵，应

---

① （清）陈伯陶：《胜朝粤东遗民录 宋东莞遗民录》，上海：上海古籍出版社2011年版，第51页。

② 《寄题邝无傲园亭次诸公韵》，《徧行堂集三》卷35，第6－7页。

华以地利之便，拜在门下，山名函诸，字言者。他与今堕等人交往密切。其子鸿暹，礼天然于雷峰，名今回，字更涉。①

澹归侍奉道独时，在今堕等人介绍下，结识了王应华。澹归在《大洲龙船记》中云："端阳后一日至珠江，岱清陈子招王侍郎园长，止言阿阇黎与余得寓目（大洲龙船）焉。"② 李充茂将丹霞山赠予澹归，王应华就是见证人之一。澹归在《乞山偈》中曰："谁其见闻，文武两行。葵轩总戎，园长侍郎。"③ 王应华善长风水，澹归有诗云：

> 从来不自知趋避，向去还宜辩吉凶。不讳地师才指路，是名山主正兴工。（园长谓形家不利，梦回时别构佛庐）④

澹归与王应华时有唱和，其《次韵王园长侍郎枯枝海棠》以梅喻人：

> 瘦硬移为树，轻盈散作花。不欹东海石，独露赤城霞。（其一）
> 影分秦代月，色映汉宫春。异锦夺高士，寒岩偎丽人。（其二）⑤

二、"今"字辈

（一）袁彭年

袁彭年，字特丘，湖广公安人，袁中道之子。崇祯七年甲戌（1634）进士。南明王朝灭亡后，礼天然函昰，山名今忏，字高斋。

澹归与袁彭年同朝为臣，敢于直谏，为南明永历朝"五虎"成员，同遭"厂卫之狱"。南明王朝灭亡后，他们交情尤深。澹归在《刻袁特丘总宪轶诗序》中云："己庚间⑥，特丘与余同隶党藉，始别于苍梧，赴清浪戍所。越壬辰，从桂林东下至佛山，求挂搭地不可得，

---

① （清）陈伯陶：《胜朝粤东遗民录　宋东莞遗民录》，上海：上海古籍出版社 2011 年版，第 163 页。
② 《大洲龙船记》，《徧行堂集一》卷 11，第 303 页。
③ 《乞山偈》，《徧行堂集一》卷 15，第 391 页。
④ 《病中遣兴》，《徧行堂集三》卷 40，第 203 页。
⑤ 《次韵王园长侍郎枯枝海棠》，《徧行堂集三》卷 40，第 178 页。
⑥ 应为庚寅年（1650）。

特丘闻之，自挐舟迎余至叠滘，欢若再生，因同入雷峰，数相过谈于碗架边。腊八日，余受菩萨戒，特丘招同人来观，有诗。甫三日，余出岭，为深隐匡山计。三年不得，就还穗城，则特丘已溯韩泷归楚矣，留数行，并书轶诗十首相寄。又一年，寄刻本属余叙。又一年，遣使来，招余至公安，云：'村居瓦屋三楹，茅屋三楹，有松数千株，念朋好都尽，所不去心者澹公耳。若来，则居食之事力任之，无忧也。'余心志之，未两月而凶问至……余尝劝特丘出家学道，特丘语余：'终当以此为归，今老矣，有少念未了，欲来生读尽世间书，而后出家。'余哭特丘诗所谓'错恐浮沉太乙光'者是也。"① 澹归曾为自己没能劝动袁彭年出家而遗憾不已，"最怜故友飘零地，错把钟声当杜鹃"②。

袁彭年殁，澹归作诗沉痛悼之，诗歌回忆了两人同朝为臣，因直言遭祸；乱后重逢，又不得各奔一方。袁彭年隐居故里后，又招澹归同隐。正当澹归欲前往，却得其噩耗：

白首从王路转穷，三朝徒响直臣风。登楼作誓还成罪，置狱休推已报功。老不通方宜一死，人难过眼莫重逢。谁操格外文无害，判入南阳漏网中。（其一）

故国犹难罢绕枝，曰归争似未归时。蒿莱竟失中郎里③，书史谁传伯业痴。别后心胸空自许，再来面目不相知。雷峰草率分瓢笠，负汝无生共一师。（其二）

十亩松涛构草堂，数行携手意难忘。有笺欲去缘先断，无梦能来恨更长。石径莓苔看老大，夜台钟鼓听微茫。不知结习凭谁遣，错恐浮沉太乙光。（其三）

烈火枯桐岂易寻，空山师友叹人琴。青鞋快着曾倾倒，白眼微开恰靖深。敢信典刑还似昔，更加幻影只如今。昨来风雨率愁到，十载存亡一夜心。（时在雷峰闻讣，天老人公之师，止言阇黎公之友也）（其四）④

① 《刻袁特丘总宪轶诗序》，《徧行堂集一》卷6，第152页。
② 《留别汉翀》，《徧行堂集三》卷35，第14页。
③ 袁彭年其父为袁中道，其叔为袁中郎宏道。
④ 《悼袁特丘》，《徧行堂集二》卷34，第469页。

（二）杨晋

杨晋，字二雪，香山人。与黎遂球、张家玉、梁朝钟结诗社于白云山寺，称"岭南四子"。崇祯癸未（1643）岁贡于廷，旋迁兵部职方司主事，寻以病告归。甲申闻燕都破，号恸不欲饮食。南明唐王时，晋至闽，上疏千余言，力陈时弊，不能用，罢归。顺治时，被荐举遗逸，托疾辞。礼天然函昰，山名今报，字荐缘。与石鉴时相过从。有《何慕台集》。

澹归有诗《用韵答杨二雪》，表明两人志节相向：

弥天风雨故猖狂，一样人怜各样忙。只向世间论出世，谁知场外亦排场。①

（三）王邦畿

王邦畿，字诚箬，番禺人。崇祯时副贡生。南明唐王绍武中，以荐官御史。后永历帝都于肇庆，邦畿往从之。及桂林倾覆，邦畿遁归，乃避地于顺德龙江。后礼天然，名今吼，字说作，居罗浮、西樵间。邦畿少以诗鸣，其感伤时事，一寓之于诗。

澹归序邦畿诗云："王子说作，盖岭表诗家之秀也，余谒雷峰始识之。雷峰虽提持祖道，然不废诗，士之能诗者多至焉，皆推说作第一手。余亦时为诗，性既粗直，诗亦愤悱抗激，每见说作诗辄自失，以为有愧于风人也。"② 称赞邦畿矜持气节，得风人之旨：

松声亦自唤支离，永夜寒灰独拨时。高兴不随春草出，韶光欲到雪山迟。已将疏雨添吟钵，且为孤钟罢酒卮。却忆长安灯市里，风流负汝老填词。③

（四）麦俟

麦俟，字之六，番禺人。礼天然和尚，山名今玄，字具三。

澹归从庐山还雷峰，曾有诗赠麦俟，表达久别相思之情：

云质颇难定，因风成往还。暂归怜久客，各梦亦同山。秋雨一叹

---

① 《用韵答杨二雪》，《徧行堂集三》卷41，第216页。
② 《王说作诗集序》，《徧行堂集一》卷7，第174页。
③ 《雷峰元夕雨中慰王说作》，《徧行堂集二》卷34，第466页。

外，新诗三复间。却嗟匡阜月，别望不曾闲。①

（五）程可则

程可则，字周量，南海人。清顺治九年（1652）参加省会试得第一名，顺治十七年（1660）应阁试，授内阁撰文中书，累迁为郎中，出任广西桂林府知府，为官机敏干练。可则诗、文闻名于时，为"岭南七子"之一，有《海日楼诗文集》传世。可则礼天然和尚，山名今一，字万闲。

可则北上京城，多次与澹归相会，澹归给朋友们的信中说："程周量北上，喜得盘桓"②，"周量北来，邂逅于凌江"③。可则入都，澹归有诗歌相送，表达了依依不舍的情谊，高度赞扬了可则才华，相信他一定会得到朝廷重用：

听得雷峰置一筹，凌江又见海幢秋。五云壮采兼天阔，七月轻凉过雨浮。清庙明堂君子乐，暮笳晓角野人忧。可堪万斛维桑泪，并入离情向北流。（其一）

叱驭楼前响玉珂，不成放钵未蹉跎。舍人视草传三殿，学士谈玄冠十科。入夜花光分宝火，自天膏泽下银河。却看马首青山面，一样松风透绿萝。（其二）④

可则在京授内阁中书，任户部主事，寄诗与澹归。澹归赋《小重山·得程周量民部诗却寄》相答，表达了对可则的思念，调侃曾经的"鸥盟"之约，恐难以实现了：

落落寒云晚不流。是谁能寄语，竹窗幽。远怀如画一天秋。钟徐歇，独月倚层楼。点点鬓霜稠。十年山水梦，未全收。相期人在别峰头。闲鸥意，烟雨又扁舟。⑤

澹归在给可则的书信中亦云："得手教并诗笺，捧咏珍感。长安官舍，不忘空山道流，自是吾兄出人头地处也。小词书寄，以答高怀，

---

① 《还雷峰酬麦具三》，《徧行堂集二》卷 32，第 393 页。
② 《与海幢阿字无和尚》，《徧行堂集二》卷 21，第 107 页。
③ 《与王耻古都谏》，《徧行堂集二》卷 24，第 176 页。
④ 《送程周量舍人还朝用孝山韵》，《徧行堂集三》卷 35，第 35 页。
⑤ 《小重山·得程周量民部诗却寄》，《徧行堂集三》卷 42，第 275 页。

烟雨扁舟，恐当更唱一曲《江南好》耳。"①

可则回粤，常与澹归等诗友相聚话旧。澹归有诗记风雨大作之夜，同可则、梁佩兰、阿字等人夜话之情景：

野人未得留宾住，云暗珠川天欲暮。鞭霆喝水起狞龙，一笑惊看不成去。分手依然坐寺门，山头海口疑相吞。白波上掠丹霞台，黑影下没花田村。不睹猛风吹一叶，独留聩耳埋诸根。暂得休心且如此，百草头低三尺水。呼童举烛共裁诗，倏忽无言混沌死。世间事少常不闲，残更谨护三重关。别许才人解廓落，眉开秋月分春山。飞泉万斛竞涌出，倒插布水穿高天。白马翩翩捧药师，波涛滴尽瓶中间。便教陆地成瀚海，攒毫一吸悲焦原。曼殊鸷子佛所怜，世智大智非两边。诸公莫焚绮语砚，墨池漾漾浮青莲。我不成吟忽成睡，梦中却见天吴醉。电雨云雷各论功，笑煞金刚如土块。昆阳旗帜浊沟飘，武安屋瓦锋车碎。汗透毗岚鼓逆风，力为今宵成此会。此会今宵成亦难，君不见鸡鸣车马催前队。客不长来主不留，相思特地生惭愧。②

澹归与英上、黎延祖、何运亮、谢长文等人亦有交往，这里不赘述。

① 《与程周量民部》，《徧行堂集二》卷24，第184页。
② 《丘曙戒太史过访海幢，将归，风雨大作，同程周量中翰、王震生、梁芝五孝廉、梁兰友文学、阿字首座夜话，各赋七言古诗》，《徧行堂集二》卷31，第364页。

第二章　澹归诗歌中的曹洞寺群

明末清初，宗宝道独及其徒天然函昰弘法四方，弟子如云，高僧辈出。其所营建、扩建的寺庙不断增多，形成了以华首台为肇基、海云寺为核心的曹洞寺群。江西庐山的归宗寺、栖贤寺、黄岩寺、净成寺、巢云庵，广东的海幢寺、别传寺、光孝寺、芥庵、载庵、无着庵、开元寺，以及福建福州的长庆寺，都属于曹洞寺群。

第一节　华首台、海云寺与光孝寺

一、华首台

华首台又名华首寺，位于广东博罗罗浮山西南麓，建于唐开元二十六年（738），宋时逐渐荒废。明末，道独及其弟子函昰、函可在此传道布法，重建华首台于锦屏峰下。华首台是罗浮五寺之首，有"罗浮第一禅林"之称，它是曹洞宗道独一脉的祖庭。澹归在《华首台募建普同塔疏》云："罗浮之有丛林，实惟空隐大和尚开法华首，盖自亲印博山，远绍洞上，不绝如线之绪。当是时，天然昰和尚为座元，祖心可和尚为都寺，号为师子窟。未几分化一方，而师亦入八闽。"①道独师徒三人开博山法门，中兴华首台，道风遍洽，节烈文章之士以

---

① 《华首台募建普同塔疏》，《徧行堂集一》卷10，第258页。

及贩夫灶妇无不倾心，愿出门下。①

澹归对道独十分敬重，视道独弘法道场华首台为圣地，"余师事雷峰，望华首为祖家"②。其《有怀华首》诗云：

近亦不可往，其如来者心。声名误朝市，形迹累山林。匡岳津曾隔，罗浮春自深。海幢风雨夜，寂寞对潮音。③

诗歌写他深居海幢寺内，由于自己曾是南明重臣，遭清廷监禁，不能前去礼瞻华首台。

康熙七年（1668），澹归入罗浮山华首台，礼道独墓，作诗云：

吾宗源在此，七载不轻来。近礼全身塔，还登华首台。水流仙掌合，山立锦屏开。存殁深松话，风生万壑哀。（其一）

微云不作雨，杖策意俱轻。出地莽苍势，逼天尊贵情。二毛吾欲倦，一掌世难平。未到朱明顶，荒鸡漫发声。（其二）④

首句"吾宗源在此"，突显华首台的重要地位；"水流仙掌合，山立锦屏开"，写出了华首台地理位置的优越；"存殁深松话，风生万壑哀"表达了对师祖的无限哀思。经过在岭南多年的活动，澹归已获得自由，可以轻松饱览华首台一带的风景。

二、海云寺

海云寺原名隆兴寺，位于番禺员冈乡雷峰山麓，世人多称雷峰寺。南汉年间，胡贾马罗连行船遇风，祈祷神佑，平安着陆后为酬谢神恩，建寺于雷峰山。崇祯末，三水人李廷辅髫龄出世，住隆兴寺，于顺治五年（1648）请天然函昰至隆兴寺做开山第一祖。廷辅礼天然为师，法名今湛，字旋庵。隆兴寺后经扩建，顺治十五年（1658）改名为海云寺⑤。

海云寺是清初岭南曹洞宗兴盛时期的名刹，也是明遗民安身立命

---

① 张红、仇江：《曹洞宗番禺雷峰天然和尚法系初稿》，杨权主编：《天然之光：纪念函昰禅师诞辰四百周年学术研讨会论文集》，广州：中山大学出版社2010年版，第11页。

② 《题罗浮图》，《徧行堂集一》卷16，第432页。

③ 《有怀华首》，《徧行堂二》卷32，第394页。

④ 《入罗浮礼空老和尚塔宿华首台》，《徧行堂集二》卷32，第400页。

⑤ 海云寺在抗战时被拆，如今只剩下残墙废础、断砖碎瓷。

的皈依地，还是清初骚人墨客的荟萃之所，其培养的能诗善书的僧俗弟子，后人称为海云诗派、海云书派。①

澹归于顺治九年（1652）来海云寺礼天然和尚，受具足戒。雷峰山清幽秀丽，景色优美，澹归在这里度过了一段美好的时光，"山绕云衣浅，波分月镜深。一生谁好梦，随处得花阴"②。寺里有两棵榕树，给澹归留下了深刻的印象，"及我出家来雷峰，双榕树下谿桥东"③，"可知榕树外，更有竹床眠"④，"大小蒲团坐未穿，十围榕树势苍然"⑤，"却忆绿榕高树下……一座横溪小石桥"⑥。唯一不足的是，此地近海缺淡水，人们只能长年饮用连通珠江潮汐的咸水。顺治十六年（1659）冬，天大旱，海云寺一带严重缺水。天然函昰在雷峰山麓四外找水，后来竟在寺内凿石得泉，泉水甘洌无比，严冬腊月，万井皆枯时，此井却涓涓不竭，天然因名之"冬泉井"。澹归有诗记曰："苦甘盐淡初何意，好恶才交用便分。此后雷峰应少病，一泓酥乳覆香云。"⑦

澹归与海云僧侣们结下了深厚的情谊，他后来时时回忆在海云寺难忘的生活：

南北东西欠一寻，欲行且住意还深。碗头不异当年客，别甑香秔颇愧心。（余初至雷峰，作碗头半载，今以病，久不随众）⑧

……泪枯释种天中钵，梦绕成连海上琴。春入三岩同守岁，月沉二水各分襟。遥怜师友深谈处，剪烛无忘此夜心。⑨

……不免离愁十七年，雷峰清梦尚依然。三千镇钵存檀度，八百春秋属地仙……⑩

① 张红、仇江：《曹洞宗番禺雷峰天然和尚法系初稿》，杨权主编：《天然之光：纪念函昰禅师诞辰四百周年学术研讨会论文集》，广州：中山大学出版社2010年版，第17页。
② 《雷峰敬人典客六十初度》，《徧行堂集二》卷33，第432页。
③ 《除夕书怀赠公绚》，《徧行堂集二》卷31，第355页。
④ 《移寓》，《徧行堂集二》卷33，第429页。
⑤ 《题蒲团石》，《徧行堂集三》卷35，第29页。
⑥ 《南乡子·欲往雷峰大风雨阻》，《徧行堂集三》卷42，第269页。
⑦ 《病中遣兴》，《徧行堂集三》卷40，第203页。
⑧ 《绝句》，《徧行堂集三》卷40，第188页。
⑨ 《送顿修上座还雷峰》，《徧行堂集三》卷36，第60页。
⑩ 《庐陵喜晤曾旅庵宪副》，《徧行堂集三》卷37，第100页。

三、光孝寺

光孝寺位于广州市越秀区光孝路北端。初为南越王赵建德之故宅。寺名曾几次更改，南宋时改名光孝寺。崇祯十五年（1642），应陈子壮及广州绅士道俗所请，天然函昰开法诃林。[①]崇祯十七年（1644），天然志切远遁，离开诃林。顺治六年（1649），应当道宰官侯性、袁彭年及乡绅王应华、曾道唯等敦请，复主持光孝寺。澹归《徧行堂集》曰："吾师天然和尚开法苟（诃）林，十方衲子之所奔凑，迨十余年，丛林稍称具体矣。"[②]

光孝寺由于是禅宗初祖菩提达摩来华的初驻之地，又是六祖惠能的剃度之处，使得这座千年名刹在澹归心中占有重要而特殊的地位。光孝寺有四处景物给澹归留下深刻印象：

一是寺内的菩提树。菩提树据说是梁天监元年（502）智药三藏从佛成道处带来一株菩提树苗，并预言将有肉身菩萨在此树下开演上乘法门度无量众，后来六祖惠能果然在此树下受戒讲法。

二是菩提树附近的达摩井，据说是达摩当年亲自开凿。澹归有诗云：

垂枝还入地，竦干莫侵天。自得支离法，才全德亦全。（其一）
子眼在何所，前有达磨井[③]。明月不流辉，暗云长写影。（其二）
为龙不肯飞，奋鬣时一举。其间生微风，听之如骤雨。[④]（其三）

三是寺里的两座铁塔。西铁塔建于南汉大宝六年（963），东铁塔建于南汉大宝十年（967），各七层。塔的基座上有盘龙图案和莲花宝塔，铸造得十分精细，是国内最大、最古老、最完整的铁塔，可与韶关云门寺南汉碑、安徽黄莲寺铜钟相媲美。澹归有诗记曰：

我见南汉碑，辄忆云门老。有寺各无人，庭前一丈草。（其四）

---

① 王士禛《广州游览小志》云："光孝寺，又名法性寺，在粤城西北，越王建德故宅也。孙吴、虞翻居此，手植诃子，因名虞苑，又名诃林。"陶牧《广州光孝寺为虞仲翔谪居时旧宅，有诃子树一株，丙午十月重至广州，此树犹存，怅然有作》诗："迢递诃林百尺枝，簸钱此下忆儿时。"

② 《光孝寺东禅堂募饭僧田疏》，《徧行堂集一》卷10，第261页。

③ 达磨井，即达摩井。

④ 《光孝寺》，《徧行堂集三》卷40，第181页。

苟（诃）子林中塔，黄连寺里钟。无钱买邻宅，不得问新丰。（其五）①

四是寺内的译经台。相传唐武后时宰相房融流徙岭南，抵广州，巧遇般刺密帝浮海来到广州，遂礼请般刺密帝于光孝寺译《楞严经》，房氏亲笔润色斯经，使《楞严经》章句典雅优美。澹归有诗云：

昔台何时新，新台今又故。出经虽有门，入字已无路。（其六）
房公砚已亡，房公笔愈秀。林月与池风，交光尚敷奏。（其七）②

澹归还为光孝寺写了《光孝寺饭僧田疏》《重建光孝寺大殿碑记》《光孝寺东禅堂募饭僧田疏》等文告。

第二节　芥庵与载庵

一、芥庵

芥庵③在东莞篁村（又名篁溪）。清初，南明都督同知、篁村人张安国随族人张家玉起兵抗清，失败后逃禅，与僧人自逢创建芥庵，延请天然函昰主持法席。宗宝道独由岭外还粤，移锡东莞，对芥庵加以修葺和扩建，憩于其中。据康熙《东莞县志》卷十一载："芥庵在篁村，空隐、天然两禅师建……空隐自闽雁湖还粤，往东莞，辟此庵。天然亦自江西庐山归，相继住之。时沧桑变换，四方才人达士，宰官名彦，皆皈依焉。"顺治十七年（1660），天然闻函可讣，趋芥庵谒道独，二人相向哑然。顺治十八年（1661）七月，道独于芥庵端坐而逝。道独圆寂后，天然继其法席主持芥庵。

澹归曾陪侍道独居芥庵，得以与张安国、徐彭龄游。是时，张穆（穆之）居东湖，去芥庵一水间，常过芥庵与澹归夜话。澹归在芥庵写下了《芥庵募建佛殿说》《芥庵礼千佛忏说》《芥庵盂兰募疏》《芥

---

① 《光孝寺》，《徧行堂集三》卷40，第182页。
② 《光孝寺》，《徧行堂集三》卷40，第182页。
③ 芥庵是典型的清初寺庙建筑，曾改为爆竹厂，后渐颓倾，20世纪90年代扩建广深公路，拆去无存。

庵万人缘引》《芥庵劝缘引》《为芥庵乞米疏》《芥庵茶亭引》《芥庵礼千佛道场疏》《芥庵中元道场疏》等文告。

澹归与当地遗民节士常在芥庵聚会闲谈。其有诗云：

> 晨夕相看共一家，直心不待裹袈裟。风清莲子香生饭，月白梧枝色到茶。有分偷安穷四相，未流孤愤说三挝。巡檐尚指梅花约，难得闲情数落花。①

二、载庵

载庵②在芥庵附近。据《天然和尚年谱》载："是年③张安国与比丘自逢在东莞篁溪创芥庵，为和尚法筵。时今释澹归居芥庵，安国与徐彭龄为澹归谋三年闭关计，会安国得废苑于篁溪，因竹为径，据水作亭，既成，澹归取《山海经·大荒南经》载民之语，名曰'载庵'。"载庵是个环境非常优美的地方，张安国等人"因竹为径，据水作亭，圃以玫瑰，池以莲花，既成雅构"④。载庵环境幽雅，每逢三月，寺内酴醾花开，花香醉人。澹归《暂还雷峰留题载庵呈康之》云：

> 好嘱东风护此庵，酴醾花下正春三。红香满院浓于酒，醒眼微开一半酣。（其一）
>
> 幽斋闲锁隔年尘，尽日婆娑有主人。莫怪去来浑未了，一回相见一回新。（去时作来时语，知我之不能忘情于此耶？虽然，一只脚抛却梅花，却向酴醾伸一只脚，能免孤山处士笑人否？）（其二）⑤

顺治十五年（1658），天然自栖贤归，在"载庵（与澹归）一月谈，投机恨不羇"⑥。澹归亦有诗记载了他与函昰师徒闲居于此，探朋会友，谈禅论道，度过了一段难忘的时光：

> 野人无一事，师友落闲园。此意自往古，不知谁独存。所思能命

① 《叶秀水至芥庵》，《徧行堂集二》卷34，第461页。

② 载庵今已无存。

③ 顺治十五年（1658）。

④ 《载庵小记》，《徧行堂集一》卷12，第314页。

⑤ 《暂还雷锋留题载庵呈康之》，《徧行堂集三》卷40，第195页。

⑥ 汪宗衍：《明末天然和尚年谱》，台北：台湾商务印书馆1986年版，第48页。

驾，弹指即开门。爽色分秋气，随机亦共论。①

顺治十六年（1659）冬十二月，澹归复还戴庵。每入丈室，天然接以本分，钳锤虽有启发，未能洒然。② 后澹归赴丹霞山诛茅建寺，从此离开戴庵。

戴庵是文人节士常聚之所，澹归诗歌多有记载："荒居无给侍，客至少逢迎。才老各相命，谈过或自惊。生成五岳意，千古未教平"③，"四年一夕林间意，记取篁谿待月归"④，"叶落三廉倦扫除，肯来重话野人居。从知儒将风流胜，无复刘巴倚读书"⑤，"尘网重重看未收，闹中闲局漫相酬。携将葛井三生梦，点出篁溪万古流"⑥。

澹归诗集中有《戴庵》⑦ 十二首。

鹊绕知何定，鸿飞即此冥。经营吾自拙，点缀尔俱灵。老树分依座，清池合跨亭。平生爱疏豁，揽取一峰青。（旗峰在其东，最近）（其一）

言戴庵一带山清水秀，是理想的修持之处。

是眼谁能碍，非台亦迥然。一痕开远岫，百顷落平田。云出重重树，风归缕缕烟。横桥沧海意，吞吐欲相连。（海水直啮堤前，每潮大时，不复见田，一望渺然也）（其二）

言戴庵前是一片平阔的田地，临近大海，视野非常开阔。

不向西湖老，横山省更赊。（旧尝卜隐横山石幢坞，贫不能买，主人许余以赊）清阴疑画舫，乡思彻梅花。藻月参差竹，松风断续茶。何须分主客，得懒即吾家。（其三）

言居住戴庵，梅花点点，松竹相映，足酬其平生归隐之心。

昨梦消无所，先秋说闭关。（康之仲远欲为作三载掩关之计）地偏心已足，事减日初闲。落叶闻多少，骑牛见往还。一回风雨过，几

① 《雷峰老人至戴庵，是夕尹右民孝廉过访》，《徧行堂集二》卷32，第393页。
② 吴天任：《澹归禅师年谱》，香港：佛教志莲图书馆1989年版，第74页。
③ 《陈岱清司李过访戴庵》，《徧行堂集二》卷32，第396页。
④ 《查王望明府过戴庵夕话，月出始还》，《徧行堂集三》卷40，第195页。
⑤ 《陈公季重过戴庵》，《徧行堂集三》卷40，第197页。
⑥ 《康之初度》，《徧行堂集二》卷34，第467页。
⑦ 《戴庵》，《徧行堂集二》卷32，第390－391页。

幅米家山。（其四）

言載庵幽美清静，非常适合修行。

剪棘同相约，携瓢到几时。（迟止言阇黎未至）断风留曲径，野色进疏篱。适意无前定，深山已后期。只应长闭户，石上坐支颐。（其五）

言与今堕相约夜谈，今堕未至，略显落寞，大有"有约不来过夜半，闲敲棋子落灯花"之意境。

载民曾有国，好梦入南荒。衣食堪时具，园林到处凉。频伽宁异舌，薝卜尚余香。为语金身老，微分一色黄。（载民国出《山海经》，余取以名庵，别有小记）（其六）

说明"载庵"取名之因，寄托着自己的志趣。

格外能相见，供看一味真。胜情饶引我，客气罢由人。便饭何妨饱，空茶不谢贫。方隅纷自画，未限葛天民。（其七）

言在载庵生活得自由自在，闲适无比。

琐屑提瓶钵，殷勤箓米盐。主人行扫叶，病客卧垂帘。底事辜清课，随时会白拈。且无梵刹气，孤冷亦庄严。（其八）

言张安国等友人为自己提供了很好的修持条件。

幽乌呼晨起，忘言到夕曛。移松需及雨，立石乍添云。味尽空中果，香来水外文。渐知明月上，不拟叹离群。（其九）

言在载庵修治园圃，迎朝送夕，日子过得非常惬意。

伏暑麎之去，金风赴晓寒。病惟求渐老，药岂胜加餐。露折莲房嫩，云梳菜甲繁。鹪鹩休漫赋，非分一枝宽。（其十）

言载庵褥暑消退，时蔬丰盛，时光美好，表达了顺其自然的人生观。

比夜眠安不，中宵煖布衾。境从迁处异，情不变时深。鸡犬儿童事，诗书学者心。为烦新静主，一抵少丛林。（不谙僧务者，诸方目为少丛林）（其十一）

言载庵环境舒适，胜过在丛林中修行。

万古携双眼，惟将独立酬。烟尘低溟渤，刀槊掩罗浮。贝叶犹堪借，松寮不再谋。凉秋应有望，杖履到扁舟。（雷峰老人将至）（其十二）

盛赞戴庵是个读经明道的好地方，期盼天然师早日来到戴庵指点自己。

第三节　栖贤寺与归宗寺

一、栖贤寺

栖贤寺坐落在庐山东南的栖贤谷中，背靠石人峰，五老、汉阳两峰环峙左右，高山邃谷，风景奇绝，系庐山南面著名丛林。顺治十一年（1654），天然函昰入主栖贤寺，致力振兴，寺内香火复盛。除了天然，还有他的嗣法弟子今覞石鉴、今𡘌角子、今遇泽萌等都曾经主法栖贤寺。尤其是石鉴，主持法席承师之志，广募外缘，鼎新寺宇。数年之后，栖贤寺"胜概殊增"。康熙六年（1667），石鉴扩建栖贤丛林时，在栖贤寺三峡桥西麓掘得一瓶舍利，外有瓦函相护，函上有石刻"皇宋咸平庚子岁建此舍利塔"。石鉴以为是佛门吉兆，特建铜塔奉藏，供四众弟子景仰礼拜。栖贤寺因此而声名更盛。

澹归对栖贤寺有一种特殊的感情。顺治十一年（1654），澹归自江左乞缘返，依天然居栖贤，充书记。石鉴发现舍利后，澹归在诗歌中多次提及此事，"煜如海底日，忽发三更红（丁未浴佛日，栖贤桥畔涌出舍利）"[1]，"栖贤家业旧，石鉴祖庭雄。舍利环桥涌，军持挂角逢"[2]。

栖贤寺环境优美，这里的一山一石、一草一木，都给澹归留下了深刻的印象：

玉渊潭上石，我亦坐题诗。别恨当春雨，孤情忆昔时。卿云开蔓

---

[1] 《送石鉴覞兄奉命之长庆》，《徧行堂集二》卷30，第339页。
[2] 《寄沈赤岩别驾北上》，《徧行堂集三》卷39，第171页。

草，宝树发交枝。他日重相过，知公愿所持。（其一）

华藏吾山水，谁当见合离。三岩今有主，五老更无欺。拄杖虽依壁，芒鞋亦过溪。远公曾画断，一笑问醯鸡。（其二）①

庐山绵绵春雨是最常见的。初春时节，余寒未消，连日阴雨，澹归困于栖贤寺中，心情未免悒郁：

屋漏声边太古墙，寸痕无计觅春光。欢情忽败梅花湿，闲话且消罗芥香。我欲忘缘安病老，天方作意续冰霜。白云随地堪舒卷，底事峰头日夜忙。②

栖贤谷是庐山最大的峡谷之一，谷中有三峡涧，陡峻深幽，云雾时聚时散，涧中怪石嵯峨，涧水被峡谷逼迫，回旋激注，奔腾倒涌：

两山互倚伏，约束窨檐溜。万古无留心，不暇与石斗。浮烟乱晦明，寒风集左右。势积轻海门，途穷窜圭窦。十目眩奔车，三更失啼狁。纯灰涤老肠，痴龙郁成瘦。至今蛙黾声，未杂金玉奏。独怜湾濛底，群锋穿一彀。谁能携石人，开襟卧清昼。寄语利齿儿，枕之不须漱。③

跨于涧上的三峡桥亦称栖贤桥④，桥下来自五老、汉阳、太乙诸峰的泉水汇成一股激流，水石相激，涧壑轰鸣。桥下古幽苍翠，阴森逼人：

言出栖贤桥，共听三峡溜。谷洛未树党，一水自相斗。空轮支碗底，陨石斩祛右。雷霆鼓风穴，冰霜歊雪窦。曳足堕乌鸢，连臂怯猿狁。平砂不敢肥，古篆为之瘦。崖断啮苔痕，松孤引竹奏。哑虎暂经丘，狞龙时落彀。烟合阳林昏，波分阴壑昼。谁咏数峰青，难酬一勺漱。⑤

三峡桥附近多泉潭，有"橹断"与"招隐"两泉，"金井"与"玉渊"两潭，皆有名，招隐泉被《茶经》作者陆羽品评为天下第六

———————————

① 《送人依上座之栖贤》，《徧行堂集二》卷33，第421-422页。
② 《栖贤苦雨》，《徧行堂集二》卷34，第459页。
③ 《三峡涧用苏长公原韵》，《徧行堂集二》卷30，第321页。
④ 三峡桥建于北宋大中祥符七年（1014），是一座单孔石拱桥。因涧水从五老峰湍急而下，声如雷霆，苏东坡题诗将此喻为瞿塘三峡，故称作"三峡桥"；又因桥侧建有观音庙，亦称"观音桥"。
⑤ 《三峡涧用苏长公原韵》，《徧行堂集二》卷30，第321页。

泉。澹归还发现了一个无名潭，潭水娟静可爱：

櫺断渺无声，招隐渴微溜。（两泉名）一穴与海通，群龙矜鼠斗。险侧意屡左，局蹐衵恒右。难持长短绠，遍测大小窦。此潭足安鱼，秀壁不惊狖。视掌既能平，削肤敢辞瘦。林莽来徐风，宫商发雅奏。金井与玉渊，华名入俗彀。适我偕闲僧，浩歌及春昼。急湍著茶戒，兹水良可漱。①

庐山云雾，变幻无常，千姿百态。栖贤寺位于三峰交合处，云雾起伏无常，峰谷忽隐忽现，显得虚无缥缈，山峰、雨雾时常融为一体。三峡涧在云横雾绕中，像一条潜伏欲起的巨龙。从栖贤寺观庐山云雾，呈现出一幅绝美的银涛翻腾图画：

破寺无烈风，欲雨亦可喜。生绡适垂髫，寒晕或抱珥。足练曳回飚，忽堕还复起。群峰各吐气，合离为角觚。离之重于烟，合之轻于水。银海未翻波，白虹先拭觜。初疑别有山，突兀天外倚。久之信为云，乃复是山耳。雨脚出山腰，山头入云趾。雨云两模稜，山亦忘彼此。五老遂长往，引身避其子。俄然一二老，撼颐俯首视。三峡涧中龙，久蛰以为耻。睥睨欲乘之，雷电不相委。颇见鳞甲张，还局盘涡里。那知云所从，顾为云所使。念此既非龙，螣蛇心愈死。旧云干不散，新云湿不已。干与湿弥沦，山流水欻峙。高林沓溟濛，深谷乱逦迤。匡庐真面目，转眼迭成毁。下方有忽无，上方无益诡。我以地观云，变现不可纪。若以天观云，素涛平若砥。天地欲相观，虚空隔一纸。若从旁侧观，昆仑蒸海底。当年七里雾，一舐方寸匕。无尽兜罗绵，世界广如是。落日透余光，线路窥锦绮。如来金色臂，屈指又伸指。顷之复黯然，肥墨幻为豕。巧工恣盘薄，岁月得形似。而此百千幅，曾未移尺晷。我非绘空手，大虚毋乃滓。②

栖贤寺周围一带的云雾彩虹、山涯日出、飞瀑流泉、奇松怪石、林籁潭影等景色，玉渊、金井、三峡涧、招隐泉、三峡桥、五老峰等名胜，都在澹归心中留下了美好而深刻的印象：

曾临三峡飞流，老龙吟处天风下。崖门日涌，彭湖雪卷，庐山虹

① 《桥北百许步，得一潭，无名，娟静可爱，纪之以诗，仍前韵》，《徧行堂集二》卷30，第321页。
② 《栖贤寺看云》，《徧行堂集二》卷30，第322页。

挂。异地同声，桥边合奏，曲高和寡。叹峰头五老，白云簸荡，徒倾耳，难酬话。 知是石人应化，踏莲华、双泉浴罢。余波大用，饱蚊饱象，呈龟呈马。洞上金徽，林间玉笛，咸登风雅。听还乡逸调，千秋不歇，八音俱哑。①

澹归主丹霞席，常常回忆在栖贤那段清苦却快乐的时光：

大雪炉中煨榾柮，沸汤饼侧熟蹲鸱。岭南冬似三春暖，却忆栖贤此一时。（夜深煨芋，自是佳事，然非苦寒拥炉，兴亦稍减，此却输与庐山）②

康熙十二年（1673），天然在归宗寺病甚，澹归前去探视，经栖贤寺，时隔二十年再回故地。在石鉴的陪同下，重游了三峡涧，过去留恋诸景，历历在目，感慨万千：

廿年前在此，问廿年前，何似今年？岁寒人将尽，融融晴色，初试春天。玉渊金井依旧，白练曳苍烟。却精舍孤清，闲僧素朴，我见犹怜。 群游忽惊顾，想好句垂成，花散青莲。莫写扁舟影，叹来思异感，归梦同牵。有泉亦号三叠，此曲近无传。妙旨发玄音，移情又在三峡边。（拟游三叠不果，立春初晴，仅策杖三峡涧，寻玉渊诸潭，坐话而已）③

二、归宗寺

归宗寺在庐山南面，原为王羲之所建别墅，他离任江州时，便将此别墅赠给西域僧人佛驮耶舍（法号觉云）为寺院。归宗寺是庐山历史最为悠久的寺院④，澹归有句云："匡庐山水冠于天下，归宗道场复冠匡庐。"⑤ 崇祯十三年（1640），天然函昰在归宗寺祝发受具。故相比于归宗寺，丹霞别传寺只是其"别院"。天然"以归宗为正宅，而

---

① 《水龙吟·栖贤石鉴兄初度》，《徧行堂集三》卷44，第318页。
② 《绝句》，《徧行堂集三》卷40，第190页。
③ 《忆旧游·栖贤访石鉴兄》，《徧行堂集三》卷44，第316页。
④ 日军侵华时，归宗寺殿宇楼阁被焚，殿中宝物无一幸存。此后，屡经毁损，归宗寺残存的庙舍与佛像破坏殆尽，整座寺院只留下一块青石碑，上刻有"归宗寺"三字。2017年1月5日，归宗寺举行重建奠基仪式。
⑤ 《归宗乞米引》，《徧行堂集一》卷10，第257页。

以丹霞为别院，进则天飞，退则渊潜，去住萧然，绰有余裕"①。

康熙十年（1671），天然受归宗寺之请，住持该寺。康熙十二年（1673），天然病重，澹归自丹霞至归宗谒天然。康熙十三年（1674）新春，澹归陪天然游归宗寺附近的玉帘泉瀑布，有《齐天乐·归宗侍天然老人游玉帘泉》记之：

摩天峭壁无门入，谁将玉帘低挂。石榻闻涛，晴窗看雨，莫觅龙潭高下。金轮忽驾。映一朵卿云，纷纶娇姹。让出扶桑，水中生火不能画。人人同注异指，见烟飞电闪，如幻如化。绿晕灯儿，白光珠子，青赤虹桥斜跨。欢情未罢。便空里栽花，方开方谢。剩有余辉，绕双眸激射。（悬泉如练，见五色光变幻恍惚，因人指注而为名状，盖日色所映耳）②

玉帘泉瀑布位于庐山兜律峰下，又称紫霄瀑、喷雪泉，溪泉从石镜峰上淙淙流下，突然如素练般飘落，从百米多高悬崖飞入深潭，日光和瀑水自然天成，交相辉映，景色壮观。

在庐山曹洞宗兴建的寺庙还有黄岩寺、净成寺、巢云寺，这里不赘述。

第四节　海幢寺

海幢寺位于广州市海珠区同福中路与南华中路交会地带，以寺貌庄严、殿宇雄伟、环境清幽、园林优美而著名，被誉为广州市"五大丛林"之一。据史料记载：海幢寺原址是南汉时的千秋寺，位置大概在今天海幢寺的东隅。明末，富绅郭龙岳得到该地，将其建成一处私家园林，名为"福场园"。后来光半、池月二位法师向郭氏募得此地，兴建佛堂，取名"海幢寺"。宗宝道独、天然函昰、今无阿字先后在此住持弘法。康熙年间，寺院不断扩建，全盛时规模宏大，殿堂林立，为广州佛教丛林之冠。

海幢寺由于地处南方交通枢纽广州，对整个海云禅派来说，正如

　　① 《上本师天然昰和尚》，《徧行堂集二》卷21，第103页。
　　② 《齐天乐·归宗侍天然老人游玉帘泉》，《徧行堂集三》卷44，第321页。

澹归所言"乃一家咽喉之地"①。澹归有诗云："海幢清切地，远梦未离群"②，不论是去海云寺、芥庵、载庵，还是出使粤东、粤西，海幢寺是他必经之地，也是他落脚歇息的地方。岭外的朋友来粤，如果没有驻足丹霞，澹归就前往海幢寺与他们相会。他还不断向岭外僧侣旧友推荐海幢寺，让他们去拜会住持阿字，去那里食宿。他为海幢寺撰写了大量的文告，如《募建海幢寺疏》《海幢寺乞米说》《海幢大殿上梁文》《海幢募建大殿疏》《海幢净业堂疏》《海幢下元解厄道场募疏》《海幢寺放生碑记》等。

清初许多遗民都逃禅于海幢寺。在这里，澹归、阿字等人与他们声气相通，聚会唱和，俨然形成了"海幢派"③。恽敬《同游海幢寺记》曰："海幢寺……为粤东诸君子吟赏之地。"④ 澹归有句云："海幢清话隔，迢递一年迟"⑤，"一叶横江独渺然，海幢风雨入春巅"⑥，"海幢一叶轻风驶，且喜重来慰索居"⑦。《黄冈万考叔话旧海幢》写他在海幢寺与明遗民万考叔叙旧，抒发了悲伤落寞的家国情怀：

> 烽火支离二十年，何来相见各依然。固穷未觉诗书断，急难谁将手足连。绝塞伤心青草外，他乡好梦绿杨边。闲行莫访司空井，滴泪难追海客船。⑧

今无阿字从康熙五年（1666）住持海幢寺，不断购置寺旁山地，十余年间，增建殿、堂、院、阁、舍、圃等二十三处，徒众"不下千人"。海幢寺在阿字的住持下，面貌焕然一新。澹归有诗赞之：

> 千秋更展旧袈裟，（此地为千秋寺福场园）垂露交风散彩霞。不惜明珠为镇海⑨，自怜宝镜得传家。地分南北尘回辙，水合东西月犯槎。一鼓狮弦闻绝唱，空生无路觅残花。（其一）

---

① 《与海幢阿字无和尚》，《徧行堂集二》卷21，第107页。

② 《还山留别刘大中丞》，《徧行堂集二》卷33，第434页。

③ 覃召文：《岭南禅文化》，广州：广东人民出版社1996年版，第37页。

④ 恽敬：《大云山房文稿》二集卷3，上海：国学整理社1937年版，第158页。

⑤ 《相江舟次柬侯筠庵文宗》，《徧行堂集二》卷33，第406页。

⑥ 《寄黄文园司李》，《徧行堂集二》卷34，第471页。

⑦ 《平子远再访海幢》，《徧行堂集三》卷35，第21页。

⑧ 《黄冈万考叔话旧海幢》《徧行堂集三》卷36，第46页。

⑨ 仰山参（东寺如会禅师），师问："汝是甚处人？"仰曰："广南人。"师曰："我闻广南有镇海明珠，是否？"仰曰："是。"师曰："此珠如何？"仰曰："黑月即隐，白月即现。"师曰："还将得来也无？"仰曰："将得来。"（宗文：《禅宗经典精华》下册，北京：宗教文化出版社2015年版，第885页）

博山四世见诸孙，洞上真源此地存。五指云霞连白社，三韩冰雪断黄昏。晚钟未歇翻龙尾，晓殿初开俯石门。最是眼前夐绝处，满江明月探无痕。（五指、三韩，师南北所经，龙尾、石门寺，前后胜概也）①（其二）

海幢寺地处珠江南岸，地势开阔，环境优美，让人陶醉其中，"清凉世界水云幢，吹落天风涌石淙。爽气全开山满阁，晚晴最好客横江"②。澹归许多诗歌抒写了海幢寺美好的景致。如：

偶从高阁一凭阑，眼底云涛物外宽。穗石旌旗晴历历，花田环珮夜漫漫。天边好梦谁先醒，地下悲风自古寒。不向此中消得尽，错将成败借人看。③

诗歌写海幢寺楼阁高耸，从楼上远眺，无限风光尽收眼底。

野寺息长夏，凉风偏会城。素交搜暇日，雅集问孤行。是月水花满，凭轩竹树清。分曹仍密坐，俯槛得深耕。远翠围金地，轻红剥水晶。披襟当爽迈，极望敛虚明。璎珞波旬扰，香华帝释擎。白头休感慨，青眼足逢迎。二士同心谱，双兰并蒂生。晚江吹雨侧，落日磨云平。④

诗歌写澹归与朋友在海幢寺会聚，他们一边谈心，一边观赏寺内美景，一边品尝荔枝，友情融融，十分惬意。

澹归还有一首词描写海幢寺大殿巍峨壮丽，旌旛招展，赞扬住持阿字的风采，并概述了海幢寺的变迁：

照珠江，巍峨梵刹无双。蔚蓝天、连山结盖，潮音谱出笙簧。绣旛垂、花分目采，铢衣拥、月净眉光。杖底阁浮，笔端补怛，清秋桂子恰生香。公案自、祖宗未了，悲愿独相当。今朝见，三更华首，万里扶桑。　忆先年、王园座下，优昙已现殊祥。墨池寒、长怀道树，龙洲阔、高竖金幢。发轫名藩，飞轮开府，经文纬武各津梁。风波里、石门远秀，盖然不能藏。方信有，两般人事，一样非常。⑤

---

① 《海幢赠阿字无兄》，《徧行堂集三》卷37，第89页。
② 《文山过宿海幢》，《徧行堂集三》卷38，第125页。
③ 《海幢地藏阁》，《徧行堂集三》卷37，第89页。
④ 《退庵、若海过访海幢》，《徧行堂集三》卷39，第156页。
⑤ 《多丽·海幢大殿落成》，《徧行堂集三》卷44，第335页。

海幢寺中有株古木鹰爪兰，植于明代，生长在一座六角形石围墩上，绿叶婆娑，终年花发，清香远溢。据清代吴震方《岭海杂记》云："海幢寺藏经阁下有树一丛，名鹰爪兰，枝蒂如鹰爪，花六瓣，他处未见，亦异种也。"光绪《广州府志》："海幢鹰爪，为郭园旧植，址改而兰仍茂，以亭盖之。"澹归有鹰爪兰诗和鹰爪兰词。其诗抒写鹰爪兰的茂密繁荫和传奇的来历：

一树婆娑半亩阴，饮香聊足涤烦襟。逼天懒逞松杉力，覆地全消积棘心。种异泽兰仍纫佩，名同鹰爪莫从禽。晚来客去风还好，片石休辞夜露侵。（其一）

花王未解下征书，种自圆生降碧虚。谁在百年前见汝，每因九夏一怜渠。浓香即遣删俱尽，密叶长教荫有余。佛影至今移不动，鹊巢那得趁安居。（圆生，忉利天中树名）（其二）①

词描写得更加细腻，富有情调。第一首写鹰爪兰绿荫如盖，风生树下：

春得长，秋得养，花歇人稀成翠幌。阴屯香，晴屯凉，团团如盖，莫比楼桑桑。　似藤微硬木微软，深不见深浅不浅。疏疏排，密密开，好风高卧，为我徐徐来。（其一）

第二首写鹰爪兰于月下观之，别具景致：

兰兜绿，鹰挂足，夜合香生蒸粟玉。枝枝低，叶叶齐，亭亭亭下，好与栖栖栖。　会得盖时方会载，汝不爱人人自爱。风非松，月非桐，村村朴朴，一个当家翁。（其二）

第三首写鹰爪兰卓尔不群，花繁叶茂：

百千岁，谁为类，老干婆娑太尊贵。是名兰，非名兰，周将处于，材与不材间。　片石缭云天织雨，青青黯黯遥相许。长枝花，短枝花，且莫狼狼藉藉太亏他。（其三）②

海幢寺曾有并蒂兰开，是偶然才得一见的"吉兆"，澹归特作诗记之：

---

① 《鹰爪兰·海幢寺内百余年物二首》，《徧行堂集三》卷37，第88－89页。
② 《梅花引·海幢鹰爪兰，仿高仲常体三首》，《徧行堂集三》卷42，第272页。

国香重见发幽居，华萼相辉意更殊。共命即知无二我，同心那得不如渠。薰风一笑眉俱亚，凉月双浮影亦虚。不是埙篪怜合拍，灵苗谁为作先驱。（其一）

昨年迢递隔珠江，云影虽孤月影双。持赠却应思往事，联吟曾不换虚窗。（丙午曾有此花，时知交同集，因归之退庵铨部，予与阿兄各有诗）离魂合体留重褶，共座殊尊覆一幢。暗搨两岐垂字谱，花间鸟迹映银缸。（其二）①

在广州小南门外（今广州市德政中路丽水坊）还有一座曹洞宗寺庙——无着庵，为天然胞妹今再来机创建。

第五节　丹霞下院

澹归诗歌中有关丹霞丛林的抒写，将在第三章详述。这里只概述其诗歌中的丹霞下院②龙护园、会龙院、准提阁。

一、龙护园

龙护园位于韶关南雄市内。南雄是出入庾岭的必经之地，龙护园既是来往于岭南岭北行脚僧人的食宿之所，也是接引四方往来僧众的"中转站"。僧人来到这里缓解旅途的劳顿，有归家的感觉。澹归《龙护园乞米引》云："龙护园为庾岭出入所经，大集院主素有道心，于行来僧一宿两餐之外，时有休息，未尝以'澹薄'二字作独吃自痾计。"③

澹归《龙护园碑记》详记龙护园的建造过程："予自壬寅［顺治九年（1652）］至雄州，诸善友请观佛会，有数椽特立于荒榛坏甓间，其前后地犹他人也。甲辰［康熙三年（1664）］复至，闻有梅谷禅师

---

① 《海幢并头兰同诸子赋》，《徧行堂集三》卷37，第112页。
② "下院"指的是大寺院的下属庙宇。寺庙下院的功能一般来说包括以下两种：寺庙的分院，香客可以把其作为进香途中的礼佛之地，也可以直接作为进香的目的地，在人们心里分院祭拜同样能达到礼佛的效果；香客临时落脚、歇息的地方——进香路途遥远，下院往往充当喝茶解困，或者接待住宿之所。
③ 《龙护园乞米引》，《徧行堂集一》卷10，第272页。

掩关于此，过而访之，已成丈室。中奉韦将军，对一楹供佛，前一小亭，后有蔬圃，即余壤渐扩，花药烂然，太守陆公颜之曰'龙护园'。丁未［康熙六年（1667）］，梅师出岭，属诸善友以归丹霞为下院，公可之，曰：'澹公来，不可无驻锡所。'此亦吾两人苏程庵故事也。戊申［康熙七年（1668）］，春，予又至，适有信士张原舍所居堂充佛宇，公捐金为倡，郑广文鲁城手一疏，导诸士大夫助之。左前有地，公召其主给以价，复有舍殿前右地，广六尺、长九丈者，始得正方，无缺陷相。其督诸工作，则阮子弱生、院主灵彻辈也……自顺治甲午（1654）至康熙戊申（1668），凡十五年。"[1] 可见，龙护园在扩建过程中得到太守陆世楷大力资助，也得到张原、郑广文、阮弱生、灵彻院主等人的支持。澹归有和陆世楷之诗，对陆世楷倡建龙护园十分赞赏：

拟分香国半林安，得傍高斋结净坛。析义已知心地密，论诗更许法流宽。晓风荡影霜花冷，夜柝销声月露残。不见刹尘无大小，十方验取一毫端。[2]

澹归又有诗《闵捷宇明府招同宜公、元贞、弱生、哲人茶集龙护园，梅谷长老检藏于此》，表达对上述诸人的感激之情：

何处衣云绕碧虚，维摩转手看文殊。随风辨出闻钟外，指月机来掩卷余。小隐欲窥惟半豹，老饕所挥是三珠。却劳晚色酬良会，满载清凉托后车。[3]

澹归也有诗对施主张原表示感谢：

因君竖得水云幢，一念能回七佛光。不住相中相见处，半师半象又生香。[4]

澹归为了龙护园的扩建，奔波四方，筹集钱粮，先后为龙护园撰写了《龙护园诵药师经疏》《龙护园盂兰会引》《龙护园山门引》《龙护园乞油引》《龙护园乞米偈有引》《龙护园乞月供偈有引》《龙护园

① 《龙护园碑记》，《徧行堂集一》卷12，第319页。
② 《奉和龙护园留题》，《徧行堂集三》卷37，第107页。
③ 《闵捷宇明府招同宜公、元贞、弱生、哲人茶集龙护园，梅谷长老检藏于此》，《徧行堂集三》卷35，第31–32页。
④ 《张徧庵舍所居堂为龙护园佛殿》，《徧行堂集三》卷41，第235页。

重装释迦宝相偈有引》等文告。

龙护园是澹归与朋友聚会之地，所谓"丹霞山上松竹凉，龙护园中翰墨香"①。他经常与南雄府知府陆世楷等友人在这里谈禅论诗，其乐融融，流连忘返，不想回丹霞山了：

春光从何来，万象忽了了。化理亦同流，狱市久勿扰。不知洪钧力，其意先百草。吾人坐相对，此德宿已饱。退思清有余，宗乘复搜讨。遣钵下毗耶，孤磬达云表。名言答玄赏，宾主各三倒。眷彼狱渎怀，江山更围绕。灯月散千光，人影自相抱。浮尘聚即空，孙严不待扫。我有长松林，悬萝碧烟裛。欲住未能归，咫尺三山杳。广庭漾虚明，试撷水中藻。一笑忆吾师，霍如天共晓。（客冬，天老人集此，孝山有"忆昨金粟临"之句）赫日走风霆，不迁吾所保。白社来宗雷，长城克清皎。锦水迟双鱼，枯枝还独鸟。时把使君诗，余音犹袅袅。②

遇良辰佳节，在龙护园与陆世楷等友人谈到投机处，竟通宵达旦，不知疲倦：

五夜春灯犹未半，江光月影相凌乱。道流拥膝坐深更，不见繁星荡银汉。耳边咿喔鸡三鸣，划断昨宵人不行。人方不行我方起，玻璃黯澹天将明。使君为我破萧瑟，胜日良朋成雅集。清言到夕不知疲，晚色横空浮远碧……③

有陆世楷的照顾，龙护园成为澹归休养之地，他自称"丛林中自有许多络索，劳倦无比，终不如龙护之安静也"④，"养疴龙护……自是乐事"⑤。端午作诗云：

别院堪休夏，翻经起夕阴。形骸悲泡幻，习气笑书淫。佳节方持黍，贤侯且赐金。歌风存磊落，听雨助萧森。⑥

龙护园有梅数株。有一年冬天，澹归从龙护院回丹霞山，时梅含苞待放。回丹霞后，澹归病卧床上，百无聊赖，忽一日，接陆世楷书

① 《送融谷还浙秋试》，《徧行堂集二》卷32，第380页。
② 《次韵孝山上元前一日茶集龙护园》，《徧行堂集二》卷30，第340页。
③ 《元宵前一日孝山携茗集龙护园即事》，《徧行堂集二》卷32，第379页。
④ 《与朱廉斋明府》，《徧行堂集二》卷27，第262页。
⑤ 《与郑鲁城广文》，《徧行堂集二》卷28，第277页。
⑥ 《龙护午日书怀》，《徧行堂集三》卷39，第175页。

信，言龙护园之梅已怒放矣，澹归欣然作词遣怀：

记得冬时，寒苞未坼，小如寒豆。归来忘却，病后眼将眉覆。镇支离、欹枕下帘，打成日午三更候。听金声忽掷，锦笺初展，珠泉重逗。　清瘦。微吟罢，觉果熟香生，枝传干授。深严阴雪，怎比晴光和厚。为空庭、分绿出青，后来长见今掀手。便呼他、太守梅花，一样松风透。①

二、会龙院

会龙院在韶州府城相江门外。澹归初入丹霞时，可能在此歇息过夜，当时会龙院破败不堪，恰逢天气转冷，他在破寺中冷得瑟瑟发抖：

朝日足疗饥，晴空宜破院。一旦值阴凝，根尘忽生变。叠砖犹未涂，夜风散若线。虚檐洞无楄，昼风连若扇。我无牙可斗，百节自相战。冲寒荣益馁，下得中复断。败席缉为帘，救死饶一半。乞儿此上服，取裁适至骭。卧阅阳明书，闲思玉局传。有堂酒可载，有亭易可玩。有不善居夷，居夷有不善。②

康熙七年（1668），旧住持僧嗢咟哆将会龙院赠给丹霞山为下院。澹归有诗《会龙书院秋宵独坐》（选四）：

才得秋来万窍号，穿檐间析到中宵。云生未解全成雨，风落犹能半卷潮。山鬼啸残三点火，渔翁睡稳一枝篙。欲呵四壁无人答，留与虚堂问穴寥。（其一）

几叠关山碧未沉，数茎毛发白还侵。劳劳热客羞高枕，切切寒蛩恋苦吟。晓露渐流孤磬远，暗云初堕一帘深。空庭踏遍频惆怅，无地堪传此夜心。（其二）

半肩斜倚映残釭，后佛前魔总受降。林果结花都不见，山禽着翅便成双。钟眠破寺曾饶杵，船泊危滩且下桩。不是夜来人失晓，谁家曙色少虚窗。（其三）

一橡稳去小西天，三碗平来大有年。帽子峰前偏露顶，蒲团石上

---

① 《琐窗寒·次孝山过龙护园观庭前梅树》，《徧行堂集三》卷43，第308页。
② 《南韶杂诗》，《徧行堂集四》续集卷13，第308页。

罢安禅。聪明赚我还如旧，忠厚抛人只在先。笑煞麻姑空眼慢，刹那不信海成田。（其四）①

这组诗应写在会龙院重建前，可能为澹归得到嚓呾哆捐赠后，前来考察重建事宜，时间大约在康熙七年（1668）或八年（1669）深秋。从诗歌中可见会龙院依旧破败，空无一物，唯存残钟一口，寒虫吟声不断，四周荒凉，寂寥清冷。澹归孤灯一室，心中感慨万千。

澹归《重建会龙禅院疏》云："予初入丹霞，即有营建会龙、接待十方之愿，时太守赵公已为开疏，而主僧不能奉行，遂以中辍，蹉跎至今，每抱缺陷之感。顷同参雪木出主斯院，发誓庄严，与予初心若合符节，此亦时至事起，人杰地灵之证也。"② 澹归认为重建会龙院是"时至事起"，自有因缘。他在与会龙院主雪木的信中也云："此事大有时节因缘，时节未至，速之不能，时节既到，缓之亦不可，吾辈但尽心以俟之而已。"③ 澹归与天然函昰信中云："雪木兴造会龙之意甚切，已为作一募疏，当即谒镇府诸公，嘱其领袖，此事十有七八成，但不能如龙护之易耳，但办肯心，难亦不怕。"④ 会龙院重建过程中，澹归与雪木苦心尽力，并得到太守赵雨三及镇台林堉长⑤的支持。澹归曾有诗赠林堉长以示谢意：

借与虚庭一片凉，江山各欲荐冰霜。不因大树分条密，谁识清风落韵长。客去有怀行洒墨，僧来无语坐焚香。杖头莫探玻璃影，夜气横空月未央。⑥

三藩之乱时，韶城被围，会龙院"遂遭残破，世尊不仅莓苔，龙象直欲雷号雨泣"⑦。澹归有诗为记：

佛前欢喜丸，炮子亦不少。众生既蒙难，法地安可保。金身长不动，二谛同一表。（炮子穿柱折梁，及佛前后左右五寸许皆堕）从容论将略，拙速胜迟巧。一隅久聚兵，分道忘直捣。吾法贵干城，智勇故所宝。衰慵惜微劳，哭庙恨不早。泪落断砖中，疾风惭劲草。（寇

---

① 《会龙书院秋宵独坐》，《徧行堂集三》卷 38，第 130 - 131 页。
② 《重建会龙禅院疏》，《徧行堂集一》卷 9，第 250 页。
③ 《与会龙雪木院主》，《徧行堂集二》卷 23，第 156 页。
④ 《上本师天然昰和尚》，《徧行堂集二》卷 21，第 102 页。
⑤ 《徧行堂集》中有"林堉长""林育长"，当是指同一人，本书直接引用不作改动。
⑥ 《移坐会龙书院呈育长》，《徧行堂集三》卷 37，第 111 页。
⑦ 《重建会龙下院疏》，《徧行堂集四》续集卷 5，第 108 页。

退，予拟躬至下院不果，仅遣职事僧相度扫除，盖有愧于古人哭庙之义矣)①

乱后，会龙院又重修，又得林埗长等人的支持，澹归曾致信林埗长曰："会龙下院新厅落成，高宴有序，不复浑及伽蓝，此护持雅意也。闻尊旨倦倦，更欲增筑庵墙，补盖漏瓦，使十方往来皆叨干城大树之庇，尤为加额。"②

三、准提阁

准提阁地处仁化县，澹归记之曰："自丹霞溯流而上，见老榕郁然，盘覆如盖，中有阁，奉准提大士，前为慧业堂，锦江出其右，于江得旷，于榕得幽"③，"予向过准提阁，见慧业堂榕根排拱，已具欲倾之势，阁中椽桷，或腐或堕，曾议拆造，不可得，而议大修，又不可得，而议小修。盖不小修，将来有不堪大修者，其后必至于不堪拆造，即鞠为茂草而已。过三院主既领此职，不忍坐视，亦其分义所当为也。夫衲子籍隶三宝，有于茂草中建刹，必无于刹中建茂草之理"④。

重修后的准提阁风景优美，澹归曾居此，流连不舍：

轻云才见下空山，又到春台宿半间。名士连朝眉共爽，野僧入夜话初闲。白随雨暗峰双落，绿倩榕浮水一湾。坐觉胜情难遽割，时时计日不知还。⑤

丹霞下院还有始兴新庵，澹归诗文集中没有言及。

① 《南韶杂诗》，《徧行堂集四》续集卷13，第304页。
② 《与林埗长镇台》，《徧行堂集二》卷25，第202页。
③ 《重修准提阁引》，《徧行堂集一》卷10，第264页。
④ 《准提阁募修葺引》，《徧行堂集一》卷10，第270页。
⑤ 《宿仁化准提阁呈社中诸子》，《徧行堂集三》卷35，第15页。

第三章　澹归诗歌中的丹霞山

丹霞山位于广东省韶关市仁化县境内，是以丹霞地貌景观为主的风景区，由众多顶平、身陡、麓缓的红色砂砾岩石构成，"色如渥丹，灿若明霞"，以赤壁丹崖为特色。丹霞山是世界地质公园，也是世界自然遗产。

第一节　灵秀丹霞山

丹霞山在仁化境内，古时人迹罕至，土名"长老寨"，连绵逶迤数十里，高逾千仞。山顶三峰并峙，翠绿如盖；山腰绝壁倒悬，林木密蔽；山下锦江如带，蜿蜒如龙。山中绿树修篁，掩映摇曳；清泉瀑布，飞珠溅玉；红岩丹壁，赫焕如火。别传寺坐落于丹霞主峰山腰，清奇俊秀，幽雅肃穆。

顺治三年（1646），前明虔州（今赣州）知州李永茂率亲友至丹霞山，见此山奇伟峻拔，遂花数千两白银购之，一来隐居遁世，韬光养晦；二来伺机奋起，以图大业。不久，李永茂死于战乱。顺治十八年（1661），其弟李充茂见复明大业无望，便将他与其兄购得的丹霞山施舍给岭南高僧澹归建丛林道场。① 澹归呕心沥血，四方募化，惨淡经营，历时十七年，把丹霞山建成岭南有名的曹洞宗弘法场所。澹归亦如其师函昰，"性乐岩阿，心悲尘刹，既得栖真之境，益弘乐育之怀。或策杖而陵峰，或披襟而笑月。苍松白云，岁见新篇；紫玉青

---

① 李舜臣：《岭外别传：清初岭南诗僧群研究》，广州：南方日报出版社 2017 年版，第 225－226 页。

螺，时闻佳什。盖已目击道存，无行不与矣"①。澹归对丹霞山非常喜爱，除外出化缘或交游，便徜徉其间，用优美的诗歌描写了丹霞山秀丽的景色。

澹归的诗、词、散文都对丹霞山水景物做了细致的描写，以诗歌描写最多，也最有特色。澹归的诗歌以应酬诗、赠别诗和山水诗为主。在山水诗中，丹霞诗占了很大的比重。澹归用诗歌对丹霞山进行抒写，其数量之多、描写之详细、视野之广阔，自古以来没有诗人能出其右。

一、对丹霞山的整体抒写

澹归的丹霞诗，以雄放之笔，用远镜头的方式对丹霞山做了整体描绘。他说丹霞山形如船，神如龙，色如丹，"此山如船，紫玉台如梁头，长老峰如桅，海螺、草悬诸岩如舱，龙尾石如舵，俯视群峰，点点如波浪，绕山皆水……丹霞宜别名'法船'。予未尝见真龙，长老峰如尺木，舵石如尾，海螺如项，草悬一带如腹，大龙脊之旁两坡如翼，与小龙脊连延夭矫，出海搏云，俯视群峰，点点如波浪，绕山皆水，非痴非蛰……西域诸尊者现龙奋迅三昧，非龙不得体，非奋不得行，非迅不得智，宜别名丹霞曰'龙奋迅'。龙奋迅以神名，法船以形名，丹霞以色名。"② 并有诗云：

一片丹霞成太古，眠云走石谁能数。……此山我名龙奋迅，穿云一角潜蚪遁。名之以形曰法船，百丈连樯济巨川。赤脂透石名丹霞，天衣无缝围袈裟。层层剥落芭蕉蕊，瓣瓣翩翻菡萏花。或下凌江上湔水，峰峰云属还波委。何来脱颖叹锥头，又见生花怜碏砦。撩天白象鼻郎当，出海玄虾须吊诡。长老高幢自法筵，将军大纛无坚垒。紫金据座已非常，白玉成尘各放光。③

诗歌描写丹霞外围赤石展布，如穿着一件天衣无缝的袈裟。山如一团攒花，岩石如花瓣，层层翩翻。象鼻山、海螺岩、长老峰、将军石、紫玉台等名胜如粒粒明珠，镶嵌在丹霞山上。

丹霞山主峰景观分下、中、上三个层次。下层有锦石岩寺、梦觉

---

① 汪宗衍：《明末天然和尚年谱》，台北：台湾商务印书馆1986年版，第101–102页。
② 《新开舵盘岩记》，《徧行堂集一》卷11，第296–297页。
③ 《再欢喜歌赠方大林、大任、大目昆友》，《徧行堂集二》卷32，第375页。

关、幽洞通天、长天一线、龙鳞片等景点；中层有别传禅寺、天然岩、紫玉台等景点；上层则有长老峰、海螺峰、宝珠峰三峰并峙，如出天表。故澹归有诗句云："此山须作三回看，上下中间各一天。"①

澹归认为丹霞"山川奇秀，与天台、雁荡争衡"②。山势险峻，地形复杂，山下三水合流，山上三岩鼎峙：

清歌无那影婆娑，台荡休将粉本讹。缓步岂知山势峻，遥观争识地形多。曲当四水浮双髻，高出三岩拥一螺。最喜先登还后劲，日车欲侧怕挥戈。（城口、长冈、扶溪，三水合流，从右绕前，出左与石塘水会于双髻峰下。三岩：朝阳、锦石、海螺，惟海螺为高）③

澹归赞扬丹霞山水擅绝岭南，峰谷回环连绵，如一幅绝妙的山水画；登高望远，韶石山、周田、建封滩、瑶塘等地景色也非常优美。

擅绝南荒此大观，却应传出与人看。高悬一幅山如画，妙入连环谷似盘。韶石转湾仁化水，周田对岸建封滩。若知贤者无私乐，舞桑瑶塘也不难。④

二、对丹霞山重要景点的抒写

澹归丹霞诗对丹霞山重要景点、特色景点，或作专笔描写，形容曲尽，或对某一景点不同的景致，在诗歌中多次提起。在丹霞山众多名胜中，澹归最关注海螺岩、长老峰、紫玉台、锦江等景点。

（一）对海螺岩的描写

澹归来丹霞山以前就从师祖空隐道独听说过海螺岩，故有句云："空隐老人坐海幢，海螺岩畔思回翔"⑤，"海幢方丈里，曾说海螺

---

① 《和天然老人丹霞诗十首·登海螺岩》，《徧行堂集三》卷37，第78页。
② 《募建丹霞山别传寺疏》，《徧行堂集一》卷9，第228页。
③ 《孝山、融谷来游丹霞，余以仲冬二十日自相江同上，二日到寺，即周海螺岩一匝而下，二十三日从锦石登舟，至瑶塘言别。先是岱清入山，有七言近体十首，予惊其才艳，未敢步韵，二子欲和之如数，辄亦效颦，得二十首》，《徧行堂集三》卷36，第40页。
④ 《孝山、融谷来游丹霞，余以仲冬二十日自相江同上，二日到寺，即周海螺岩一匝而下，二十三日从锦石登舟，至瑶塘言别。先是岱清入山，有七言近体十首，予惊其才艳，未敢步韵，二子欲和之如数，辄亦效颦，得二十首》，《徧行堂集三》卷36，第42页。
⑤ 《喜得丹霞山赋赠李鉴湖山主》，《徧行堂集二》卷31，第363页。

岩"①。空隐道独对海螺岩的推崇加深了澹归对它的喜爱。

海螺岩是丹霞山主要岩体之一，丹霞山如船，海螺岩如舱。海螺岩处绝壁之上，一径空悬，靠铁索相护（"丹梯铁索"），可达岩顶，岩顶有舍利塔（"螺顶浮屠"）。登上海螺岩，品茗看云，飘飘欲仙，澹归萌发了依岩结宇的念头：

> 一径空悬意悄然，锡声欲过不还天。曾为白马封金塔，更遣黄龙负铁船。杖底云生同倚石，篱边茶熟半浮烟。却思结宇依岩话，吞吐江山得几年。（阿字座元欲于此构精舍，以奉老人，予谓此散圣安禅之地，非法王所宜处。今当乞之为息肩计，不妨下个先手耳）②

澹归在另一首诗中，同样描写登上高耸的海螺岩，看到云过林岩，花气芳润，称赞海螺岩是个结庐宜居之所，又一次表达了自己想栖身此地：

> 白足凌危磴，天风吹海螺。燕居宜在此，登座定如何。花落枯岩润，云兴活水多。法王垂手罢，吾意在烟波。③

澹归在另一组诗中写重阳日登上海螺岩，眼前景色令人陶醉，再次表达了自己对海螺岩的喜爱（因而他示寂后，丹霞僧众将他骨灰葬于海螺岩）：

> 人间此日登高兴，我在高山更欲登。直上海螺岩上去，蝼蚁趁煞马前蝇。（其一）
>
> 才到东篱眼便青，簇新山海旧图经。谁能对此空归去，却让陶潜独醉醒。（其二）
>
> 一泓石乳泼枯茶，欢喜群峰欲散花。垂老与君无事好，满头霜雪衬烟霞。（其三）④

澹归在诗歌中多处提到海螺岩，如"韶石山前五马渡，海螺岩畔

---

① 《请空隐老和尚真入丹霞赞》，《徧行堂集一》卷14，第364页。

① 《请空隐老和尚真入丹霞赞》，《徧行堂集一》卷14，第364页。
② 《和天然老人丹霞诗十首·登海螺岩》，《徧行堂集三》卷37，第78页。
③ 《乙巳九月十四日，阿字首座与予别于胥口。时法门多故，予复抱病还山，诸护法深加悯念，属师躬致曲折，乃挐扁舟追予于英州，不及，遂入丹霞，成两日夕登临晤语之乐。失便宜得便宜，非出家人未易受用也。师垂示五言近体十首，顷在韶阳归舟，重忆此境，追酬雅升，不限韵数，各纪一时》，《徧行堂集二》卷33，第412页。
④ 《九日同愿乘诸子登海螺岩》，《徧行堂集三》卷40，第208－209页。

千华路"①，"峰头长老吹海螺，生绡一幅微烟拖"②，"海螺岩上月苍苍，羊石城边水共长"③，"分得雩坛甘露水，海螺岩畔日潺湲"④，"归嘱海螺岩下石，也须结取火珠胎"⑤。

（二）对长老峰的描写

长老峰是丹霞山最高峰，在众峰拱卫中特立挺拔，独出天表。别传寺大雄宝殿正位于长老峰下：

仚立偏劳眼角长，衣云千尺蔽扶桑。支颐独在儿孙上，辟咡同归祖父旁。量到梵宫俱绝望，解开王髻忽分光。自然白月中天处，迦叶从来不覆藏。⑥

长老峰观日是丹霞著名的风景之一。诗人描写了一轮赤日在地表混沌处冉冉升起，光芒四射，为寒冬之晨带来了温暖：

谁将赤日唤金盆，旸谷输汤未易吞。四海不容分地界，一轮长欲耀天门。自然均照能开眼，率尔争光早断魂。莫怪寒岩来最晚，老僧背后有余温。⑦

长老峰上有将军石高高矗立，所谓"长老峰为座，将军石作坛"⑧，控险扼要，守卫丹霞平安：

是谁信手画乾坤，江楚风烟势欲吞。犹喜将军销剑戟，尚怜长老护儿孙。当关有虎惟高卧，半夜归猿只断魂。缔构也应支劫尽，与君剪烛共评论。（将军，石名；长老，峰名）⑨

澹归诗歌中还有多处描写长老峰高危幽峻，如"长老峰头人欲老，

① 《马子贞太守同张斗寰协镇、池仪伯别驾入山赋赠》，《徧行堂集二》卷32，第383页。

② 《空山无事，翻阅旧书，得甲辰唱和集，读之慨然。吾三人缠绵倾倒之乐，转盼已是十年，一则宦途濡滞，一则老景支离，天涯有客，缩地无从。感而成歌，奉寄孝山，再倩便风代束融谷》，《徧行堂集二》卷32，第385页。

③ 《留别陈岱清司李》，《徧行堂集三》卷35，第12页。

④ 《南雄留别孝山太守诸公》，《徧行堂集三》卷35，第15页。

⑤ 《温泉夜浴》，《徧行堂集三》卷35，第17页。

⑥ 《和天然老人丹霞诗十首·望长老峰》，《徧行堂集三》卷37，第77页。

⑦ 《初日》，《徧行堂集三》卷36，第58页。

⑧ 《公绚初度》，《徧行堂集三》卷39，第168页。

⑨ 《孝山、融谷来游丹霞，余以仲冬二十日自相江同上，二日到寺，即周海螺岩一匝而下，二十三日从锦石登舟，至瑶塘言别。先是岱清入山，有七言近体十首，予惊其才艳，未敢步韵，二子欲和之如数，辄亦效颦，得二十首》，《徧行堂集三》卷36，第41页。

喜逢天上神仙表"①，"早来长老蒙头处，雪卷银河日影浮"②，"长老峰头闻不二，松风云壑歌频伽"③，"长老峰头曾钝置，晓猿夜鹤莫相猜"④，"海山门下枝枝秀，长老峰边事事幽"⑤。

（三）对紫玉台的描写

紫玉台是别传寺附近一块巨大岩体。澹归有文记曰："别传之寺，倚长老峰据座而雄视，右壁如列步障，左如袈裟之展势，欲断仍连。群石跳脱而下，有巨石南向，曰'紫玉台'，乔松百许"⑥，"紫玉台，巨石莹净，松钗满径，可以葺亭宴坐"⑦。紫玉台凌空突展，凭台观望，只见台下风起云涌，山中景色变幻莫测：

更上凌虚百尺台，袈裟左覆掌中开。西流大水云根决，南至薰风日道来。便拟明湖飞柳絮，漫将滑路委松钗。山川只许人经眼，陵谷谁分片石哀。⑧

澹归常在紫玉台宴坐望远，迎来送往，"青藜杖顶才然火，紫玉台前已设灯"⑨，"白云委地虚扶杖，紫玉为台别主香"⑩，"韶阳借路问丹霞，紫玉台前一碗茶"⑪。

（四）对锦江的描写

锦江经仁化县城蜿蜒而来，在丹霞峡谷之间环绕穿行，两岸丹崖倒映水中，丹山碧水，景色迷人。澹归诗歌中多处写到锦江之美，如"锦溪梦高峡，影入青芙蓉"⑫；"不知寺入三岩远，却见溪随九曲长"⑬；"赤崖俯锦溪，对影共展席"⑭；"莫便长驱梅岭阪，譬如重问

① 《独鹤行寿曙戒》，《徧行堂集二》卷31，第367页。
② 《赠南岳湛公》，《徧行堂集二》卷31，366页。
③ 《华尊行寿王三水力臣》，《徧行堂集二》卷31，第369页。
④ 《中秋独坐月下》，《徧行堂集三》卷35，第35页。
⑤ 《和天然老人丹霞诗十首·晚步松岭》，《徧行堂集三》卷37，第78页。
⑥ 《华藏庄严阁记》，《徧行堂集一》卷11，第291页。
⑦ 《丹霞营建图略记》，《徧行堂集一》卷11，第293 – 294页。
⑧ 《和天然老人丹霞诗十首·紫玉台》，《徧行堂集三》卷37，第77页。
⑨ 《刘敬舆秋捷》，《徧行堂集三》卷37，第73页。
⑩ 《寄西宁王仲威明府》，《徧行堂集三》卷38，第120页。
⑪ 《送屠懿涌州守之桂林》，《徧行堂集三》卷41，第226页。
⑫ 《留别庸庵》，《徧行堂集二》卷30，第343页。
⑬ 《屠思孝入山》，《徧行堂集三》卷36，第36页。
⑭ 《送别陈长卿兼订入山》，《徧行堂集二》卷30，第347页。

锦溪津"①；"倘为登临念公子，相期共荡锦溪舟"②；"剩有金陵怀古句，携归散作锦溪花"③；"抖擞几多倾倒意，可堪钝置锦溪滨"④；"把袂谁将别恨偿，丹霞台下水茫茫"⑤。

三、对丹霞山小景点的描写

澹归对丹霞山一些特色小景点也很欣赏，并用细腻的手法写出小景点对丹霞之美的衬托和点缀。如写"松岭"苍树虬枝，幽古秀丽：

> 欲选虬枝结蜃楼，烟绡轻幂互沉浮。海山门下枝枝秀，长老峰边事事幽。已觉须眉随我大，未知鳞甲倩谁收。因师识得清风起，百顷寒涛挟月流。⑥

写"竹坡"翠竹千竿，墨绿如海，山风扫过，竹浪涌动：

> 箕笤数尺墨斜拖，清渭千竿忽涌波。脱颖定随零露上，扫坛时见烈风过。体非草木方呈异，用在东南不厌多。莫遣儿孙嫌地窄，弥天看取绿成窝。⑦

写"芳泉"之水明净一洼，清冽如镜；烹茗煮茶，清香弥久：

> 石上空明镜影涵，为人流出澹中甘。碾茶未欲成龙凤，第水休教落二三。力尽镬边余白醉，梦回枕上益清酣。锦溪千里朝宗势，一滴俱无不用探。⑧

四、丹霞诗的艺术特色

澹归以丹霞山为家，他对丹霞山充满挚爱之情。他在丹霞山驻锡

---

① 《曙戒度岭雨中过访》《徧行堂集三》卷35，第30页。
② 《赠当湖沈存西》，《徧行堂集三》卷37，第114页。
③ 《送姜山邵公之江南》，《徧行堂集三》卷38，第122页。
④ 《陈长卿还三山，过访丹霞，即事有作》，《徧行堂集三》卷38，第135页。
⑤ 《留别退庵》，《徧行堂集三》卷35，第24页。
⑥ 《和天然老人丹霞诗十首·晚步松岭》，《徧行堂集三》卷37，第78页。
⑦ 《和天然老人丹霞诗十首·竹坡》，《徧行堂集三》卷37，第78页。
⑧ 《和天然老人丹霞诗十首·芳泉》，《徧行堂集三》卷37，第78页。

岭南文化书系

清初岭南高僧澹归诗歌研究

多年，对这里的一草一木都了然于心，非常熟悉。因而他的丹霞诗乃用心抒写，信手拈来，绝不同于一般文人模山范水之作。这些诗歌艺术水平很高，写法不落入一般窠臼，独出机杼。

（一）澹归对丹霞山水景物不作纯客观的描写，带有强烈的主观色彩

澹归移情于山水景物，赋予它们人的灵性，山水景物与他形成情感上的共鸣。如康熙五年（1666），澹归营建丹霞初成规模，奉迎其师函昰入主丹霞道场，并作诗十二首与函昰相和。他这一组丹霞诗就体现出这一特点。如：

> 五年荒草得人锄，捧出天然我亦初。曲水屡疑青嶂夺，雄峰不受白云扶。鼓钟竞发螺岩爽，龙象群分鹫岭图。浩劫剖开新世界，一炉镕尽旧规模。①

诗歌写丹霞山经五年营建，以全新的面目展现于其师函昰眼前。现在其师要巡视丹霞山，他由衷地感到高兴，丹霞山水也似乎为之怡悦，"鼓钟竞发螺岩爽，龙象群分鹫岭图"。再如：

> 连波涌作百千峰，合势分形各不同。未许秦人求出路，肯容谢客辨来风。玉台起雾趋江左，舵石捎云略海东。此日随师三匝后，自矜长在翠微中。②

诗歌写函昰巡游丹霞，众峰似乎也有灵性，有意在函昰面前展现各自的姿态，紫玉台、舵盘石尤有灵性。

康熙七年（1668），澹归挚友南雄知府陆世楷游览丹霞。澹归营建丹霞山，多得陆世楷的帮助。他对陆世楷十分感激，对陆世楷的到来十分高兴，真心欢迎。丹霞山水也似乎懂得主人心情，随主人一道表现出好客的热情。陆世楷一行舍舟来到丹霞山脚下，即见"岩岫增波澜""积风荡烟霭""夕岚下天风，云暗水生白"。第二天一早，宾主开始登山，丹霞山早已摆开了欢迎的阵势，"钟声发明爽，豁落天门开""凌空得壮观，过隙归纤尘。双堤隐丰林，树色何佳哉"。陆世楷在丹霞山住了一晚，因公务在身不能多停留，宾主不舍，山水也似乎

---

① 《和天然老人丹霞诗十首·初入丹霞》，《徧行堂集三》卷37，第77页。
② 《和天然老人丹霞诗十首·绕丹霞》，《徧行堂集三》卷37，第78页。

在挽留这位匆匆而归的客人，"我方理扁舟，千峰一时迷。篮舆下白云，玉台为之低。溯流上瑶塘，指点前游蹊。北风吹别恨，雨色仍凄凄"①。

澹归为营建丹霞山，冲州撞府，长久在外募化，好不容易才回山，丹霞山水似乎也知投桃报李，草木荣欣，钟声悠长，似乎在迎接他的归来：

赢得归山不偶然，出门虽晚到还先。四时水草随阶下，万里风云息眼前。峻极藤萝扶石磴，空悬洞壑倚江船。且教莫撞鲸钟乏，恐负深长太古年。②

澹归在许多诗歌中都表达了他对丹霞山的痴爱，丹霞山水似乎也感知到主人的这片爱心，在澹归闲暇之余，便在主人面前展现出美好的意境，取悦主人。如：

钝栖敢意此为家，拔地支天出女娲。枕上不闻同井柝，饭余还啜本山茶。老松大竹藏深屋，赤石清泉散彩霞。更有月寒清绝处，慢煨冬笋看梅花。③

诗歌前四句写澹归对丹霞山的喜爱，后四句写丹霞山没有辜负他的一片爱心，把山中雅致清幽的景色呈献在他眼前。"老松大竹藏深屋，赤石清泉散彩霞""更有月寒清绝处，慢煨冬笋看梅花"，这是多么清雅脱俗的意境！这是丹霞山特意呈给主人的心灵享受。

再如澹归夜深人静时登上丹霞之巅赏夜：

晚钟已结响，乘月登天梯。白影筛松阴，参差不能齐。万类向春荣，亦有秋虫啼。石角转微风，众香何纷披。文繁互可略，真色眉间低。此宗回向地，异武皆同蹊。复如日车行，西逝无东移。蔷薇隐暮屏，薄烟澹迷离。吾欢亦若斯，黑甜赴前期。枕簟一以设，为遣长鸣鸡。④

丹霞山着意为主人营造了一个美好的夜晚：树影婆娑，秋虫乱鸣，

① 《戊申春二月三日，孝山、融谷冒雨重游丹霞，即事七首》，《徧行堂集二》卷30，第330－331页。

② 《留别雷峰同参诸子》，《徧行堂集三》卷35，第13页。

③ 《留别雷峰同参诸子》，《徧行堂集三》卷35，第13页。

④ 《南韶杂诗》，《徧行堂集四》卷13，第308－309页。

野花飘香；星空繁密相间，月亮缓缓西沉。主人感到无限的惬意，"吾欢亦若斯，黑甜赴前期"，静静躺在凉席上，等待黎明的到来。

在澹归众多描写丹霞山的诗歌中，诸如"昨夜素交曾入梦，一轮明月照空山。天梯直上青霞起，龙尾同骑白日环"①，"虚阁俯深江，风雨时一吼。孤情托眇莽，游目亦无偶。微云起空山，卷舒故难久"②，"扫室存孤影，开轩数落花。何年留子石，垂老识丹霞。绝涧云生衲，浮空月上查。为呼无事客，携手出非家"③，"侥幸寒岩别路通，故乡无分老相从。赤城霞借千寻石，青海澜翻一坞松。谁写金莲深草外，自支铁塔瑞云中"④，"惨澹相期十载心，如今真得住山深。雪岩水自连云洁，松坞风兼带竹阴。万仞一关当独立，百年双眼送长吟"⑤等句，无不显示出丹霞山水景物的灵性，它们与主人能相互感应，情感默契，形成非常圆融的意境。

（二）澹归丹霞诗善于采用移步换景的手法，将山水名胜如珠子般一一串联起来

这种手法常见于游记散文中，在诗歌中较少见，因为诗歌具有很强的跳动性，在这种跳动性很强的文体中采用移步换景的手法，不仅需要很强的驾驭能力，而且需要充实的内容，要做到人物、景点有机交融，通过人物来显示时间和游踪；需要把每个大景点分成若干小景点，每个小景点又要各具特色。澹归所有的丹霞组诗都采用了这一手法，以游踪为经，以时间先后为纬，有条不紊地将丹霞风景依次呈现出来，诗歌因此具有一定的叙事性。如康熙三年（1664），南雄太守陆世楷来访，澹归作《孝山、融谷来游丹霞，余以仲冬二十日自相江同上，二日到寺，即周海螺岩一匝而下，二十三日从锦石登舟，至瑶塘言别。先是岱清入山，有七言近体十首，予惊其才艳，未敢步韵，二子欲和之如数，辄亦效颦，得二十首》（简称《孝山来游丹霞》）。康熙五年（1666），天然函昰巡游丹霞，澹归作《和天然老人丹霞诗》十首。康熙七年（1668），陆世楷重游丹霞，澹归作古体组诗《孝山重

---

① 《绕丹霞记成梦退庵来游》，《徧行堂集三》卷36，第47页。
② 《送与安上座入丹霞》，《徧行堂集二》卷30，第341页。
③ 《赠石松入丹霞》，《徧行堂集二》卷33，第430页。
④ 《留别陈岱清司李》，《徧行堂集三》卷35，第12页。
⑤ 《留别退庵》，《徧行堂集三》卷35，第10页。

游丹霞》七首。下面以《孝山来游丹霞》为例加以说明。

康熙三年（1664），南雄太守陆世楷来访丹霞，澹归"以仲冬二十日自相江同上，二日到寺，即周海螺岩一匝而下，二十三日从锦石登舟，至瑶塘言别"①。诗歌以游踪为主线（船入丹霞—足登岩壁—话别锦江），以时间为辅线（二十一日至二十三日），构成一组绝妙的丹霞山水画。

二十一日船从锦江入丹霞时，自铜鹤岭看观音送子石，描写逼真：

雨断云疏晓势开，岚光无数斗船来……不意贵人生羽翼，似从大士出胞胎。绕山三匝看犹在，谁结莲花七宝台。（过铜鹤岭，即见观音石，彷佛花冠璎珞之相。江水环山左右，前后绕之三匝，皆如觌面。憨山大师过此，曾有造殿之愿）②

自锦江仰望丹霞，悬崖峭壁，高耸入云，岩上山花烂漫：

指点曾城郁绛霞，舟行云驶又纷挐。望穷绝壁元通水，投至深林不是家。介弟旌旗回却月，象人弓矢落悬崖。御风直上天梯看，满树寒香笑吐花。③

二十二日登上长老峰，见屯军砦形如仓廪，人面石不像"人面"，像儒巾或倒靴。峰顶有泉水冒出，周边草木茂盛：

笼日云连罩月烟，从新刻画倍生研。斧斤谢客林俱辟，畚锸愚公海亦填。仓廪成形方得地，巾靴假号莫欺天。断崖续雪虽寒瘦，依旧灵芽泼冷泉。（屯军砦在长老峰左，形如仓廪。人面石在雪岩左，殊不似，颇似儒巾，又似靴尖倒跃者）④

二十三日离开丹霞山别传寺，下山时顺便游览锦石岩，见岩前马

<hr>

① 《孝山、融谷来游丹霞，余以仲冬二十日自相江同上，二日到寺，即周海螺岩一匝而下，二十三日从锦石登舟，至瑶塘言别。先是岱清入山，有七言近体十首，予惊其才艳，未敢步韵，二子欲和之如数，辄亦效颦，得二十首》，《徧行堂集三》卷36，第39页。

② 《孝山、融谷来游丹霞，余以仲冬二十日自相江同上，二日到寺，即周海螺岩一匝而下，二十三日从锦石登舟，至瑶塘言别。先是岱清入山，有七言近体十首，予惊其才艳，未敢步韵，二子欲和之如数，辄亦效颦，得二十首》，《徧行堂集三》卷36，第39页。

③ 《孝山、融谷来游丹霞，余以仲冬二十日自相江同上，二日到寺，即周海螺岩一匝而下，二十三日从锦石登舟，至瑶塘言别。先是岱清入山，有七言近体十首，予惊其才艳，未敢步韵，二子欲和之如数，辄亦效颦，得二十首》，《徧行堂集三》卷36，第40页。

④ 《孝山、融谷来游丹霞，余以仲冬二十日自相江同上，二日到寺，即周海螺岩一匝而下，二十三日从锦石登舟，至瑶塘言别。先是岱清入山，有七言近体十首，予惊其才艳，未敢步韵，二子欲和之如数，辄亦效颦，得二十首》，《徧行堂集三》卷36，第41页。

<hr>

尾瀑水如檐溜，岩中锦屏五色斑斓，沿途有仙人榻、梦觉关等胜迹：

> 余勇犹堪贾锦岩，穿林切骨冷松杉。抽泉作雨长承溜，炼石为天别制龛。铁裹门阑曾限鬼，茧缠担石不留蚕。曲肱漫设仙人榻，梦觉关头莫再三。(锦石岩前有飞水，晴天如檐溜，岩中石五色，正如龛，亦如出蛾之茧。岩旁铁门，僧所以自固者，仙人榻、梦觉关皆其胜迹)①

送客锦江，情意难分，山水似乎也为之动容：

> 送别在何所，言从护生隈。我方理扁舟，千峰一时迷……溯流上瑶塘，指点前游蹊。北风吹别恨，雨色仍凄凄。欲别不能言，满口无端倪。②

（三）澹归丹霞诗充满动感，很少对景物作静态的描绘

澹归的丹霞诗如一幅动画，人徜徉于画中，以人的活动徐徐拉开诗"卷"。即使诗中无人，山水景物也是动态的，山风拂枝，流水潺湲，云蒸霞蔚。澹归选择的是动态的意象，并对意象作动态的组合，每首诗不是一幅单独的画面，而是由一帧帧的画面组成的蒙太奇。如：

> 更解到山维，随流待嘉客。夕岚下天风，云暗水生白。候人落沙头，联骑见山脊。相对慰泥涂，素瓷延敝席。轸公山水情，冲寒色弥怪。此中亦有路，登顿倍险窄。方舟蹴浪花，篙齿啮堕石。炬火列长堤，江影乱明灭。荒园且假榻，风景半畴昔。幽梦舒劳筋，徐理登山屐。③

这首诗写于康熙七年（1668），陆世楷重游丹霞，澹归在锦江码头相迎，晚上宾主就在山下歇息。这首诗意象流动感很强，最明显的表现在句子动词繁密，一句或两个动词（"随流待嘉客""云暗水生白""候人落沙头""登顿倍险窄"），甚至三个动词（"江影乱明灭"）。诗歌写出了迎客的整个动态过程，"候人落沙头"—"联骑见山脊"—"相对慰泥涂"—"素瓷延敝席"—"登顿倍险窄"—"荒园且假

---

① 《孝山、融谷来游丹霞，余以仲冬二十日自相江同上，二日到寺，即周海螺岩一匝而下，二十三日从锦石登舟，至瑶塘言别。先是岱清入山，有七言近体十首，予惊其才艳，未敢步韵，二子欲和之如数，辄亦效颦，得二十首》，《徧行堂集三》卷36，第41页。
② 《戊申春二月三日，孝山、融谷冒雨重游丹霞，即事七首》，《徧行堂集二》卷30，第331页。
③ 《戊申春二月三日，孝山、融谷冒雨重游丹霞，即事七首》，《徧行堂集二》卷30，第330页。

韶文化研究丛书

第三章 澹归诗歌中的丹霞山

榻”—“幽梦舒劳筋”—“徐理登山屐”。对春江晚景也做了非常动态化的细节描写，使人如临其境，目睹其景。如写傍晚宾主一同乘船去对岸，“此中亦有路，登顿倍险窄。方舟蹴浪花，篙齿啮堕石。炬火列长堤，江影乱明灭”，动词使用贴切流畅，构成一段幽静美丽的晚春迎客动画。

再看澹归在锦江送别陆世楷：

送别在何所，言从护生隄。我方理扁舟，千峰一时迷……溯流上瑶塘，指点前游蹊。北风吹别恨，雨色仍凄凄。欲别不能言，满口无端倪……①

诗歌选择了若干带有离愁特征的动态意象，如山峰迷蒙、锦水脉脉、北风清寒、雨色凄凄，再配上“理扁舟”“溯流”“指点”“不能言”等一系列送别动作，形成凄美的春雨送客图。

再如描写丹霞山法堂：

宝镜高悬万象低，千围百匝一轮齐。此峰直下超无上，群水朝东却向西。开口即知存地位，入门何处问天梯。为看气宇如王者，密密堂堂也不题。②

诗歌描写了法堂所处的地理方位，显得气脉流动。法堂高居，群峰拱卫，山势趋伏，锦水西流，以此衬托出一处说道弘法、超独众生的神圣之地。诗歌前面七句，每句至少有两个动词。这首诗歌中“无人”，然通过联想、想象、比拟手法，把静态的群山、庙宇写活了，又对它们做了动态组合，勾勒出一幅灵动丹霞法堂图。

澹归丹霞诗许多句子都灵动活跃，所描写的景物充满活力，似乎是告诉人们一个永恒的哲理，即运动是绝对的。如“微云起空山，卷舒故难久。一朝随飘风，缕缕复何有”③，“扫室存孤影，开轩数落花……绝涧云生衲，浮空月上查”④，“雪岩水自连云洁，松坞风兼带竹阴。万仞一关当独立，百年双眼送长吟”⑤，“暗香侵坐侧，残雪倚

① 《戊申春二月三日，孝山、融谷冒雨重游丹霞，即事七首》，《徧行堂集二》卷30，第330页。
② 《和天然老人丹霞诗十首·法堂》，《徧行堂集三》卷37，第77页。
③ 《送与安上座入丹霞》，《徧行堂集二》卷30，第341页。
④ 《赠石松入丹霞》，《徧行堂集二》卷33，第430页。
⑤ 《留别退庵》，《徧行堂集三》卷35，第10页。

山巅。烟月留空定，松筠助碧鲜"①。

　　陈永正在《岭南诗歌研究》中列举了韶关本地人北宋余靖、清初廖燕写的丹霞诗，也列举了广东人汪后来、罗天尺、张锦麟的丹霞诗，还有域外海阳人陈王猷的丹霞诗②；清人陈世英《丹霞山志》也录有多人创作的丹霞诗。而澹归的丹霞诗无论从所抒写的内容，还是从艺术成就来说，无疑是最出色的，原因主要有两点：一是他本来就是清初杰出的诗人，二是他在丹霞山居住长达十六年之久，"天籁所触，别具幽响"③。他的丹霞诗是岭南山水诗中的璀璨明珠，为丹霞山水旅游文化添上了厚重的一笔。

韶文化研究丛书

第三章　澹归诗歌中的丹霞山

第二节　营建丹霞山

　　澹归于兵败国破后，落发为僧，投天然函昰和尚门下。他作诗曰："脱身事三宝，厉怀拔五浊。此生已再生，凉风豁烦熇。"④ 完全以出世者的洒脱开始了"新"的生活。顺治十八年（1661），他得到李充茂施舍的丹霞山后，又燃起了投身佛门的"事功心"——他决心把丹霞山创建成弘法的大道场。然而他完全是空手创业，为获得营建所需的钱、粮，他不得不再次走进"入世"的"烦熇"——穿州撞府，千方百计筹措物资，为此招来了许多误解和非议。

一、喜得丹霞山

　　丹霞山原为明遗臣李永茂（孝源）、李充茂（鉴湖）兄弟在明末之乱时购置的地产。康熙元年（1662），李充茂（时李永茂已谢世）将此山舍与澹归。澹归《李鉴湖祠部六十寿序》云："李子鉴湖，古穰之胜流。避地，偕其伯兄文定公，寻山而得丹霞……岁辛丑［注：清顺治十八年（1661）］，来五羊，闻予有同爱于丹霞，遂举以归

---

① 《和孝山寄怀丹霞梅花》，《徧行堂集二》卷33，第411页。
② 陈永正：《岭南诗歌研究》，广州：中山大学出版社2008年版，第210－211页。
③ （清）阿字：《丹霞诗序》，《光宣台集》卷6，清康熙年间刻本。
④ 《癸巳六月六日灯下作诗示世镐诵》，《徧行堂集二》卷30，第320页。

予"①。并有诗记之：

十三年前与君别，多少披离得相见。白眼悠悠不索怜，青山黯黯徒生羡。空隐老人坐海幢，海螺岩畔思回翔。乞山酬偈一错愕，左文右武皆荒唐。今朝真见吾山主，未曾下口心先与②。果然一诺重千金，回首红尘在何许。当年文定初寻山，一条柳栗穿秋烟。深林峭壁无不到，飞猿堕鸟同盘旋。蓦见丹霞双抚掌，虎潜豹伏龙归渊。君为贤昆勤卜筑，尺椽片石囊俱覆。依高俯下出岩肩，竹暗松明藏板屋。此山斗绝十里余，蟠江拔地方邻虚。一夫当险不可上，古今治乱无乘除。结构才终又归去，摩窦为勒摩崖字。分付天龙谨护持，木客山魈休窃据。清浪军汉时出家，芒鞋踏破天之涯。金轮峰上才然顶，杨子江心罢试茶。贯清堂捧栖贤令，脚挂风筝难自定。万年持钵了残经，梅岭扶筇发归兴。粥饭参苓且信缘，山林城市长奔命。雷峰无客助新工，宝水有人修旧恨。旃檀荆棘各丛林，珠玉泥沙同破甑。世上薪抽世外炉，霜朝面改花朝镜。自惭薄德暗低头，毕竟由人不自由。何时一曲埋孤影，双眼看云万事休。不谓此山落吾手，恰好全身藏北斗。四岭天王忽现形，一林师子俱开口。蒲团坐地百花新，琉璃照夜孤峰走。独磬萧然散白云，五刑枉煞悲黄狗。狂歌为拜主人翁，片片烟霞手自封。敢信入鹰犹有事，从来挂角更无踪。他年欢喜思今日，峰顶月华连海碧。同侪笑指翠苔文，一寸孤心千里结。弟兄不负二难名，宾主须留三到迹。论功若叙魏无知，大书莫漏汪罅石。（汉翀别号。吾由汉翀始知此山本末）③

诗歌讲述了道独和尚很早看中了丹霞山，想在丹霞山建丛林道

① 《李鉴湖祠部六十寿序》，《徧行堂集一》卷5，第110页。
② 澹归《乞山偈》序云："亦若居士所居长老寨海螺岩，山水佳绝，空隐老汉闻之，四十余年矣。一日走海幢，无端谈及，忽遇莽澹归冲口便道：'居士须将此山供养老和尚。'亦若唯唯。临别谓澹归：'有甚偈颂，写纸与我珍藏。'澹归道：'我便有乞山之偈。'亦若道：'我即有酬偈之山。'今日漫书此，了昨日公案。成不成，倾一瓶青原白家酒，三盏难道未沾唇。"《乞山偈》云："是大长老，吹大法螺。有名无实，浩劫蹉跎。空隐老汉，亦若居士。一个下来，一个上去。全宾是主，全主是宾。澹归于中，充个牙人。这场买卖，如意自在。地涌金莲，天垂宝盖。乞山有偈，酬偈有山。更有相酬，兜率陀天。此日做中，他年作保。但得钟敲，莫将铜讨。谁其见闻，文武两行。葵轩总戎，园长侍郎。"诗中又有"乞山酬偈一错愕，左文右武皆荒唐。今朝真见吾山主，未曾下口心先与"之句。可见亦若居士姚继舜可能是受李充茂之托监管丹霞山，并非真正的丹霞山主。他在海幢寺酬山给道独是越权行为。澹归真正得到丹霞山是顺治十八年（1661），李充茂亲自来羊城才确定下来的。
③ 《喜得丹霞山赋赠李鉴湖山主》，《徧行堂集二》卷31，第363页。

场。丹霞山住户亦若居士曾给道独写了首乞山酬偈，但亦若居士不是真正的山主。直到顺治十八年（1661），真正的山主李充茂将此山捐赠给澹归，才最终了遂道独之愿。丹霞山地势险峻，"虎潜豹伏龙归渊"，"一夫当险不可上，古今治乱无乘除"。澹归诉说自己浪迹多年，没有一个驻锡的场所，现在他得到了李充茂捐献的丹霞山，心中无限欢喜，"粥饭参苓且信缘，山林城市长奔命……自惭薄德暗低头，毕竟由人不自由。何时一曲埋孤影，双眼看云万事休。不谓此山落吾手，恰好全身藏北斗"。诗人不惜用夸张的手法将丹霞写作天意所赐，"四岭天王忽现形，一林师子俱开口。蒲团坐地百花新，琉璃照夜孤峰走。独磬萧然散白云，五刑枉煞悲黄狗"。他对李氏兄弟非常感激，"狂歌为拜主人翁，片片烟霞手自封"。诗歌最后说他能得到李充茂施舍的丹霞山，好友汪蠖石（汉翀）起到了牵线搭桥的作用。

澹归又有词，记李充茂来到广州与他相见并捐赠丹霞山之情景：

> 三载来期，十年研额，今春始见珠江。开眉一笑，颜比昔人苍。世路不堪回首，车轮转、薄似羊肠。尘劳侣，随时歇去，心地足清凉。　相当，成二老，到家消息，信有西方。算我迟展钵，君早开荒。眼底水云宽阔，休追忆、梦里羲皇。松筠晚，蒲团茗碗，深坐共焚香。①

康熙元年（1662），澹归在其师天然函昰的支持下，前往粤北营建丹霞道场。三月二十四日抵山，有诗记之：

> 水石相衔进力穷，此时亲到此山中。悬梯已见犹迷径，老屋虽存不露风。近夜蛟龙随雨去，远人松竹畏雷同。古今多少沉酣梦，陵谷高深想未通。（其一）
> 半生说蜜未知甜，好处抬头恰卷帘。壁上何消争雁宕，袖中已早放师岩。月流九曲环三点，云簇千团逗一尖。且喜到家深稳在，不妨随路又庄严。（其二）②

"半生说蜜未知甜，好处抬头恰卷帘"，足见澹归初到丹霞之喜；"且喜到家深稳在，不妨随路又庄严"，可见他对丹霞之爱。丹霞山当时"悬梯已见犹迷径，老屋虽存不露风"，仅是李氏兄弟避乱隐居的

---

① 《满庭芳·喜李鉴湖山主至》，《徧行堂集三》卷43，第301页。
② 《喜入丹霞》，《徧行堂集三》卷35，第14页。

地方，其实只是个栖身之所，可以说还是一片榛莽之地，澹归来到山中就费尽了气力（"水石相衔进力穷"）。澹归要把这片土地变成弘道法场，等待他的将是艰辛的营建之路。

澹归营建丹霞决心很大。他对营建丛林道场的意义有很深的认识，他说："吾法于佳山水建道场，聚十方之僧，上者明心见性，次亦持戒修善，起教于微渺，止邪于未形，不可谓逊于义学。既无富贵禄位之藉，行乞檀越，养诸衲子，居处衣食，各使给足，以得安心学道，不可谓逊于义田。"① 他认为建丛林道场与建书院学馆可以相提并论，都是为了"起教于微渺，止邪于未形"，只是前者收养僧侣衲子，后者培养儒学之士。

他营建丹霞山的目标很明确，就是把它建成与南华寺、云门寺相鼎峙的道场，让丹霞山成为曹洞宗弘法圣地。他立下誓言："会当乘宿智，建我南华宗"②，并多次表露自己的心志："便拟梵刹崇修，与云门、曹溪鼎峙"③，"若（丹霞）道场遂立，敢谓与曹溪、云门鼎分三足，为岭表梵刹冠冕。今释薄愿如斯"④，"使今释以少善根，成此丛席，令丹霞作大师子窟，与曹溪、云门鼎峙而三，此岂寻常营建者可比耶"⑤！然而他也清醒地认识到，自己将面临重重困难，建立不寻常的事业，必须有不寻常的毅力，丹霞道场要营建成功，"非毕此一生精力、集诸内外护财法二施，未易成办"⑥，他"誓毕此生之心"⑦，完成这项佛门大业。然而要"集诸内外护之力"，不能靠坐等，他不得不走出清静修持之地，走入喧嚣的尘世。

一般说来，禅林的经济收入，不外乎"外来"与"自生"两大渠道。所谓"自生"就是来自寺院的田产，或是以农养禅、自给自足，或是以寺院的田地租给佃农收取地租；所谓"外来"，是指官府的赐予和民间的施舍。⑧ 像南华寺（建于南朝梁代）、云门寺（建于南汉时期）这样的古寺，根基雄厚，广有田产，"外来"收入和"自生"收入皆

① 《与颢孙明府》，《徧行堂集二》卷27，第263页。
② 《留别庸庵》，《徧行堂集二》卷30，第342页。
③ 《募建丹霞山别传寺疏》，《徧行堂集一》卷9，第228页。
④ 《丹霞营建图略记》，《徧行堂集一》卷11，第294页。
⑤ 《上本师天然昰和尚》，《徧行堂集二》卷21，第93页。
⑥ 《丹霞营建图略记》，《徧行堂集一》卷11，第294页。
⑦ 《募是丹霞山别传寺疏》《徧行堂集一》卷9，第228页。
⑧ 覃召文：《岭南禅文化》，广州：广东人民出版社1996年版，第65－66页。

有。澹归所营创的丹霞山与南华寺、云门寺相比，可谓有天壤之别，当时的丹霞山是座荒野山林，僧舍尚且未有，更不用说田产。两手空空的澹归要营建丹霞山，就意味着他必须靠"外来"收入——官府的赐予和民间的施舍。那他就必须与官府打交道，在民间四处化缘和挣钱。

当时澹归面临两重压力。他面临的第一重压力是建造寺庙需大量钱财、劳力。当时丹霞道场的主体建筑别传寺尚在澹归的规划中，还没有一砖一瓦。然而澹归为别传寺制定的建造规划却非常完整宏大："菩萨之道，上至三宝，下及众生，一有挂漏，名为缺陷。是故舍利塔不可不建……毗卢遮那如来像不可不造，殿不可不建……藏经不可不置，阁不可不建……阿罗汉阁不可不建，像不可不造……戒坛不可不建……饭僧田不可不置……普同塔不可不置……韦驮殿不可不建……地藏阁不可不建……宝胜阁不可不建"[1]。这有多少"不可不造""不可不建""不可不置"的工程啊！要完成这些工程需要多少钱财物力啊！这一切都等着两手空空的澹归去奔波运筹。

他面临的第二重压力是维持丹霞僧众生存所需的生活物资——被服粮米。自康熙元年（1662）至康熙十九年（1680），民族矛盾依然存在，社会动荡不安。许多遗民士子流离失所，无以为生。禅林成为遗民逃禅、士民逃难的庇护所。澹归营建丹霞，四方僧众及逃禅之士，闻风而至，所谓"瓶笠云集，堂室几不能容"[2]。他曾说："一山二百人，止是澹归一人募缘，每月讨得百金，尚不济事。"[3] 而这二百人只是丹霞常住僧，其间往来云游的僧人信众，又何其多也。多一个人就多一份开支，对澹归来说就是多一份负担，但他并没有因此而限制前来投靠的僧俗。特别是康熙五年（1666），其师天然和尚前来住持丹霞道场，为扩大天然派系的影响，壮大丹霞僧众队伍，澹归更是来者不拒。他说："予曩为丹霞募饭僧田，仅以二百人为率，常自悯其狭劣。诸佛祖说法度生，惟恐其有限量，辅弼丛席者，以诸佛祖无限量之心为心，不敢作限量。永明之众二千余，沩山一千五百，黄檗七百，云门诸大老各不下五百。以吾师天然老人之道法，而谓其座下仅二百人，此予之罪也。今丹霞之众日盛月增，予益用内愧。夫程力荷担，

---

① 《丹霞未了之缘说》，《徧行堂集一》卷3，第63页。
② 蔡鸿生：《清初岭南佛门事略》，广州：广东高等教育出版社1997年版，第233页。
③ 《与萧柔以参戎》，《徧行堂集二》卷25，第209页。

或不同科，则供养限量，可谓力穷。"① 丹霞僧众日益增多，他维持丹霞道场生计的压力就更大，又不便把实际困难诉诸天然，只能自己勉力担荷。

二、艰辛营建丹霞山

澹归为营建丹霞山，百般筹划，不辞劳苦，历尽艰难，以坚忍的"入世"精神，奔走于粤赣之间，争取官府的赐予和支持，寻求檀越的施舍和捐赠。康熙四年（1665），他给李充茂的信中说："三年来，虽名为住山僧，却时时穿州撞府，沿门抄化，忍辱耐劳，庶几不负开山舍山、郑重付嘱之意。"② 表明自己不忘初心，不违初约，不顾清名令誉，不辞劳累困苦，但凡能募得钱粮物质之地，他都要去试一试，闯一闯，能得一分算一分。

"我为丹霞倦奔走，化人遣出维摩口"③，"为怜衣食疲奔走，难道空门无独守"④，他为营建丹霞山，奔劳化缘，胼手胝足，运水搬柴，跨州过郡，送往迎来，人事鞣辖，五官并用。⑤ 如他往东莞、惠州一带化缘：

> 薰风垂五两，急桨浮西江。回首念丹霞，道远心愈长。薄田佐馕粥，三征烈如霜。善护问灵山，夙诺安能忘。⑥

政府对丹霞山微薄的田产征收重税，僧众只能靠馕粥度日，澹归心急如焚；营建丹霞道场的夙愿，在他心中一刻没忘。再如他这首诗：

> 终岁倦奔走，余心长悄然。空山岂无事，不敢理归舱。落枕出残梦，荒鸡愁曙天。欲语恐惊众，月上晨星连。惨惨透窗白，遥遥两地悬。太守念我行，老去忧来煎。借此小除夕，为我酬生缘。生缘何足酬，且以支穷年……⑦

诗歌抒写他终年化缘，化缘不足，岁末不能回山，只能继续前行。

---

① 《丹霞饭僧田募疏》，《徧行堂集一》卷13，第234-235页。
② 《与李鉴湖祠部》，《徧行堂集二》卷24，第185页。
③ 《留别王卜子明府》《徧行堂集二》卷32，第378页。
④ 《送公绚之北京》，《徧行堂集二》卷31，第361页。
⑤ 蔡鸿生：《清初岭南佛门事略》，广州：广东高等教育出版社1997年版，第217页。
⑥ 《寄别徐浩存方伯》，《徧行堂集四》续集卷13，第309页。
⑦ 《将还丹霞留别孝山兼呈石鉴兄》，《徧行堂集二》卷30，第339页。

岭南文化书系

清初岭南高僧澹归诗歌研究

其时为岁末小除夕，刚好是他的生日，南雄太守陆世楷送他生日礼物，他却把生日礼物化为丹霞僧众急需的吃用。

《岁暮还山》也是写近年关了自己还在外化缘，因所得钱粮不足，愁思丹霞僧众何以度年，自己焉能还山，只能继续募化：

> 一岁尽何处，我知人不知。鸡声野岸阔，驴背夕阳迟。客枕落残梦，村春生远思。分明归后事，愁绝未归时。①

丹霞山风景优美，澹归却很少有时间在丹霞山享受山水之乐，"丹霞百丈峰，左右绕松竹。八年劳缔构，不得经月宿……旧年停归舟，新年图远游。我有永劫怀，岂为一时谋。生老与病死，视若云俱浮"②。谁不向往闲适的生活呢？更何况是性耽山水的澹归。但他不得不筹谋营造丹霞所需物资，没有达到目标，便不能还山歇息，"更作还山计，全乖出岭谋。阿谁不会狎闲鸥，争奈从来坐煞木兰舟"③。澹归还有一首自我调侃之词：

> 十载丹霞，没两载、偎松倚竹。全受用、穿州撞府，抗尘走俗。游客生涯诗与字，丛林大计钱和谷。也不消、辨取浊中清，清中浊……④

词抒写他无法享受"偎松倚竹"的丛林生活，为了"丛林大计"，常年奔波于尘世之中（"穿州撞府"），以谀辞媚语（"诗与字"）周旋于官宦富户之间，以换得丛林所需的"钱和谷"。他知道会因此而背上献媚无操守的恶名，为人诟病，为清流所不齿，但个人声名远不如丹霞所需物资重要，既已出家为僧，声名是身外之物，他也没必要去"辨取浊中清，清中浊"，就让世人说去吧。

为了争取民间的施舍捐赠，他亲手撰写《募谷疏》《乞衣疏》《乞米疏》《乞油疏》《乞盐疏》《乞布疏》《乞豆疏》等告疏文字，向众檀越倾诉丹霞山上急需各种生活物资。他还组织了一批得力的僧侣化缘团队，写诗写词为他们外出化缘鼓气壮行，并致信他所认识的地方仕宦，请他们为化缘僧侣提供方便和帮衬。对民间檀越的施与，不论

---

① 《岁暮还山》《徧行堂集二》卷33，第426页。

② 《凌江还山舟中，有怀萧柔以，却寄孝山》，《徧行堂集二》卷30，第345页。

③ 《南歌子·还丹霞》，《徧行堂集三》卷42，第262页。

④ 《满江红·小除夕自寿六首》，《徧行堂集三》卷43，第295－296页。

多少，澹归都表示感激。特别是兵燹灾害之际，小小赠馈，尤见施主的一片向佛之心。如康熙六年（1667），天旱粮荒，南雄米贵，祖秀庭馈白米一盘，供白粥之用，其孙继馈一盘，澹归作《虞美人》以表达诚挚感谢：

> 黄粱升合明珠斗，抵死休开口。西江看不见枯鱼。人没黄粱我也没明珠。 一盘白粲精于玉，紧火熬晨粥。生憎病鹤把人欺，且得翁孙同调赋缁衣。①

澹归知道，靠民间的施舍也许可以解决丹霞僧众的生计，但解决不了营建丹霞道场的大问题。要解决这个大问题，必须得到官宦的支持，"大抵三宝事，全恃王臣，若宰官有才力，身当其任，凡可主持，当为加意，此则灵山付嘱所共赞仰也"②。因而澹归总是想办法接近他们，讨好他们，伺候他们，邀请他们前来丹霞山观光。他们高兴了，就能从府库中给丹霞山拨付钱粮。所以但凡有官吏来游丹霞，他不仅"不敢不俟"，而且担心"俟候不着"③。

营资实在紧张，澹归不得不放下脸面，"厚颜"向掌握钱粮的官员索要，如他向广东巡抚刘秉权告援："某病后衰损，未能力疾驰驱，且时事纷纭，无处遣化，坐断空山，百费俱匮，而舍利塔工又在急切相煎之际，每念及未完债负，芒刺在背，欲于此日未死，见其填充，庶可瞑目耳。若蒙再赐手援，或少或多，悉听裁择。极知近日公费颇繁，支持不易，闲僧无状，屡有干渎，惟恃知爱，复值无聊，不禁絮聒，尚容谢罪也。"④

对衙门官吏的赐予，澹归不讲客气，全部笑纳，然后奉上一番溢美之词作为回赠。既然是溢美之词，就不能苛求坐实，免不了夸大粉饰，甚至阿谀奉承。如他颂扬番禺知府彭襄春雨堂曰：

> ……君侯退食来斯堂，呼吸咸通帝座旁。雷电分明三寸管，烟云缭绕一炉香。滂沱直欲倾三峡，河伯低迷惊海若。家家稽首拜苍穹，旱魃于今难肆虐。更乘巨浪走长空，雨轴风轮掌握中。自识堂高原有主，果然帘卷别无龙。我闻此雨多功德，马融才倾三两滴。滑如甘露

---

① 《虞美人》，《徧行堂集四》续集卷16，第443页。
② 《与姚嗣昭太守》，《徧行堂集四》续集卷11，第267页。
③ 《与海幢阿字无和尚》，《徧行堂集二》卷21，第113页。
④ 《刘持平台抚》，《徧行堂集二》卷24，第165页。

洒杨枝，气转洪钧开寿域。一持此雨应桑林，点点欢生王者心。再持此雨告孺子，东山净洗流言耳。三持此雨作长川，济得江河万里船。四持此雨洗兵马，干戈毒尽归风雅。五持此雨鸣天鸡，城空贯索登淳熙。六持此雨洒幽谷，涧碧山青高士足。七持此雨沾穷鱼，西江激水驰锋车。八持此雨起病瞎，左杯右扇资王略。九持此雨收群龙，明珠系项安朝宗。十持此雨酬宝月，法流遍地津梁阔……①

这样滔滔不绝的谀辞，把彭知府的春雨堂描写得如同东海龙宫，使得他心花怒放，如需接济，他肯定大方出手。

《留别雍藩》也是一首这样的诗：

触热下云洲，始识胡明府。饮我冰雪心，坐对若太古。荆棘披荒城，四野还乐土。徐行直童叟，安歌彻农圃。生物弥道周，麒麟罢作脯。不劳六牙驳，穷山失猛虎。当时异县氓，恨不同父母。我归自庐陵，三月益按堵。祠庙已楄楠，宫墙亦柱砒。濂溪有书院，孙业俟钟鼓。治术闻龚黄，被服见邹鲁。时事犹纷纶，使者日旁午。马上矜乃公，真意落田祖。腰笏宁自疲，举邦暂无苦。如君一朴心，屈指渺难数。丹霞走化人，空翠眩山坞。且教饭满钵，未遣鱼生釜。口门吸西江，愧我不复吐。②

"丹霞走化人，空翠眩山坞。且教饭满钵，未遣鱼生釜。口门吸西江，愧我不复吐。"点明他这次化缘收获颇丰，对胡明府的捐赠，全部接受。作为回报，他赞扬胡明府理政有方，"治术闻龚黄，被服见邹鲁"，"生物弥道周，麒麟罢作脯"。

对一些富足殷实的人，澹归靠为他们写寿词、墓志铭等，用夸饰之辞赚取不菲的润笔费。如《华薴行寿王三水力臣》：

君不见，紫府真人下碧霄，五光烂熳吹云璈。又不见，学士前身主怀玉，后身十号齐金粟。异才间出各有神，碌碌岂走风中尘。丹穴锦文飞鸳鸳，梵天宝玉雕麒麟。我闻内江有山名华薴，晔如芙蓉并蒂青锋削。范家兄弟读书时，长空万里双龙跃。地灵缊结五百年，集贤献赋王家传。乌衣巷里芝同秀，玉镜台前花独燃。此邑地交端与广，三江入海纷来往。兵革兼愁税敛深，虎狼最爱蓬蒿长。君侯下车旱魃

① 《春雨堂歌为彭退庵明府》，《徧行堂集二》卷31，第368－369页。
② 《留别雍藩》，《徧行堂集二》卷30，第338页。

骄，精诚未觉天门高。四郊自写银河水，群盗如吹利器毛。海幢且喜新相见，凛若清霜连紫电。智海初从般若流，道山肯受波旬变。彩笔相倾斗月珠，辩才忽送离弦箭。淋漓墨沈扫寒梢，千尺篔筜披素练……①

澹归知道这类文字必遭人嘲讽，他说："在家人骂我，不合为因缘僧；出家人骂我，不合为文字僧。因缘文字，僧中之下流也。"② 但他要承担丹霞山繁重的营建支出，只能如此，他曾说："予尝有超然远引之怀，甫弄笔，即牵于世事之险阻，旋披缁，复夺于大众之饥寒，钵底风尘，囊中楮墨，酬酢虽多，登临盖寡，即欲闲居道古，致力歌咏，抑又难之。"③ 澹归所作的这些阿谀奉承之词正如其法兄阿字所言："夫祝嘏之文，不夸诞则人不喜……日与人事相接，方苦作此等诗文，厌之如厌五色粪，然不能深相告语，亦只随手作去。作去后，耳热面赤，弥日而止。"④

需要指出的是，澹归对资助丹霞的诸位护法檀越，并不是为他们写了赞美之辞就两清了，他对这些人心存感激，甚至与他们结下了深厚的友谊。如彭襄出岭赴京，澹归临别不舍："吾犹老山鬼，丹霞藉开辟。八载忽将离，忧来不可摘。息壤故在彼，携手龙尾石。半途牵化人，未暇陪游展。名山公所主，觌面岂生客。"⑤《遇侯公言总戎于梅关，口占为别》："入山已说难相见，出岭安知得再逢。出岭入山俱不隔，他年记得在南雄。"⑥ 这些诗写得很动情，不是一般的应酬诗所能比拟的。巡抚御史刘秉权卒于军中，澹归写的悼亡诗（见第四章），一字一泪，令人不忍卒读。

在众多护法檀越的扶持襄助下，经过五年营建，丹霞山焕然一新，石室云房，辉煌夺目。康熙五年（1666）腊月初四，澹归请天然函昰入主丹霞山。天然函昰对澹归所营建的丹霞道场给予很高的评价，称

---

① 《华萼行寿王三水力臣》，《徧行堂集二》卷31，第369页。
② 《徧行堂集缘起》，《徧行堂集一》卷首，第9页。
③ 《江粤行纪序》，《徧行堂集一》卷7，第169页。
④ （清）阿字：《光宣台集》卷6，《清代诗文集汇编》第129册，上海：上海古籍出版社2010年，第88页。
⑤ 《送彭退庵》，《徧行堂集二》卷30，第342页。
⑥ 《遇侯公言总戎于梅关，口占为别》，《徧行堂集三》卷40，第208页。

丹霞"真梵刹"也，"与曹溪、云门鼎足，洵非过誉"①。澹归也对自己营建丹霞颇感自豪，有诗曰：

五年荒草得人锄，捧出天然我亦初。曲水屡疑青嶂夺，雄峰不受白云扶。鼓钟竞发螺岩爽，龙象群分鹫岭图。浩劫剖开新世界，一炉镕尽旧规模。②

康熙七年（1668），澹归挚友兼老乡、南雄太守陆世楷及幕僚沈皞日再次来访丹霞，在诗歌唱和中澹归再次写到营建丹霞的成就：

前来越三载，缔构咨重游。探岩获清池，倚松结飞楼。泄云高未散，碧影交双眸。插草故难竟，分卫何当周。我如负山蚊，经营冒长忧。净名遣一钵，七日香俱浮。新田三百亩，子粒登深秋。妙严十八臂，杰阁开重丘。③

此时丹霞山不但佛堂僧舍俨然，还有亭台楼阁相映衬，寺庙香火旺盛。澹归还为丹霞购置了三百亩饭僧田，别传寺从此有了较稳定的"自生"收入。

澹归怀着对丹霞山的一片深情，尽毕生之力，建成了岭南标志性的丛林道场。后人对他无比敬仰，康熙三十二年（1693），朱彝尊由粤归浙，在《岭外归舟杂诗》里写道："澹公山水入奇怀，陆守频营绣佛斋。白社风流今已尽，更谁说法上丹崖"。④ 表达了对澹归的敬仰。乾隆四十九年（1784），袁枚来岭南游历，他从梅关一脚踏入岭南，就迫不及待地游览丹霞山。当时澹归文字狱案发才七年，袁枚冒着触及文字狱的危险，作诗表达对澹归的敬意："何年破天荒，一衲开万古。坐受群峰参，朵朵芙蓉舞。"⑤ 1986 年中国佛教协会会长赵朴初先生访丹霞山，作诗表达对澹归的由衷赞美："群峰罗立似儿孙，高坐丹霞一寺尊。定力能经桑海换，丛林尚有典型存。一庐柏子参禅味，七碗松涛觅梦痕。未得《编（偏）行堂集》看，愿将片语镇山门。"⑥

---

① （清）天然和尚著，李福标、仇江点校：《瞎堂诗集》卷 12，广州：中山大学出版社 2006 年版，第 129 页。

② 《和天然老人丹霞诗十首·初入丹霞》，《偏行堂集三》卷 37，第 77 页。

③ 《戊申春二月三日，孝山、融谷冒雨重游丹霞，即事七首》，《偏行堂集二》卷 30，第 330 页。

④ （清）朱彝尊：《曝书亭集》上册第 16 卷，上海：国学整理社 1937 年版，第 207 页。

⑤ （清）袁枚：《到韶州换小舟游丹霞至锦石岩》，（清）袁枚著，周本淳标校：《小仓山房诗文集》卷 30，上海：上海古籍出版社 1988 年版，第 792 页。

⑥ 赵朴初：《访丹霞》，《仁化县志》，北京：方志出版社 2014 年版，第 503 页。

三、离开丹霞后的铮铮骨气

澹归"日为丹霞作化主，在十字街头伸手讨钱"①，他似乎不以化缘为耻，甚至调侃化缘是佛门求生的不二法门。他说："当初释迦牟尼佛弃了国王，甘心去做叫化子，道奇哉！……这讨吃的法门，是大解脱门，是大安乐门，是大自在门，是大寂灭门，是大智慧门，是无量百千三昧门，是无量百千陀罗尼门。"② 并作诗云：

乞食吾家法，形劳心自安。深山无绝路，闹市亦空观。秋稼村村足，春风面面宽。随机知省力，添取一灯寒。③

实际他内心很矛盾。他是个很有骨气的人，视钱财如粪土，但为了实现营建丹霞的心愿，只能违心募化乞讨。友人沈仲方想列他入《逸民录》，他连忙推却："出家学道，本非专为高尚。弟执役法门近三十年，强半穿州撞府，为十方充化主，绝无高尚行径，若任兄虚加褒赞，不自辨白，欺世盗名，义所不敢。"④

他的愿望是丹霞道场早日营建成功，便早日脱离这屈辱的苦海。他对挚友曰："弟营建丹霞，穿州撞府，计期断手，尚需二年，然后一锡五湖，随缘放旷"⑤，"常住料理未备，更奔走二三年，稍可息肩，则一瓢一笠，飘然远去，决不老吃丹霞饭、死葬丹霞地，是衲僧本色行履耳"⑥。

康熙十六年（1677），丹霞道场基本营建完成，他决意辞去别传寺住持。他在给友人信中说："丹霞一坐具地，是弟半生心光所凝注，即今不住丹霞，交付与乐说敝法弟……弟料理丹霞道场，只是菩萨道中极小一事，然决不敢如龌龊辈，讨得些钱粮，便是自家养老长子孙之计，惟念念为阐扬佛法，成就修行，公之此道中贤者而已。无所与焉，亦非向人讨好名目。"⑦

---

① 《与黄雷岸给事》，《徧行堂集二》卷 24，第 177 页。
② 《为雷峰乞米说》，《徧行堂集一》卷 3，第 69 页。
③ 《法奏乞米平石》，《徧行堂集二》卷 33，第 428 页。
④ 《答沈仲方文学》，《徧行堂集四》续集卷 12，第 285 页。
⑤ 《与蒙圣功给事》，《徧行堂集二》卷 24，第 177 页。
⑥ 《与叶许山中翰》，《徧行堂集二》卷 24，第 182 页。
⑦ 《与丘贞臣明府》，《徧行堂集四》续集卷 11，第 272 页。

岭南文化书系

清初岭南高僧澹归诗歌研究

澹归卸任别传寺住持后，出岭去浙江嘉兴请藏经，其心情无比轻松畅快：

出路明明是，蹉跎只未能。一朝成决绝，如翼会骞腾。荷担无今古，安居有废兴。梅关尔何事，气象独崚嶒。①

从此，他不再接受世人的馈赠，显现出其本来铁骨铮铮之精神面貌，他说："道人行履，不但随缘，亦须循理。弟向在粤东创造丹霞，穿州撞府，身充化主，盖是义所当为。今孑然一身，相从衲僧数辈，片衣口食，只合安分，若分外奔竞，即是义不当为。"② 在请藏经途中，"于半塘圣寿寺困于钱财而不开因缘之口，不投一刺于贵人之门，以至端午节无钱买角黍，与侍者一行人，竟难尝节物滋味"③。他贫病交加，有人劝他开荤强身祛病，然而他无钱开荤，作诗自嘲曰：

清斋老病得公怜，宽假聊从方便传。若遣猪羊来馈药，先教鱼蟹不论钱。空囊赚我已多年。（存西劝我稍开石首等类，予笑语侍者："吾非不解食肉，但无钱耳。穷之能成就人如此。"）④

康熙十九年（1680），澹归病逝于浙江平湖。他在去世前吩咐道："吾生平以畜积为耻，今所存资斧之余，并随身衣单书籍，别有板帐。除吾别有支分外，俱现前侍者均分，此僧法也。"⑤。那些认为澹归的归宿并不淡泊，晚年拥有大量寺产，被视为"肥汉可啖"⑥ 的论调，是完全无视事实，是对澹归人格极大的污辱。

澹归诗文集中留下了许多歌颂新朝的诗歌，以及为新朝大吏所作的颂圣诗、祝祷文，受时人嘲讽。特别是他为平南王尚可喜写了许多赞美之辞，更是受到世人指责，其中最让人诟病的是相传为尚可喜撰述了《元功垂范》⑦，以及《代寿平南尚王》祝寿诗：

---

① 《六月廿有五日度梅关》，《偏行堂集四》续集卷14，第342页。
② 《与徐鹿公隐君》，《偏行堂集四》续集卷12，第291页。
③ 吴天任：《澹归禅师年谱》，香港：佛教志莲图书馆1989年版，第116页。
④ 《南园口号》，《偏行堂集四》续集卷14，第338页。
⑤ 《遗命》，《偏行堂集四》续集卷9，第225页。
⑥ 蔡鸿生：《清初岭南佛门事略》，广州：广东高等教育出版社1997年版，第68页。
⑦ 关于澹归撰编《元功垂范》，何方耀《澹归金堡与〈元功垂范〉关系考辨》论之其详。见钟东主编：《悲智传响：海云寺与别传寺历史文化研讨会论文集》，北京：中国海关出版社2007年版。

手捧金轮问老臣，曾瞻紫气识真人。小侯带印知为善，大树忘言叹绝尘。名世独当五百载，载民同享二千春。海波不为天风动，洲岛乡云日日新。①

故邵廷采曰："堡为僧后，尝作圣政诗及平南王年谱，以山人称颂功德，士林訾之。"② 全祖望诗云："辛苦何来笑澹翁，遍行堂集玷宗风。丹霞精舍成年谱，又在平南珠履中。"③ 陈垣云："今所传《遍行堂续集》卷二，有某太守，某总戎，某中丞寿序十余篇；卷十一，有上某将军，某抚军，某方伯，某臬司尺牍数十篇，睹其标题，已令人呕哕"，"尤有甚者，结交贵游，出入公庭……则不如即反初服之为愈矣"④。吴天任云："书中于平南语多颂扬，以方外作此，遂为士林所訾。"⑤

然而，澹归这些谀文颂辞，并非出自他真正的内心，他并不想为藩王大吏歌功颂德，他只是想得到官府大吏的捐资和支持，以遂营建丹霞之初志。指责澹归的士人，可以说没有设身处地为澹归着想，没能了解澹归真正的苦心初志。在他们的心目中，澹归应该过着身体力行的农禅生活，"足迹不履城隍，竿牍不近豪右……日惟随众作务"⑥。他们认为禅门应该继承怀海大师"百丈清规"，农耕自食是禅门应有的生存之道，然澹归却没有继承农禅传统。事实上，过农禅丛林生活，必须要有三个先决条件：一是僧众至少有居住之所，寺庙不必大规模营建修造；二是必须有饭僧田，僧众们有实施农禅的场所，才能劳有所获；三是僧众不能太多，靠他们的双手可以自给自足。澹归营建丹霞时，这三个条件都不具备，以不守农禅丛林制度责备澹归，不亦难乎！

还要指出的是，澹归是南明重臣，也就是新朝的要犯，虽说遁

① 《代寿平南尚王》：《徧行堂集三》卷38，第140页。
② （清）邵廷采：《西南纪事》卷7《代寿平南为五》，清光绪十年（1884）《邵武徐氏丛书》初刻。
③ （清）全祖望：《肇庆访故宫诗》，（清）全祖望撰，朱铸禹汇校集注：《全祖望集汇校集注》，上海：上海古籍出版社2000年版，第2296页。
④ 陈垣：《清初僧诤记》，《明季滇黔佛教考》（下），石家庄：河北教育出版社2000年版，第559页。
⑤ 吴天任：《澹归禅师年谱》，香港：佛教志莲图书馆1989年版，第90页。
⑥ 刘崇庆：《寿昌和尚语录序》，许明编著：《中国佛教经论序跋记集》，上海：上海辞书出版社2002年版，第1637页。

入佛门，清王朝可以不再追查，但像他这样显山露水，迎来送往，结交八方，甚至在丹霞山营建道场，如果没有得到平南王尚可喜、总督大司马周有德、巡抚御史中丞刘秉权等清廷重臣的认可和支持，是绝无可能的。怎样才能接近他们，得到他们的许可，澹归只能靠他的文笔，违心写一些颂扬藩王重臣的诗文，以此换取自己所需的"保护伞"。

然世人却是以"遗民之金堡"来衡定"苦僧之澹归"，没有深察思考本已"出世"的澹归在营创丹霞道场时何以反常地以"入世"的方式立身行事。只有澹归自己知道世人对他的要求不切实际，苛求过高。他曾作诗自嘲自解道：

> 贪夫不分财，烈士不分名。我亦两不分，而俱无所成。真俗各取舍，俯仰虚权衡。达人如幻观，可否无留情。择胜崇精蓝，与物谭无生。无生不可谭，悦耳非希声。随缘消起灭，即事酬将迎。于吾复何有，庶此期空行。①

澹归的率真与务实必然且最终会得到世人的理解与同情。与他同朝的王夫之说澹归"名位、利禄、妻子皆不系其心"②。仁化知县陈世英高度评价了澹归对佛门的贡献："丹霞地接南华，澹公首为开创，以奉天然和尚，道风广被。嗣后继席，济济仪矩，奥义深旨，与青原、南岳相垺。"③ 叶恭绰称他："于宗门未遂为宗匠，特其人风节行动，皆不平凡，以视鱼山、无可，殊无多让。"④ 今人段晓华说："历来有论者不屑于澹归的走州撞府，唱酬奉迎，以为于其节操清名有损，澹归因此多受争议乃至毁贬。殊不知以一残病人之力，要想在乱世中生存拯溺，谈何容易！澹归仅凭笔墨诗文换取山中生存之所需，养活僧众，自己从无分文积蓄。兵乱时，丹霞山实际上成了僧侣与贫民的避难之所。风烛残年，厥刻《徧行堂集》，其主要目的，也是为了换取'丛林抄化资粮'，'尽是化主一片桴铃声'……以天下苍生为念，便

---

① 《答孝山》，《徧行堂集二》卷 30，第 326 页。
② （明）王夫之：《永历实录》，长沙：岳麓书社 1982 年版，第 188 页。
③ （清）陈世英等修撰，释古如增补，仇江、李福标点校：《丹霞山志》，广州：广东教育出版社 2015 年版，第 17 – 18 页。
④ 叶恭绰：《明清间今释字卷跋》，《矩园余墨》，沈阳：辽宁教育出版社 1997 年版，第142 页。

不以名节自居，不恃隐遁为高。"① "对于澹归的历史评价，是不能仅局限于'遗民'的阐释框架，而是更应从大乘佛教的教义和律令出发，或许方能获得'同情之了解'。"②

一个意志坚忍、品德高尚的人，其特立磊落之言行虽不为当世所理解，然历史最终会给予公正的评价，岭南高僧澹归就是这样的人。

---

① 《前言》，《徧行堂集一》卷首，第 4-5 页。
② 李舜臣：《岭外别传——清初岭南诗僧群研究》，广州：南方日报出版社 2017 年版，第 19 页。

第四章　澹归诗歌中的岭南仕宦

与澹归结交的岭南仕宦，大多是内外兼修、有心向佛的人士。他们或往来于丹霞山，或相聚于南雄龙护园，或相约于广州海幢寺，或邂近于北江之上。

第一节　"三浙客"

澹归在岭南有三个往来密切的浙江同乡，即陆世楷（孝山）、沈晫日（融谷）、陈殿桂（岱清）。四人情投意合，才情洋溢，合称"四浙客"①。

一、陆世楷

陆世楷（生卒年待考，其中一种说法为1625—1690年），字英一，又字孝山，浙江平湖人。历任平阳府通判、登州知府、南雄知府、思州知府。工诗文，著作有《种玉亭词》《踞胜台词》等。

陆世楷于顺治十三年（1656）擢南雄知府，官十九年而不调，康熙十三年（1674）以丁忧离任。

澹归与陆世楷交往，始于康熙元年（1662）。据澹归回忆："孝山陆使君守雄州九年矣，余以壬寅（1662）识之于穗城，一语知其为盛

---

① 澹归有《刻丹霞四浙客诗小序》，称岱清、孝山、融谷和自己为"四浙客"。见《徧行堂集一》卷7，第196页。

德人也。时方开山丹霞，以护法嘱累，孝山诺之。"① 并以诗记之：

仙舟惜别未匆匆，意内谁来意外逢。烟雨楼边神酷似，枌榆社里话潜通。到门不待迎王老，入字何消为陆公。识得野人穷相手，相看一展见真风。②

诗歌抒写了他与陆世楷邂逅，一见便知对方是江浙人士，一听其说话便是乡里口音。初次相见，陆世楷便给澹归留下深刻的印象。

康熙三年（1664）③，陆世楷携其幕僚沈晖日前来丹霞山，在澹归的陪同下，周游丹霞山。三人均有诗。澹归称赞陆世楷"天才英绝"，"赋诗妙天下，烟云回合，与江山之气相深，皆因物赋形，得自然之异，不以危见奇"④。并和诗二十首（选六首）⑤：

居官未易说登临，岂乏苍葭白露心。毫素逢时堪整暇，性情随例失高深。何人落落仍丘壑，此事寥寥隔古今。独有风流贤太守，肯携名士到祇林。（其一）

诗歌赞扬陆氏具雅人之致，拨冗前来丹霞丛林。

祇林车骑远分光，官舍松风入梦长。一笑纵横成醉醒，谁能颠倒用闲忙。野山觌面容唐突，浅水回心识大方。不觉联舟忘日夕，乱云深树各苍苍。（其二）

诗歌写陆氏驾临丹霞，宾主在锦江舟上相谈甚欢。

凝烟隐隐动难分，逝水滔滔静易闻。入夜星辰应失次，倚天鸡犬亦无群。好山自喜迎佳客，疏雨相惊落断云。说向赤松休酒道，此中何得受尘氛。（其三）

诗歌状写陆氏来到丹霞，度过一个清静之夜。

宦海催人那得留，同群猿鹤各生愁。一真性上开金地，如幻修中结蜃楼。未免低佪分主客，不知奔走几春秋。三年护念逾多劫，特出

---

① 《从天而下说为陆孝山太守初度》，《徧行堂集一》卷1，第1页。
② 《文园舟中邂逅陆雄州孝山》，《徧行堂集三》卷35，第13页。
③ 《甲辰唱和集》，《徧行堂集一》卷7，第196页。
④ 《丹霞山新建山门记》，《徧行堂集一》卷11，第288页。
⑤ 《孝山、融谷来游丹霞，余以仲冬二十日自相江同上，二日到寺，即周海螺岩一匝而下，二十三日从锦石登舟，至瑶塘言别。先是岱清入山，有七言近体十首，予惊其才艳，未敢步韵，二子欲和之如数，辄亦效颦，得二十首》，《徧行堂集三》卷36，第39－43页。

檀林最上头。（其十三）

诗歌写陆氏公事烦冗，即将离开他襄助最多的丹霞丛林。

别袂相将荡锦溪，磨崖如掌不容梯。品题即有蒲团石，赠答还空弹子矶。绝远余情留半砦，最初残梦绕三堤。恰从断际看全体，象尾狮头一样齐。（蒲团石在杨历岩，予爱之，有诗，孝山和之。孝山与融谷极赏弹子矶，作诗赠之，孝山复为矶作答诗与文，俱韵绝）（其十七）

诗歌写与陆氏未能遍游丹霞，匆匆别袂锦溪，期待陆氏作诗相唱和。

登舟还寺一般轻，盘礴犹怜散带行。怪石供中酬巨擘，黄皮蚝外获连城。二难何必曾同姓，三绝相烦各勒铭。莫讶饮光牵率舞，那堪大地作琴声。（其二十）

诗歌似言以薄礼赠陆氏，却获得了丰厚的回馈；又言此次聚会三人相互酬唱，自己诗作草率。

陆世楷、沈睥日这次丹霞之游，给澹归留下了深刻的印象，时隔十年后即康熙十三年（1674），三人各在一方，澹归偶然看到他们当年所作的诗歌，思绪万千：

甲辰第一游丹霞，晴溪十里浮江花。第二山缘早不足，急雨一天封石屋。见峰滩畔停仙舟，泥滑滑，云悠悠，第三咫尺成阻修。寂寞无人争此路，造物何心屡相妒。今日重观唱和诗，门前流水犹西驰。挥毫已惊十载梦，揽镜徒憎两鬓丝。两鬓丝，十载梦，古意今时闲播弄。宝座莲花空海擎，金壶墨汁云山纵。良朋乐事如玉田，一人种不千家传。聚如白云曳青天，散如疾风卷轻烟。又如丹霞岩上题天然。天然老子不肯住，澹归化作泥中絮。南雄太守不得去，囫囵天峰生铁铸。真个官场似积薪，可怜有口无开处。便是沈郎依旧在凌江，三对修眉蹙一双。朵朵花生镂玉管，那教一朵缀枯椿。就里有人还可笑，不同歌管偏同调。渠即由人渠不能，汝可自由汝不要。我说衲僧行止不争多，健时放脚连奔波。病时曲肱寻睡魔，死时干柴焚鸟窠。无人哭，无人歌。高山映水青嵯峨，白骨如雪兼如珂。此诗陪葬岩之阿，万年松柏牵藤萝。有时好月风徐过，辄闻天乐宣伽陀。峰头长老吹海螺，生绡一幅微烟拖。扁舟未刺细马驮，是吾三人行乐窝。歌宛转，

舞婆娑。谁为曼殊谁维摩，遮莫辩才无尽倾天河。一见不再见，激电穿飞梭，落日欲麾鲁阳戈。鹧鸪两岸来讥诃，行不得哥哥，苍天苍天奈老何。①

诗歌回忆了十年前相聚的光景，犹在眼前。然时光如梭，时移事迁，天然函昰离开了丹霞，陆世楷也离开了南雄，现在自己孤单无助，只能听天随运而化。

康熙七年（1668）二月，陆世楷在沈皞日的陪同下重游丹霞。澹归《重游丹霞诗序》曰："重游值连雨，孝山坐竹兜，自持黄油纸伞，融谷骑马，从寒云杳霭中穿诘曲路，抵暮至护生堤，已倦。晨起登山，仅得一望海山门。明日促归，出梨溪，路益险仄顿挫，孝山腰为之痛。"② 澹归作诗七首（选二首）③：

前来越三载，缔构谷重游。探岩获清池，倚松结飞楼。泄云高未散，碧影交双眸。插草故难竟，分卫何当周。我如负山蚊，经营冒长忧。净名遣一钵，七日香俱浮。新田三百亩，子粒登深秋。妙严十八臂，杰阁开重丘。谁为法长城，七载如同舟。岂无出尘士，一宿非其谋。念此各有当，吾亦安吾求。（其五）

诗歌写陆氏再次来到丹霞山，丹霞丛林面貌已今非昔比。自己能力小，主要靠陆氏七年以来的大力扶持。

螺岩不可陟，为雨无常倾。好客不可留，为官有常程。疾雷走山腰，疑与蛟龙争。我心得谁安，冷风暗孤檠。胜游未易齐，山灵失逢迎。不因跋涉劳，何由见深情。老人有别绪，一语连三更。人生会如梦，亦梦谈无生。两公近道姿，春日闻秋声。来朝复冲泥，一念犹硁硁。（其六）

诗歌写天下大雨，陆氏一行无法登山游览，与天然函昰黉夜长话。陆氏公务在身，不能在丹霞山多驻留，澹归深感遗憾，只能期待他再来丹霞山。

康熙七年（1668）年末，澹归接沈皞日信，说陆世楷当于新正至

① 《空山无事，翻阅旧书，得甲辰唱和集，读之慨然。吾三人缠绵倾倒之乐，转盼已是十年，一则宦途濡滞，一则老景支离，天涯有客，缩地无从。感而成歌，奉寄孝山，再倩便风代柬融谷》，《徧行堂集二》卷32，第384－385页。
② 《重游丹霞诗序》，《徧行堂集一》卷7，第197页。
③ 《戊申春二月三日，孝山、融谷冒雨重游丹霞，即事七首》，《徧行堂集二》卷30，第330页。

韶州。澹归舟行赶到韶州侍候，陆世楷已舟过韶石，回至南雄。澹归溯流而上，抵见峰滩。沈皞日即将归浙参加秋试，使澹归离恨倍增，因感有作：

> 欲扫三岩径，宁知五马归。扁舟来自缓，尺素黯相违。未敢敲山栗，无由折露葵。便能重唱和，早已失追随。更逆凌江水，初闻韶石雷。黑云浓聚墨，白雨急淋灰。上纤篷衣阔，登涯梵宇颓。芒鞋吾许子，脂帽尔为谁。不得清污浊，那教成有亏。寄怀双璧重，续命一丝危。岂惜源源见，都非浅浅窥。四流风粹美，十地月光辉。鹿苑长披棘，魔军屡合围。思公同砥柱，与俗异炉锤。易柱辽天鼻，难忘脱颖锥。仰山曾契陆，黄檗就呼裴。此日看舒柳，先春忆饯梅。沈侯将别我，老泪不禁挥。①

从诗歌旨意来看，澹归似乎有劝陆世楷遁入佛门的想法。

康熙八年（1669），陆世楷与沈皞日同下广州，沈皞日回浙江参加秋试，澹归候于见峰滩，别后凄然有诗，感慨人生多别离，好友难相聚：

> 太守自居南海北，沈郎昨返浙江西。人间好友不常聚，落叶断云连竹鸡。欲往天峰竟留滞，暂过浈水即分携。不如演作长途去，话尽急滩方转溪。（其一）
>
> 木不抽青草渐黄，几般离合鬓边霜。生来未解碧山尽，望去每怜秋水长。旧友新篇谁历落，宦情野兴各苍凉。只应别后回幽梦，细雨孤篷浅岸旁。（其二）②

康熙十二年（1673），天然和尚在庐山归宗寺病甚，澹归前去探视，有诗留别陆世楷，期待来年陆世楷能乞休归隐：

> 匡山欲赴前途约，韶石谁陪后乘游。雁字十行愁莫写，鸰原千里急难酬。秋风又逐莼羹起，义海先通法苑流。明岁重逢应笑问，可能提笠趁扁舟。（孝山有意乞休，兼为予请藏）③

---

① 《旧腊，枉融谷札云：孝山当于新正至韶石。及予次相江，孝山已还治，溯流而上，抵见峰滩，即事有作。时融谷将归当湖，增我离恨，词无伦次，聊以见怀》，《徧行堂集三》卷39，第165 页。
② 《孝山、融谷同下仙城，扁舟奉候于见峰滩上，夜泊有作》，《徧行堂集三》卷38，第134 页。
③ 《之匡庐留别孝山》，《徧行堂集三》卷38，第146 页。

康熙十三年（1674），陆世楷丁忧去职，离开南雄。故人回归故乡，只留下自己垂老滞留他乡，澹归悲情满怀，作歌云：

有梦皆无性，同流不独诗。仁闻归物论，正气许天知。冬日从前好，春风此后迟。白头看古处，曾未落今时。（其一）

已失江山美，空悲岁月忙。离愁帆外影，法喜袖中香。洗钵无猿使，分题有雁行。重来吾在否，念尔各飞翔。（其二）

且住为佳耳，干戈未得无。一身亲所有，四海定谁道。风急江豚拜，霜清木客呼。许多珍重意，安稳祝前途。（其三）

故里帆俱落，空山梦未圆。讴思人去久，药病老来偏。远道虚骐骥，佳音慰杜鹃。只堪林下月，相对各依然。（其四）①

陆世楷回乡后，"三藩之乱"起，澹归因战乱而生乡愁，此时又想起丁忧在家的陆世楷，感慨满怀：

不为时艰赋归去，恰因归去值时艰。临风莫觅销声树，映水徒怀设色山。欲战玄黄怜鼠穴，漫操药忌问松关。未知当日盈门客，若个相当竟日闲。（其一）

人间何地索花源，绝壁孤危一径存。别有风尘吹世界，凭将水月付儿孙。携瓢拟托同归路，挂席初回独掩门。最是相思无着处，几番搔首倚云根。（其二）②

康熙十七年（1678），澹归赴嘉兴请藏经，驻平湖，陆世楷过访澹归，然诸事缠身，二人只能匆匆一晤，澹归有诗记曰：

重逢初未拟，意在起东山。难得流泉便，休过炀灶关。青云方落落，白水尚潺潺。且解相思渴，扁舟又不闲。（其一）

乍见还成别，羁怀倍惘如。问边增一劫，将罢第三珠。泛水流桃梗，携书走蠹鱼。路难心不变，满眼正崎岖。（其二）③

康熙十八年（1679），澹归完成请藏经事宜，驻吴门半塘，陆世楷再一次过访澹归，澹归自叹老矣，言三吴不是久留之地，打算归老庐山；诗中对陆世楷终未能与己归隐稍显遗憾：

① 《梅关送别孝山同融谷还当湖》，《徧行堂集二》卷34，第438页。
② 《寄怀孝山》，《徧行堂集三》卷38，第151页。
③ 《陆孝山太守闻予至郡，即自当湖来会，宅中多冗，一面而归，感其至情，惘然有作》，《徧行堂集四》续集卷14，第348页。

赪面霜风老自憎，盲龟跛鳖借谁乘。半塘重访俱为客，庐岳遥归尚是僧。贤者出山应有待，道人住世本无凭。最怜留滞三吴久，独鹤摩霄愧未能。①

康熙十九年（1680），澹归自云间扶病至平湖，寄住陆世楷南园。《南园口号》之一云：

自非知己谁堪托，况复衰翁不再来。分付东风勤守户，莫教吹我白云开。剧怜人面似苍苔。②

诗中原注："初拟客子书屋，以病甚，恃孝山久交，乃假榻杜门。"

澹归病逝时，陆世楷因有事在外，无缘最后相见。澹归作书遗之："竟不复与吾兄重见，缘自有定，不可强也……珀间金刚珠一串，聊充遗念，幸保练自爱，诸不多及。"③

陆世楷是澹归在岭南所结交的士宦中最亲密的人。自澹归营建丹霞山丛林，陆士楷一直给予他帮助。澹归曾致陆世楷信札云："乞吾兄为我再充数月当家，若山中执事僧来告急，弟留手券照验，多少随尊裁发，庶使事不至废，人不至散，以待缘事之集。此一担子最为吃紧，惟恃吾兄至爱，乃敢恳切奉托，愿不罪其唐突。"④ 由信札可知，陆世楷答应一旦丹霞山钱粮急缺，他可以随时调剂。所以澹归动情说道："丹霞当家，俱是吾兄全身担荷，弟一回顶戴，一回惭愧。佛说，人能尽心为十方三宝作当家，一日便有一生转轮圣王做，则吾兄为丹霞担荷当家，合得多少生转轮圣王"⑤，"乃至予开丹霞十三年，使君护念亦十三年，为檀越最久久而最不倦"⑥。可见陆世楷对丹霞护持之功，对澹归帮助之大。澹归"无岁不持钵雄州，孝山未尝生倦色，盖有深知吾心者"⑦。在丹霞山营建过程中，无论是栽树凿泉，还是建殿构堂，都得到陆世楷的帮助，甚至茶米油盐、砖瓦石木也靠陆世楷接济。陆世楷还为丹霞山筹划设置田产。澹归有诗云：

---

① 《孝山过访半塘》，《徧行堂集四》续集卷15，第406页。
② 《南园口号》，《徧行堂集四》续集卷14，第336页。
③ 《与陆孝山太守》，《徧行堂集四》续集卷11，第266页。
④ 《与南雄陆太守孝山》，《徧行堂集二》卷26，第215页。
⑤ 《与南雄陆太守孝山》，《徧行堂集二》卷26，第214页。
⑥ 《送陆孝山太守持服归当湖序》，《徧行堂集一》卷6，第166页。
⑦ 《赠吴锦雯司李》，《徧行堂集三》卷36，第71页。

八载扶持远，双眸护惜同。云根栽树隔，石脉引泉通。堂构资全力，门庭愧匪躬。米盐分眄睐，土木起怦慷。龙象千群集，田畴一钵充……①

对澹归多次求助来访，陆世楷都是热情相待：

暖眼逢迎犹昨日，清言间阔在深秋。五云易出还天手，四大难分借座谋。到此辄闻迟我久，感君此意复何求。②

对陆世楷的帮助，澹归非常感激，"我筑丹霞才覆簣，引绳便结黄金界。护持每饭未曾忘，年年似了头陀债"③，"食少每思人事减，官贫却费主情深"④。作歌谢曰：

我无琼瑶姿，何以酬连城。顾兹甘蔗翁，淡尾无浓情。久亏一字报，摇曳如悬旌。空烦月下盘，赤玉迷朱樱。长惭海上松，控鹤飞瑶京。愿为黄金壶，贮君重玄精。愿为朱丝弦，发君十指声。愿为白鹤血，饮君万里行。愿为甘露池，洒君午夜醒。愿为轮王髻，得君双珠擎。⑤

澹归钦佩陆世楷为官清廉，勤政忧民，深得民心，"孝山陆使君，治雄州十九年，不得调，人无不为扼腕者，此使君仕路之不幸也。然而雄之人爱使君，惟恐其得调，微论十九年，即更阅十九年，皆以为雄州幸，而不顾使君仕路之不幸"⑥。作诗赞曰：

陆公孝山雄州守，州人颂德不容口。南方之强宽以柔，使君无怒民无忧。山中草不生踯躅，树中鸟不鸣鸺鹠。火即返风河渡虎，仁人一言其利普。十载生全多少人，四时气候如三春。⑦

陆世楷政务之余，修习禅道，以诗文自娱，"雄州得贤守，凤愿乘王权。江山答灵秀，笔墨娱清妍。顾惟政事余，镜像咨真诠"⑧。陆世楷常在署衙听雨轩晚香亭与澹归等友人小集聚会，谈诗论道：

---

① 《还丹霞留别孝山》，《徧行堂集三》卷39，第171页。
② 《韶石舟次访孝山用韵》，《徧行堂集三》卷35，第37页。
③ 《酬孝山垂送章门长歌》，《徧行堂集二》卷32，第378页。
④ 《将之五羊留别孝山》，《徧行堂集三》卷38，第139页。
⑤ 《代石栗赋谢孝山》，《徧行堂集二》卷30，第325页。
⑥ 《送陆孝山太守持服归当湖序》，《徧行堂集一》卷6，第166页。
⑦ 《古种玉亭歌赠孝山太守》，《徧行堂集二》卷31，第367页。
⑧ 《答孝山》，《徧行堂集二》卷30，第326页。

闲园闚无事，好友来相期。郡斋亦萧然，心眼无瑕疵。小轩旧听雨，虚窗对清池。芭蕉欲抽绿，力困春寒时。缓步过水亭，往事怀新诗。屈指四五年，急景如飙驰。形役心自疲，衰病安可辞。闻有栖玄士，寒窒回春姿。丹田升玉液，紫宫发金芝。谷神初不死，老聃尚婴儿。宴坐观浮云，勿受青山嗤。吾生岂无涯，此道非磷淄。清言澹忘夕，归途足凉飔。凉飔不可留，会遣长松持。①

一缕轻风暇有余，良朋此集兴何殊。伯言德量犹循吏，同甫才名失竖儒。长啸山前听鹙䴔，晚香亭上忆芙蕖。莫将诗思消清昼，八咏吾难托后车。②

澹归赞美陆世楷文采俊逸，"其多作，皆佳绝，于此兼得唱和之乐……诗才乃如此不可测也"③。称其"晚觉骚坛壮，前期法社崇。新文垂翙翙，清韵落梧桐"④，"使君意气满乾坤，旗鼓文坛定一尊。不数班联雄地位，且看宫殿辟天门"⑤，"文章五色披，烨烨灵芝荣。鸾歌凤亦舞，天乐纷和鸣。镌之丹霞屏，画画山玄卿"⑥。两人相逢，谈诗酬唱成为主要活动，"有客登楼谈未得，何人刻烛韵先成。卿云烂熳诗筒外，一对明珠五色擎"⑦，"清谈虽未慰，秀句已先酬。独坐思官阁，长吟倚石楼。谁知双夺处，人境却双收"⑧。

二、沈皞日

沈皞日（1637—1703），字融谷，号离斋、寓斋，又号茶星、柘西。浙江平湖人，拔贡生。"浙西六家"之一，著有《楚游草》《燕游草》《柘西精舍词》等。

沈皞日是陆世楷妹丈⑨，陆世楷任南雄知府，沈皞日佐政于知府

① 《孝山招同方蘧、融谷，茶集听雨轩》，《徧行堂集二》卷30，第332页。
② 《孝山招同岱清、融谷，至日小集行署用韵》，《徧行堂集三》卷36，第38页。
③ 《与丘曙戒太史》，《徧行堂集二》卷24，第178页。
④ 《还丹霞留别孝山》，《徧行堂集三》卷39，第171页。
⑤ 《酬孝山垂送章门长歌》，《徧行堂集二》卷32，第378页。
⑥ 《代石栗赋谢孝山》，《徧行堂集二》卷30，第325页。
⑦ 《用韵酬孝山中秋见怀》，《徧行堂集三》卷35，第36页。
⑧ 《孝山自穗城还郡，欲入丹霞，不果，有诗寄讯。用韵却酬》，《徧行堂集二》卷32，第404页。
⑨ 澹归《与丘曙戒太史》云："其（指陆世楷）令妹丈沈融谷，又一勍敌。"见《徧行堂集二》卷24，第178页。妹丈，即妹夫。

幕。澹归非常钦佩沈晫日才华，据他回忆，"军持挂角入雄州，时孝山太守招坐古种玉亭，见融谷沈子，矫如云中白鹤，知其非凡骨也。越日，出《寓斋诗集》，得遍观之，既服其工，尤怪其敏，敏与工不可得兼，是真有万夫之禀矣。孝山语余：融谷自弱冠以前作，悉火之，此皆出近岁。余于粤西东，一衲十五年，所成诗数尚不能敌"①。

康熙三年（1664），沈晫日陪陆世楷游丹霞，三人相约结集《甲辰唱和集》，时沈晫日诗还未寄到，澹归作诗催之：

丹霞化主更催诗，千古江山此一时。笔墨交光成宝网，天龙拱手费寻思。（其一）

耳聋舌敝看成功，才说三空四亦空。八咏楼中才最富，沈郎底事也装穷。（其二）

闲客忙中一样清，忙中闲课事还生。双收双放谁能解，全主全宾各有情。（其三）

布地金成一片黄，祇陀林树郁青苍。忽惊十里丹霞上，无数明珠缀白光。（其四）②

三人常以书信往来唱和。有一次，澹归得陆氏诗，却不见沈氏诗，又去信催问：

日日山头舒望眼，天际美人期不远。见峰滩上粉笺长，片帆直向凌江偃。太守不来诗已来，清音满钵绕香台。有人与诗俱不到，更遣催符飞两道。果然长句挟孤鸿，飒飒凉吹松柏风……③

康熙八年（1669），沈晫日回浙江参加秋试。澹归连作两诗赠别。一首诗赞美沈氏家学渊源深厚，文才粲然，期待他获得功名后，充分发挥才干，勉力于王事：

惨澹传风雅，从今得几人。沈侯殊命世，家学渺无垠。鼓箧先吟凤，悬弧早梦麟。墨池波浩荡，笔阵岳嶙峋。元白休强敌，卢王漫逸群。风流张绪合，蕴藉孟嘉分。别馆天峰麓，方舟珠海滨。丹霞虽草草，碧水尚粼粼。蜡屐攀萝远，题笺刻烛频。史裁三善备，诗格五言

---

① 《沈融谷〈寓斋诗集〉序》，《徧行堂集一》卷6，第154页。
② 《催融谷游丹霞诗》，《徧行堂集三》卷41，第215页。
③ 《孝山过平圃，有诗见示；融谷诗不至，征之，遂得长歌。戏酬此作》，《徧行堂集二》卷31，第368页。

新。野老惭焚砚，吾贤妙斫轮。相看兼鲍谢，不独重机云。阔绪经年久，遥思后会勤。赠言虚皓首，折柳正青春。桂子香飘穗，桃花锦织茵。凌飙开雁塔，激浪破龙门。坛坫归词赋，丝纶入典坟。神明听正直，父老望平均。率土靡安枕，乘时莫爱身。千华台上事，斟酌在王臣。①

另一首诗写出了自己对友人的依依不舍之情，兼具祝愿之意：

八月钱塘蹴海潮，雪山叠浪平银桥。沈侯长啸出月窟，钓竿举起连金鳌。一枝将离在春日，凌江柳叶堪揉汁。有人便乞枣羔祠②，岁岁相思堕胶漆。丹霞山上松竹凉，龙护园中翰墨香。每怪星辰趋北极，谁从烟水破南荒。玉勒金鞭如过电，长安一日看花遍。唤起催归各自啼，色后声前俱不见。离人更莫说离愁，水面青山朵朵浮。乘风直上含元殿，下阪休忘叱驭楼。③

澹归还专门绘制了《惜别图》，并题诗其上，言大丈夫当各有志，虽然分离，友情永存：

我惜别君君惜我，此情不在合离间。丈夫各有一往志，人事更无三日闲。金石盟休渝白业，松风梦只绕青山。即今上马登舟地，树冷烟荒一水湾。④

沈晫日归试舟行至凌江，寄信给澹归，澹归接信后离情再起，慨叹今后如再重逢，恐怕垂垂老矣：

无力相寻一晤言，疏林危石响流泉。笔枯自信才俱尽，枕落安知梦未圆。月满金台犹万里，雨深湘水又三年。可堪惜别重图处，半面轩渠不似前。⑤

沈晫日离粤后，有词见怀澹归，澹归作词寄答，备述相思之苦：

问寒蛩、微吟断续，何人与汝言别。北枝未暖南枝冷，一味冰霜

---

① 《送融谷还当湖》，《遍行堂集三》卷39，第165页。

② （唐）冯贽《云仙杂技》：李固言未第前，行古柳下闻有弹指声。固言问之，应曰："吾柳神，九烈君已用柳汁染子衣矣，科第无疑；果得蓝袍，当以枣糕祀我。"固言许之，未几，状元及第。

③ 《送融谷还浙秋试》，《遍行堂集二》卷32，第380页。

④ 《惜别图—留孝山，　留融谷，　留丹霞，曹方伯秋岳有跋》，《遍行堂集三》卷38，第134页。

⑤ 《融谷至凌江寄柬》，《遍行堂集三》卷38，第145页。

愁绝。声映咽，串危石、惊泉云缕风丝叠。蔓藤累葛。将锦水魂牵，金台梦绕，忘却共明月。缠绵处，哀响难穿破壁。残釭乍起随减。桂花云落桃花懒，且斗徂秋红叶。垂垂雪，又浅岸、孤篷莫荡双双楫。轻歌无节。是黑塞青林，往来絮语，先向夜深说。①

沈晖日秋试报罢，澹归作诗安慰他：

芒鞋初脱岭头尘，鹊水将迎忆故人。见惜高文仍被放，那堪客路正逢贫。西山冰雪严催腊，南国烟花懒报春。我欲寻君悲远道，梅梢难寄一枝新。②

康熙十七年（1678），澹归赴嘉兴请藏经，时沈晖日旅食京师③，无缘相见。康熙十九年（1680），澹归圆寂于平湖陆世楷之南园。他在弥留之际仍对沈晖日加以鼓励和期待："丈夫当乘时以取功名，若年运稍往，则神志渐钝，兄此举可谓达变……欲拈弄些笔墨奉寄，只今病到十分，提起一分心念，了不可得。强作此数行，便与吾兄永诀矣！他时莅政抚民之余，好行其德，护持三宝，勿忘本命元辰落处，乃所望也。余无可言者。"④ 澹归与沈晖日之情谊，真可谓是生死难忘！

三、陈殿桂

陈殿桂，字岱清，浙江海宁人。早年受知于陈子龙，与陆圻兄弟游。崇祯十六年（1643）选浑源知州，未任即归养其亲。顺治七年（1650），授高州署海康令，管理有度，治法有方，量刑峻而不冤，有政声。后以吏议罢黜。陈殿桂性好异书，工诗古文辞。

澹归以陈殿桂比嵇康，甚至认为就济世情怀而言，陈殿桂胜过嵇康："特达之士，信心独行，自有介然不可变者。岱清先生铁骨锦文，孤情洁守，得嵇中散之神。但中散无济物之怀，岱清有用世之愿，微似不同耳。"⑤ 澹归特别欣赏陈殿桂豪爽的性格，曾忆殿桂有大观帖善

---

① 《迈陂塘·次韵融谷见怀寄答》，《徧行堂集四》续集卷16，第455页。
② 《寄融谷》，《徧行堂集四》续集卷15，第382页。
③ 《答沈融谷旧友》，《徧行堂集四》续集卷12，第283页。
④ 《答沈融谷旧友》，《徧行堂集四》续集卷12，第283页。
⑤ 《书嵇中散赋后》，《徧行堂集一》卷17，第452页。

本，"林铁崖兵宪见而欲夺之。林刚介自喜，疾恶如仇，岱清爱其类己，遂举以畀之"①。

澹归在戤庵修行，陈殿桂过访，澹归有诗赞扬陈殿桂意气不凡：

独立吾所好，此来风欲乘。荒居无给侍，客至少逢迎。才老各相命，谈过或自惊。生成五岳意，千古未教平。②

澹归北上营建丹霞道场，有诗留别陈殿桂：

徼幸寒岩别路通，故乡无分老相从。赤城霞借千寻石，青海澜翻一坞松。谁写金莲深草外，自支铁塔瑞云中。怀人不尽冰霜气，绝巘梅花雪夜风。③

康熙四年（1665），清廷有沙汰僧侣之旨令，澹归闻之，自海幢寺扶病还丹霞山。陈殿桂有《澹归禅听闻沙汰之令自海幢扶病还丹霞见示悲歌行次韵慰之》，言沙汰令当不针对所有僧人，遁入佛门之人应不受王权管制，丹霞丛林不会被禁封：

法王不受帝王臣，不向红尘去问津。纷纷余者三摩外，难免金沙一淘汰。汰者是沙金何伤，从来各梦出同床。桃花岂有三春愿，孤香透彻层冰霰。西归只履世何求，波旬自仇非我仇。海山门上一回首，菩提无树亦无朽。虎穴蛟宫掉臂行，西飞白日还东生。经天列缺雷猪骇，劫火烧空阳焰海。丹霞之高高云中，天梯为龙兮幻出，阎浮一鹜峰不数，秦之槐兮汉之松，漏乾星宿，踢倒昆仑兮，与之极无极而穷无穷。④

陈殿桂应约来丹霞看望澹归，澹归陪他登临，二人吟诗联句，意气昂扬。陈殿桂有组诗《秋九月丹霞访澹归禅师》十首（选录三首）：

万年灵岫紫芙蓉，孤掌天教为剖封。白马嘶空重吐焰，金牛踏破未行踪。身名江左无双士，鼎峙南华不二宗。犹有青蒲旧时血，洒来天际雨花浓。（其一）

众香国里宿因缘，铁烂双趺万法圆。五马齐迎云外仗，一螺倒卷

① 《书三与帖后》，《徧行堂集一》卷17，第440页。
② 《陈岱清过访戤庵》，《徧行堂集二》卷32，第396页。
③ 《留别陈岱清司李》，《徧行堂集三》卷35，第12页。
④ （清）陈殿桂：《与袁堂诗集》卷9，《清代诗文集汇编》第50册，上海：上海古籍出版社2010年版，第169－170页。

海中天（五马近寺山名，丹霞有海螺岩）。微尘不住虚无界，慧业还留文字禅。缘壁扪萝登顿险，攒眉陶令笑空旋。（其六）

匡衡抗疏满明庭，投老王维一卷经。大力秖堪龙赑赑，清标好与鹤仪型。泉跳蟹眼涓涓白，髻拥螺峰冉冉青。有客到来尘梦醒，行吟不复吊湘灵。（其七）①

诗歌称赞了澹归的才华，赞扬了他的忠贞，欣赏他遁入丛林的生活。

澹归和诗一首，欣喜陈殿桂应诺来访丹霞山，赞扬他的孤高情怀：

断崖荒草不留行，话在凌江此践盟。快友到门双眼豁，孤峰踞顶一身轻。逼天更索东山句，系日长操南越缨。霹雳声中传独坐，也应千佛共题名。②

澹归又陪陈殿桂访陆世楷，于晚香亭饮酒赋诗，兴致盎然：

一缕轻风暇有余，良朋此集兴何殊。伯言德量犹循吏，同甫才名失竖儒。长啸山前听鹭鸶，晚香亭上忆芙蕖。莫将诗思消清昼，八咏吾难托后车。（其一）

挂角军持国士莚，一回阑入意迢然。文涛自欲驱双峡，义海谁当起十玄。只觉清风盈密坐，顿忘落日满晴川。不知苦笋春衫兴，江口犹能荡画船。（其二）③

陈殿桂亦有诗《澹师见示长至日陆孝山太守行署齐集诗次韵余亦在坐》云（选其一）：

缇室葭飞短景余，他乡云物故乡殊。当莚唱和皆名辈，出世因缘属大儒。一线光阴回玉琯，六时香色现芙蕖。盘飧分得醍醐味，归路休催下泽车。④

陈殿桂离开丹霞山，澹归有诗送别：

道在宁烦数问天，松梢闲把碧云穿。何年高下仍留此，有伴登临

① （清）陈殿桂：《与袁堂诗集》卷9，《清代诗文集汇编》第50册，上海：上海古籍出版社2010年版，第174－175页。
② 《岱清入山》，《徧行堂集三》卷35，第36－37页。
③ 《孝山招同岱清、融谷，至日小集行署用韵》，《徧行堂集三》卷35，第38页。
④ （清）陈殿桂：《与袁堂诗集》卷10，《清代诗文集汇编》第50册，上海：上海古籍出版社2010年版，第175页。

岭南文化书系

清初岭南高僧澹归诗歌研究

复悄然。到处山头横紫气，别来江口罩苍烟。不堪分手难重举，仿佛空回雪夜船。①

陈殿桂后贫困交加，殁于番禺，其子扶枢归浙，澹归含悲送之，叹其怀才不遇，清苦一生：

不随日脚上扶桑，月蚀还沉太乙光。归艎中宵双涕泪，悲箾万里一冰霜。目空仲举曾无榻，神似元龙更有床。为语江神休鼓浪，半生清白见轻装。（其一）

离合存亡只几人，半悲半慰益酸辛。多才李白虽无命，有子苏瑰亦未贫。不分图书还册府，谁将经卷出微尘。前途珍重休回首，依旧寒花续早春。（其二）②

澹归序陈殿桂诗曰："岱清明如杲日，洁比严霜，好学深思，临事而断，古所谓雄俊宝臣也。然且崎岖岭表十有六年，一李高凉，与同僚迕，蜚语既白，未闻荐牍交于内而征书发于外，悲歌激楚，托之杜陵诗史，以见其饥溺由己、知觉及物之怀。"③ 又说："（岱清）有七言近体十首，予惊其才艳，未敢步韵"④，"唱酬风雅，有岱清在，想当益胜"⑤。称赞殿桂是"文中龙虎"⑥。

第二节　岭南仕宦

在岭南仕宦阶层中存在着一个规模较大的向佛群体，他们身居庙堂之高而心存丛林之志，在政事之余需要精神上的慰藉，于是利用手中所掌握的权力，成为禅门最重要的护持（檀越）。

澹归与岭南仕宦向佛群体交往密切，表现出几个特点：一是与各级仕宦都有交往，上至总督巡抚，下至别驾教谕；二是与各地官员都

---

① 《岱清入山》，《徧行堂集三》卷35，第36－37页。
② 《送陈子厚昆仲扶尊人岱清司李榇归海昌》，《徧行堂集三》卷36，第75－76页。
③ 《陈岱清司李〈来思草〉序》，《徧行堂集一》卷6，第155页。
④ 《孝山、融谷来游丹霞，余以仲冬二十日自相江同上，二日到寺，即周海螺岩一匝而下，二十三日从锦石登舟，至瑶塘言别。先是岱清入山，有七言近体十首，予惊其才艳，未敢步韵，二子欲和之如数，辄亦效颦，得二十首》，《徧行堂集三》卷36，第39页。
⑤ 《与汪汉翀水部》，《徧行堂集二》卷25，第189页。
⑥ 《鹧鸪天·乖崖追和岱清丹霞十律赋谢》，《徧行堂集三》卷42，第264页。

有交往，近至粤北，远至广州、肇庆、惠州、琼州等地，凡可化缘的官员他都尽力交往；三是与文武官员都有往来，文官掌管着地方财政，武官掌管着驻军钱粮，他们都是募化对象，特别是武官，手下还有裨将兵弁，由于他们战场上犯有"杀戒"，内心有负罪感，需要佛祖对内心进行安抚，很容易成为募化的对象；四是与之交往的官吏大都能诗文唱和，澹归用诗文赞美他们，取悦他们，以换取山中所需钱粮；五是澹归与许多官吏在长期的交往中，建立了深厚真挚的情谊，这种情谊超越了物质上的施舍；六是澹归在丹霞丛林营建基本完成后，不再热衷于同仕宦交往，最明显的表现是他与两广总督周有德的继任者金光祖，广东巡抚刘秉权的继任者佟养钜、金俊，韶州知府李复修的继任者李煦等官僚大员没有往来。

一、督抚大员

（一）两广总督周有德

周有德，字彝初，汉军镶红旗人，康熙六年（1667）升任两广总督。在任期间上疏痛陈"禁海迁界令"之害。康熙八年（1669）正月，清廷取消"禁海迁界令"，准许居民回迁原籍，百姓踊跃欢呼。同年，周有德"丁父忧"，平南王尚可喜上疏请留周有德在任守制，得康熙皇帝许允。周有德在任守制期间，忙于百姓迁复之事，受到百姓拥戴。康熙九年（1670），周有德被允许回京为父治丧。此后，他先后调任四川总督、云贵总督，康熙十九年（1680）病逝。

周有德初任两广总督，澹归以诗投刺，颂扬他作为天子辅弼之臣，节制两广，必能使海疆安定：

颇牧仍闻出禁中，鲸山鳄海息飘风。地分南北梯航远，天合东西节制雄。宝网不摇珠浦白，金莲曾照玉堂红。会看梵辅乘权日，五色云端夹六龙。①

据澹归回忆，康熙八年（1669）（己酉）秋，"以丹霞三宝之事（即修建韦驮殿），谒今制府大司马周公于端州，公不以方外见拒，数

---

① 《投赠周彝初制府》，《徧行堂集三》卷37，第114页。

奉晤言，得公之为人，内外一如，慈和直方而宽厚，世之恺弟君子，出世之博大真人，盖兼擅焉"①。周有德待澹归如上宾，澹归"以兹阁请，公许之，发府金五百为助"②。澹归还丹霞山后，作《总督两广大司马周公寿序》，赞之曰："公之慈和直方而宽厚，依乎夙因，成乎今觉，所以裨益民生，维新治术，即国运之灵长恒必由之，非直为一身一家修福泽之地也。然一身一家之福泽，必不能外于斯世斯民，则公又以造命之方，率天下之异命而等归之同性。"③

周有德曾过访海幢寺，澹归与之晤面，将周有德比作东坡，自比佛印（"恰当解带酬衣上，四大禅床一坐收"），二人相谈融洽：

戟门小队出珠江，十地风清五月凉。斑管生花分棣萼，宝琴合调应宫商。筑堂更欲题三过，在水曾劳赋一方。识得引人忘分意，知公随处现津梁。（其一）

肯作招提汗漫游，胜情元自寄沧洲。旌麾映日烟云暖，殿阁来风松竹秋。格外事从贤者出，天边语对道人留。恰当解带酬衣上，四大禅床一坐收。（其二）④

康熙九年（1670），周有德疏乞终制，得允北归，澹归有诗文相送。其文赞扬周有德忠孝两全，以忠成孝，"康熙己酉冬，制府大司马周公三申终制之请，越庚戌春，始奉俞音。两粤文武吏士，下及贩夫牧竖，若失怙冒，咸奔走乞留……夫文武故有异局，忠孝常无两全。公受师中之任，当边海之地，宜以金革为词。前此之不敢，所以为忠；后此之不忍，所以为孝。为忠者，即先大夫为臣之心；为孝者，圣天子为子之义。然则奏肤功于一时者轻，翊盛治于千百世者重矣。公既以其所轻者报先大夫，即忠成孝；还以其所重者报圣天子，即孝成忠"⑤。其诗曰：

漫道行藏俱得妙，须知忠孝两全难。闻公已遂终丧请，此道当从盛世看。边计不因朝论缓，君恩亦欲子情安。千秋名教干城意，肯薄

① 《总督两广大司马周公寿序》，《徧行堂集一》卷4，第97页。
② 《丹霞新建韦驮殿碑记》，《徧行堂集一》卷11，第290页。
③ 《总督两广大司马周公寿序》，《徧行堂集一》卷4，第98页。
④ 《制府过访海幢》，《徧行堂集三》卷38，第126页。
⑤ 《赠周大司马终制得请北归序》，《徧行堂集一》卷4，第83－84页。

天伦厚一官。①

周有德北归，时值初秋，澹归至广州迎候，并随舟北上，至韶州才相别：

新秋画舫约同行，分与江风不世情。一洗火云还澹远，却看水月倍虚明。闻弦自足松篁韵，倚剑相当海岳清。拍拍紫霞能合调，青山那得倦将迎。②

皇冈北去开韶石，锦水西流绚赤霞。五马径归频唤客，三岩直上便无家。欲寻陶令全成社，不坐空生亦散花。此别敢轻留世谛，一湾烟棹即天涯。③

与周有德分别时，澹归作长诗相赠，赞扬周有德才华出众，文武双全，奉旨节制两广，海疆安定；他营建丹霞山，得到周有德大力相助。他相信周有德今后会得到朝廷的重用，仕途通达，也期望后会有期：

异人乘景运，间气毓神州。钟鼎家声远，诗书国士优。早年当逊业，圣主即旁求。特借摩天翼，兼成掠地谋。凤毛倾鸶鸶，龙种压骅骝。彩笔江花发，金莲月露收。禁廷推颇牧，艺苑夺枚邹。不少君心格，将无民事忧。福星悬节钺，儒术起兜鍪。清革黄河浊，高齐泰岳秋。北辰三极正，南海十洲浮。此地瞻云隔，何人卖剑休。严城穿虎兕，赫日啸鹍鹏。睿鉴抡开府，风行速置邮。集野初登阁，防边忽倚楼。发翼雕刺静，上考雉飞酬。五岭全襟带，三江半臂韝。鞭棰消害马，几榻共眠鸥。量辟区中大，心通物外游。偶来枯木众，辄比夜光投。密坐曾留景，开山复借筹。金绳交道直，宝树七行周。千佛尊娄至，余生老牧牛。护持存塔庙，感激指松楸。忠孝情虽挚，明良路更修。道垂纶阁重，禄向衮衣道。敦召频骑凤，扶观各杖鸠。狄青分戡定，李勉合怀柔。地位青霄阔，襟期白业悠。霜浓图赤壁，霞蔚赋丹丘。别鹤遥成梦，归云澹写愁。谁家烟水外，不系获芦舟。各具全潮量，同观泯一沤。④

---

① 《周彝初制府终制得请》，《徧行堂集三》卷38，第124页。
② 《奉同周大司马发舟》，《徧行堂集三》卷38，第127页。
③ 《韶阳奉送周大司马》，《徧行堂集三》卷38，第129页。
④ 《留别彝初制府》，《徧行堂集三》卷39，第173页。

周有德车骑过岭，澹归"北望稽首"，"遣侍僧，走候道左"①。

周有德离粤一年，澹归有诗寄怀，表达对他的思念，并期待他丁忧期满再复出：

> 昨年韶石清秋，将离折赠心如结。云中鸾凤，山中麋鹿，林中松柏。住地非同，寄情非异，流风拂月。看珠川早晚，潮生潮落，争能把，波澜绝。 待倩瑶琴细说，调依稀、才成还别。公能相念，锦溪东上，玉台西侧。梦到羲皇，兴兼巢许，时当稷契。望东山起处，苍生报我，一声休歇。②

（二）广东巡抚刘秉权

刘秉权，字持衡③，奉天人，汉军正红旗人，贡士。清顺治元年（1644）任兵部主事，顺治十五年（1658）改任刑部主事，康熙六年（1667）出任广东巡抚。到任后，严惩贪污腐败，禁止苛捐杂税，尊师重道，鼓励学业；安顿移民，督导民众开垦荒田。康熙十三年（1674）十二月，刘秉权征讨叛军刘进忠，卒于潮州军中。④

澹归与刘秉权相交是刘秉权任广东巡抚后才开始的。刘秉权初与澹归相见，澹归有诗相赠：

> 南斗全回北极春，由来节钺贵儒臣。刘宽至德几忘我，李勉清标只爱民。使相趋朝纶阁重，河山锡社鼎铭新。海波自古无偏向，万里安澜听一人。⑤

诗歌极赞刘秉权是持节钺之儒臣，勤政爱民，岭南疆域必会安定。

澹归敬重刘秉权，与他建立了深厚的友谊。澹归曾说："（刘中丞）不独为他于丹霞有护念之德，盖为山僧有知己之感，于法门有同道之悲。只如中丞，在此山建昆卢宝阁，免常住粮差，为大众造巡廊，使步步皆得安隐，为大众造普同塔，使人人皆得归藏，又为山僧代还三宝互用底因果……记得中丞初见山僧，便将出处大义、儒佛异同尽

---

① 《周彝初制台》，《徧行堂集二》卷24，第162页。
② 《水龙吟·寄怀周彝初制府》，《徧行堂集三》卷44，第318页。
③ 宋大川主编：《北京考古史》（清代卷下），上海：上海古籍出版社2012年版，第351页。澹归《徧行堂集》称刘秉权字"持平"。
④ 《为刘中丞礼忏疏》，《徧行堂集一》卷10，第275页。
⑤ 《赠刘持平中丞》，《徧行堂集三》卷38，第126页。

情击难，山僧亦尽情剖晰，中丞便信得山僧是个真实出家为道底人。"① 又说："大中丞刘公填抚东粤，至化所被，予无以拟诸其形容。公未尝以贵骄人，不大声以色骄人，不以德骄人，若置之一切人中，亦不见异。"② 并在刘秉权四十岁寿诗中赞曰：

> ……公之此生为息苦，手把甘霖分下土。羽盖霓旌堕碧空，寒光白月瑞云笼。共许三长专史馆，历试诸艰猷益展。五刑九伐擅清裁，柏府门当北极开。黑头望已尊黄阁，鳄尾鲸唇倾海若。天子方纡南顾忧，贪泉塞罢耕灵洲。救斗岂宜频搏戟，善刀何得轻全牛。盖公堂上无他事，慎勿生情扰狱市。网密泥中有困鳞，巢倾林下无垂翅。吏民交急索谁埔，微幸公来气渐苏。霜雪居空云自暖，风涛不动鹤相呼。慧力虚襟真近道，林中促坐论心要。赤日青天且路途，白波黑雾全堂奥……③

诗歌颂扬刘秉权从政历练丰富，受朝廷委派来岭南为"圣上"纾忧，政简刑清。

刘秉权对澹归关怀备至，嘘寒问暖，赠衣捐粮：

> 风雨入春寒料峭，谁分照座新晴。兰莸椿茧昔知名。吴绵存丽密，越素表安贞。　老丑只宜遮敝垢，忽逢珍御堪惊。凭公广被覆苍生。林间三事厚，天上六铢轻。④

> 一生生不尽，珠欲走，病为盘。似山上云丝，水中波縠，易起难删。眼前，浑无避处，唱西风落叶满长安。何事东君着力，春归春令重颁。　人间，有地结仙坛，皱面说还丹。更膏润金浆，颗齐玉粒，色借芝颜。随缘不辞老去，且莫教峻坂下陨丸。愿见千村鸡犬，化成三岛麟鸾。⑤

澹归与刘秉权数次相见，留下了许多赠别相思诗词。以下这组诗是他们在海幢寺相见后的赠别诗⑥：

> 圣主柔南服，中丞揽绣衣。烈风惟返火，甘雨不浑溪。道在三台

①《语录》，《徧行堂集三》卷45，第346－347页。
②《华藏庄严阁记》，《徧行堂集一》卷11，第291页。
③《刘大中丞四十初度》，《徧行堂集二》卷32，第383页。
④《临江仙·中丞公施衣赋谢》，《徧行堂集三》卷42，第277页。
⑤《木兰花慢·持平中丞以膏参粱米问病赋谢》，《徧行堂集三》卷44，第314页。
⑥《还山留别刘大中丞》，《徧行堂集二》卷33，第433－434页。

近，情轻百虑微。偶然值鸥鸟，相率共忘机。（其一）

诗歌赞扬刘秉权施政宽柔。

竖扫初无定，云泥不自悬。法身分锦水，（丹霞建殿）胜地接珠川。（海幢置地）正现金轮宝，偏开火宅莲。梵音合奏处，广乐应钧天。（其二）

诗歌言刘秉权心向佛门。

心迹俱非我，根尘复是谁。三因元不续，一念即知归。月岂波澜动，钟无扣击亏。全锋八座上，生杀信天威。（其三）

诗歌言刘秉权佛性深厚。

东阁宾常引，西方路屡通。深经咨义虎，衰鬓愧文龙。峻极南山异，菁葱玉树同。（公子子安出见）却怜桑梓语，彷佛梦魂中（吾乡方伊蔚在坐）。（其四）

诗歌言刘秉权父子谦逊好客。

载碑何待石，镇海不关珠。出手疏泷水，随声徙鳄鱼。梯航安五岭，钟鼓震三车。最是真淳意，身心到一如。（其五）

诗歌言刘秉权施政惠民。

鹤野烟霄浅，龙灵水穴清。香花三际结，风草一齐行。揽辔刘元颖，归朝宋广平。蒲团依至化，端坐说无生。（其六）

诗歌言刘秉权内外兼修。

拔地过云栈，兼天倚石楼。幢高千嶂伏，灯远一溪流。小队来何日，轻帆去早秋。此回松竹杪，时见瑞光浮。（其七）

诗歌言刘秉权常微服私访。

江阔全忘水，山空故起云。法衰心自苦，老去力徒勤。外护祇林重，天伦道席分。海幢清切地，远梦未离群。（阿兄近在属车，幸可时接清言耳）（其八）

诗歌言以不能常与刘秉权相过从为憾。

澹归与刘秉权情深意厚，二人皆忙于事务，每次相见都显得仓促，分别后又倍加相思：

去身如影，来心如梦，才逢便折将离。也说忘情，元非绝念，欲寻何处无疑。后会此前期。看花开石骨，雪覆春枝。水击三千，几曾移易一丝丝。　即今又是何时。问五更鼓角，入耳谁持？丘壑夔龙，冠裳巢许，风流不在人知。玉座正垂衣。且见闻莫及，拟议安施？野老行歌，却从耕凿慰相思。①

有一次，两人冬天相聚后，转眼又是春天，澹归又想去广州与刘秉权相会，他担心自己年老多病，鬓毛如霜，再相逢时，恐怕难以相认：

空谷生春。正满树梅花，玉净香匀。错冰为粉，融雪无尘。一雨万卉争新。趁相江柔碧，更探取、珠海玄津。最难忘，是言能破梦，意足消人。　年来只堪善病，爨种种颠毛，未算劳薪。木石同坛，丹青殊状，应有热铁飞轮。念深冬离绪，霜中柳、不比松筠。再来因。怕月襄烟笠，莫认前身。②

康熙十二年（1673），澹归出岭去庐山归宗寺探视病重的天然函昰，有诗留别刘秉权，表达了相隔于岭南岭北的相思之意：

药病连年携杖懒，风霜匝地放舟难。梦中有路行谁了，天上无疮补未完。珠海春回铃阁暖，庐山腊尽墨池寒。南枝折罢沉吟久，一样梅花隔岭看。③

康熙十三年（1674），耿精忠应吴三桂叛逆，自福建攻江西。刘秉权移防潮州。是年冬，澹归有《甲寅冬日奉怀刘中丞》诗：

梦入关山径未荒，望随云木思偏长。溪边岂得忘三笑，天下何由见一匡。玉帐青宵提火鼓，宝刀白日散冰霜。前徒定逐前戈倒，别骑还收别部降。拨乱至今传卧虎，触邪从昔许神羊。自闻反侧俱安枕，不说驱除若探汤。拥节几时归穗石，扣舷底事隔浈江……巧试射麋虽整暇，势当特鹿或猖狂。起居节后加餐饭，擒纵机先审背吭。彻证东方全不动，徐趋北极献无疆。纶巾羽扇真名士，棕笠蒲团旧法王。舌卷梵天身遍满，门舒甘露国清凉。男儿似此称潇洒，野叟言之兴激昂。

---

① 《望海潮·留别持平中丞》，《徧行堂集三》卷44，第323页。
② 《春从天上来·病中奉怀刘持平中丞》，《徧行堂集三》卷44，第321页。
③ 《将出梅关寄刘中丞》，《徧行堂集三》卷38，第148页。

可惜残年驹过隙，恰题末句月窥窗。梅花未受轻阴勒，分取横枝半壁香。①

诗歌抒写刘秉权指挥若定，决胜沙场，祝愿他早日得胜归来。

然而此诗墨迹未干，刘秉权即卒于潮州军中。澹归得知，悲痛万分，作诗文以祭之。其文略曰："公之来抚此方也……盖一年而甦，三年而遂，五年而大穰，至于今得升平坐致之欢……公一见我，信为真实出家者，往返咨问，皆佛祖门中事，无一杂事。于我一言一行，亦以至诚无伪相许。公于此道，具正知见，不轻自肯，我亦不轻以肯公，皆相遇于一真之地，相期于无上至真之道也。"② 其诗曰："风雨寒方结，山河痛莫酬。无人当此泪，只向九京流。"③

（三）太子太保、广西巡抚傅弘烈

傅弘烈（1623—1680），字仲谋，号竹君，江西进贤县人。顺治三年（1646）中举，翌年由总督王国光推荐，授韶州同知。康熙二年（1663），任甘肃庆阳知府。康熙七年（1668），因告发吴三桂蓄谋不轨，被清廷以"离间王公大臣"罪革职，流放广西梧州。康熙十二年（1673）冬，吴三桂反清，傅弘烈佯受吴三桂伪职，暗中募军五千，檄讨吴三桂，劝降参与吴三桂反清的广西镇守将军孙延龄，被授予广西巡抚、抚蛮灭寇将军，率所部收复广西众多失地，以军功加太子太保。康熙十九年（1680）二月，劝降吴三桂部属马承荫部，未果，被杀。

澹归曾与傅弘烈共事南明王朝。④ 傅弘烈任韶州同知，澹归有诗寄贺，称赞他文武兼能，济世安民：

几重杳蔼叹离群，千尺篔筜忆此君。并为龚黄清一部，不容管乐失三分。风生北道开旗鼓，月出西江照典坟。犹见云横山一抹，长扶病客到医门。⑤

康熙二年（1663），傅弘烈任甘肃庆阳知府，澹归有诗留别，以古来敢于担当的名臣干将勉励傅弘烈，称赞他志存高远，感谢他对丹

---

① 《甲寅冬日奉怀刘中丞》，《徧行堂集三》卷39，第177页。

② 《祭持平刘大中丞文》，《徧行堂集一》卷8，第224–225页。

③ 《为刘中丞上堂，不觉流枬，口占以志好学无人之感》，《徧行堂集三》卷40，第185页。

④ 《傅竹君中丞寿序》，《徧行堂集四》续集卷2，第27页。

⑤ 《寄韶州傅竹君郡丞》，《徧行堂集三》卷35，第16页。

霞山的护念，希望他去庆阳后，能鸿雁传书，互通消息：

芙蓉山下江声缓，日月湖中峰势远。使君天德自风行，春过百草头俱偃。当年壮志欲与天相争，手挽银河独洗兵。峨冠气共长缨结，宝剑光从健笔生。击楫正思澄四海，枕戈直欲顿三京……庆阳符忽报褰帷，愁入天南怨天北。寇恂一借望谁留，张咏重来思愈阔。君不见傅修期，下马作露布，上马能击贼。绝域功名惊介子，生风台阁称休奕。小范胸中兵甲雄，环庆无虞闲不得。劳君护念丹霞岑，未到丹霞即赏音……几载相思不相遇，今朝相遇难相聚。一缕低垂粤峤云，两行直立秦川树。不知何地更留连，惟见红尘日来去。相江流不到宁江，两样波澜一样长。莫惜飞鸿传锦字，全身不隔紫金光。①

傅弘烈离开韶州时，澹归又有诗寄别：

海上波如沸，难持别袂轻。柔风当北道，烈火念南征。不藉龙图阁，还高青涧城。相思何处见，时有片云生。②

康熙七年（1668），傅弘烈因告发吴三桂蓄谋不轨，被清廷流放广西梧州。澹归与好友董苍水相晤，得知弘烈近况，即作词相慰问：

……却道故人憔悴，依旧逍遥。待冰井烹泉，濡迟异日；河梁洒墨，惆怅今朝。试把粉笺寄与，魂梦同劳。③

澹归又有词寄之，回忆二十年前，即顺治七年（1650）自己被陷害，住梧州冰井寺，坦然面对生死，以此勉励傅弘烈：

二十年前冰井寺。短绠铜瓶，汲得寒泉至。午枕闲将兰雪试，三杯啜罢开诗思。 同业也知非异事，故态狂奴，死地生安置。一日经过当一世，且教按下摩云翅。④

康熙十二年冬（1673），吴三桂反清，傅弘烈佯受吴三桂伪职，"由粤西率兵走韶阳，出龙南，输诚阙下，奉命抚军，规取八桂"⑤。弘烈经过韶阳时，在舟上秘密约澹归短暂相见：

---

① 《芙蓉山下行赠别傅竹君郡丞擢守庆阳》，《徧行堂集二》卷31，第366页。
② 《寄别傅竹君太守之庆阳》，《徧行堂集二》卷32，第401页。
③ 《风流子·酬别董苍水兼寄傅竹君》，《徧行堂集三》卷44，第325页。
④ 《蝶恋花·寄傅竹君太守》，《徧行堂集三》卷43，第281页。
⑤ 《傅竹君中丞寿序》，《徧行堂集四》续集卷2，第27页。

大绩谁传续一匡，先声曾忆诵三章。共怜直路全成棘，独对梅花半吐香。江上故人重遣信，山中野老未褰裳。即今格外相逢地，扫迹犹存挂角羊。①

傅弘烈授广西巡抚、抚蛮灭寇将军，以军功加太子太保。澹归有词相贺，赞其军功卓著，与民秋毫无犯，祝其早日扫平叛逆：

自成一家，别行一路，谁解翻腾。喜节楼初建，风生八面；和门重辟，灯现双旌。二曜飞丸，七星掷剑，半壁乾坤一手擎。先声到，便桑麻无损，鸡犬休惊。 古今格外相呈，却正局、旁敲未易寻。看相思江里，波涛忽涌；点苍山上，培塿皆平。借汝觥筹，消吾块垒，快点胸中十万兵。还挥泪，忆晴天冰雹，帝子英灵。②

澹归辞去丹霞山住持，赴嘉兴请藏经，有诗留寄傅弘烈，请他像过去一样继续护念丹霞山，关照继席乐说和尚：

桂林江上字相思，谁在当年记此时。百战奇功君自有，一生多病我何之。双双翼上天门近，缕缕云封谷口迟。最是邀欢新护念，远游歇得老来痴。（丹霞新堂头，予法弟也，公护念无异，予所切感）（其一）

赤山钝处黑山尖，云月相同各解拈。麟角凤觜弦更续，虎头燕颔相仍兼。我宗无语千霆绕，斗极成形百怪潜。记得关河重叠路，暗通一句首楞严。（梵语首楞严，此云一切事究竟坚固。吾师天然老人疏此经，公捐府金全刻，又建斗母殿于丹霞，为国祈福，故有后四语）（其二）③

二、州府官员

澹归与地方官员有广泛的交往，广东、江西、福建曹洞宗寺庙所在地方的官吏，澹归与他们都有联系。他身为前朝重臣，广有文名，与之同时代的地方官员，几乎无人没听说过他，其中很多人与他直接有过从。丹霞僧人在广东、江西、福建境内化缘，澹归往往直接写信

① 《傅竹君招晤相江》，《徧行堂集四》续集卷14，第363页。
② 《大圣乐·寄贺竹君》，《徧行堂集四》续集卷16，第455页。
③ 《留寄竹君中丞》，《徧行堂集四》续集卷14，第369-370页。

给当地官吏，请他们予以关照；曹洞宗丛林，在他们的护持下，不仅能维持下去，且规模都有不同程度的扩大。由于这些官员人数众多，考证资料有限，只能选取其中对丹霞山有护持之功，与澹归往来频繁的岭南官员略加考述。

（一）韶州知府赵霖吉

赵霖吉，字雨三，河南睢州人，进士。顺治十七年（1660）迁任韶州知府。

澹归与赵霖吉相交于康熙元年（1662），赵霖吉《别传寺记》曰："余庚子岁［注：即顺治十七年（1660）］来守是邦，越壬寅［注：即康熙元年（1662）］晤师，因得入山颠末，并属余为领袖，以创兴期举。继出营建图略示余，山阿林麓，曲涧平桥，修竹长松，水帘雪岫，具诸胜概。"①

澹归收到赵霖吉所作《别传寺记》，甚是欣喜，作书谢曰："捧读大《记》，清超宕逸，玉润珠明，无一点尘埃，足与青莲颉颃也。丹霞得此留镇山门，不数学士带矣。"②

澹归处困厄之中，赵吉霖作诗相慰，澹归以诗感谢赵吉霖对丹霞丛林的荫护：

偶因一曲慰泥蟠，宇下兼闻覆荫宽。韶石薰风开五马，赵家冬日照三竿。全光不动青山稳，绝顶相辉白月寒。恰好空林飞片叶，敢随流水寄君看。③

有一年岁末，丹霞丛林遇到困难，澹归只能就近求助于赵霖吉，打听其将回，乘舟下韶州相迎：

拟从春日到仙城，听得三泷破腊迎。江上芙蓉寒势远，山中柳栗老年轻。一时坎壈无他事，千里迟回只此情。便欲款门看两鬓，可曾残雪点星星。④

然赵霖吉没有回韶州府，澹归倍感落寞：

---

① （清）赵霖吉：《别传寺记》，莫昌龙、何露编著：《韶关历代寺院碑记研究》，广州：暨南大学出版社 2014 年版，第 329 页。
② 《与赵雨三太守》，《徧行堂集二》卷 26，第 231 页。
③ 《寄韶州赵雨三太守》，《徧行堂集三》卷 35，第 15 页。
④ 《出江口闻雨三将还》，《徧行堂集三》卷 36，第 44 页。

破腊三泷话莫酬，也从野寺荡轻舟。暗云忽上兼山尽，寒雨常低切浪浮。倚伏有缘谁得马，去来无意复随鸥。那堪簇起相思结，寄取闲心伴客愁。①

澹归高度赞扬了赵霖吉政绩斐然，生民安乐；府库充盈，盗贼不行；教化四方，护念丛林：

宿命通三世，千秋在一身。东郊前度客，赵日再来人。禀德天中厚，酬功物外亲。服官清有识，煮字洁无尘。决策南溟起，题名北斗新。祥刑萧斧措，揽辔绣衣均。此判如山岳，非时服鬼神。好溪容澹荡，苍岭骨嶙峋。府库初知足，朝廷岂患贫。富强非杂霸，节俭是宜民。五马闲韶石，双幡领缙绅。悬鱼惊末俗，开火照比邻。反侧收安枕，流移散积薪。雷霆驱痼习，霜雪化深春。直道舟车约，闲情笔墨匀。全交金凛凛，造士玉彬彬。锡我初禅地，依君千辐轮。天涯同作主，来往迭为宾。不说生缘切，焉知报土真。法筵资柱石，佛殿辟金银。别有吹嘘便，兼能领袖频。宗雷遥结社，苏白渺同伦。蔽日风霾敛，劘牙虎豹驯。朝阳鸣鸑鷟，出火走麒麟。解脱还丹熟，安般道业纯。笺经余枣柏，练色上松筠。白发滋青髓，黄麻降紫宸。六天留内院，八道指迷津。修臂乾坤转，方瞳日月巡。最难抡甲子，不用守庚申。宪老逢迦叶，齐年失大椿。莫将无量寿，添作未生因。②

赵霖吉赴京补官。澹归送至大庾岭梅关，并作《送韶州赵雨三太守起补赴京序》，赞扬赵霖吉治韶之绩和对丹霞的护持之力："吏无蠹蚀，民无疮疣，田畴学较，狱讼盗贼，德威德明，悉有成效，为天下第一"，"丹霞者，隶公韶州境内，公所加意护持，领袖诸檀越为功德主者也。"③

（二）韶州知府马元

马元，字子贞，直隶真定府人。康熙九年（1670），马元由湖广提刑按察使迁韶州知府。"性严明，精勤敏练，案无留牍，讼至立决。兵燹后，礼教未兴，加意作人，月命题课士，品骘无爽，择耆儒行乡饮礼，环桥拥观，民知进德。巡视东岳、城隍庙及四贤王公诸祠，湮

---

① 《至郡知雨二未归》，《徧行堂集三》卷 36，第 44 页。
② 《雨三初度》，《徧行堂集三》卷 39，第 159 – 160 页。
③ 《送韶州赵雨三太守起补赴京序》，《徧行堂集一》卷 4，第 86 – 87 页。

坏者或修或建，无废不兴。"①康熙十五年（1676），韶州遭"三藩之乱"，马元率军民守护韶州城。康熙十六年（1677），叛军再次进攻韶州，清廷急调广州府同知李复修任韶州知府，负责保民守城。马元可能因年事已高，挂印还乡（待考）。

马元在任期间，委托澹归重修《韶州府志》。马元曾托朴真雪樵禅师修《曹溪通志》，"志成，颇有哗者"，马元嘱澹归重修，澹归"再辞不获，因取新本与旧本较之，各有得失，但雪公易青原南岳位次及暗改余襄公文，致此烦言耳。随所阅处，有所见辄为标出，或似正误，或似拾遗，或似刊谬，得数十则"②。

澹归扩建别传寺下院会龙庵，得到马元的支持。③马元还与肇庆太守史树骏助建别传寺地藏殿。④马元曾游丹霞，饱览山中美景，晚宿别传寺，品山茗园蔬，略无嫌弃，与澹归促膝长谈。澹归有诗欣赏他身兼吏治与儒雅，政事之余便寄情泉石：

……元戎倾盖如畴昔，判府风流寄泉石。何消倚槛望丹霞，早觉披襟当素月。共说阴晴事迥殊，不知天意还人力。诸公手自转乾坤，野老心都忘作息。叶露垂垂晓未干，轻烟幂幂低澄澜。昏明回互陵谷变，高下交冲殿阁盘。画屏绝磴悬林杪，鸟迹人踪竞缥缈。仰视三岩半壁危，俯窥一线平沙小。山茗园蔬伴晚香，投筇促膝话虚堂。情存物外宜丘壑，道济人间叶庙廊。庙廊丘壑吾何有，持世谁当三不朽。似地擎山不谓雄，眼前紫玉徒堆阜。门庭岂必似南华，宽窄云涛各爪牙。我自岩中慵说法，何来天上忽飞花。喜公吏治兼儒雅，古辙今涂行盖寡。笔峰下卓写心亭，繁弦总向虞琴哑。别桨随流过一湾，野鸥知去又知还。石楼更作连云栈，恨不同看带雨山。⑤

澹归写诗为马元祝寿，赞扬马元精明练达，廉洁自律；文才出众，卓然不群；化教四方，造福于民：

① 广东省地方史志办公室编：《广东历代方志集成·韶州府部（三）》，广州：岭南美术出版社 2009 年版，第 604 页。
② 《曹溪新旧通志辨证》，《徧行堂集二》卷 19，第 48 页。
③ 《与马子贞太守》，《徧行堂集二》卷 26，第 232 页。
④ （清）陈世英等修撰，释古如增补，仇江、李福标点校：《丹霞山志》，广州：广东教育出版社 2015 年版，第 116 页。
⑤ 《马子贞太守同张斗寰协镇、池仪伯别驾入山赋赠》，《徧行堂集二》卷 32，第 383 - 384 页。

总向清和月令安，绣屏开处酒波宽。已闻天上酬千策，未见尘中探一九。勒鼎自应频授简，悬鱼何必更投竿。百年春满韶阳律，不羡芙蓉石匣丹。（其一）

彩笔成峰配大文，下垂甘露上卿云。万羊籍内无勾籍，五马群中又逸群。拂石风清虞帝乐，如膏雨洗伏波军。凭公手书垂裳理，七宝飞轮重策勋。（其二）①

澹归又有《马子贞太守寿序》，称其勤政练达，"庭无留事，事无留牍，人无贵贱贤不肖，政无巨细难易，若镜之涉象，春风之入万卉，游刃于有间之节，而纵六辔于四达之衢也"②。

（三）韶州知府李复修

李复修，号谦庵，直隶人，监生。康熙三年（1664），任云南新平县令，县居万山之中，会土司变起，伪将军禄益实率贼数千围其城，李复修严守御，诛内应者，得无恙。总督上报其功，补广东四会知县。县中赋额多混杂，前官受羁者六人。李复修逐一清厘，粮遂如额，并补足前任之亏者。大吏嘉其能，擢广州同知。吴三桂遣逆党马宝等攻韶州急，李复修调任韶州，抵任而北城已破，复修亲冒矢石，督民昼夜修治。兵食匮乏，筹运粮草以供军实，坚守三月，城获全。③

澹归与李复修相交于岭南。李复修敬仰澹归，序《徧行堂前集》云："比度梅岭，时闻澹归大师之为人，私窃羡慕之。抵粤过访，悉生平节履，叩性灵学问，皈拜下风久矣"，称与澹归为莫逆之交，"余与澹大师交，三反而卒成莫逆。澹师抱道石隐，余则踣迹风尘；澹师晓天慧眼，余则视肉寡学；澹师放光古佛，余则猥琐儒流。三反卒成莫逆。宗门义路，异其趋向，而吾两人心地，一样光明清白，历生平艰难险阻，不失本来面目。有所以不反而成其莫逆者在欤"④？

李复修调任韶州知府，澹归有诗赠贺：

□（□疑作"浈"）武合流南下处，轻舟又溯北风回。自闻五马嘶云上，如向三岩拂月开。菡萏昔曾敷独坐，凤凰今已下新台。为言

① 《马子贞太守初度》，《徧行堂集三》卷38，第144页。
② 《马子贞太守寿序》，《徧行堂集一》卷4，第100页。
③ （清）徐世昌：《大清畿辅先哲传》卷29，北京：北京古籍出版社1993年版，第939页。
④ 《徧行堂集序》，《徧行堂集一》卷首，第1页。

春到虞城久，花信非从腊后来。①

李复修云："余治韶之一年，捐俸捡埋枯骨，澹师为余作《埋骨文》；倡资募修郡城，澹师为余作《修城记》。"② 高度评价了澹归的人格操守，赞扬他"一种肮脏气骨，屹然难撼，一种世外绝尘，悠然无踪……澹师掷斩朱云之剑，舣泛达磨之苇，遍历廊庙江湖，积力累行，其敦悟恍从《桃花》《挽歌》中来"③。

澹归对李复修在韶政绩及其才华特别欣赏，曾有诗赞之曰：

叱驭当危地，储胔唱夜筹。军资分负户，清啸得登楼。白骨能相委，青山得自由。平生孤立意，真率付沧洲。（其一）

慧业非专巧，通才不擅名。霆驱龙爪重，雪捧鹅毛轻。画水初无迹，镂空别有情。双瞳何待熟，一面见三生。（其二）

方员徒自画，上下莫能知。守黑全知白，争先即用迟。此心能及物，吾道不违时。苦雨辛风地，回甘寄所思。（其三）

枝叶俱成盖，山川更出云。晨风勤运览，夕月细论文。史即三长具，书从二酉分。名流来未已，忆尔惜离群。（其四）④

诗歌赞扬李复修临危受命韶州知府，筹措军资，体恤军士，守城保民，捐俸埋骨；佛性自具，资质超群；善于筹划，处物无违；虽没有参加宏博之试，却博学多才。

澹归为李复修作寿词，高度赞扬他的才干与胆识，生民遇之如久旱而得龙布云雨，长夜而得金鸡报晓：

眼前阅过贤豪，才兼胆识公少。五官并用，八方齐应，一尘不扰。似剑吹毛，似珠现影，似风行草。似林焚泽竭，神龙起处，云雷走，河山倒。　薄海甘霖都遍，莫能窥、半鳞全爪。虚空无动，苍苍下视，茫茫洲岛。忽似金鸡，一声叫出，扶桑树杪。在忙中收得，些子闲情，后天而老。⑤

康熙十七年（1678），澹归出岭南赴嘉兴请藏经，有寄答李复修诗，感谢李复修给予的关照和帮助：

① 《回棹韶阳赠李谦庵太守诗》，《徧行堂集四》续集卷14，第360页。

② 《徧行堂集序》，《徧行堂集一》卷首，第1页。

③ 《徧行堂集序》，《徧行堂集一》卷首，第1-2页。

④ 《寄别李韶州谦庵诗》，《徧行堂集四》续集卷14，第341-342页。

⑤ 《水龙吟·寿李韶州谦庵》，《徧行堂集四》续集卷16，第451页。

栖尘已觉生非久，欠债须知死必还。请藏归能成后会，凭公先为护松关。①

康熙十九年（1680）春，澹归致信李复修曰："弟自去夏请藏事竣即病于吴中，今春几至不起。顷虽幸存视息，然形神已离，恐不能再入岭与吾兄续高斋夜话之乐也。拙集承大序光壮，置之广弘明集中，不特丹霞增重，即天下法门，无不藉峻极昆仑而增重矣。谢谢！乐说敝法弟近况殊澹薄，幸时加护念，勿令十方大众失所，如弟身受，切祝切祝！"② 可见澹归对李复修之推重以及两人情谊之深也。

（四）南雄太守姚昌廷

姚昌廷，字嗣昭，辽东海澄人，曾为吏部文书官员。康熙十四年（1675），陆世楷卸任南雄太守后，姚昌廷由南雄府通判升任太守。姚昌廷任太守前是陆世楷属下，澹归是陆世楷的座上宾，两人早就相识相知。澹归《姚嗣昭别驾招同孝山、融谷、廉哉小集署中》诗云：

鹤燕鸥眠两莫凭，今年此会昨年曾。（客岁茶话，亦同孝山）同僚别绪连亲里，国士华筵杂老僧。马上辟尘传素奈，（函五先以频果分惠）橘中拈子靠苍藤。好将送客留髡意，敏得分飞影一层。③

陆世楷辞南雄知府后，姚昌廷受召赴京，授以南雄太守。澹归有《送姚嗣昭别驾入觐》诗：

独坐惟焚柏子香，同心又见盖公堂。势分韶石来山峻，波委凌江入海长。我梦欲归三叠上，君行恰在五云旁。为看冬日全擎处，裘马浑无一点霜。④

康熙十六年（1677），三藩之乱使丹霞山丛林困苦穷乏，澹归恳请姚昌廷免除丹霞山租税和徭役，"山中穷到极无聊处，又为预征取逼。两县田粮，每年上纳不下五十金，皆弟下山抄化所办，今老病不能奔走，来路俱断，若卖谷则食米不足，若借债则利钱更多，料理既难，踌躇甚苦，未识吾兄能发慈悲，与同心斟酌，为弟解此一结乎，僧家

---

① 《答李谦庵太守》，《徧行堂集四》续集卷16，第431页。
② 《与李谦庵太守》，《徧行堂集四》续集卷11，第265－266页。从来信可知，澹归不知李复修于康熙十八年（1679）离职，李煦接任韶州知府。
③ 《姚嗣昭别驾招同孝山、融谷、廉哉小集署中》，《徧行堂集三》卷38，第153页。
④ 《送姚嗣昭别驾入觐》，《徧行堂集三》卷38，第146页。

了却官粮，梦醒俱安，但得一碗澹钣，即其余用度不敷，可一切听之也"①。姚昌廷依其言，澹归非常感谢："前恳免荒寺差徭，令庄头具呈上览，幸赐特恩批免，想知爱之深，护持之切，不以为分外也。"②

姚昌廷应澹归之约过访丹霞山，因公务繁忙，当天即回，回时已近黄昏，风雨交加，澹归颇感愧疚，致书姚昌廷，曰："别驾登临，江山增胜，惜匆匆别去，不能作信宿之留，入夜风雨，念此泥涂，展转不寐，岂特款待简略，抱愧无已耶？计此时还署，得无劳苦？敬遣侍僧，代候台安。小诗即事，识一日之胜，存为山门佳话，并录请教。"③ 其诗曰：

叠嶂回溪隐一山，微风不动白云关。使君元在烟霞上，有客相携丘壑间。绝壁破天开睇睕，深松唤雨答潺湲。何来蛮里同真赏，不是忙时那得闲。（其一）

世外情从历劫长，群峰一色晓苍苍。天花散落才成雨，云叶萦回又结香。不得追陪输老病，无多款待足家常。凭君半榻松风韵，吹入三岩透体凉。（其二）

玉台有约更携琴，信宿难留愧此心。风雨声边销永夜，水云梦里度遥岑。（别已向夕，风雨大作）一枝短锡曾来往，几点浮沤自古今。他日扁舟重到岸，试同小歇半山亭。（其三）④

澹归《姚嗣昭太守寿序》赞之曰："予友姚使君嗣昭，簪仕别驾于雄，以慈良通敏蜚声岭表，即擢以守，士民安之，若五弦之琴自四千年前发响于皇冈者，统天峰、凌水，至于今不歇。使君为有虞氏之苗裔，官于其祖之时巡而奏乐之郡。"⑤

（五）广州通判丘象升

丘象升，字曙戒，号南斋。江南山阳（今江苏淮安）人。少与弟象随以诗文名，时称"二丘"。顺治十二年（1655）进士，选庶吉士，授编修，迁侍讲，外调琼州、广州、武昌府通判，官至大理寺左署丞，

---

① 《与姚嗣昭太守》，《徧行堂集四》续集卷11，第267页。
② 《与姚嗣昭太守》，《徧行堂集四》续集卷11，第267页。
③ 《与姚嗣昭太守》，《徧行堂集四》续集卷11，第266页。
④ 《姚嗣昭太守与同里丘函五远访山中，即日别去却寄》，《徧行堂集四》续集卷14，第360－361页。
⑤ 《姚嗣昭太守寿序》，《徧行堂集四》续集卷2，第22页。

平反大狱颇多。

澹归《大雅说为丘曙戒别驾赠别》云:"余以岁辛丑[注:即顺治十八年(1661)],交于丘子曙戒,见其眉宇间澹如耳。是时从翰林出,通守琼州,既无通守气,亦未始有翰林气,余洒然谓:此老殆未易测也。俄以赍捧别余海幢,因得叙其诗,亦不独以其诗。逮还穗城,署海防理宾,兴诸琐屑供亿之事。值迁海严切,揭竿斩木,波涛如沸,昼夜督治战舰,露宿睥睨间,劳苦奔走,无不躬亲,眉宇间仍澹如耳。余尝语曙戒,如公雅人深致,第点缀班行中,亦足使鄙夫宽,薄夫敦,不必身大用,道大行也。有道之士喜愠不形,宠辱不惊,亲疏不可……时康熙癸卯冬,曙戒将还朝,余将还丹霞,书此为别。"[①] 由此可知,澹归与丘象升相交于顺治十八年(1661),当时丘象升外调为琼州通守。不久丘象升迁广州任通判,署理海防,凡事亲力亲为。丘象升在广州任职期间,襄助澹归营建丹霞山,澹归与他信札云:"山门得愿力护持,愈开愈胜,弟不独为山水喜,更为吾兄与诸檀越福德永永无穷喜也。一年因缘,但了一年兴建……"[②]

丘象升谪守海南,澹归有诗相送,赞扬丘象升有东坡之胸怀,不以琼崖偏远而叹穷:

淮海同流更一寻,云埋五指未为深。千秋风雅长相命,一笑烟霞径入林。难道卑官无翰墨,不轻边地即身心。惠通泉畔坡公在,格外闻弦亦赏音。[③]

丘象升回广州任通判期间,与澹归等人常聚于海幢寺。澹归有《海幢雨中有怀曙戒退庵》(见后文),怀念与丘象升、彭襄等人相聚于此。

丘象升曾与澹归、程可则、阿字、梁佩兰等人相聚海幢寺,为风雨所阻,遂诗词夜话达旦。澹归有诗为记:

野人未得留宾住,云暗珠川天欲暮。鞭霆喝水起狞龙,一笑惊看不成去。分手依然坐寺门,山头海口疑相吞。白波上掠丹霞台,黑影下没花田村。不睹猛风吹一叶,独留聩耳埋诸根。暂得休心且如此,

① 《大雅说为丘曙戒别驾赠别》,《徧行堂集一》卷2,第37-38页。
② 《与丘曙戒太史》,《徧行堂集二》卷24,第178页。
③ 《送丘曙戒太史之琼州即用前韵(丘以侍读外转别驾)》,《徧行堂集三》卷35,第6页。

百草头低三尺水。呼僮举烛共裁诗，倏忽无言混沌死……汗透毗岚鼓逆风，力为今宵成此会。此会今宵成亦难，君不见鸡鸣车马催前队。客不长来主不留，相思特地生惭愧。①

可能是在这次聚会上，丘象升约澹归、阿字、程可则、梁佩兰等人同登拱北楼，后因事阻，没有聚成。澹归《拱北楼》诗有句云："阔绝赋诗高会约，白云黄鹤竟悠悠。"句后注云："丘曙戒相期，集群贤高会此楼，以事阻，今远在武昌。"②

澹归又有《独鹤行寿曙戒》，诗云：

长老峰头人欲老，喜逢天上神仙表。玄襟翯翯素丝轻，武夷君岂笼中鸟。双眼高疑贯碧云，竦身侧翅凌缥缈。电绕孤轮日驭斜，烟浮九点齐州小。珠玉波澜并一流，凤麟家世连三岛。春风骀荡百花香，白璧人登白玉堂。谁道乘轩非雅尚，便携冰雪到南荒。南荒何处容奇逸，五指山分天海碧。明将鹏徙荡心胸，暗入鸡群藏羽翮。九皋时自发长鸣，鸣彻青霄和且平。但觉鸥鸹俱革响，未闻威凤索同声。共传风雅开文苑，真有咸英合太清。却笑山禽轻斗死，稻粱谋发蜚鸿耻。屏开孔雀叹王孙，衣绣饥鹰悲直指。鹭白莺黄各自怜，鹊晴鸠雨为谁使。金骨孤骞五老人，玉毛劲刷双童子。朝落松花啄未休，夜腾水气嘶难止。还斟仙醴奏明光，千秋万岁长如此。珠海今年下一筹，白云不断碧霞流。七金山上才舒翼，六欲天中更展眸。莫怪红尘多聚散，不知青鸟几春秋。且看变尽玄黄色，一叶风轻十二楼。③

诗歌赞扬丘象升胸怀宽广，志趣高雅，"宠辱不惊"，于世事"澹如耳"。

康熙二年（1663）年末，澹归与丘象升相聚海幢寺。丘象升将北归还朝，澹归有诗留别，诗歌回忆丘象升外放琼州、广州的艰难历程，希望他这次北归能得到朝廷重用：

万里驱车到海滨，仙姿憔悴战余尘。挥毫漫拟空黄鹤，视草何当近紫宸。烈火炎炎天外雪，清澜渺渺劫前春。溯洄不尽登临兴，长老

---

① 《丘曙戒太史过访海幢，将归，风雨大作，同程周量中翰、王震生、梁芝五孝廉、梁兰友文学、阿字首座夜话，各赋七言古诗》，《徧行堂集二》卷31，第364页。
② 《拱北楼》，《徧行堂集三》卷37，第91页。
③ 《独鹤行寿曙戒》，《徧行堂集二》卷31，第367页。

峰头一问津。(其一)

濒海蒸民百万家，弥天杀气竟无涯。才闻入市俱成虎，不见投林独噪鸦。三代盛名空玉帛，六朝残梦失烟花。北归尚有仁人在，斟酌应怜八月槎。(其二)①

康熙三年(1664)，丘象升北归，顺道雨中过访丹霞山，澹归有诗记之：

一炉香外水云屯，隐几沉沉少一人。荒径破来闻二妙，(郭尧功同来)朝霞举欲起三春。安排有梦他年幻，斟酌相逢此日亲。莫便长驱梅岭阪，譬如重问锦溪津。②

由于诏命在身，丘象升没有在丹霞山逗留，无暇周游丹霞，澹归又有诗赠别：

云暗离思缕缕浮，残春柳色澹如秋。三年缱绻知谁续，一日从容不自由。车畔有徽随白鹿，阶前没兴下黄牛。趋庭忆尔能趋阙，担得苍生万斛忧。(其一)

孤峰未眼慰登临，此意寥寥自古今。共许旌幢开旷劫，能无钟鼓发清音。明珠镇海难重举，黄叶沿流费独寻。犹喜法城连法地，一重持处一重深。(其二)③

丘象升诗"绝灵奇险"，著有《南斋诗集》。澹归序其诗曰："淮安丘子曙戒，逸才雅度藉甚，玉堂对调，琼南意致，夷然无迁客之叹……视余于海幢，得尽读之。万里山川与心眼共相吞吐，则此一行也，非曙戒宦辙之穷，而诗运之盛也。"④

（六）番禺知县彭襄

彭襄，字思赞，号退庵，四川中江人。幼颖悟，八岁能文，长而有志，家贫力学。登顺治十一年(1654)贤书，顺治十二年(1655)成进士。居丧，葬祭尽礼，服阕，铨授番禺知县。行取吏部验封司主事，康熙十一年(1672)典试广东，所拔多才士。寻转考功司员外郎，迁稽勋司郎中。康熙十六年(1677)，授河南南汝道副使。解组

---

① 《留别曙戒·时曙戒亦将还朝二首》，《徧行堂集三》卷35，第23-24页。
② 《曙戒度岭雨中过访》，《徧行堂集三》卷35，第29-30页。
③ 《重别曙戒》，《徧行堂集三》卷35，第30页。
④ 《二子海外诗序》，《徧行堂集一》卷7，第171页。

韶文化研究丛书

第四章 澹归诗歌中的岭南仕官

归而病卒，年六十三。①

　　澹归与彭襄最初相交于何时待考。康熙四年（1665）秋，清廷有汰僧之议。彭襄时任番禺知县，澹归致书彭襄："丹霞建置，仗吾兄与若老真切相为，才得有此一段光明，今结构未半，而遽遭立籍限僧之令，安能向诸本不信善者更行劝导耶？""部文若到，幸于海幢、雷峰留神斟酌，破格护持为祷。"②可见彭襄对丹霞护持之力。澹归有文记曰："蜀中江彭公退庵，以名制科令番禺，当征调旁午，民事雕弊，根盘节错，理之有余暇，政声蔚然。以其余暇交诸方外，则吾家雷峰、海幢以及丹霞皆其所护念。"③ 丹霞丛林在营建过程中，得到了彭襄很大的赞助，澹归为彭襄所作寿诗中云："笃生熏般若，戮力御波旬。壤错丹霞远，功扶紫玉勤。始终皆彻底，操纵不辞频。辨转波澜阔，持坚柱石均。香花周两座，镜像入三轮。"④ 澹归甚至于梦中见彭襄前来丹霞，与他一起布置筹划丹霞营建：

　　昨夜素交曾入梦，一轮明月照空山。天梯直上青霞起，龙尾同骑白日环。建刹无权轻布置，煮茶有铫重掀翻。醒来一笑蒲团稳，我梦虽忙子梦闲。⑤

　　彭襄任番禺知县时，"附省郭繁剧难治，而地滨海，东北遇险僻峻岩，盗贼出没无常，重以饥馑，兵兴，奸胥追呼，营卒索兑，蔀屋苦之"，彭襄到任后，"经理无遗，百姓一苏焉"。⑥ 澹归寿彭襄诗中，赞彭襄受天命来番禺，如春雨润育一方百姓：

　　我来春雨堂中步，飞腾疑有神龙护。越秀连山故起云，珠川倒海浓蒸雾。其时和气入三春，土转潮田片片鳞。细发秧针青夺锦，浅吹鱼沫白拖银。老农共说今年好，润透田畴春事蚤。一肩欹笠水深深，两手扶犁日杲杲。千仓万箱愿已谐，官埔私责休相猜。九天自古有膏泽，一家从此无安排，不知此雨从何来。中江之山有天柱，绣衣缝节神人驻。偶然一念及凡区，鹤毛带腋辞鸾驭。少年射策上金门，出典

----

① 何向东等校注：《新修潼川府志校注》下册，成都：巴蜀书社2007年版，第854－855页。
② 《与彭番禺退庵》，《徧行堂集二》卷27，第251－252页。
③ 《长住世间说为彭退庵明府初度》，《徧行堂集一》卷1，第4页。
④ 《寿退庵》，《徧行堂集三》卷39，第163页。
⑤ 《绕丹霞记成梦退庵来游》，《徧行堂集三》卷36，第47页。
⑥ 何向东等校注：《新修潼川府志校注》下册，成都：巴蜀书社2007年版，第854－855页。

番禺列宿尊。明月中宵光独冷，香云抱珥气常温。为言岭表民方困，邮符羽檄疲奔命。赫如十日绕须弥，七金四水烟尘逆。谁销铁甲事三农，兼探金瓶驱百病。君侯退食来斯堂，呼吸咸通帝座旁。雷电分明三寸管，烟云缭绕一炉香。滂沱直欲倾三峡，河伯低迷惊海若。家家稽首拜苍穹，旱魃于今难肆虐。①

番禺县大忠祠，在旧山川坛左，为嘉靖间御史吴麟建，祀宋文天祥、陆秀夫、张世杰，有司春秋二仲上旬致祭。清初时破旧，彭襄为表彰忠义，宣导世风，重修大忠祠，得澹归赞赏：

荒草斜阳忆古祠，风涛欲落海门迟。昔贤大义犹前日，仙令深心起一时。潮汐自通川上意，亭台谁写画中诗。夜来鹤语空华表，如梦江山各不知。（其一）

此后休填一寸苔，那将天运压人才。图形每逐前朝尽，生面偏从异世开。报国有心频蹈海，望乡无事独登台。莫吟惶恐滩头句，都向慈元殿里来。（其二）②

海幢寺风景秀美，雅致宜人，成为澹归、彭襄、丘象升、汪起蛟、阿字等素交相聚的地方，他们吟诗联句，赏景聊天：

烈焰烘云暂欲辞，凝烟幂幂雨丝丝。空悬尘榻惟前夕，飞挟仙兔复几时。爽气连山朝挂笏，清音绕钵夜题诗。一重珠海重重思，不隔虚堂只自知。③

野寺息长夏，凉风偏会城。素交搜暇日，雅集问孤行。是月水花满，凭轩竹树清。分曹仍密坐，俯槛得深耕。远翠围金地，轻红剥水晶。披襟当爽迈，极望敛虚明。璎珞波旬扰，香华帝释擎。白头休感慨，青眼足逢迎。④

康熙五年（1666）⑤，彭襄迁为吏部验封司主事，离开番禺前，澹归有诗歌留别：

① 《春雨堂歌为彭退庵明府》，《徧行堂集二》卷31，第368页。
② 《退庵重建大忠祠》，《徧行堂集三》卷37，第90页。
③ 《海幢雨中有怀曙戒退庵》，《徧行堂集三》卷35，第19－20页。
④ 《退庵、若海过访海幢》，《徧行堂集三》卷39，第156－157页。
⑤ 澹归《海幢并头兰同诸子赋》有句云："持赠却应思往事，联吟曾不换虚窗。"句后有注云："丙午曾有此花，时知交同集，因归之退庵铨部，予与阿兄各有诗。"见《海幢并头兰同诸子赋》，《徧行堂集三》卷37，第112页。

把袂谁将别恨偿，丹霞台下水茫茫。器资法喜才兼济，文偃山居
又一方。朴散君师归众母，星分将相接文昌。侧闻春雨堂中事，卖剑
骑牛得小康。（其一）

便思携手法王家，悲种时生焦谷芽。明敏爱君堪八面，广长为我
簇千华。每怜警枕输蝴蝶，一怪专车式怒蛙。抚字于今劳未已，禺山
强半付虫沙。（其二）①

诗歌表达了离别之恨；赞扬彭襄在任能护持法门，为百姓谋福利；
叹息他所治番禺多乱象，他一旦离开，不知又有多少百姓遭殃。

彭襄离开番禺后，澹归给他的信札中云："护持高义，遂足八年，
三宝福德为吾兄回向，非弟一人薄修所能仰报。此行离恨，无可比况，
江楼夕话，益增凄感，早起奉送，则仙舟已发，怅望云天，徒有目断
耳。"② 随札又附诗歌：

秋水下端溪，月净玻璃白。群峰不自献，轻风逗遥碧。好友当远
行，意气何修饰。朝廷将右文，选曹且虚席。岂无民事忧，政本存举
劾。吏道日多岐，贤愚同梗塞。上下两手中，千变蒙一格。黄河啮奔
沙，百川被其责。君子比姜桂，细人托枳棘。公如白阳铜，朗拔见清
识。此行酌宽严，于法宜损益。丈夫首皇路，为物常作则。念兹一邑
难，悯彼四海厄。谁能用才贤，乃如嗜鸡跖。和风扇郊原，鸣吠亦休
息。吾犹老山鬼，丹霞藉开辟。八载忽将离，忧来不可摘。息壤故在
彼，携手龙尾石。半途牵化人，未暇陪游展。名山公所主，觌面岂生
客。中有天然翁，相对出语嘿。春容发宿智，庶用慰畴昔。③

诗言宦途歧路多险，希望彭襄识大体、体民恤。感谢彭襄八年以
来对丹霞山的护持。彭襄此次北上，顺便过访丹霞山，澹归此时在肇
庆，未能陪同，他相信天然函昰会接待彭襄。

康熙十一年（1672），彭襄典试广东，澹归有诗相贺：

写得相思珠海深，偶闻佳话复长吟。共看制锦新衣锦，独许闻琴
旧鼓琴。千里屯云腾骥足，一轮行月照冰心。知公更有贤臣颂，满载

---

① 《留别退庵》，《徧行堂集三》卷35，第24页。
② 《与彭番禺退庵》，《徧行堂集二》卷27，第251－252页。
③ 《送彭退庵》，《徧行堂集二》卷30，第341－342页。

春光到上林。①

彭襄典试广东期间，正遇上他生日，澹归与他相聚海幢寺，并有诗贺其寿：

龙雨何如天雨香，密云起处疾雷藏。陨霜不为增寒色，日日春生春雨堂。（其一）

揭天潮海蹴厓门，风马云车生面存。不借神君丘壑手，谁知烈士姓名尊。（其二）

鉴不生心影自过，澄清贤路挽天河。未妨韩愈关防少，且喜山涛启事多。（其三）

绿玉潭中不尽流，云幢遥接海天秋。六年双眼看孤注，万古三山此一筹。（其四）

仙种曾分处士莲，文澜仍发老人泉。耳孙鼻祖遥相印，更数彭山八百年。（其五）②

诗歌抒写彭襄在番禺知县任上，造福一方百姓；重修大忠祠，传颂忠烈英名；典试广东，选拔了很多人才；他离开广东六年后，再次相聚海幢；彭襄为彭祖之后，有彭祖之风。

彭襄典试完后回京，澹归有诗词留别。感谢彭襄长期对丹霞山的护持，如今丹霞山景色一新，自己得到一个安居之所；希望能在丹霞山与彭襄"把臂入林"：

惨澹相期十载心，如今真得住山深。雪岩水自连云洁，松坞风兼带竹阴。万仞一关当独立，百年双眼送长吟。却思胜事因良友，把臂何由共入林。③

澹归又有词赞扬彭襄胸怀堪比东晋尚书山涛，风度堪比盛唐名相张九龄，慧眼擢拔英才：

论官以功，取人以言，于君何如？听龙吟虎啸，玉中辨玉；蛇盘鹤舞，珠上寻珠。一片精明，十分详慎，水镜无心合太虚。山公好，有不同启事，不异贤书。　柳阴弹指谁欤？渐红杏枝头燕翼舒。看云霞被体，凌空得马；雷霆烧尾，沛泽非鱼。奇甸英华，曲江风度，应

---

① 《彭退庵典试粤东》，《徧行堂集三》卷38，第141页。
② 《退庵初度五绝句》，《徧行堂集三》卷41，第232页。
③ 《留别退庵》，《徧行堂集三》卷35，第10页。

共官家六尺车。从今去，只纶扉荐士，甲帐崇儒。①

彭襄迁考功司员外郎，澹归寄诗相贺，勉励他执掌好官员考课之事：

> 妙誉新归吏部郎，山公启事有辉光。疏通民隐闻三善，洗剔官评见一匡。藻鉴双悬驱日月，冰壶独抱散风霜。欲知万里为霖事，听职琴歌春雨堂。②

（七）端州太守史树骏

史树骏，字光庭，号庸庵，常州府武进县人。顺治二年（1645）进士，康熙八年（1669）任端州（今肇庆）知府。

据澹归诗歌所载，顺治十年（1653），澹归曾寓常州天宁寺，想不到流落岭南，还能得到史树骏的照应，他认为这是天意和缘分：

> 几回欲别还成住，缱绻将无彼此同。好去片帆归锦水，向来一座忆灵峰。补天石上情文足，照乘珠边内外融。十六年前今昔异，客心长傍郡城东。（忆昔寓天宁之东禅，晋陵诸君子顾视殊厚，今老矣，一钵留连，庸庵与文山共相护持尤切，岂非多生缘契，于此地为深耶？）③

澹归赞扬史树骏优雅明静，文思富澹，为政简易，调摄有度，"予友庸庵史子，以一代文人出为循吏，居心明静，如珠照影，因物付物，故无揽事与留事之患。其为文随地泉源，挂峡乘风，曲折万变，得古人空有并行之妙。而敷政优优，一出于简与柔，清不绝物，方不碍理，化事为无事，化言为无言，扬历日多，绩用日广"④。

康熙九年（1670），澹归专程往端州（肇庆）拜访史树骏，作诗曰：

> 扁舟谁载白云来，高峡晴光面面开。尚觉清风萦镜水，长瞻旭日起嵩台。慈分鹿苑无岐路，峻出龙门有独裁。见说郊行宜露冕，福星一道贯三台。（其一）

---

① 《沁园春·送彭退庵铨部典试还朝》，《徧行堂集三》卷44，第328页。
② 《退庵新擢考功奉柬》，《徧行堂集三》卷36，第61页。
③ 《重别庸庵文山》，《徧行堂集三》卷38，第120页。
④ 《端州史庸庵太守寿序》，《徧行堂集一》卷4，第99－100页。

十年清梦忆毗陵，矫首摩云隔万层。闻所未闻因陆贾，遇之不遇得卢能。烟霞到地垂千尺，宫阙弥天引一绳。莫怪相逢须展手，凭公分出老人灯。(其二)①

诗歌高度赞扬了史氏的才能，回顾了他们过去的交情，表达了前来求助之意。

从肇庆回归丹霞山，澹归又有《留别庸庵》四首：

群卉争春妍，相顾各无主。维彼旷士怀，气若朝霞举。步屧回香光，盼睐慎所与。一时成风谣，万象作规矩。史公郡将中，落落寡俦侣。文场建旗鼓，绣虎尽为鼠。金翅扇四溟，狞龙弱如缕。明珠既在掌，鳞爪何足取。英声发唱叹，遥思寄支许。悯兹五浊流，陋若丘豕聚。念欲凌青霞，踟蹰向谁语。(其一)

朴心日以散，万目穿锥刀。黄金铸大雅，其轻若鸿毛。随风堕淤泥，吹之不能高。达士存让节，市井非吾曹。所思在无争，深与空轮交。一言成砥柱，河流自滔滔。人生如浮云，与物为波涛。甘雨毕已降，半缕谁能操。爱君此意古，渺若居层巢。回首谢风尘，攘臂何其劳。(其二)

端水落春风，嵩台上秋月。中有古刺史，洁府分冰雪。六合蒙淹瘵，万物罢芽蘖。谁能现化城，此场名小歇。事至不可已，治之如养拙。结解随后先，何由造寒热。公庭下乌雀，闲园被瓜瓞。焚香余宴坐，吾道无磨涅。鸡犬既有村，蛇鼠亦有穴。救时贵因时，和缓倾稷契。胜兵逾百万，贤守比其烈。念之及高天，迟君作喉舌。(其三)

人间犹执热，觌面无轻风。微雨洒修篁，白月筛长松。我来自丹霞，彷佛生尘容。使君格外士，渺若云间鸿。簿书沉耳目，天海浮心胸。始知般若光，不受根尘封。结集忆同心，念欲追元功。峨峨紫玉台，杰阁摩青空。能无第一义，杲日行天中。密因存外护，息壤高灵峰。至今秉慧业，如雷发群蒙。微言屡相当，悲愿开无穷。欲归未易别，流水门前通。锦溪梦高峡，影入青芙蓉。会当乘宿智，建我南华宗。(其四)②

诗歌赞扬史氏情怀简澹，卓尔不群；为政宽简，休养生息；佛性

① 《访史端州庸庵》，《徧行堂集三》卷37，第113页。
② 《留别庸庵》，《徧行堂集二》卷30，第342－343页。

自具，护持佛门。

澹归此行，得到了史树骏的赞助，回丹霞后给史氏的信云："地藏阁之建，大心自发，不由劝请，知吾兄于三宝有深重缘，而于丹霞尤非一生之契也"，"地藏功德三十金领到，惠及方书，当细阅之。"①

澹归与史树骏常聚于海幢寺。有一次，两人又相约海幢寺，时值大雨，史氏没能前来，澹归倍感孤寂：

每爱雅人深致语，悄如避俗携文。暂期竹院掇春芹。香炉随茗碗，烟水共氤氲。 急雨一江消息断，扁舟难破重云。索居长自叹无群。中流非两岸，只倩海珠分。②

史树骏生日，澹归填词相贺，赞扬他的政绩和才华：

散锦成山，掷杯浮水，眼前无限春光。有大夫风教，短日俱长。笑抚民间鸡犬，生脱化、帝所麟凰。谁兼取，政存两汉，诗过三唐。 思量，为云出岳，人世上藩篱，岂免回翔。念古今绵貌，洲岛苍茫。欲奏咸英微唱，也合得、风月平章。休轻负，万年枝畔，酒熟花香。③

史树骏得孙，澹归作词志喜：

维岳秋光远，充闾喜气新。九龙遥结瑞，五马近登春。出穴跨丹凤，从天下石麟。珠皆传照乘，玉不待垂纶。一索连元子，同升有世臣……④

史树骏告老还乡后，寄书澹归，澹归作诗回复，羡慕史氏悠游自在的隐退生活，自己却老病孤单，同时表达了相思之意：

岭南官亦好，颜色但随人。得尔归乡信，添吾喜意新。诗筒犹可寄，茗碗正堪亲。回首风波地，谁留不系身。（其一）

雷雨东山起，金银北阙开。尚存扬子宅，莫信沈公来。长日奇书展，蔬篱上药栽。无谁堪下榻，三径没苍苔。（其二）

倚月同千里，停舟隔几年。哀蝉寒抱叶，病笃懒加鞭。著处成离

① 《与史庸庵太守》，《徧行堂集二》卷26，第228－229页。
② 《临江仙·庸庵太守期过海幢，值雨不至》，《徧行堂集三》卷42，第277页。
③ 《凤凰台上忆吹箫·寿肇庆史庸庵太守》，《徧行堂集三》卷43，第297页。
④ 《庸庵得孙》，《徧行堂集三》卷39，第173页。

合，醒时无后先。期君见何许，秋水一帆边。（其三）①

在寄给史树骏另一首诗中，澹归说自己年老体衰，无望过上闲适自如的生活，也无法登临山水，羡慕史树骏守拙自足的生活：

曲肱无分拍浮丘，衰病添人白发稠。翻覆山河轻似掌，乘除气数白如沤。一停安石寻山屐，屡夺玄真泛雪舟。用拙不如能用巧，闻公还是直为钩。②

史树骏诗文造诣很深，他在邢襄为官时，郡人把他的诗与亦曾在邢襄为官的李攀龙的诗合刻一集为《邢襄诗志》。澹归与阿字得史树骏所寄诗集，"披襟快读"，"日落篝灯，不知手舞足蹈，真胜事也"③，并作诗二首却寄，赞扬史树骏与李攀龙诗才伯仲之间：

暑雨散微凉，闲情立短廊。素书落金玉，诗志得邢襄。一鼓河山应，齐吹伯仲长。吾家有真契，朗咏过斜阳。（其一）

五色云开处，双珠一月华。坐来疑石壁，飞下即天花。雅道存贤守，风规识大家。崧台全不隔，仙乐绕丹霞。（其二）④

（八）湖广提学佥事周起岐

周起岐，字文山，江苏常州人，顺治九年（1652）进士，与史树骏为同乡。顺治十八年（1661）任湖广提学佥事。

顺治十年（1653），澹归曾寓常州天宁寺，就与周起岐、史树骏结识。澹归《重别庸庵文山》有句云："十六年前今昔异，客心长傍郡城东。"注云："忆昔寓天宁之东禅，晋陵诸君子顾视殊厚，今老矣，一钵留连，庸庵与文山共相护持尤切，岂非多生缘契，于此地为深耶？"⑤

澹归与两广总督周有德、广东巡抚刘秉权结交，得益于周文山介绍。澹归给天然函昰信中云："周文山别驾介绍而见制台，意殊蔼然。"⑥澹归致信周文山云："丹霞胜缘，得邀大作，不特一时风动，

---

① 《寄毗陵史庸庵》，《徧行堂集四》续集卷14，第354页。
② 《寄答庸庵见怀》，《徧行堂集四》续集卷14，第368页。
③ 《与史庸庵太守》，《徧行堂集二》卷26，第228页。
④ 《庸庵寄示邢襄诗志，与阿字兄同阅却寄》，《徧行堂集二》卷33，第432页。
⑤ 《重别庸庵文山》，《徧行堂集三》卷38，第120页。
⑥ 《上本师天然昰和尚》，《徧行堂集二》卷21，第101页。

亦使千古生光，异日《广弘明集》中有此段文采，皆吾兄不可思议功德也。落笔后，尚借重鼎致制台标题用印，又足以鼓舞同心，作合尖之导首耳。"从书信中可看出，周文山代周有德为丹霞山作文一篇，周有德题名衿印。又有一则云："廿五日制台践海幢之约，即遣使请抚军，亦遂有倾盖之欢，饮水知源，能忘所自耶？"此则是说在周文山的推介之下，周有德过访海幢，又派人请刘秉权前来。从以上材料来看，周文山当时在广州为官。

澹归与周文山来往密切，有两首诗抒写他们常在海幢寺相聚：

万顷飞涛割一湾，远分晴翠扑苍颜。名流更喜寻方外，余论犹能压世间。秋水连空回北斗，春风吹雨起东山。并归四海金瓯里，长为云松定此关。①

清凉世界水云幢，吹落天风涌石淙。爽气全开山满阁，晚晴最好客横江。再来人欲输师备，三到亭须记老庞。（雪峰与玄沙为兄弟，称其再来三到，则芙蓉遗事也）敛却一枰寻枕上，大家不见月窥窗。（文山以棋自雄，结语特为败兴）②

第一首写周文山与澹归谈禅论佛，见解独到。第二首写周文山棋艺高超，澹归常与之对弈。

周文山谪官端州，澹归有长诗送别：

人间好事不离手，不解有心即无口。宝所当前眼自宽，琼瑶踏尽无堆阜。晋陵周子旷世才，追风气压黄金台。玉衡金尺悬月镜，云梦八九胸中开。龙城说有佳山水，借我荒烟消块垒。飘然持檄下端州，海门源即三江委。笑看入座袭春风，披拂随人面面同。判案捷兼棋局上，弄丸轻向戟门中。丈夫到处能为德，念念生门一念辟。四天甘雨散香云，入物无声动还寂。化人柳果来丹霞，记起灵峰旧一家。岂有毫端现师子，频烦舌底借莲华。如椽笔上珠垂盖，矗矗长擎嵩与岱。却怪肩头半缕无，放去碑文千匹债。清霜警角动苍梧，叶叶将离映浴凫。我亦扁舟还锦水，虚窗梦绕片云孤。玉环赐出含元殿，问到苍生天亦健。锦袖初传捧日轮，金莲却照归文苑。野老年来望太平，期公努力致休明。便研丹液全铭鼎，更挽银河净洗兵。闲花自在空山落，

---

① 《周文山别驾过访》，《徧行堂集三》卷37，第114页。
② 《文山过宿海幢》，《徧行堂集三》卷38，第125页。

才得秋来春又作。何处重逢话赤松，寄语青霄飞独鹤。①

诗歌赞扬周文山的才华，相信他持檄赴任，必能为端州带来清明安定。

澹归又有两首送别诗，言相隔遥远，难慰相思之情：

不易成朝夕，何当别恨浓。为停深夜雨，一送上江风。种树怀榛子，题诗想桂丛。南山常照眼，把菊傥能同。（其一）

星岩悬两地，江水贯相思。得士传新喜，论文慰旧知。归舟怜梦远，入社怪钟迟。何处频频见，孤峰月上时。（其二）②

三、平南王尚可喜亲信金光

目前尚未见到文献资料能看出澹归与平南王尚可喜有直接交往。但澹归与尚可喜有深厚的文字缘：①顺治十一年（1654），东莞人蔡元正捐资万金，请平南王尚可喜、靖南王耿继茂两藩重建光孝寺大殿，澹归为尚可喜撰《重修光孝寺大殿碑记》；②康熙三年（1664），尚可喜建成广州大佛寺，澹归为之撰《大佛寺碑记》；③康熙十二年（1673），澹归为尚可喜编撰编年传记《元功垂范》（此书是否为澹归所撰，学界向来有争议）；④康熙十五年（1676），尚可喜在广州忧愤而死，澹归作《上尚将军书》，致祭尚可喜。澹归与尚可喜的文字缘基本上是通过尚氏的亲信金光促成的。

金光（1609—1676），原名汉彩，字公绚，号天烛，人称留须子，浙江义乌人。崇祯七年（1634），尚可喜掠长山五岛，挟士众航海归后金，金光陷于其中。尚可喜爱奇才，金光被召入府中，屡欲出逃，尚可喜令挑断其脚筋，却礼遇愈加，金光遂从尚可喜，入关征战，出谋划策，尚可喜视其为左右臂膀。后随尚可喜镇粤，官至鸿胪卿。

澹归与金光同是浙江人，又属同宗。据澹归诗曰：

与君称相知，不自今日始。我未出家隐辰阳，已闻姓字入君耳。君时意气早相亲，藏之中心不见齿。及我出家来雷峰，双榕树下溪桥东。有人传君慰藉语，不须相识如相逢。我时壹志秉禅律，耳根寂历

① 《留别文山》，《徧行堂集二》卷32，第381页。
② 《送文山别驾之粤西》，《徧行堂集二》卷33，第428页。

晨昏钟。知君爱我感则已,寸纸未暇图从容……海幢为省西禅老(空隐师翁),与君双手才叉胸。君在王门好行德,手作风雷眼冰雪。西山爽气两条眉,北海芳尊千里客。相逢元是一家人,冷处都能着疼热……①

可知澹归隐于辰阳时,金光就耳闻澹归之名。金光曾主动问候澹归,但澹归没有及时回复。金光后于海幢寺拜见道独和尚时,才得以与澹归相见,并述同宗之谊。

澹归小金光五岁,视金光为兄长。金光对澹归非常关爱,欲以广州东城别宅赠予澹归作寺庵:

十载梦山林,一朝得廛市。树为碧岩留,花随流水至。共言春在洛阳城,谁信黄河六月冰。老弟不辞成大隐,阿兄何意爱闲僧。为怜衣食疲奔走,难道空门无独守。四事从今莫系心,一文自古容开口。也图咫尺话言亲,却又离亭折杨柳。②

金光学识渊博,旷达不俗。澹归谓其"廓达,负不羁才","喜读书,厌章句,故未尝屑意举子业希仕进","善谋而能断,众嗫嚅不敢言者,王或持疑未决,出片语立定,王常拊其背,以为吾子房也","虽恢奇跌荡,然一本经术,切于事情以行仁义,故所至爱惜诸士大夫遗族,于民不妄诛求,喜完人室家,凡以事至军前者,必委折求所以生全。诸将建议杀掠,必痛折,虽贾怨不恤","聪颖过人,于天文、地理、奇门阵法、律历、医药、外内丹术,一见洞晓"。③

澹归营建丹霞丛林,金光给予大力支持,"(澹归)住山伊始,继廪供僧,造寺未成,捐财劝众,曾讲一家之好,兼行四事之檀"④。金光曾捐建丹霞药师阁。澹归四处化缘,金光替他广结人缘。澹归处于困厄时期,金光能及时帮他化解。澹归曾记曰:"尊使过护生堤下,寄谕云:令送稻百石供众,闻之感动。沙汰令下,僧多失养,又有刊布讹言欲相中伤者,事虽无根,而摇惑亦自不少,吾兄护念,乃能无异平时,即此见卓识深慈久而弥实矣。"⑤澹归卧病在床,金光为他送

<hr />

① 《除夕书怀赠公绚》,《徧行堂集二》卷31,第355页。
② 《送公绚之北京》,《徧行堂集二》卷31,第361页。
③ 《留须子传》,《徧行堂集一》卷13,第340–341页。
④ 《为公绚礼忏疏》,《徧行堂集四》续集卷5,第111页。
⑤ 《与公绚兄》,《徧行堂集二》卷25,第194页。

岭南文化书系

清初岭南高僧澹归诗歌研究

来新被服，"温柔欲压新纹簟，朴实堪随旧锦囊"①。澹归《徧行堂集》编成，无刻资，金光解囊助之剞劂。澹归作诗相谢：

灰底应埋田水月，杖头多愧卯金刀。玄亭有血非丹凤，黄面无眉放白毫。易说存亡休自慰，国门增减岂相饶。声前不辨风尘意，句后谁将冰雪消。（其一）

照影自矜虽可惜，嗜痂成癖亦何妨。空花易落重留果，家丑难遮复外扬。未许奇情遗草木，便教野唱叶笙簧。却怜笑倒维摩诘，没字碑中话更长。（其二）②

澹归认为徐文长身后因袁宏道才使其著述得以留传，而自己的著作生前便有金光相助得以授梓，"较之古人所遇，为过幸矣"③。

康熙十二年（1673），吴三桂起兵造反。翌年冬，金光设计巧擒佛山叛党，尚可喜上疏表其功，诏受金光鸿胪寺卿衔，澹归作诗相贺，诗歌回顾了金光昔时异遇，赞美他新建战功：

青村二百年之后，珠履三千有丈夫。长白山前成异撰，越王台上献嘉谟。活人似授金丹诀，却敌仍悬白泽图。到处溪山供隐几，随时花柳听提壶。虞翻自许邻三岛，范蠡谁教泛五湖。共喜庭前围鹭鸶，漫劳涧底觅菖蒲。凭公岭海咸安堵，隐我川岩独放锄。六诏劙牙麇虎豹，八闽趁脚赌枭卢。寸心莫遣东藩改，只手还将北极扶。德在金瓯新有报，功追莲幕旧曾逋。（世祖有以三品叙用之议，盖濡迟至今矣）虽怜此老头全白，已觉吾君喙未乌。每出恢奇陈曲逆，徐当郑重大鸿胪。鄽中铢锱争衡急，象表丹青托兴孤。天地殊能空跃冶，古今变态立交芦。已为服马宁辞走，不是饥鹰岂受呼……④

康熙十五年（1676），尚可喜之子尚之信谋逆，逼金光投降，金光宁死不屈，被尚之信杀害。澹归闻之，悲愤交加：

亦知终不免，此路倩谁通。未逐赤松子，吾思黄石公。有身随祸福，于义得初终。几夕联床话，悲来问朔风。（其一）

岂得无私憾，相忘事亦难。看云裁羽翼，借水作波澜。口内曾携

① 《公绚兄致卧褥答此》，《徧行堂集二》卷34，第465页。
② 《公绚募刻徧行堂集寄谢》，《徧行堂集四》续集卷14，第362-363页。
③ 《与公绚兄》，《徧行堂集四》续集卷11，第262页。
④ 《贺公绚叙功特授鸿胪卿二十韵》，《徧行堂集四》续集卷16，第428页。

斧，空中莫弄丸。深山陪木石，今古梦俱安。（其二）

春雨千花重，秋风一夜轻。泪徒沾枕席，语不讳家庭。笔墨勤相爱，功名懒自成。伤心何处剧，未得信无生。（其三）

白刃追魂到，春风过耳酬。此心元为汉，大义不从周。死士虚存垄，生王苦恋头。莫牵三世业，庶解一家忧。（其四）①

从澹归与岭南仕宦的交往可以看出，这些官员上到总督巡抚，下至县丞别驾，他们都尽可能帮助澹归营建丹霞山。澹归与他们之间的唱和，体现出清初岭南曹洞宗与官府衙门之间的密切关系，也反映出曹洞宗相对安稳的外部生存环境。

第三节　岭南士民

澹归在岭南交往的士人大致可分三类：一是他遁入佛门后，真心帮助过他的士民（他们大都比较富庶，有条件为澹归提供帮助）；二是耳闻澹归声名，主动结交他的士民；三是入新朝再未出仕、与澹归以气节相砥砺的前明遗民。

一、汪起蛟

汪起蛟，字汉翀，号镈石，河南南阳人，官明朝水部。清顺治三年（1646），为番禺知县。后离职，流落岭南。

据澹归《祭汪汉翀水部文》云："予与公相见于丙申之冬，别于乙卯之春，二十年间，珠江锦水，予无定迹，然每聚首，未尝不诙谐倾倒，两无间也。别后遭丁世变，闻公往来禅山，颇多逆境。予以戊午请藏出岭，遂成疏阔。"② 则知二人相交于顺治十三年（1656），离别于康熙十四年（1675），共二十年。澹归于康熙十九年（1680）春得其书札时，汪汉翀已经离世，则汉翀当卒于康熙十八年（1679）。

澹归得丹霞山，汪汉翀出力不少。汪汉翀与李充茂是同乡，澹归通过汪汉翀，得知丹霞山；又通过汪汉翀，促成李充茂捐献丹霞山。

---

① 《悼留须子》，《徧行堂集四》续集卷14，第340页。
② 《祭汪汉翀水部文》，《徧行堂集四》续集卷5，第104页。

澹归《一超道人墓志铭》序云："予初因汪水部汉翀，欲得丹霞为道场，道人①闻之，欣然见施。"② 《喜得丹霞山赋赠李鉴湖山主》云："弟兄不负二难名，宾主须留三到迹。论功若叙魏无知，大书莫漏汪罇石。"注云："吾由汉翀始知此山本末。"③ 汪汉翀向澹归推介丹霞山，原是为澹归个人隐居修持作计，然澹归却将丹霞山建成一个普度众生的大道场。《留别汉翀》（其一）云：

八年青眼剩相思，十里丹霞子所遗。爱我切如分痛痒，与人化欲入离微。尘中祇合收诗料，物外何当划路岐。无以酬知凭道业，敢将一钵负三衣。（汉翀欲我只三二人栖迟林壑，此正恐增劳累耳。然我法无独吃自痾之理，顷入丹霞，不用其策，故有末语）（其一）

澹归与汪汉翀、袁彭年有多年交情，《留别汉翀》（其二、其三）云：

雨泼荒原骤作青，疾雷虽震意常平。柔能护我刚居骨，清不欺他浊在泾。此老早堪称市隐，散人并不擅山僧。为君决绝还低首，家在夷门梦未停。（其二）

才欲题诗意黯然，离情如水接遥天。江山不远一千里，日月须迟三两年。狼狈惯经藤啮鼠，蜉蝣恰值海成田。最怜故友飘零地，错把钟声当杜鹃。（予劝袁特丘出家学道，后归公安遽殁。意常黯然，念之）（其三）④

诗言澹归想邀汪汉翀共入丹霞丛林，然汪汉翀不愿过入山为僧的生活；由汪汉翀又想起了他们的已故之友袁彭年，袁彭年也曾拒绝澹归规劝，不肯出家，后为世事烦扰而早逝。

《汪汉翀见邀话旧》由袁彭年诗集而回顾他们三人在前朝的交谊：

珍重相寻夙有期，云烟一抹雨丝丝。随身有病携瓢懒，投足无林荷镢迟。地下客曾留本传，山中人未跋新诗。（汉翀出《息影传》⑤ 见示，且云高斋有诗寄匡山，索予为序。予以路左未见也）多君颠倒炎凉用，感慨天涯话所思。（其一）

---

① "道人"即"一超道人"李充茂。
② 《一超道人墓志铭》，《徧行堂集四》续集卷8，第176页。
③ 《喜得丹霞山赋赠李鉴湖山主》，《徧行堂集二》卷31，第364页。
④ 《留别汉翀》，《徧行堂集三》卷35，第14页。
⑤ 《息影传》为袁彭年所作。

一苇招携未隔津，百年如梦漫沾巾。摧残犹戴君恩重，缱绻徒怜友道亲。楚客近还逢远信，越乡绝莫忆前身。为吟草草公安句，不落今时更有人。（其二）①

澹归对汪汉翀非常钦佩，言其"读书读经，做秀才，做贡生，做学师，做知县，做主事，做王门上客，天资学问，政事诗文，仁恕及民，清俭律己，谦和达变，辨智解纷，博古通今，承先启后，种种过人"②，"有用世之才，生不逢时，既不如魏公之富贵而滞留岭表，复不得还南阳，惟是快恩仇，矜名誉"③。《汉翀初度》诗云：

维岳神中贵，乘鸾下玉京。鹤毛弥月润，之字百回明。脱颖驱儿齿，摩空握壮行。八风吹地转，双日荡天倾。莫逞操刀手，曾传鼓箧声。识时推俊杰，弼变习忠诚。异绩留凫舄，嘉谟寄水衡。扁舟归独断，一木叹谁擎。齐国谭邹衍，元王醴穆生。输心方就列，退步复辞名。赤帜新诗望，清尊旧史评。桐乡犹父老，邺下遇公卿。大隐存朝市，高年入老更。不栽千树橘，每合五侯鲭。隔我丹霞梦，深君白社情。首功资介绍，决策走鼯鼪。四月清和节，三秋寤寐并。言寻六矢远，如见五云轻。佛日青精饭，仙家碧玉笙。歌风虚度数，战茗得逢迎。应绕芝兰室，长联松菊盟。椿枝苗未拱，烟景占无争。此地邻洲岛，他乡厌甲兵。持将宝掌愿，洗眼看升平。④

诗歌赞扬汪汉翀崇尚气节，不殖产业，隐退于市，并说汉翀对自己获得丹霞山有推介之功，希望与他同入丹霞丛林。

汪汉翀与澹归志趣相投，感情非常深，以至"每聚首，未尝不诙谐倾倒，两无间也"。澹归非常希望汪汉翀能留在丹霞丛林：

两年成一诺，荔子亦将残。笑罢还叉手，行来且摘冠。情怀只自悉，颜色互相看。有榻便安置，凉风此地宽。（其一）

酬对日未乏，夜深余两僧。风雷缠积雨，心眼续寒灯。万事携孤影，斯人履薄冰。龙山吾有愧，晚节更谁矜。（龙山和尚，马祖下尊宿，乃入山不返者）（其二）⑤

---

① 《汪汉翀见邀话旧》，《徧行堂集二》卷34，第464—465页。
② 《此日说为汪汉翀水部初度》，《徧行堂集一》卷1，第5页。
③ 《书昼锦堂记后》，《徧行堂集一》卷17，第442页。
④ 《汉翀初度》，《徧行堂集三》卷39，第158页。
⑤ 《汉翀来自穗城》，《徧行堂集二》卷32，第395页。

岭南文化书系

清初岭南高僧澹归诗歌研究

汪汉翀虽清贫，却尽己之力接济丹霞山。澹归有诗记他将度岁钱物赠给丹霞山供"饭僧"之用，而不用来祭祀先人：

讳辰难日两悲吟，说法天中力未深。一饭且因仁者粟，十方俱照故人心。（汉翀有度岁之惠。时逼小除，先给事讳辰，先孺人难日也，辄回此施以饭僧）①

汉翀对澹归关怀备至，处处为澹归着想，澹归称汉翀待他胜过待亲朋同乡：

瘦骨惟消土一丘，也教药饵不须愁。中原亲串宁无我，错把杭州作汴州。（汉翀念予贫病，不啻亲串。汉翀河南人，结句借用调之，且道伊认错不认错？且道余喜错不喜错）②

二、梁佩兰

梁佩兰（1629—1705），字芝五，号药亭、柴翁、二楞居士，晚号郁洲，广东南海人。康熙二十七年（1688），梁佩兰年近六十方中进士，授翰林院庶吉士。因年事渐高而无意仕途，未久借故离开翰林院，南归隐居广州，以诗酒自娱，并与友人结成诗社，以振兴岭南诗风为己任。其诗歌意境开阔，功力雄健俊逸，受时人推崇，与屈大均、陈恭尹同为"岭南三大家"。

澹归与梁佩兰交往的材料不多。澹归诗集中有《丘曙戒太史过访海幢，将归，风雨大作，同程周量中翰、王震生、梁芝五孝廉、梁兰友文学、阿字首座夜话，各赋七言古诗》③，诗歌抒写他们相聚海幢寺，即将分别时，风雨大作，遂留下作夤夜之谈。

三、廖燕

廖燕（1644—1705），字人也，初号梦醒，晚号柴舟，广东曲江

---

① 《绝句》，《徧行堂集三》卷40，第191页。
② 《绝句》，《徧行堂集三》卷40，第189页。
③ 《丘曙戒太史过访海幢，将归，风雨大作，同程周量中翰、王震生、梁芝五孝廉、梁兰友文学、阿字首座夜话，各赋七言古诗》，《徧行堂集二》卷31，第364页。

人。十九岁为诸生，屡试未中，二十五岁时摒弃时文，专攻古文词，教书行医，五十六岁辞去诸生，以布衣终。

据廖燕所记："犹忆十数年前，闻师名未及识面，辄通书候，即大惊异。及后来韶，投诗及刺，读之惊喜，徒步访燕于寓所，大加延誉。"① 澹归在给廖燕的信中赞扬他"英敏过人，为韶阳之翘楚"②，并将"山刻二种"赠给廖燕，邀请廖燕到丹霞一叙。其为廖燕的诗集作序云："廖子梦麒③，杰出韶阳之士。其诗苍秀，骨重而神不寒，复登作者之堂。"④ 其《答赠廖梦麒文学》云：

> 廖生手笔岭表雄，摩青欲峙双芙蓉。半生落魄不得志，妻梅子鹤随飞蓬。于今梅枯鹤亦死，无锥立地非顽空。王郎同运东坡穷，却寻舵石如涪翁。长篇墨落纸一丈，管城秃顶生狞龙。丈夫举步轻八极。穿篱燕雀徒啾唧。此身无挂等浮云，何不东西又南北。诘屈安能附世间，半张白纸三重关。直入莲华台藏里，一光放去千光还。此内无宾亦无主，万里苍烟独鹤举。业海全成智海流，混沌方生倏忽死。何须更说古龙门，一句镂空天地根。廿一史中无点墨，可怜白日是黄昏。⑤

诗歌表达了对廖燕不幸遭遇的同情；赞扬廖燕矫首不群，文才出众；劝说廖燕与其受世俗之累，不如潜身于佛门。

四、张穆

张穆（1607—1683），又名张穆之，字尔启，号铁桥，祖籍东莞茶山。少年时于罗浮山洞中读书，善击剑；工书画，与黎瑞球、邝露等相友善。曾北上欲抗清卫国，不为当权者所用。1645 年，唐王朱聿键在福州称帝，年号隆武。张穆经侯官曹学佺推荐，受命与张家玉到惠州、潮州募兵。不久，隆武帝为清兵所杀，他便与张家玉回东莞。后闻唐王与桂王自相残杀，叹息说："诸当事不虞敌而争修内难，亡不旋踵矣。"遂辞官归里，过着隐居生活。其后，张穆离开茶山，在各地

---

① （清）廖燕著，林子雄点校：《廖燕全集》（上），上海：上海古籍出版社 2005 年版，第163 页。

② 《与廖柴洲文学》，《徧行堂集二》卷 29，第 306 页。

③ 廖燕初号"梦醒"，《徧行堂集》误刻为"梦麒"。

④ 《廖梦麒诗集序》，《徧行堂集四》续集卷 3，第 53 – 54 页。

⑤ 《答赠廖梦麒文学》，《徧行堂集四》续集卷 13，第 322 页。

流寓。与澹归交往甚密，常在一起谈经论画。张穆身为明末遗民，常为自己未能报效家国、建功立业而慨叹。

张穆铮铮气节，深得澹归赏识，两人结为挚友。张穆曰："余家东湖，去芥庵一水间，或放舟常亲空隐老和尚；晤澹归大师夜话，喜余诗出于性情。"① 澹归《张穆之真赞》云："彼此人，莫可与；山川我，犹可取。阿私陀，相共举。六千岁，遽如许。铁桥之下梅花寒，独鹤和烟去复还。"②

澹归《送张穆之还泷水》，安慰他壮志未酬之心结：

收拾虚堂抚碧松，平生踪迹许谁同。诗书脱落风尘外，功业消归农圃中。几度开华休问路，不因流水便知空。一丘一壑通勾漏，何必罗浮四百峰。③

五、徐彭龄

徐彭龄，字仲远，东莞鳌峙塘人（现属东城区）。"官至中军都督事，长厚谦和，人称其度。"④ 其父徐兆魁乃万历十四年（1586）进士，官至刑部尚书，刚正无私。彭龄因国变不欲仕，隐于东莞篁村。

澹归居东莞时，与张安国、徐彭龄游。"张子梦回得荒苑于篁溪，因竹为径，据水作亭，圃以玫瑰，池以莲花。"⑤ 篁溪成为澹归当时的精神家园，"篁溪一片地，风晨月夕，果熟花香，客至主闲，论文道古，三生之话，四事之供，予两人⑥为密"⑦。澹归呈徐彭龄诗曰：

每看退步安如地，自识归根懒问天。最喜一分顽赖处，不冲寒暑到溪边。⑧

张、徐两人为澹归谋三年闭关计，遂于顺治十五年（1658）在篁溪内建芥庵，澹归在庵内闭关修炼。

---

① 吴天任：《澹归禅师年谱》，香港：佛教志莲图书馆 1989 年版，第 75 页。
② 《张穆之真赞》，《徧行堂集一》卷 14，第 374 页。
③ 《送张穆之还泷水》，《徧行堂集三》卷 37，第 82 页。
④ 陈伯陶：《东莞县志》卷 64《人物略十一·徐兆魁小传》，东莞：养和印书局 1921 年版。
⑤ 《载庵小记》，《徧行堂集一》卷 12，第 314 页。
⑥ 指澹归与徐彭龄。
⑦ 《祭徐仲远文》，《徧行堂集一》卷 8，第 222 页。
⑧ 《又呈仲远》，《徧行堂集三》卷 35，第 2 页。

澹归喜食荔枝，徐彭龄与张安国所居东莞盛产荔枝，二人总是想方设法，让澹归饱啖荔枝。澹归曾有信致彭龄："南池上纳凉风，吃荔子，自是意中事，乃近事未得如愿，且又迟之秋间叙阔为佳，不必定吃荔子也。康之云：'不来即送荔子。'已止之。吾兄切不可送，暑天远路，以口腹劳人，亦非意所愿耳。"① 澹归有《食荔支绝句》十首，可见他们之间朴实而深厚的情谊：

果熟未曾吾却去，熟情还赖主人长。一枝柳色青先折，生受王家十八娘。（仲远家闽种，其形纤长，似蔡谱所称十八娘也。余将还雷峰，恐不得尝，摘以为饯。半犹青青，然香味已逗人矣）（其二）

来迟来早失中间，饕餮空嗟数亦悭。余福尽堪供晚景，徐家又送小华山。（五月初一至篁溪，太早，六月初八至篁溪，太迟，失却荔支正好处。仲远饷我小华山，为之起舞）（其八）

日斜一盒红香满，捷足分来利市梢。伐树未逢王武子，金钱且勾绿荷包。（仲远遣人市绿荷包为馈，闻其主人不自尝，但卖而已）（其九）

齐己诗难溷谪仙，江家绿却类青莲。胜情如醉君三斗，宽政才征我一篇。（偶书《荔支绝句》贻仲远，仲远复以绿荷包来曰："恐复博师一绝句也。"因走笔答之）②（其十）

澹归还有《呈仲远》二首，亦可见二人之交谊：

年年卒岁约难同，梦入梅花又落空。恰似老饕贪荔子，只消过夏不经冬。（其一）

缘当熟处最难忘，况复君情与岁长。敢怕凤麟胶不脱，草鞋落得罢参方。（顷以戒坛迫还雷峰，仲远语我：腊八后当复来践两年卒岁之约，盖未能也……然余于出岭观方未尝去怀，而诸公爱我殊厚，正恐乐此忘行耳，复得一绝自勉）（其二）③

徐彭龄家有别业名南池，澹归等人常聚于此，边赏景边品尝荔枝，其乐融融：

我行别南池，转眼余三秋。今来当伏暑，一豁开离愁。凉风如故

---

① 《与徐仲远文学》，《徧行堂集二》卷29，第295页。
② 《食荔支绝句》，《徧行堂集三》卷40，第193－194页。
③ 《呈仲远》，《徧行堂集三》卷40，第195页。

人，阔达成绸缪。华山出后劲，清烈分温柔。雄谈间主宾，素磁清献酬。挥袂欲出门，回首招扁舟。兹池十余顷，文澜荡中流。轻雷忽隐隐，密竹方修修。三周绕曲水，一撮当浮丘。舍后辟广园，墙隅立高楼。水云分外放，丘壑怀中收。白鱼解人意，飞跃驰双眸。世路无达观，逼侧何时休。预闻一着宽，因知万法优。吾友得地大，老僧亦天游。岂云学佛隘，云海迷空沤。归途寄此语，为子垂鸿猷。（小华山，荔枝佳品。）①

澹归又有《重宿南池留别仲远》诗，言其即将离别时依依难舍之意：

南池池上此重临，犹见当年下榻心。每许白莲开社近，偶寻黄独入山深。乌分曙色声先滑，鱼合宵光影未沉。斟酌离怀忆今日，一帘春碧映遥岑。②

澹归在《祭徐仲远文》亦云："自予入丹霞，踪迹稍疏，书问未阙，然犹再至南池。"③

南池大且美，却为徐彭龄引来灾祸。清政府强行把南池圈为征地，徐彭龄悲愤填膺，以至呕血，澹归作书劝慰他："读手示'故园归去已无家'，为之凄然。然有身而后有家，但得此身无事，不患无随身宫殿也。此理自可信，吾兄识见高明，当不介介。噫，今日是何日，吾辈岂胸中梦梦者？但办定百千万亿个'忍'字，徐过此生而已矣。"又为自己没能前来探视老友而致歉："今岁持一钵出江右，还山匆匆，未及修候。得康之书，知前案尚未结局，又道体违和，此中悬悬，恨不缩地一图晤语也。"④ 又作《退一步宽一着歌为徐仲远寿》相慰相劝：

退一步，宽一着，妙合长生资大药。此中无处着输赢，此外谁能论强弱。借问何人处此方，守雌自昔开雄略。南州高士南池舟，水天一合凉于秋。主宾真率各无事，眼前活活行云浮。我闻此语心骨柔，忽如瀛海翔轻鸥。龙蛇起陆乾坤怒，玄黄战罢休相助。汝且开南门，

① 《同阿字首座茶集徐仲远南池》，《徧行堂集二》卷30，第327页。
② 《重宿南池留别仲远》，《徧行堂集三》卷35，第11页。
③ 《祭徐仲远文》，《徧行堂集一》卷8，第222页。
④ 《与徐仲远文学》，《徧行堂集二》卷29，第295页。

闲北户，破杀地，走生路。比屋交传长者德，缘溪并把征君度。却看英雄尽古今，无端更被三端误。三士之端万镞攒，暗机明阱驱惊湍。壮夫一跃上虎背，欲下不可精魂干。前波后浪互蹴踏，不退一步何由宽。醉生梦死同憔悴，争先赶煞追风队。锥刀矗起大须弥，逼天气与身俱坠。胸中磈垒眼中沙，不宽一着何由退。佩君六字玉连环，九转何劳结大还。天上人间随意住，一时飞过七金山。①

然徐彭龄终没能走出此劫。康熙六年（1667），徐彭龄在愤恨中逝世。② 澹归《祭徐仲远文》云："悲夫！予与仲远一世之交，遂止于此而已乎！仲远少予二岁，予两人交好仅十二年，篁溪一片地，风晨月夕，果熟花香，客至主闲，论文道古，三生之话，四事之供，予两人为密。自予入丹霞，踪迹稍疏，书问未阙，然犹再至南池。方军民之田构难也，仲远忧劳困辱，遽至呕血。予既不能以出世间法为好友解空，复不能以世间法为好友雪屈，徒有相视而叹，不能自恝然者。末秋一别，遂成永诀，悲夫！"③

六、张安国

张安国，字康之，号梦回，东莞篁村人。"器宇奇伟，美须髯，声若洪钟。隶家玉麾下为别将。战，数有功劳。家玉死，亦率所部三万人。居东莞、新安间，兆龙疏请桂王录用并晋升都督同知。国亡后，逃于禅，与僧函昰、今回辈为友，自称梦回居士。"④ 张安国亦家亦禅，"深陷乡间，力耕为务"⑤。

张安国与自逢比丘创芥庵，与函昰、澹归过从甚密。芥庵佛堂建成，澹归有诗呈安国：

一盏琉璃佛一龛，轴帘相对各相谙。匡床稳密经冬夏，曲径周遮已再三。涌水不牵孤月动，争珠只看二龙贪。关情最怕归途晚，长啸

---

① 《退一步宽一着歌为徐仲远寿》，《徧行堂集二》卷32，第376页。
② 澹归《祭徐仲远文》中有句云："末秋一别，遂成永诀。"见《徧行堂集一》卷8，第222页。
③ 《祭徐仲远文》，《徧行堂集一》卷8，第222－223页。
④ 《人物略十一·张家玉小传》，（清）陈伯陶：《东莞县志》卷64，东莞：养和印书局1921年版。
⑤ 《与张康之总戎》，《徧行堂集二》卷25，第201页。

何如着短衫。①

澹归曾曰："予初谒天然老人，梦回已久在雷峰门下矣，盖为法门交，垂十五六年。梦回在前朝以武功显，今息迹丘园，其为人好风雅，疏通翰墨，非哙伍也。雷峰故多诗僧，以老人应现儒流，诸儒者咸集焉。"②

澹归甚喜荔枝，常得安国"颁及荔枝，风味极佳，既以自饱，兼及同行"③。又有《食荔支绝句》，记安国饷其荔枝云：

荔支日入庐山梦，两斛携归不较多。满载浓香供一枕，舌尖争奈鼻尖何。（梦回先以荔支两斛附余。还雷峰舟中，溽暑不得睡，然终夜饱其浓香，津津见舌尖生炉也）（其三）

辛风苦雨返篁溪，两日犹看黑叶肥。但得口头长带水，不妨脚底暂拖泥。（至篁溪雨甚，梦回以黑叶见啖。次日谒空老人，亦雨甚，亦以黑叶见啖）（其七）④

《扶病至宝安赠张梦回》言想去庐山，病作甚喜，有借口等吃了安国的荔枝再说：

宝安春老柚花重，眉宇才开目已空。百世丰碑虚岸谷，一龛孤磬寄松风。抽身郎将缘都息，翻案文殊病正浓。不觉匡山归路远，殷勤且为擎轻红。⑤（笔者注：荔枝色淡红，故用"轻红"借指荔枝）

吃完荔枝，澹归才告别安国，有诗相谢：

曾将衰病托篁溪，丘壑招人首便低。绝代烟霞知有癖，同坛木石罢相欺。松花粒满归山钵，荔子丝沾别路泥。珍重素交亲切意，老来老计各提撕。⑥

安国丧子，澹归于病中闻讯，作诗安慰："四山相逼休回避，一息犹存且护持。君恰亡儿吾丧我，大家生也不曾知。"⑦

① 《佛堂成呈康之》，《徧行堂集三》卷35，第2页。
② 《题张梦回寿诗卷》，《徧行堂集一》卷16，第422页。
③ 《与张康之总戎》，《徧行堂集二》卷25，第201页。
④ 《食荔支绝句》，《徧行堂集三》卷40，第193－194页。
⑤ 《扶病至宝安赠张梦回》，《徧行堂集二》卷34，第459页。
⑥ 《留别梦回》，《徧行堂集三》卷35，第11页。
⑦ 《病中遣兴·梦回丧子》，《徧行堂集三》卷40，第202页。

七、尹右民

尹右民即东莞万家租户尹治进，其父尹轼于明末殉节。尹右民研习诗歌，才华深得澹归赏识。澹归悟入禅道是在与尹右民交往中开始的，他说："庚子〔注：即顺治十七年（1660）〕得三义，其一在梢潭夜渡时，尹孝廉右民持制义一篇见示，别去舟中蒸热，百千蚊子围绕，目不交睫，偶忆其题，不觉古人偷心一时勘破。"①澹归在致尹右民的信中云："弟与阿师以铁机过去趋候老人，便还海幢，未能图晤，恐多酬应之烦，道驾何时出穗城，当图一快话。"②二人交往不拘礼节，非常随意，如《雷峰老人至戴庵，是夕尹右民孝廉过访》：

才力君难老，身心我欲休。百年来梦觉，一息过春秋。余暑犹若此，凉风何所求。聊将不变意，儿戏阅浮沤。③

澹归有《为尹右民题观澜阁诗集》诗，虽有夸饰之嫌，然亦可见尹右民诗气势高昂、变幻莫测：

青天忽闻怒涛吼，云崩海立雷霆走。铁壁银峰势欲摧，玉鳞金翅皆回首。戴庵矮屋似飞蓬，惊起幽人藏北斗。却见观澜六卷诗，一回眼定才开劈。东官尹侯天下才，西江篆籀星河排。有时百花原前锦绣发，有时千寻峡上蛟龙埋。有时冠裳环珮古阙里，有时旌旗壁垒新临淮。有时酒酣拔剑斫殿柱，有时月明横笛登吹台。有时半醒半梦堕红叶，有时欲歌欲哭生青苔。其中变现不可测，一声色作多声色。譬如十丈珊瑚千万枝，枝枝撑着天边月。月光元不是珊瑚，珊瑚与月光无别。尔时病僧银海又生光，幻成一片琉璃碧。于今天地多诗人，格律细整如鱼鳞。秋蝉清时秋露切，春鸟滑处春花新。回风舞雪各有态，倾湫倒峡谁为邻。其才或与量同窄，其舌亦与声俱吞。君之高视阔步世所少，解掣连鳌蹲海岛。一刷南溟九万宽，下看世界三千小。脚底金刚沙倒翻，眉里毗岚风互搅。我欲携之直上妙高峰，一声长啸透过霜天晓。为说名根聊未除，黄尘马首犹区区。摩空飞去只转眄，所牧

① 《四书义自叙》，《徧行堂集一》卷7，第194页。
② 《与尹右民孝廉》，《徧行堂集二》卷28，第279页。
③ 《雷峰老人至戴庵，是夕尹右民孝廉过访》，《徧行堂集二》卷32，第393页。

何物非真猪。丈夫岂得学一先生之言暖暖而妹妹。千古文章一时科第，暂驾双轮车。笑呼杜甫与李白，尔曹有才无命视我今何如。①

尹右民北上游历，澹归作诗相送，对其文才高度颂扬，相信他必有所遇：

骊珂莫恋别情长，万里澜翻学海光。龙虎文成携俊杰，天人策上冠贤良。五云抱日声名丽，七宝浮春翰墨香。踏遍马蹄花烂熳，好缄秀句及沧浪。（其一）

直上危峰钓巨鳌，鱼龙奔走失波涛。群芳自结东皇媚，列宿谁争北斗高。八代起衰韩愈笔，三公袭吉吕虔刀。男儿得意知何极，顶族神珠喜独操。（其二）②

尹右民殁，澹归作诗沉痛悼之，回忆了他们之间深厚的交谊，叹其有祢衡、傅说之才，却终不得用：

泪落绳床恨未申，一抔土上墓门新。黄金买骨谁为主，白玉成楼自作宾。此地何人重置驿，他时有志未埋轮。只今湖海元龙客，尚问东官尹右民。（其二）

忆将深念护篁溪，一树流连日向西。十载沉迷悲雾豹，三更牵率舞荒鸡。祢衡入地休悬榻，傅说登天不用梯。懒说无生终负汝，几回错过杜鹃啼。（其二）③

八、叶维阳

叶维阳（1612—1688），字必泰，号许山，陆丰吉康都（现陆河县螺溪镇）人，明末礼科都谏叶高标（卒后追赠太常寺少卿）长子。明崇祯十五年（1642）岁贡，曾任明朝广西桂林府同知，南明政权时任中书舍人。

澹归托钵惠州，和叶维阳、姚子蓉、翟宪申等具有遗民气节的士人交游，常相聚于叶维阳之兼园论诗谈文：

天上飞鸿竹下坡，念君此念未消磨。不辞孤锡清修短，自到兼园

---

① 《为尹右民题观澜阁诗集》，《徧行堂集二》卷31，第359页。
② 《送尹右民孝廉北上》，《徧行堂集三》卷35，第2－3页。
③ 《悼右民》，《徧行堂集三》卷36，第49页。

胜事多。宾主情文花满树，去来消息水增波。彩笺掷处明珠见，载得清光照绿萝。①

叶维阳与澹归过从密切：

许山至东官，澹归履及溜。两月对湖山，旷怀渺难又。病中懒言笑，昨来颇仍旧。风雨扫苔阴，矮屋尚无垢。杂花红可照，密树绿方茂。剥啄断疏篱，相期在闲昼。苦瓜一盘汤，知公眉未皱。何为遗我书，月黑始相就。还闻食荔枝，肯待三日后。（乐天云：三日则色味香尽去矣）②

遂成意外遇，始觉别情深。听鸟有余弄，看云无竞心。坐亲闻软语，我病得秋林。村院多荒略，谁能重过寻。③

澹归初创丹霞山时，得叶维阳赞助。澹归曾致信叶维阳云："丹霞因缘，局面已定，幸即赐料理收拾，以便揣归。"④

康熙七年（1668），澹归入罗浮山华首台礼道独墓，得以重访老友叶维阳，时光易逝，友情依旧：

我梦别丰湖，云帆兴未孤。疏钟新客枕，深雨昔年图。密竹连成荫，轻鸥断欲呼。十年华首事，珍重念如初。（其一）

法喜日萧萧，孤筇几见招。十行词意妙，双屐水云消。过电谈空近，浮囊涉海遥。镬头榛子便，绝顶挂同条。（其二）⑤

九、祖秀庭

祖秀庭，明遗民，曾官前明都阃，生平待考。入清后不仕，颇有遗民气节，澹归有诗赞之曰：

无地寻吾郙，因公见古人。雄风长摈楚，正论辄移秦。钟鼓登坛望，河山致主身。清音生大树，独坐许谁邻。⑥

---

① 《酬许山》，《徧行堂集三》卷36，第64－65页。
② 《柬许山》，《徧行堂集二》卷30，第323页。
③ 《许山过庵共话》，《徧行堂集二》卷32，第389页。
④ 《与叶许山中翰》，《徧行堂集二》卷24，第182页。
⑤ 《惠州访叶许山》，《徧行堂集二》卷33，第416页。
⑥ 《赠祖秀庭都阃》，《徧行堂集二》卷33，第431页。

又有词寿之，赞秀庭家世之盛，晚节自持：

绣幢羽盖，南山秋气，记得当时生处。攀鳞附翼画云台，画不出将军大树。　世家阀阅，辕门桴鼓，铁券年来未铸。倩黄花更进金尊，有百尺晚成铜柱。①

祖秀庭给予丹霞山很大的资助，曾应澹归之邀来游丹霞，澹归有诗记之，并感谢他对丹霞道场的护持：

几载相期探紫玉，此来幽兴欲平分。沙头簇马三岩出，谷口呼鲸一水闻。款客愧非香土饭，撼山易似岳家军。凭公大树垂余荫，石榻随时覆白云。②

康熙六年（1667），南雄米贵，丹霞道场揭不开锅，面临前所未有之困境。祖秀庭馈白米一盘，作薄粥之用；其孙祖殿臣继馈白米一盘。澹归以为异数，作《虞美人》谢之：

黄粱升合明珠斗，抵死休开口。西江看不见枯鱼，人没黄粱我也没明珠。　一盘白粲精于玉，紧火熬晨粥。生憎病鹤把人欺，且得翁孙同调赋缁衣。③

澹归与岭南士民的交往，反映出清初岭南曹洞宗广泛的社会基础。士民习佛之风、高僧崇高声誉，促成了岭南世俗与佛门间融洽的关系，这是清初岭南曹洞宗兴盛的一个主要原因。

---

① 《鹊桥仙·寿祖秀庭都阃》，《徧行堂集三》卷42，第270页。
② 《喜祖秀庭入山》，《徧行堂集四》续集卷14，第362页。
③ 《虞美人》，《徧行堂集四》续集卷16，第443页。

第五章　澹归诗歌中的岭南山水名胜

　　岭南地理位置特殊，北枕巍峨的五岭，南滨壮阔的海洋，珠江横贯全境，山川奇秀，山水名胜甚多。澹归自顺治五年（1648）至康熙十七年（1678），奔波往来于岭南各地三十余年，他用诗笔描绘了分布于岭南大地上的颗颗山水名胜之珠，留下了绚丽多彩、脍炙人口的名篇佳作。

第一节　广州山水名胜

　　广州是历史名城，始建于秦始皇三十三年（前214），三国时已成为南中国与海外交通的重要门户。广州有诸多风景名胜，唐宋以来，历代诗人题咏甚多。澹归往来于岭海之间，广州是他活动轨迹的汇聚点。他的诗歌抒写了许多广州名胜。

一、南海神庙

　　南海神庙是古代皇帝祭祀海神的场所，建于隋开皇十四年（594），规模宏大，气势壮观，构造巧妙，庄严豪华。古庙地处珠江出海口，船舶出入者都会到庙中祭拜南海神，祈求出入平安、一帆风顺。自隋唐以来，历代皇帝都派官员到南海神庙举行祭典，留下了不少珍贵的碑刻。祝融神是主管南方之神，故南海神庙又称祝融庙。朱元璋建立政权后，下诏废除南海神头上的所有封号，只称"南海之神"。澹归有诗《南海神祠》，描写处于烟波浩渺中的南海神庙：

绝地吞天走化工，浮沤尽处得朝宗。千秋俎豆烟波上，一派虚无云物中。欲辨丰碑频蚀藓，未摧老树各呼风。真王不受闲名惑，触讳何曾到祝融。（洪武制革王号，但称南海之神，天下岳渎皆然）[1]

传说唐代从印度来了一批朝贡使者，在南海神庙登岸，其中有一个叫达奚司空的使者，在神庙两侧各种了一棵波罗蜜树。达奚司空因贪看风景，误了上船，孤身一人流落异乡，伤心落泪，不久郁郁而死。他的遭遇令当地乡人颇为同情，封他为南海神手下六侯之一的助利侯，永久消受人间香火。因此，南海神庙也称"波罗庙"。南海神庙礼亭中央摆放着一对大铜鼓，相传制作于东汉，乃镇庙之宝。明英宗正统十四年（1449），黄萧养举旗反明，攻占南海神庙，掠去一只鼓。神庙西南角有浴日亭，亭内有苏轼《浴日亭》诗碑，全碑以茅龙笔草书，笔法豪雄洒脱。澹归有《南海神祠》绝句六首叙说了这些文化景观：

此老已归乡，此身已化石。回头见故人，相趁两不及。（莫怪至今犹斫额，从来一去不回头）（其一《达奚司空》）

泪落井中泉，不肯流入海。打却铁围山，立待桑田改。（其二《滴泪井》）

问之各有名，年老不相似。不因广利王，风雨早飞去。（长舌阿师大叫云：有鬼！有鬼！）（其三《古树》）

斑驳余古色，摩挲得异响。汝已阅人多，谁是黄萧养。（铜鼓本一双，萧养入庙，掠其一，鼓上铜雀俱敲去。予作此，旁有好古董者曰："咄咄逼人。"）（其四《铜鼓》）

细即非刻镂，大复异模范。人巧则已穷，太朴元未散。（其五）

山川自空阔，笔墨成莽卤。却怪东坡翁，累然此亭古。（人亦累东坡，且向此亭销算得也未？）（其六《东坡诗石》）[2]

二、浴日亭

浴日亭在南海神庙西南角的章丘岗上，据传是唐代建筑。其三面

---

① 《南海神祠》，《徧行堂集三》卷37，第87页。
② 《南海神祠》，《徧行堂集三》卷40，第179－180页。

临水，是观看日出的好地方。据《广州志》记载："浴日亭，在扶胥镇南海神庙之右，小山屹立，亭冠其上，前瞰大海。夜半，日渐自东海出，故名。"

自宋以来，"波罗浴日"（指登临浴日亭观望海上日出）成为羊城首景。北宋绍圣元年（1094），苏轼以讥斥先朝罪贬谪惠州。其表兄程之才时任广南东路提点刑狱，邀请苏轼来广州小憩几日。苏轼登上浴日亭，写下名篇七律《浴日亭》。①

澹归登亭临海，有《浴日亭次东坡先生韵》诗，抒发了故国情怀：

片石孤亭共倚天，落星几点俯前湾。已无寸土容三界，尚有全光涌七山。荡涤纤尘还白眼，凭陵浩劫饯红颜。须知只手扶轮事，不在鸿濛一气间。②

三、拱北楼

拱北楼建于唐朝，历经宋、明、清几代，几经重修。楼上有造于元代的"铜壶滴漏"计时器，楼以"铜壶滴漏"而著名。拱北楼雄伟高耸，巍然屹立于城南，可以把羊城景物尽收眼底。1918年因扩建马路，拱北楼被拆除。

澹归有《拱北楼》诗，抒写眼底所见舟船蚁集、车水马龙的繁荣之景；盛赞拱北楼地处广州要津，气象不凡：

十年未得登楼意，此夕临风望眼开。不有众星皆北共，安知万派尽南来。珊瑚洲外仙槎集，阊阖天边驿骑回。归坐月明闻警角，授时重忆古灵台。（是夜，宿广居共话）（其一）

四衢八达来重译，万户千门控一楼。锁钥至今连钜鹿，（南越王与今平南，皆真定产）衣冠从昔许灵洲。天多春日容常下，地入沧波脉自柔。阔绝赋诗高会约，白云黄鹤竟悠悠。（丘曙戒相期，集群贤高会此楼，以事阻，今远在武昌）（其二）③

---

① 苏轼《浴日亭》：剑气峥嵘夜插天，瑞光明灭到黄湾。坐看旸谷浮金晕，遥想钱塘涌雪山。已觉苍凉苏病骨，更烦沈瀣洗衰颜。忽惊鸟动行人起，飞上千峰紫翠间。
② 《浴日亭次东坡先生韵》，《徧行堂集三》卷37，第88页。
③ 《拱北楼》，《徧行堂集三》卷37，第91页。

四、海鳌塔

海鳌塔位于广州新滘镇琶洲村（今属琶洲街）内。塔址原是珠江入海口处的一处沙洲，四面为江水所环抱，因形似琵琶而得名琵琶洲（简称"琶洲"）。传说塔下江面"常有海鳌浮出，光如白日"，因之取名"海鳌塔"。"琶洲砥柱"是古羊城八景之一。澹归登临海鳌塔，有《登海鳌塔》诗，抒写海鳌塔突兀高耸，俯瞰但见樯桅如林、人烟稠密：

> 琵琶洲上水连空，突出神鳌见一峰。百宝生成环日月，千艘来往失鱼龙。天回地转人行外，蚁穴蜂台雉堞中。更欲凌风窥顶相，无边身与路俱穷。①

五、海珠寺

海珠寺，又名慈度寺，位于海珠岛上。海珠岛，又名海珠石，在广州沿江西路与新堤一横路相交处，四面环水，为广州历代游览胜地之一。南汉后期，海珠岛上建海珠寺。康熙十二年（1673）《广州府志》载："海珠石，按县志，在五羊海中，屹峙洪涛上。有慈度寺。"澹归有《海珠寺》，状写海珠岛地处要津，地貌奇特，有悠久的历史遗迹和传说：

> 神珠不隔水中央，欲唤骊龙午睡长。树走蛟螭擎作盖，石穿潮汐暗成梁。鼓钟自发天风响，台殿空涵海月光。一棹却回凝立久，廿年兵气锁斜阳。（其一）
>
> 一点曾将蜃市收，帆城楼橹映沙鸥。烟云夹日千门敞，风雨催潮万籁秋。加肘即堪提海印，拍肩何止唤浮丘。登台忽见丹霞字，猿鹤应怜老未休。（寺有丹霞台，与吾山同名）（其二）②

---

① 《登海鳌塔》，《徧行堂集三》卷37，第89页。
② 《海珠寺》，《徧行堂集三》卷37，第90页。

第二节　惠州山水名胜

　　惠州是历史文化名城，名胜古迹颇多，自然景观与人文景观融于一体。苏轼被贬谪到惠州，留下许多逸事遗迹。澹归的诗歌抒写了惠州西湖一带与苏轼相关的名胜古迹。

一、惠州西湖

　　惠州西湖地处惠州市惠城中心区，山光秀丽，幽胜曲折，浮洲四起，青山似黛，亭台楼阁隐现于树木葱茏之中，景如仙境，有"苎萝西子"之美誉。惠州西湖大致在东晋时已经形成。宋朝时，惠州西湖就有"五湖六桥八景"之说。五湖分别是平湖、丰湖、南湖、鳄湖、菱湖；六桥分别是西新桥、拱北桥、圆通桥、明圣桥、烟霞桥、迎仙桥；八景分别为丰湖晚唱、半径樵归、山寺岚烟、水帘飞瀑、荔浦风清、桃园日暖、鹤峰返照、雁塔斜晖。以苏轼为代表的历代文人墨客踏足惠州，为西湖留下了宝贵的文化遗产。澹归对惠州西湖胜景情有独钟。

　　在西湖的五湖中，澹归诗词里提及最多的是丰湖的阔大，如"我梦别丰湖，云帆兴未孤"①，"电转丰湖过十春，回眸却似往来频"②，"识取丰湖一勺水，好将霖雨万方传"③，"丰湖泼墨思难弟，珠海摩云见长公"④，"丰湖只上鹤峰高，帆城又探珠川冷"⑤。其次是鳄湖的秀美，如"千里云涛散鳄湖，比邻宝水正堪呼。半林月影诗中画，满目山光物外图"⑥，"旧游记得鳄湖边。斜阳深映塔，疏雨浅遮船"⑦。

　　西新桥位于苏堤之上，是惠州西湖六大名桥中的第一桥，由苏东坡捐资建造，始建于宋绍圣二年（1095），所以西新桥也被叫作"苏

---

　　① 《惠州访叶许山》，《徧行堂集二》卷33，第416页。
　　② 《留别惠阳诸公》，《徧行堂集三》卷36，第64页。
　　③ 《寄寿连恕庵明府》，《徧行堂集三》卷38，第126页。
　　④ 《袁长伯秋捷》，《徧行堂集三》卷41，第222页。
　　⑤ 《踏莎行·東沈介永孝廉》，《徧行堂集三》卷42，第273页。
　　⑥ 《次韵酬袁公叔》，《徧行堂集三》卷36，第66页。
　　⑦ 《临江仙·彭锺鹤过访》，《徧行堂集三》卷42，第276页。

公桥"。澹归抒写西新桥一带之景色，寄托怀古之幽情，如《五月廿三日赴黎传人茶集，传人与宪申、锺鹤步出西湖门，坐第一桥，抵暮乃别。此与前十三日风味亦同亦异，作二绝句。谈次，及朝云降乩欲盖六如亭事，并以一绝纪之》云：

举手遥怜雨后峰，桥头曳屣更相从。一时野色无今古，不见胸中到眼中。（其一）

浅碧深青暮影低，君从东去我从西。满湖烟景平分处，听得钟声过虎溪。（其二）

风吹鬼语闹沙汀，草色灯光各样青。见说朝云禁未得，劝人重盖六如亭。（其三）①

《瑞开阁上月色皎然，念坡公从合江楼入栖禅寺，登逍遥堂，闲情野韵，了不可得。因忆十三日，茶集如如室罢，锺鹤与叶功远、洁吾、刘净庵、翟宪申、苗载阳步送至第一桥，谈笑久之，诸子凝立，予与雪老过景贤祠下始归，此亦一种风致。好天良夜，恨不与放脚曳杖，消此旷怀耳》云：

隐隐长堤夜色饶，白波蘸影碧山遥。有人曳杖无人语，簇起相思第一桥。②

澹归还有一诗，抒写西湖明月湾、鳄湖及"鹤峰返照"：

明月湾头月共明，光分揽辔益澄清。鳄湖真得陈尧佐，珠海先传宋广平。名下士来孤磬远，林间风拂断云轻。几时白鹤峰前意，一度低回秋水生。③

二、准提阁

准提阁在明末清初时称瑞开阁，后因阁中供奉准提菩萨，改称准

　　①《五月廿三日赴黎传人茶集，传人与宪申、锺鹤步出西湖门，坐第一桥，抵暮乃别。此与前十三日风味亦同亦异，作二绝句。谈次，及朝云降乩欲盖六如亭事，并以一绝纪之》，《徧行堂集三》卷41，第219页。
　　②《瑞开阁上月色皎然，念坡公从合江楼入栖禅寺，登逍遥堂，闲情野韵，了不可得。因忆十三日，茶集如如室罢，锺鹤与叶功远、洁吾、刘净庵、翟宪申、苗载阳步送至第一桥，谈笑久之，诸子凝立，予与雪老过景贤祠下始归，此亦一种风致。好天良夜，恨不与放脚曳杖，消此旷怀耳》，《徧行堂集三》卷41，第219页。
　　③《史晓瞻大参过访》，《徧行堂集三》卷35，第20页。

提阁，又名准提禅院，位于惠州狮山北支狮爪上，地理位置非常优越。"准提远眺"是惠州西湖十四景之一。道独和尚、雪樵和尚曾在准提禅院弘法。

澹归有《题惠州瑞开佛阁》，颇有亡国之思，兼达对师祖道独的思念：

不从名字识西湖，似向杭州看大苏。明月一湾烟澹荡，朝云全偎草荒芜。江山隐约存眉目，风雨纵横入画图。坐久忽然招手起，两峰万里未曾孤。（其一）

得地凌天杰阁开，湖山不动亦飞来。毗尼净已金花现，般若弘当白象回。（华首和尚施戒于此）是佛旄幢留世界，何年歌舞失亭台。盛衰各有无穷泪，谁洒昆明一寸灰。（其二）①

澹归托砵惠州时，挂锡端开阁，雪樵和尚盛情款待他，并和郡人叶维阳、姚子蓉、翟宪申等名士一起结伴游湖。澹归曾有诗赠别雪樵和尚：

瑞开阁上此重临，水浅蓬莱草自深。不分大声谐里耳，便劳孤掌结同心。虚舟带月还前浦，密竹围烟荡远岑。识得杨岐来路正，一般屋漏两知音。（其一）

老大须眉映雪霜，远峰仍旧对虚堂。浅机莫构云门峻，深夏徒沾别甑香。宝座更高风愈冷，衲衣虽厚路还长。五湖不少扁舟兴，越水吴山约未忘。（其二）②

诗歌表达了对雪樵宗门之风的赏识。澹归与雪樵和尚虽然宗门不同（澹归属曹洞宗，雪樵属临济宗），但二人心地相通，有着深厚的情谊。

澹归还有首诗，写瑞开阁之景，寄遗民之怀：

平湖秀色暮云边，望入遥山思渺然。杂念早能消谢客，移情恰欲到成连。千秋龙战空怀古，四壁虫吟各问天。不觉鸡声催晓月，写将幽梦寄无弦。③

---

① 《题惠州瑞开佛阁》，《徧行堂集二》卷34，第460页。
② 《留别雪樵禅师》，《徧行堂集三》卷36，第62页。
③ 《翟宪申、彭锺鹤、龚于天夜话瑞开阁上》，《徧行堂集三》卷36，第63页。

三、合江楼

　　合江楼在惠州府的东北部，东江和西枝江的合流处，与广州镇海楼、肇庆阅江楼等广东六大名楼齐名。苏轼抵惠后，在这里住了一年又一个多月，写下了《寓居合江楼》等脍炙人口的诗篇。

　　澹归来惠州，登楼怀古，怀念东坡，表达时过境迁之慨：

　　良夜空悬月一天，合江楼上不成眠。只今冷露深荒草，始觉东坡亦偶然。①

　　澹归还有句云："合江楼上思清啸，点点归鸿欲避霜。"②

四、嘉祐寺

　　苏轼居惠时的另一主要住地是嘉祐寺，如今在惠州市东坡小学内。澹归有《同张奇君、宪申、严筑公、锺鹤、于天夜话嘉祐寺》，有"自古良辰难得友"之叹：

　　苏子昔居嘉祐寺，新庵且喜旧名存。同人兴在归云岫，野老身当明月村。冷露未侵仍密坐，缘心都尽复何论。(《楞严》云：汝尚以缘心听法，此法亦缘) 可知尘梦无多久，莫负神光出海门。③

五、兼园

　　兼园位于惠州府城南之南山，即今惠州市第十一小学西侧高地。"兼园者，叶子许山所署，为大隐一区也。叶子盖宅于南山之麓，山据郡城之中，园居山之颠，向也以宅兼园，今以园兼宅，从主人之所

　　① 《瑞开阁上月色皎然，念坡公从合江楼入栖禅寺，登逍遥堂，闲情野韵，了不可得。因忆十三日，茶集如如室罢，锺鹤与叶功远、洁吾、刘净庵、翟宪申、苗载阳步送至第一桥，谈笑久之，诸子凝立，予与雪老过景贤祠下始归，此亦一种风致。好天良夜，恨不与放脚曳杖，消此旷怀耳》，《偏行堂集三》卷41，第219页。

　　② 《酬净庵》，《偏行堂集三》卷36，第65页。

　　③ 《同张奇君、宪申、严筑公、锺鹤、于天夜话嘉祐寺》，《偏行堂集三》卷36，第63页。

好也。"① 园内密树覆阶，疏竹拂径，曲折幽深，楼台错落。园临西湖，"全湖潋滟，一吸可尽，雁塔苏堤，钓台孤屿，蓴溪荔浦，松径水帘，澹妆浓抹，粲如临镜"②。澹归有《叶许山招集兼园》诗，抒写兼园之美、高朋盛会之乐，兼以表达对宗宝道独禅师（曾居于此）的怀念：

不知长夏为谁清，步入名园思杳冥。开合双江交几席，纵横万井拥池亭。差肩爽气无留盼，觌面薰风不暇听。看到苍虬齐奋鬣，从他白鹤自梳翎。（其一）

凭高不待倚层楼，塔影凌虚一指酬。剩有孝思当陟屺，偶因远览得随流。低垂荔子犹申约，满把萱花未解忧。却许此间过白足，也应吾道付沧洲。（其二）

疾雨斜过掠树风，孤行密坐各疏通。丹霞即此分云上，白雪何由续郢中。一径曲能穿老圃，三珠饱不借痴龙。夜来凉月浑无影，忆汝摩云卧水榕。（其三）③

第三节　肇庆山水名胜

肇庆是山水与人文融合之地，这里四季常青、鸟语花香、山水秀丽、如诗如画，山水名胜甚多，其中以星湖（七星岩、鼎湖山）最负盛名。澹归友人史树骏任肇庆知府，故澹归常来于此。

一、七星岩

七星岩位于肇庆市区北约两公里处，景区由五湖、六岗、七岩、八洞组成，湖中有山，山中有洞，洞中有河。七星岩以岩峰、湖泊等喀斯特岩溶地貌为主要特色，七座石灰岩岩峰巧布在湖面上，排列如北斗七星。七星岩风光旖旎，被誉为"人间仙境""岭南第一奇观"。

澹归至少游过七星岩两次，最初一次是与袁彭年等友人结伴而

① 《兼园记》，《徧行堂集一》卷12，第314页。
② 《兼园记》，《徧行堂集一》卷12，第314页。
③ 《叶许山招集兼园》，《徧行堂集三》卷36，第62页。

游，七星岩景致只见了大概：

分付晴风拂翠屏，好携胜侣话岩扃。地穷积水移三岛，天落余光起七星。幸有香花通法喜，莫教钟鼓闷幽灵。来朝又发乘流兴，独唤春潮月下听。①

后一次时间充足，心情舒畅，徜徉湖光山色之中，作《七星岩》十绝句，详细描写了七星岩水月宫、莲花洞、碧霞洞等八个景点独特的风貌②：

墨猪已出瓮，化而为巨石。剩有逼天心，夜夜连北极。（其一）

言岩石黑黝高耸。

不得纯灰涤，耐此万古尘。梵天初下日，应见玉山新。（其二）

言岩石坚实奇巧。

水晶砌作地，旁映广寒宫。未落河山影，犹怜倚一峰。（其三《水月宫》）

言水月宫石质晶莹。

此来直春水，一径流活活。天镜倘相涵，宴坐待金鲫。（其四《莲花洞》）

言莲花洞水流淙淙。

向明即有台，密坐且无室。不能结飞楼，惜汝鬼斧拙。（其五）

言莲花洞穹隆宽广。

偶然到碧霞，途穷得真赏。此意许谁知，歇脚忽在掌。（其六《碧霞洞》）

言碧霞洞地势突兀。

极望见湖水，谁解作长堤。永怀苏端明，两道垂虹霓。（其七《三元阁》）

言三元阁湖光山色极似苏堤之景。

① 《公安招游七星岩，同永禧、尧功、文园、耀堂诸公言别》，《徧行堂集三》卷35，第10－11页。

② 《七星岩》，《徧行堂集三》卷40，第184－185页。

击钟作钟鸣，击鼓作鼓响。所击非所名，不劳生妄想。（其八《石钟鼓》）

言石钟鼓实石非鼓。

风云忽堕地，散作端溪雨。此中有画苑，笔墨不敢取。（其九《玉皇阁》）

言玉皇阁观雨。

乘亦不知行，堕亦不知住。欲眠恰得枕，此生有何事。（其十《醉石》）

状写悬空斜倚的一块石芽。

二、鼎湖山

鼎湖山自唐代以来就是著名的佛教圣地和旅游胜地，高僧云集。明崇祯六年（1633），山主梁少川于莲花峰建起莲花庵；第二年又迎来高僧栖壑和尚入山，奉为住持，重建山门，改莲花庵为庆云寺。澹归有《天湖》二首，状写天湖和庆云寺。天湖位于鼎湖山老鼎上面，其状正如全祖望诗《天湖庆云寺》所言："天湖本无湖，莫问滥觞处。"①澹归作《天湖》二首②：

宝盖垂金地，高深物外家。削成迟日月，囊括剩烟霞。石乳分渠正，松风落磴斜。胞胎休作观，楼阁在莲花。（其一）

庆云寺位于幽深的天溪山谷中，入山道路曲折往复：

径转天俱侧，溪回地复长。到门方识寺，选石忽闻香。清梵三更彻，浮烟几点苍。且留飞水步，一滴见甘凉。（时欲观飞水，并游白云寺，不果）（其二）

---

① （清）全祖望：《全谢山先生遗诗》，《清代诗文集汇编》第303册，上海：上海古籍出版社2010年版，第640页。

② 《天湖》，《徧行堂集二》卷32，第399页。

三、阅江楼

阅江楼矗立在肇庆西江河畔的石头岗上，"高显钜丽，冠于岭表"①。南明永历帝朱由榔曾于阅江楼检阅抗清水师。澹归有《阅江楼》诗二首，怀念胜朝之情景，颇有家国之感慨：

登临千古意，独上阅江楼。业力开新眼，缘尘闭昔游。南山犹北顾，西水自东流。此地人人到，谁惊客鬓秋。（其一）

石头枯坐处，名迹已微茫。（此地旧为石头和尚宴坐之所）有树看人老，无家入梦长。旷观资闿辟，平步失炎凉。一望虫沙后，悲风卷夕阳。（其二）②

第四节　英德山水名胜

弯弯曲曲的北江横贯英德全境，在山谷中穿行而过，形成了逼仄汹涌、激湍澎湃的峡流。两岸随处可见石灰岩溶洞，不仅数量多，而且各具特色。古来游客题咏不绝，形成了独特的洞峡文化。澹归在岭南多年，上下往返于北江，被这里的洞峡文化所吸引，留下了壮丽的篇章。

一、观音岩

观音岩位于英德城北横石塘镇古贞山。澹归有两首《观音岩》诗。其一写观音岩寺临江而立，深邃宽广，廊道曲回：

海上旌幢驻碧岑，山光漠漠水沉沉。风云独出千寻壮，日月长屯万岁阴。一径未同成曲折，半间相失在高深。不知天眼流慈外，谁共无情答妙音。③

---

① 《总督周公重修阅江楼碑（代）》，《徧行堂集一》卷12，第306页。
② 《阅江楼》，《徧行堂集二》卷32，第399页。
③ 《观音岩》，《徧行堂集三》卷37，第92页。

另一首则是借景抒怀，写自己年老而入佛门，佛性浅薄，恐修持无果：

稽首圆通无等慈，为怜老去入门迟。即登彼岸先成异，欲诉当机苦不知。却把耳来移眼处，更寻月未照江时。何如风水相吞吐，暗写愁肠与画师。①

澹归还有一首《观音岩》词，言自己于观音岩礼拜观音，一心皈依禅门；观音岩能保这一带水路风平浪静；观音岩非常高大宽阔，即使将仁化观音石移置于此，也容纳得下。

问何年、此山来此，无人为我酬语。从前不受文殊选，恰好圆通归汝。岩里路，算不出、高低明暗无今古。话头空举。把一片栴檀，几番瞻仰，依旧转船去。　回头顾，阵阵痴风盲雨。翠蛟白浪飞舞。莲花洋底千株铁②，笑煞补陀儿女。相当处，待携取、观音石到相劳苦。安居如许。似丈六伽黎，全披千尺，更作《大人赋》。（仁化有观音石，予试携此石置此岩，如弥勒千尺之身，衣释迦丈六之衣，身不见长，衣不见短，乃不孤《大人》一赋耳）③

二、弹子矶

英德轮石山绝壁峭崖上，有一圆形深窝，直径约六米，深约四米，圆如明月，形似弹坑，这就是"弹子矶"。相传汉武帝时，南越国相吕嘉拒绝依附汉朝，武帝派路博德和杨朴将军率兵分道南下进击。楼船将军杨朴经横浦，沿浈江而下，路过此地，试枪炮于此山而留下弹坑，遂成此奇观。

澹归多次吟咏弹子矶，既写景，也抒怀，兼咏史，一股郁勃之气隐在其中：

挟弹何人事，空留壁上痕。春云寒易堕，秋水阔难吞。鹰隼低风穴，蛟龙起石根。长将无畏观，独立问乾坤。（其一）

---

① 《观音岩》，《徧行堂集三》卷38，第129页。
② 莲花洋又叫莲洋，处舟山本岛与普陀山之间，北接黄大洋，南为普沈水道。传闻鉴真和尚东渡时，曾在莲花洋遇到大浪，浪间夹杂无限铁莲，大师默念佛号，忽见一铁牛徐徐而来，水面风平浪静，铁莲迎面而开。
③ 《摸鱼儿·观音岩》，《徧行堂集三》卷44，第329－330页。

侧媚回幽峭，岩岩不可干。待谁穿铁鼓，怜汝逐金丸。沉碧兼江静，摩青抱月寒。莫存攀仰见，流入使君滩。（其二）

不似中宵虎，何当东海鱼。有门关芥子，无雀赚明珠。琐碎羞雷斧，颠翻畏日车。谁能终一击，斋粉落空虚。（其三）①

《同舟诸子有能诗者，有不能诗者，因为不能诗者代作弹子矶诗》：

谨避镂空手，还存破的功。忘言对禅客，此句逼诗翁。轮转升沉日，帆分上下风。不留元字脚，千圣若为通。②

澹归好友陆世楷、沈晖日很欣赏弹子矶风景。澹归借弹子矶抒发对好友的思念：

别袂相将荡锦溪，磨崖如掌不容梯。品题即有蒲团石，赠答还空弹子矶。绝远余情留半岩，最初残梦绕三堤。恰从断际看全体，象尾狮头一样齐。（蒲团石在杨历岩，予爱之，有诗，孝山和之。孝山与融谷极赏弹子矶，作诗赠之，孝山复为矶作答诗与文，俱韵绝）③

弹子矶前江水清，昨年酬唱忆词英。何人更具烟霞骨，此老孤留金石声。半座尚堪分一席，偏师那得破长城。我来欲共山灵语，千尺冰绡隔翠屏。（过弹子矶，有怀孝山，融谷也。刘长卿自谓"五言长城"，秦系以偏师攻之，虽老益壮，予则能老而不能壮矣）④

澹归还有《弹子矶》词一首，由弹子矶弹丸入石之深，联想到达摩祖师在少林寺面壁九年，山石上投映出面壁姿态的人形，勉励自己在佛门修持应有坚忍之心：

问何年、此山来此，半云半水无语。少林壁面猫儿样，一弹直须摧汝。探滑路，却借我，明珠入掌辉今古。此弓徒举。便粉碎虚空，依然独立，长啸一声去。　重唤转，马上金丸如雨。枝间鸟雀歌舞。富翁抛撒垆边屑，救得人间男女。无寻处，忽叹汝、精神寂寞甘茶苦。

① 《弹子矶》，《徧行堂集二》卷33，第417页。

② 《同舟诸子有能诗者，有不能诗者，因为不能诗者代作弹子矶诗》，《徧行堂集二》卷33，第418页。

③ 《孝山、融谷来游丹霞，余以仲冬二十日自相江同上，二日到寺，即周海螺岩一匝而下，二十三日从锦石登舟，至瑶塘言别。先是岱清入山，有七言近体十首，予惊其才艳，未敢步韵，二子欲和之如数，辄亦效颦，得二十首》，《徧行堂集三》卷36，第42页。

④ 《英德江舟风雨》，《徧行堂集三》卷36，第51－52页。

移情更许。待霜雪漫天，风波卷地，耻为《逐贫赋》。①

三、碧落洞

　　碧落洞位于英德市英城镇南端，洞内多石刻。著名的有唐代周夔的《到难篇》、南汉钟允章的《盘龙御室记》、北宋苏轼的《碧落洞》等。碧落洞是颇具特色的"穿洞"，即洞中有洞，穿洞而过；洞旁有洞，直通山顶。

　　澹归曾与友人相别浈阳峡后，欲顺道游碧落洞："别后出浈阳峡，次早发兴游碧落洞，玲珑壁立，划然门开，其中飞泉迅流，深不可渡，怅然而返。此地旧称到难，今真怪其难到矣。盖春水方生，山灵亦如设险，且俟秋深，重约登临之伴也。是日归舟即雨还山，还山雨益甚。"② 他有词抒写无法游玩碧落洞的遗憾：

　　到难不许身难到，更凿山灵窍。玲珑峭壁划然开，却有一湾流水笑人来。　　殷勤未入桃源境，早把渔人趁。隔津人唤隔津人，那得丢些眼色便关门。③

四、飞来寺

　　飞来寺位于北江清远峡中。相传在梁武帝普通元年（520），轩辕黄帝的两个庶子太禺和仲阳隐居在飞来峡。一个月明之夜，他们边饮酒，边作乐，欣赏远山渔火点点的夜色时，总是感到有点美中不足——这里缺少一个道场，于是他们当夜作法，把安徽舒州上元延祚寺凌空拔起搬来飞来峡。次日，飞来寺住持贞俊禅师早起，发现寺院已在清远峡山，心中不悦，口中念念有词："寺能飞来，胡不飞去？"空中传来话语："动不如静！"从此，这寺院就落地生根，留在了飞来峡。

　　澹归有一首诗借飞来寺的传说，表达了世事难以回转之意：

　　① 《摸鱼儿·弹子矶》，《徧行堂集三》卷44，第330页。
　　② 《与刘焕之总戎》，《徧行堂集四》续集卷12，第275页。
　　③ 《虞美人·游碧落洞值水发不得入》，《徧行堂集三》卷42，第268页。

峡山不返飞来寺，洞口呼猿却唤归。相对未知谁作主，一提往事意如灰。水穿石角无留矢，风孽云头有立锥。只向亭中讨消息，绿杨枝上不须催。①

澹归还有一首词，也借飞来寺表达相同的意思：

两山脚插江身小，片帆落处闻啼鸟。莫上问归亭，行人不要听。　再来无再住，切忌飞回去。毕竟是虚舟，替他春复秋。②

澹归还有《南乡子·登飞来寺，时焕之赴连州，予还丹霞，即事志别二首》。第一首写与朋友游飞来寺，景色虽好，然行色匆匆；第二首写与朋友相别于飞来寺，关山万重，难以寄相思：

峡束未安流，两岸青山万点愁。风正一帆悬又落，停舟。意在飞来古路头。　急浪卷浮沤，云影低垂薄似秋。一动不如一静好，休休。几个行人得自由。（其一）

何处问归猿，只见苍岚锁碧烟。洞里不知人事换，年年。进退都争一着先。　同上泛湖船，明日分携又各天。各样关山重叠路，迢然。一样春风响杜鹃。（其二）③

五、清远峡

清远峡，又名飞来峡、禺峡、中宿峡，位于北江中下游，有"小三峡"之称。北江蜿蜒其间，两岸高山耸翠，危崖对峙，起伏连绵数公里，气势雄浑。清远峡以"古""广""美""奇"而见称。

澹归有关于清远峡诗两首，颇有徐霞客《三峡》的意境，写出了清远峡之幽远：

雨伏千蹊闭，风生一叶开。青山终不动，古寺复飞来。约束江中石，凭陵天半台。暮猿归已得，何事有余哀。④

迢递过清远，苍茫共水云。老夫方卧病，此意悄无群。月白鱼相

---

① 《飞来寺》，《徧行堂集三》卷38，第128页。
② 《菩萨蛮·飞来寺》，《徧行堂集三》卷42，第257－258页。
③ 《南乡子·登飞来寺，时焕之赴连州，予还丹霞，即事志别二首》，《徧行堂集三》卷42，第269页。
④ 《过清远峡》，《徧行堂集二》卷33，第418页。

跃，山寒鸟不闻。猿啼自清切，愁向峡中分。①

澹归还有两首词写清远峡。其一《风流子·泊清远峡口》，抒写了寒夜泊峡口，孤苦疲惫，念丹霞营建未成，愁思未绝如缕：

轻舠浮急峡，暮天远、横浦没斜阳。正寒作凄清，病兼转侧；叶无落倦，鸦有归忙。频低首、力随云水尽，心逐海山长。半枕谁歌，一灯自续；星疏堕影，月浅移光。　闲将双柑剖，苞金分色后，散雾分香。漫道情怀易遣，风味难忘。念十里丹霞，不堪草草；满头白雪，莫问苍苍。判把许多诗料，让与啼螀。②

其二《摸鱼儿·清远峡次稼轩〈山鬼谣〉韵，即用其起句》，以清远峡之古意寄托自己人生失意之苦：

问何年、此山来此，有人似语非语。此中尚有飞来寺，定可一言酬汝。忙觅路，元只是、斩新如旧今非古。逢人但举。笑儿戏神通，偷来兰若，不敢送回去。　还记得，山上行云行雨。江间如组如舞。花明柳媚孙郎妇，老大千年毛女。愀然处，却自叹、丝缠窍塞空愁苦。玉环何许？看去了能来，烟萝绝迹，一首《小山》赋。③

六、浈阳峡

浈阳峡是北江流经英德波罗坑至连江口的一段狭窄河道，由浈山、英山夹岸对峙而成。浈阳峡以其"秀、奇、险、幻"而闻名，两岸奇峰耸立，峭壁险峻，水势汹涌，为古代水路交通咽喉、兵家防范之要地。汉代赵佗在南越称王后，就于浈阳峡下游不远的江口咀筑万人城，屯兵扼险，阻止汉兵南下。

澹归诗集中有两处描写了浈阳峡。一为《舟中小睡径过浈阳》，写浈阳峡两岸石壁曲突、高山耸峙，寄寓了沧桑之感：

不见浈阳峡，空怜梦觉长。江山本无待，风雨故相妨。转石鱼鳞钝，摩天鸟迹荒。往来十六载，惭愧鬓边霜。④

① 《过清远》，《徧行堂集二》卷33，第420页。
② 《风流子·泊清远峡口》，《徧行堂集三》卷44，第324页。
③ 《摸鱼儿·清远峡次稼轩〈山鬼谣〉韵，即用其起句》，《徧行堂集三》卷44，第329页。
④ 《舟中小睡径过浈阳》，《徧行堂集二》卷33，第418页。

另一组诗为《浈阳道中次高念祖韵》，写出了浈阳峡的"秀"与"幻"：

说真便已知为假，说假何消更问真。拈得一毫全画稿，看他立主又分宾。（其一）

壁间跳蹙如真水，云际玲珑似画山。有点经营不到处，堂堂挂出与人看。（其二）①

七、连江口

连江口位于英德市南部，是英德市的南大门，地处北江要冲，是北江、连江交汇处。

澹归在《名胜志总论》中云："度大庾岭，登舟浮墨江而下，至闻韶水，山川益淑诡，过中宿，转连州江而上，盖别一天地也。"② 并有《连州江口》一诗，抒写连江口地势之险要：

连州江口入含洭，楚粤由来合汉唐。北望未能窥碧落，南行自解挟浈阳。一绳鸟道穿猿狄，千尺蛟门下雪霜。传役已随分界尽，不知此岸为谁长。③

第五节　韶关山水名胜

韶关位于广东省北部，"接五岭之口，当百越之冲"。韶关山水奇特，随处可见崇山幽谷、溶洞奇石、秀水泉瀑，风光独秀于岭表。韶关历史悠久，境内多名刹古寺、贤哲陈迹、远古遗址，是岭南文化主要发祥地之一。

澹归于顺治九年（1652）来到岭南，多次现身粤北。康熙元年（1662），澹归为营建丹霞山，驻锡粤北长达十七年（1678年辞去别传寺住持一职，离开粤北）。他广交仕宦，四处募化，又性耽山水，因

---

① 《浈阳道中次高念祖韵》，《徧行堂集三》卷41，第242页。
② 《名胜志总论》，《徧行堂集二》卷20，第70页。
③ 《连州江口》，《徧行堂集三》卷38，第128页。

而对韶关的风景名胜非常熟悉，粤北各地几乎都曾留下他驻足叹赏、流连忘返的身影。他用优美的诗歌抒写了镶嵌在粤北的山水名胜。

一、韶关市区

（一）韶石山

韶石山在韶关市东北面，地处浈江与其支流锦江汇合的三角地带。韶石与丹霞山毗邻，二山同属一沉积盆地，同为粤北红岩景观。韶石山有三十六奇石，千姿百态，形各有异。相传四千多年前，舜帝南巡途经此地，登山奏韶乐，乐曲美妙动听，群山亦为之动容，遂变成了形状奇异的"三十六石"，韶石山因此得名。据郦道元《水经注》云："东江又西与利水合。水出县之韶石北山，南流径韶石下，其高百仞，广圆五里，两石对峙，相去一里，大小略均，似双阙，名曰韶石。古老言，昔有二仙，分而憩之，自尔年丰，弥历一纪。"①郦道元所谓的双阙石，就是韶石山的代表景点蜡烛双峰，被视为韶石山三十六石之首。韶州（关）这一地名正是来源于韶石山。据唐代《元和郡县图志》称："隋开皇九年（589）平陈，改东衡州为韶州，取州北韶石为名。"②

在澹归的诗歌中，许多诗句都写到韶石。因舜帝南巡在韶石奏乐，韶石成为具有特定历史文化意义的载体。澹归有诗句云："异日武溪新奏笛，一时韶石旧闻琴"③，"高山寂寂水沉沉，韶石生波答妙音"④，"免得明湖重放鹤，须知韶石曾仪凤"⑤，"盖公堂下初酾酒，韶石峰前更鼓琴"⑥，"月落韩庄梦，风轻韶石舟"⑦。

韶州地名来源于韶石，所以韶石可以代表韶关，故澹归曰："韶

---

① （北魏）郦道元原注，陈桥驿注释：《水经注》卷38，杭州：浙江古籍出版社2013年版，第507页。

② （唐）李吉甫：《元和郡县图志》卷34《岭南道一·韶州》，上海：商务印书馆1937年版，第1018页。

③ 《同郑垫臣登九成台·观蒋颖叔〈武溪深碑〉，碑久没尘土中，垫臣表而出之》，《徧行堂集三》卷35，第16页。

④ 《酬石友》，《徧行堂集三》卷37，第79页。

⑤ 《满江红·小除夕自寿六首》，《徧行堂集三》卷43，第295页。

⑥ 《刘直生太守过访》，《徧行堂集三》卷38，第132页。

⑦ 《赠王非二少尹》，《徧行堂集二》卷33，第419页。

岭南文化书系

清初岭南高僧澹归诗歌研究

石江山奇秀冠岭表。"① 并有诗句云："相江清自壮，韶石翠方柔"②，
"韶石薰风开五马，赵家冬日照三竿"③，"他年韶石山前过，把手无辞
一再看"④，"匡山欲赴前途约，韶石谁陪后乘游"⑤，"已分韶石烟云
外，元在君家雨露中"⑥，"五马闲韶石，双幡领缙绅"⑦，"更逆凌江
水，初闻韶石雷"⑧。

　　韶石地处浈江与锦江交汇地带，是从水路入丹霞山必经之处。韶
石如黄山的迎客松，是进出丹霞山的地标。澹归有诸多诗就是写从丹
霞送客至韶石，如《韶石别吴总戎二首》《韶石谢别吴其阶总戎兼柬
孝山》等；也有诗句云："韶石转湾仁化水，周田对岸建封滩"⑨，
"韶石山前五马渡，海螺岩畔千华路"⑩，"炬列火城虽自致，风来韶石
亦难留"⑪，"扁舟韶石话仍违，一钵螺川客未归"⑫，"皇冈北去开韶
石，锦水西流绚赤霞"⑬。

（二）九成台

　　九成台建于北宋建中靖国元年（1101），韶州太守狄咸为纪念舜
帝南巡于城东韶石山奏韶乐而建。九成台初名"闻韶台"，后经苏轼
好友苏伯固建议，改为"九成台"。九成台建成时，适逢苏轼从海南
谪归，途经韶州，狄咸便邀请苏轼观瞻九成台。苏轼面对着高耸的九
成台，感慨万千。他联想到自己仕途多舛，漂泊潦倒，前途未卜，希
冀当朝和后代都能出"虞舜明君"，于是挥笔写下了《九成台铭》。

　　澹归《韶州池仪伯别驾寿序》曰："韶阳为岭表佳山水，有虞氏

① 《护法说为张虎别少参初度》，《徧行堂集一》卷1，第10页。
② 《留别新庵大理》，《徧行堂集二》卷33，第430页。
③ 《寄韶州赵雨三太守》，《徧行堂集三》卷35，第15页。
④ 《答锺二吕孝廉》，《徧行堂集三》卷36，第50页。
⑤ 《之匡庐留别孝山》，《徧行堂集三》卷38，第146页。
⑥ 《曲江丞朱肇修摄令仁化遣贺》，《徧行堂集三》卷38，第155页。
⑦ 《雨三初度》，《徧行堂集三》卷39，第159－160页。
⑧ 《旧腊，枉融谷札云：孝山当于新正至韶石。及予次相江，孝山已还治，溯流而上，抵见
峰滩，即事有作。时融谷将出当湖，增我离恨，词无伦次，聊以见怀》，《徧行堂集三》卷39，第
165页。
⑨ 《孝山、融谷来游丹霞，余以仲冬二十日自相江同上，二日到寺，即周海螺岩一匝而下，
二十三日从锦石登舟，至瑶塘言别。先是岱清入山，有七言近体十首，予惊其才艳，未敢步韵，
二子欲和之如数，辄亦效颦，得二十首》，《徧行堂集三》卷36，第42页。
⑩ 《马子贞太守同张斗环协镇、池仪伯别驾入山赋赠》，《徧行堂集二》卷32，第383页。
⑪ 《挂榜山》，《徧行堂集三》卷36，第57页。
⑫ 《石鉴觊兄之长庆寄答孙鹤林》，《徧行堂集三》卷37，第108页。
⑬ 《韶阳奉送周大司马》，《徧行堂集三》卷38，第129页。

南巡，奏乐致凤鸟之祥，狄咸新九成台，苏轼铭之，谓箫韶之音常存于天地间，似也。"① 他同友人登临九成台寻访前人陈迹，怀古慨今：

闲寻往迹共登临，洗出残碑见此心。异日武溪新奏笛，一时韶石旧闻琴。乾坤定位谁高下，鱼鸟移情自古今。为语凭阑长望客，莫随逝水动哀吟。②

又有句云："重向九成台畔听，薰风弹彻朱弦。"③ 九成台有关虞舜奏乐、狄咸筑台、苏轼制铭等千古佳话，在澹归的诗文中得到了充分的展示。

（三）南华寺

南华寺坐落于韶关曹溪之畔，六祖惠能于此地弘法，被誉为禅宗祖庭。澹归有诗抒写南华寺：

廿载曹溪路④，重来鬓已斑。烟疏石角铺，云薄马鞍山。映树人相见，随田犬独还。好风吹愈有，记得近禅关。（其一）

山水西天古，门庭北斗尊。九龙开日月，四岭画乾坤。不藉儿孙力，方知宗祖恩。留身长说法，觌面许谁论。（其二）

衣钵犹传信，天然一物无。但知舂米熟，休怪学诗疏。堂构亏先世，松筠挺万夫。寂寥凝睇久，心逐水云孤。（其三）

卓锡千年后，泉源屡不来。青乌空证据，白骨浪安排。甘露门休壅，金河水自开。小亭风叶里，落响有余哀。（其四）

憨公乘愿力，欲起祖庭秋。此日方怀德，当年竟结仇。业因魔事尽，真骨妙香浮。寄语风波客，吾今亦自由。（其五）

担荷为谁切，艰难只自伤。百忧支彼此，孤注密行藏。忍力存慈定，深心覆广长。无由分远道，独立怪斜阳。（其六）⑤

澹归此诗当作于康熙五年（1666）。诗歌抒写了南华寺周围曹溪一带优美的景致，以及南华寺内的卓锡泉、伏虎亭，叙述了六祖惠能

---

① 《韶州池仪伯别驾寿序》，《徧行堂集一》卷4，第104页。
② 《同郑埜臣登九成台·观蒋颖叔〈武溪深碑〉，碑久没尘土中，埜臣表而出之》，《徧行堂集三》卷35，第15－16页。
③ 《临江仙·何鸣玉莅任曲江》，《徧行堂集三》卷42，第279页。
④ 澹归在《曹溪新旧通志辨证》曰："予丙戌至南华寺。"（《徧行堂集二》卷19，第49页）丙戌即顺治三年（1646），澹归此次当在康熙五年（1666）。
⑤ 《入曹溪访天拙禅师即事》，《徧行堂集二》卷33，第414－415页。

经典故事，肯定了南华寺的祖庭地位；颂扬六祖惠能弘扬禅宗的伟业，以及憨山大师对南华寺的中兴之功，赞扬住持天拙禅师坚忍的担当精神。

（四）通天塔

通天塔在韶关城区浈江、武江会合处。明嘉靖年间韶州知府陈大伦认为自宋以后韶州再没有出过有历史影响的大人物，是因为浈江和武江的急流冲走了韶州的文运灵气，于是在嘉靖二十五年（1546）倡议在浈、武二水合流处造一塔以"环拱风气"。遂"堵水而堤"建成了一座石塔，取名"通天塔"。由于塔身和塔基都建造得十分坚固，"水去若来，急而若缓，称砥柱中流"，成为韶州二十四景之一，称"中流塔影"。澹归有《南韶杂诗·通天塔》诗，借古事叹今之士林不振：

浮图逼太虚，昔为文运开。卑如白玉田，高如黄金台。帝座若可通，呼吸资英才。六经委糟粕，七就加驽骀。士林一失势，老大成婴孩……①

（五）帽峰山

帽峰山位于韶关市区，浈江、武江分列其左右，登高远眺，韶城景致尽收眼底。澹归有《帽峰远眺》诗：

两江一线挂胡卢，万古浮沉定有无。谁遣东西波浪远，不教南北间闾孤。绿阴漾日低楼阁，紫气连山起舳舻。我亦借观成一梦，何妨垂老失三吴。（地形如胡卢，万历丙辰大水，两江逼城脚，至今人事萧条矣）②

（六）芙蓉山

芙蓉山位于韶关市区西南郊，是道教南五祖炼丹派的发源地之一。据同治《韶州府志·古迹略·寺观》载："康容道士也，汉末隐韶州芙蓉山炼丹升迁，山半有庵，丹龟遗址尚存。"其上有高台，可坐视韶州山川。澹归有诗《孝山招同融谷游芙蓉山》，抒写芙蓉山山

---

① 《南韶杂诗·通天塔》，《偏行堂集四》续集卷13，第307页。
② 《帽峰远眺》，《偏行堂集三》卷38，第133页。

势高耸，临江突矗；天高地迥，远视无碍；炼丹故地，遗迹尚存。诗歌表达了与朋友游赏之乐：

山行得前期，入梦如有事。凌晨索盥漱，委杖贾朝气。府主已宿戒，饭罢出舟次。截流登笋舆，数折尽墟市。坡陀类翔鸿，摩云落健翅。喷薄走双江，峭宕争一势。望里来长松，心眼已先至。冷风袭毛发，散步即超诣。窥阁减天影，煮泉增石味。小亭彻空观，连檐映百雉。拔草群象中，自然成位置。康仙传石室，峻壁但孤峙。绝顶怀飞霞，地轩天忽轻。指点洗药池，蚊蚋守荒废。鹤驭渺难留，遗丹失攘臂。下山欲高吟，多景夺专思。回车礼真身，扪碑辩灭字……①

澹归还有句云："芙蓉山下江声缓，日月湖中峰势远……相江流不到宁江"②，"湟水遥连浈水东，摩天削出两芙蓉（韶阳有芙蓉山，桂阳亦有芙蓉山）"③。

（七）挂榜山

挂榜山也称虎榜山、回龙山。据旧《曲江县志》载："城南四十里，临江有石，高十余丈，阔五十余丈，形如张榜，俗称虎榜山，明知府周叙改名回龙山。"廖燕《题回龙山诗叙》云："去邑治南二十里，有山名回龙，临江壁立，形如张榜，亦近郭一奇观也。惜前无有咏及之者……又二十里一山，与此相类，而岩窦尤胜，俗呼虎榜山，绝壁上亦有墨书'回龙山'三大字，盖大小回龙云。"④

澹归有《挂榜山》诗：

壁立千寻在，谁传挂榜名。风云能自致，龙虎莫相轻。浈水南来梦，梅关北去情。细看无一字，不敢问前程。（其一）

未觉功名薄，休辞云水寒。解空初及第，叶妙更弹冠。天阙从容到，龙门咫尺看。雨花吹又落，脚下是长安。（其二）

此榜何年发，年年江上悬。孙山残局里，钱起数峰边。有路攀援绝，无名次第传。天门元自辟，时对《白云篇》。（其三）⑤

---

① 《孝山招同融谷游芙蓉山》，《徧行堂集二》卷30，第325页。
② 《芙蓉山下行赠别傅竹君郡丞擢守庆阳》，《徧行堂集二》卷31，第366页。
③ 《杨昆日别驾之桂阳守》，《徧行堂集三》卷37，第79页。
④ （清）廖燕著，林子雄点校：《廖燕全集》，上海：上海古籍出版社2005年版，第293页。
⑤ 《挂榜山》，《徧行堂集二》卷33，第414页。

诗歌状写挂榜山形貌，并联系科举考试的典故，表达了自己不慕名利，甘于淡泊。

澹归还有《挂榜山》一首，表达了他对才俊之士不为当朝所用，甚至遭到陷害的黑暗政治的叹惜：

谁从挂榜立螯头，好把尘缨送急流。炬列火城虽自致，凤来韶石亦难留。千秋不得无金鉴，百岁安知有玉楼。曾辩党碑磨灭字，暮云寡鹄复何求。①

又有《摸鱼儿·挂榜山》词一首，表达了他看破功名后的洒脱：

问何年、此山来此，不知鲁语齐语。萧然独立荒江畔，谁把荣华污汝？长安路，料只有、《钱神》一论垂千古。贤良漫举。尽痛斥中官，力排新法，已落孙山去。　尤堪笑，贩卖春来风雨。再命于车上舞。蛾眉画出人相妒，齿冷宿瘤奇女。平心处，一榜上、都无名姓君何苦。巍峨自许。看雁塔子虚，龙门乌有，妙绝《上林赋》。（唐人呼状元为"巍峨"）②

（八）月华滩

月华滩位于韶关市曲江区乌石镇濛浬村北江之畔，背靠月华山，距离南华寺约10公里。梁武帝天监元年（502），天竺高僧智药三藏到韶州，在建南华寺的同时，于濛浬月华山建月华寺。唐代提朗法师曾在此开坛弘法，六祖惠能重建，供智药三藏肉身于祖师殿。澹归有诗述之：

月华滩接曹溪近，智药先来导祖风。南海肉身从此数，西天香水到今同。一炉宿火游丝绕，夹岸荒烟落照空。冷暖望中休比拟，至人自古不存功。③

二、乳源

（一）云门寺

云门寺位于乳源县城北面六公里云门山慈云峰下，后梁龙德三年

---

① 《挂榜山》，《徧行堂集三》卷36，第57页。韶关境内有两座挂榜山，此处挂榜山应是指韶石三十六石中的曹石顶，又名挂榜山、朝石顶，位于乱石滩的曹家村北侧。

② 《摸鱼儿·挂榜山》，《徧行堂集三》卷44，第330页。

③ 《月华滩》，《徧行堂集三》卷38，第129页。

（923）由文偃禅师（浙江嘉兴人）兴建，是禅宗五大支派之一云门宗的发祥地。

澹归把云门寺看作继南华寺之后的又一圣地，以南华寺、云门寺与别传寺相并列。他在《请雷峰和尚住丹霞启》中说："深潭新绿玉，曹溪水别派却西流；绝壁古丹霞，云门寺重光还后辈。"① 又在《上本师天然昰和尚》云："令丹霞作大师子窟，与曹溪、云门鼎峙而三。"② 并有两首诗述写云门寺，其一礼赞文偃和尚，其二以文偃和尚情操自励：

望入群峰出黛痕，古人面目至今存。报恩且许留三语，立化何容有二尊。威凤寂寥传法眼，游鱼震荡失云门。一回瞻仰成呜咽，谁恤韶阳慧日昏。（其一）

是生是灭漫商量，一树金风透体凉。十七年虽藏北斗，三千里却遇同乡。闭门不管陈尊宿，此梦惟传阮绍庄。珍重目前无异草，平田夕夕下牛羊。（其二）③

（二）汤湖温泉

汤湖温泉在乳源县城内，"汤泉春暮"为乳源古时一景。明嘉靖二十年（1541），韶州府通判符锡拟建亭于左。天启五年（1625），知县谭汝伟建成池室。

澹归秋至汤湖温泉，以丰富的想象，极述温泉形成之神秘、泉水之清澈温濡、沐浴之舒适畅快；并以西安骊山温泉反衬汤湖温泉，赞扬汤湖为乡野之民提供温浴之乐：

远道难教罢洗尘，浴衣着处一盘新。川围暖谷屯香雾，碧涌流黄散玉津。水火逆行长置鼎，地风潜鼓歊传薪。骊山宫殿沂亭草，并作阇黎劫外春。（泉上旧有沂亭，今废）（其一）

即安此水在鞋田，不在杨妃绣袜边。笛转斜阳村老后，锡飞残月野僧先。履霜欲至开温室，中暍如扶到酒泉。应为穷民分惠及，为谁却费洗儿钱。（其二）

紫海才过土满裾，黄龙三度虱无余。丹砂入灶长流汞，白渲倾盆

---

① 《请雷峰和尚住丹霞启》，《徧行堂集二》卷21，第93页。
② 《上本师天然昰和尚》，《徧行堂集二》卷21，第93页。
③ 《云门礼偃禅师真身》，《徧行堂集三》卷35，第17－18页。

忽溅珠。玄武火中张浴榜，祝融冰下簇雷车。镬汤顶上莲花发，梦绕香风不是渠。（其三）

儿童语笑圣僧来，挈杖携灯风雨开。大地为杆频浴月，纯金作匮免焚槐。湿淫不遣随寒入，冷定休教趁活埋。归嘱海螺岩下石，也须结取火珠胎。（其四）①

三、南雄

（一）梅岭

梅岭所属的大庾岭是赣江和北江分水岭，绵延于赣粤边境，扼山川咽喉，"度大庾岭，登舟浮墨江而下，至闻韶水，山川益淑诡"②。澹归《大庾岭》诗，抒写梅岭处要冲之地：

一片青山凿混蒙，始兴此地圬神功。尚怜贡赋天中远，漫说梯航海外同。分付两江终不息，交驰五岭错相通。客途谁得闲心眼，对现云涛万壑风。③

梅关古道直插山口，古道上建有雄伟的关楼，位于关口之巅，向为岭南岭北的交通咽喉。澹归常在此迎来送往，留下许多动人的诗句。如《送介子入都并柬龚芝麓总宪》云：

不分岭头重话别，两江南北月俱圆。七歌未解长镵冷，一句难酬刻烛研。柏府清风传海岳，梅关春色间云烟。那将八载相思字，拓在萧萧雁影边。④

《遇侯公言总戎于梅关，口占为别》云：

入山已说难相见，出岭安知得再逢。出岭入山俱不隔，他年记得在南雄。⑤

凡南来北往的亲人朋友，在梅关一别，天各一方，情境迥异，引

---

① 《温泉夜浴》，《徧行堂集三》卷35，第17页。
② 《韶州府志》，《徧行堂集二》卷20，第70页。
③ 《大庾岭》，《徧行堂集三》卷37，第95页。
④ 《送介子入都并柬龚芝麓总宪》，《徧行堂集三》卷35，第31页。
⑤ 《遇侯公言总戎于梅关，口占为别》，《徧行堂集三》卷40，第208页。

起澹归无限伤感。其诗有云："大庾岭上丹霞意，春日温温北去多"①，"相见不得相思边，大庾南北如钩连"②，"秦岭西禅雁，梅村大庾花"③，"到海龙门开愈阔，过山梅岭踏还低"④，"一片碧云山外影，送君直上梅花岭"⑤，"梅花岭上重回首，碧落半露黄金陲"⑥，"浈水南来梦，梅关北去情"⑦，"珠海春光非故枝，梅关寒色生新丝"⑧，"梅关花挟罗山重，棠茇枝连道树浓"⑨，"各有白光交鹫岭，能无清梦续梅关"⑩，"鹿步罗浮花又落，几枝香雪点梅关"⑪，"虽然未度梅花岭，蹇卫冲寒已入图"⑫，"且得雄关在，身当要路过"⑬。

梅岭地处赣江和北江分流之地，浈水西流，赣水东流，更寓分离之意。澹归有句云："偶出梅关寻别梦，胜流不意相逢……望如山上水，流恨各西东"⑭，"大庾山头青一片。水自东西，便把山分看。依旧青山无背面，绿波断处青才断"⑮。

（二）杨历岩

杨历岩，原称老鹰岩，又叫灵岩，位于南雄市全安镇杨历村西侧。《直隶南雄州志》载："杨历岩以汉楼船将军杨仆经此得名。山顶方广百余丈，前后皆奇峰怪石，有潭深二丈许，绝壁有瀑布……建祇林寺，瀑布为寺之屏。岩下又有一岩，如巨口吸水，水喷薄至雨花台，乃成溪，潭旁有大小蒲团石。"⑯原祇林寺中有众多菩萨，"生佛殿"有唐澄公祖师（又号澄虚大师）肉身。（祇林寺毁于 1958 年，瀑布亦因水源减少、引渠灌溉而不复存在）

---

① 《寄别李瑞吾制府北归》，《徧行堂集三》卷 35，第 16 页。
② 《寄张青琱中翰》，《徧行堂集二》卷 31，第 365 页。
③ 《送定者禅公归长庆》，《徧行堂集二》卷 32，第 400 页。
④ 《送鲁山还桐城》，《徧行堂集三》卷 36，第 73 页。
⑤ 《渔家傲·陶维翰还越》，《徧行堂集三》卷 43，第 285 页。
⑥ 《留别王卜子明府》，《徧行堂集二》卷 32，第 378 页。
⑦ 《挂榜山》，《徧行堂集二》卷 33，第 414 页。
⑧ 《凭孝山归奉寄文园》，《徧行堂集二》卷 32，第 386 页。
⑨ 《寄曹秋岳方伯》，《徧行堂集二》卷 34，第 463 页。
⑩ 《南雄留别孝山太守诸公》，《徧行堂集三》卷 35，第 15 页。
⑪ 《题珠海潮音卷赠方大目之吴门》，《徧行堂集三》卷 41，第 225 页。
⑫ 《次星以画索题，再拈二绝为别》，《徧行堂集三》卷 40，第 201 页。
⑬ 《赠别萧柔以参戎》，《徧行堂集二》卷 32，第 402 页。
⑭ 《临江仙·大庾岭上寄怀南安孙彭诸子》，《徧行堂集三》卷 42，第 277 页。
⑮ 《蝶恋花·赠郭皋旭》，《徧行堂集三》卷 43，第 282 页。
⑯ 南雄市人民政府地方志编纂委员会：《南雄市志》，北京：方志出版社 2011 年版，第 521 页。

澹归有《杨历岩重别柔以》，其序曰："柔以将过岭，独留一日，与余游杨历岩。饭罢登蒲团石，老榕蟠络，嵌空直上，为澄公禅师宴坐地。一峰峭峙如台，号'雨花'，旁有石龙吐水，皆佳境。相传师化后，臭三日，香三日，士民奔走，遂建梵宇。今真身犹存，然岩势殊逼。闻旧寺在岩前，曾集千众也。映山红盛开，命僧携锄取植，为柔以江舟之玩。因书即目，兼志别怀。"诗云：

双手难将别恨排，孤留山水驻奇怀。榕根便捧蒲团住，龙口谁分花雨来。香臭漫随风力转，废兴休把石头挨。过关记得携锄事，朵朵春红向北开。①

其《重修杨历岩疏》记曰："杨历岩为雄州胜境，澄公禅师真身在焉。予尝一登谒，揽其洞壑奇壮，蹊径幽折，林木邃密，龙潭之深峻，雨华之秀拔，大小蒲团石之谲诡，所谓名下无虚也。"② 其《题蒲团石》诗极写"蒲团石之谲诡"：

大小蒲团坐未穿，十围榕树势苍然。解衣我欲名何等，脱帽公知定几年。只放枝条长覆地，却寻门户暗通天。回头拟共龙潭说，一样寒声落夜泉。（时余解衣而登，柔以云："他日便是澹归解衣石矣。"余云："独不可为柔以脱帽石耶？"柔以云："咄咄逼人。"）③

澹归还有句云："品题即有蒲团石，赠答还空弹子矶。"注之曰："蒲团石在杨历岩，予爱之。"④

四、仁化

丹霞山是仁化的重要景区，澹归长年居住于此，他用了大量诗篇描写丹霞山水（见上文）。这里只论及他对仁化其他山水名胜的描写。

（一）观音石

仁化观音石在丹霞山景区。澹归遁入佛门，敬仰观音菩萨，对仁

---

① 《杨历岩重别柔以》，《徧行堂集三》卷35，第28－29页。
② 《重修杨历岩疏》，《徧行堂集一》卷9，第242页。
③ 《题蒲团石》，《徧行堂集三》卷35，第29页。
④ 《孝山、融谷来游丹霞，余以仲冬二十日自相江同上，二日至寺，即周海螺岩一匝而下，二十三日从锦石登舟，至瑶塘言别。先是岱清入山，有七言近体十首，予惊其才艳，未敢步韵，二子欲和之如数，辄亦效颦，得二十首》，《徧行堂集三》卷36，第42页。

化观音石、清远观音岩有特殊的情感。他观瞻仁化观音石，有诗云：

太古谁烹炼，无情忽现身。妙休存混沌，朴未损天真。月面多生琢，云衣几笔皴。不知无尽意，璎珞委何人。（其一）

薄俗信根鲜，边隅佛日悭。暂窥岣嵝洞，徐出补陀山。悲仰余三匝，慈威露一斑。月明江水白，抛影不须还。（其二）

背水非营阵，为山且破荒。自归安养内，别见妙高旁。童子香花静，行人手眼长。无由睹鹦鹉，顶后宿神光。（其三）①

诗歌描写了观音石栩栩如生、形态逼真，尤为叹赏的是此石无论从哪个方向看，都似观音端坐莲台。如此神奇之石，却坐落在此荒山边鄙之地，澹归不得不为之惋惜。澹归抒写观音石还有句云："绕山三匝看犹在，谁结莲花七宝台。"句末注云："过铜鹤岭，即见观音石，仿佛花冠璎珞之相。江水环山左右，前后绕之三匝，皆如觌面。憨山大师过此，曾有造殿之愿。"②

（二）五马归槽

在韶石山对面浈江河畔，有五石并列矗立，迤逦而西，形似五匹高头大马临江饮水，形态生动逼真，这就是有名的景观"五马归槽"。

澹归往来于浈江，"五马"在他脑海中留下了非常深刻的印象。由于"五马"与"韶石"隔江相对，"五马"也成为韶关一个地标性的景观，在澹归的诗歌中常与"韶石"并提，如"韶石山前五马渡，海螺岩畔千华路"③，"韶石薰风开五马，赵家冬日照三竿"④，"五马闲韶石，双幡领缙绅"⑤，"万羊籍内无勾籍，五马群中又逸群。拂石风清虞帝乐，如膏雨洗伏波军"⑥。

"五马"远处便是丹霞山，去丹霞山，也可从"五马"处弃船登舆入山。澹归常从丹霞山眺望"五马"石，如"五马径归频唤客，三

---

① 《观音石》，《徧行堂集二》卷 33，第 413－414 页。
② 《孝山、融谷来游丹霞，余以仲冬二十日自相江同上，二日至寺，即周海螺岩一匝而下，二十三日从锦石登舟，至瑶塘言别。先是岱清入山，有七言近体十首，予惊其才艳，未敢步韵，二子欲和之如数，辄亦效颦，得二十首》，《徧行堂集三》卷 36，第 39 页。
③ 《马子贞太守同张斗环协镇、池仪伯别驾入山赋赠》，《徧行堂集二》卷 32，第 383 页。
④ 《寄韶州赵雨三太守》，《徧行堂集三》卷 35，第 15 页。
⑤ 《雨三初度》，《徧行堂集三》卷 39，第 159 页。
⑥ 《马子贞太守初度》，《徧行堂集三》卷 38 ，第 144 页。

岩直上便无家"①，"欲扫三岩径，宁知五马归"②，"穷檐暂失三冬照，怪石同看五马朝"③，"烟霞开五马，风雨挟孤筇"④，"九龙遥结瑞，五马近登春"⑤。

（三）见峰滩

见峰滩又名建封滩，地处仁化周田镇。见峰滩上有建封寺。苏轼曾由上京古道过大庾岭到粤北，夜宿建封寺，并作《宿建封寺晓登尽善亭望韶石三首》。澹归法兄今觑也有诗《经见峰滩寻灵树禅师旧址》。澹归有两首诗描写见峰滩。其一云：

建封滩改见峰名，水背山弦路数清。不着芒鞋愁脚力，各携缆带莫空行。勾消日月余三世，斟酌风波过一生。记得使君曾到处，篮舆叶艇正含情。⑥

指出见峰滩名字由来（"建封"即"见峰"），幻想由滩入山，当逍遥于世外。

其二云：

江上见数峰，遥识丹霞处。丹霞不漏影，忽与江水遇。江水不留盼，岂为丹霞住。因谁日夜忙，万派争一注。到海各销声，苍茫失云树。⑦

诗歌抒写在见峰滩见丹霞倒影于水中，江水于此奔竞远方的景象，反衬出他与世无争的佛家情怀。

五、始兴

（一）张文献公祠

张文献公祠原在始兴县东南隘子镇桂山，人称"老祠"。因老祠

---

① 《韶阳奉送周大司马》，《徧行堂集三》卷38，第129页。
② 《旧腊，枉融谷札云：孝山当于新正至韶石。及予次相江，孝山已还治，溯流而上，抵见峰滩，即事有作。时融谷将归当湖，增我离恨，词无伦次，聊以见怀》，《徧行堂集三》卷39，第165页。
③ 《戴怡涛、池仪伯同访龙护园》，《徧行堂集三》卷38，第147页。
④ 《还丹霞留别孝山》，《徧行堂集三》卷39，第171页。
⑤ 《庸庵得孙》，《徧行堂集三》卷39，第173页。
⑥ 《见峰滩》，《徧行堂集三》卷36，第57－58页。
⑦ 《南韶杂诗·见峰滩》，《徧行堂集四》续集卷13，第303页。

年久失修，张氏族人遂于康熙三十九年（1700）按原样迁建于湖湾村旗岗山南麓。

澹归对张九龄、余靖丰功伟绩非常崇拜，"曲江僻在岭表，张丞相、余尚书功德巍然，立言复能卓越，风度风采，各以一字之长与其面目惟肖"①，"韶之名州阅千载，无不称张九龄、余靖"②。澹归没有诗歌抒写张九龄祠，却有《百字令·张丞相祠》词一首，描写其祠建于偏僻乡野"峻壁危松古道"上，赞扬张九龄儒雅超俗、睿智清明，"遥想忧戾方中，独清独醒，形影徒相吊。两兔一雕虽善挟，羽扇情词兼妙。宠嫔当诛，幸臣莫请，讵免书生料"③？

（二）玲珑岩

玲珑岩位于始兴县城南郊，岩洞多，外景美，是始兴十景之首，向来被人们称为仙室，与西面的鹅公嘴遥遥相对，与肇庆七星岩为姐妹岩。不少文人墨客踏足此地。澹归有诗《玲珑岩》，状写洞内乳石千奇百怪，形状万千：

便携短策趁朝霞，一往穷搜石丈家。圆结三珠分道树，倒垂七宝合莲花。鼓钟绝响来闻见，师象成形失爪牙。把手忽疑风浪涌，此生元不异浮槎。④

澹归还有句云："玲珑岩下墨江涛，曾见名流试彩毫。"⑤

六、乐昌

也许因地理位置所限，澹归较少去乐昌。其抒写乐昌山水名胜的诗篇，留传下来的只有描绘泷溪岩的一首。泷溪岩在乐昌市西北。据顾方禹《读史方舆纪要》载："（泷溪岩在）县西北三里。岩有石室，深三丈，广五丈余。《道书》以为七十二福地之一。其北五里，泷溪出焉，南流入武水。"⑥ 澹归之诗写泷溪岩险峻高耸，石室清幽宜人：

① 《韶州府志·观止第九论》，《徧行堂集二》卷20，第78页。

② 《韶州府志·人物志总论》，《徧行堂集二》卷20，第69页。

③ 《百字令·张丞相祠》，《徧行堂集三》卷44，第313页。

④ 《玲珑岩》，《徧行堂集三》卷35，第33页。

⑤ 《始兴江口》，《徧行堂集三》卷36，第56页。

⑥ （清）顾祖禹：《读史方舆纪要》卷102，上海：商务印书馆1937年版，第4243页。

绝磴云根远，凌虚鸟道长。海山收一望，松竹俨成行。意到言俱适，情深分亦忘。泐溪探福地，偕此得清凉。（乐昌泐溪岩，夙称名胜，公曾作佛事）①

澹归驻锡粤北达十七年之久，他的粤北游历诗歌可以说囊括了除新丰外当时所发现的有名景点。他的这些诗歌不同于清代学人诗融地志与考证于一体，并不着意于写实，而是抒发情感或寄托；能扣住景物中最能触动诗人胸怀的某一两个审美点，经过艺术加工和提炼，使其升华为绝美的意境，"不满足于追求事物的外在模拟和形似，要尽力表达出某种内在风神，这种风神又要求建立在对自然景色、对象的真实而又概括的观察、把握和描绘的基础之上"②。其诗"如山如岳，如泉鸣谷应，如风起波兴，如碉草，如篱英，如春云之和蔼，如秋月之澄清"③。他诗笔下的韶关山水名胜展现出来的往往是形而上的意境美。

① 《池仪伯别驾入山》，《徧行堂集二》卷33，第436页。
② 李泽厚：《美的历程》，北京：文物出版社1989年版，第169页。
③ 《徧行堂续集叙》，《徧行堂集四》卷首，第3-4页。

第六章　澹归诗歌中的岭南风物

　　岭南地处中国南端，地域辽阔，北依五岭，南临南海。境内山地、平原、丘陵交错，北回归线横穿而过，气候温暖，雨量充沛。优越的气候条件，复杂多样的地形、地貌，为植物的生长创造了良好的环境，因而岭南物产资源非常丰富。澹归的诗（词）描写了岭南许多花卉、草木、百果、谷蔬，其中最多的是荔枝和梅花。

第一节　荔枝

　　历代诗人对岭南物产吟咏甚多，其中写荔枝的诗词最多。唐代岭南名相张九龄有《荔枝赋》，其序曰："南海郡出荔枝焉，每至季夏，其实乃熟，状甚环诡，味特甘滋，百果之中，无一可比。"[1] 唐代杜甫《病橘》诗有"忆昔南海使，奔腾献荔支。百马死山谷，到今耆旧悲"[2] 之语。宋代苏轼《食荔枝》诗发出"日啖荔枝三百颗，不辞长作岭南人"的热情赞叹。明代岭南诗人陈献章的《答西良荔枝》《乞荔枝》，欧大任的《题孙参军荔枝练鹊》，黎民表的《食荔枝贻李季常兼柬欧经季欧子耕》，屈大均的《广州荔枝词》等诗篇皆脍炙人口，传诵不绝。

　　澹归极喜荔枝，他称荔枝"妙绝天下，果之中之藐姑射之仙也。……紫云之丽为衣，云母之纯洁为肉，花之馥郁为其香，月之朗

---

[1]　（唐）张九龄著，刘斯翰校注：《曲江集》，广州：广东人民出版社1986年版，第383页。
[2]　（唐）杜甫著，谢思炜校注：《杜甫集校注》，上海：上海古籍出版社2015年版，第2593页。

彻为其光"①。他认为"荫绿榕，食丹荔，散带剧谈，自是人间乐事"②。师弟乐说和尚去海云寺，久未归丹霞，澹归曰："渠要吃了荔枝方还，荔枝甘，丹霞苦，亦不忍令之久苦而不一甘也。"③澹归又极想让乐说带荔枝回丹霞解馋，于是催他早回："今年节气颇早，计端阳荔糖已上矣，五月杪，即黑叶俱尽，望吾弟便扁舟还山，勿使我眼穿也。"④友人寄来荔枝，澹归致谢云："颁及荔枝，风味极佳，既以自饱，兼及同行。"⑤

一、对荔枝的喜爱

澹归的荔枝诗不对荔枝作简单的描写，不对荔枝作典故罗列，而是叙述、描写、议论兼用，细腻描绘出对荔枝的喜爱以及品尝荔枝的独特感受，表达对荔枝的顶礼膜拜之情。澹归对荔枝的赞美，达到了无以复加的地步，历代诗人无出其右。

澹归有《食荔枝》⑥长篇古体五首，鸿篇巨制，令人惊叹。

其一序曰："荔枝熟时，误当病次，爱我者戒我，初亦自戒也。既情不能禁，若决江河，莫之能御。且喜且惭，因放歌以自解。殷辛曰：吾身不有命在天。遂有千古同调。然其语致足千古，虽欲不为俯首快心，不可得矣。"诗云：

三年出岭南，年年思荔枝。今年在岭南，饱食当无辞。无端有脾疾，云此不相宜。既不食荔枝，入岭将奚为。友人为我出深爱，劝我节制好宁耐。一餐只与二十颗，人前面面流馋态。庐山两书速我回，我去应知难再来。途穷日暮已若此，规行矩步安用哉。夏至闰交糖正上（方言以熟为上糖），珍珠乱撒红罗帐。五鬣松花不得香，九天甘露何须酿。凌风漫说枣如瓜，比雪休夸梨似盏。偏甘益智蚤称奴，兼酢杨梅安敢抗。此时心口自评论，不堪逃死三家村。杀人之物岂独此，齐眉落泪羞河豚。一双眸子烟欲出，百万病魔魂已奔。轩然攘臂成大

①《彭羡门进士南游草序》，《徧行堂集一》卷6，第158页。
②《与即觉阇黎》，《徧行堂集二》卷22，第131页。
③《与即觉阇黎》，《徧行堂集二》卷22，第131页。
④《与乐说辩大师》，《徧行堂集二》卷22，第125页。
⑤《与张康之总戎》，《徧行堂集二》卷25，第201页。
⑥《食荔枝》，《徧行堂集二》卷31，第355－358页。

嚼，十洲火树将半吞。华首老人牙齿痛，真佛侍者眉棱重。后车唤我看前车，我已四十心不动。坡公不蒙宰相嗔，才高薄海难沾唇。驿马走杀天下怨，拼领马鬼三尺巾。官身动遭世简束，舍官舍命常酸辛。家鸡那得似野鹜，衲僧气宇何嶙峋。可惜今年恶风雨，枝头垂实贫且窭。空教有量等河沙，大量难逢大施主。口边白肉飞银涛，聒噪不知手眼劳。黄衫老媪愁欲绝，绯衣竖子休叨叨。荔支是甘药是苦，一般口业谁能逃。我若三日不下咽，公等尽作霜中蒿。回头不觉起惭愧，友人醒我我还醉。却病延年我得之，劳他代我添憔悴。忠言逆耳听者稀，知汝口是心仍非。忽地有人送荔子，许多惭愧变欢喜。

诗歌写有病在身，不宜食荔枝，然禁不住荔枝强烈的诱惑，遂奋不顾身，饕餮大餐。"一双眸子烟欲出，百万病魔魂已奔。轩然攘臂成大嚼，十洲火树将半吞"，生动勾画出对荔枝的贪婪与挚爱；"口边白肉飞银涛，聒噪不知手眼劳"，略带夸张地刻画出吃相之馋；"黄衫老媪愁欲绝，绯衣竖子休叨叨。荔支是甘药是苦，一般口业谁能逃"，大有吃尽天下荔枝才肯罢休的剽悍。这种活生生的描写，把对荔枝出自肺腑的酷爱倾情而出，在古往今来的荔枝诗中很难得见。

其二序曰："梦回饷我荔枝，半途为醉人所夺，是人不爱我，乃其爱荔支，则可恕也。虽然，雪上加霜，未免一场懞懂。追承续供，即寄此诗，并以夸示夺者。"诗云：

野夫长夏少拘束，尽日屦声断空谷。天风忽送荔支香，翘首一株柚子绿。故人念我心焦灼，满筐遣寄当良药。狭路何来醉少年，食在口边遭夺却。三千里路卖衣单，我结荔支缘亦难。几般风雨暗相妒，几般药忌明相干。几般高兴败不尽，一餐半饱如三餐。故人步屦重过我，失马因缘殊未左。但留前日主人情，迟至今朝何不可。病汉从来没本钱，明珠剥又成堆垛。东官荔枝当尽时，增城虽有无相知。好教深闭老饕嘴，石头坐断休寻思。那得此间百果无彼此，更翻直日长结子。荔支堆里坐且行，我即牡丹花下死。

诗歌写好友梦回（张安国）馈赠荔枝，半途却被醉人所夺。澹归只得向梦回重索，梦回送的荔枝比前次还多，澹归"明珠剥又成堆垛"，庆幸此有"失马因缘"。"荔支堆里坐且行，我即牡丹花下死"，对荔枝之爱重，对生命之爱轻，真可谓"荔枝堆中死，做鬼亦风流"。

其三序曰："晚当就月，我方怯风，真公遽自壮，乃以荔支挟之，

遂屈而从我。因记其戏笑一时之语，庶不令陶渊明眉毛打结也。"
诗云：

明月夜夜有，荔支今欲无。真公呼我坐月下，见我畏风相揶揄。不闻因病避荔支，因风避月何区区。我视荔支如此月，两般格韵一夐绝。我谓真公如所说，明月荔支总无别。我归松寮啖荔支，团团皓魄流华池。公在此间看明月，颗颗轻红落寒雪。真公大笑随我行，我虽拙不贪虚声。饱却荔支来看月，皮里皮外皆光明。人间乐事那过此，我亦未敢兼双美。但得荔支如月大，咬着卧时咬着坐。八风吹不到其中，不看何尝轻放过。万岁蛤蟆空咽唾，错将明月当荔支，一口横吞咬不破。

诗歌写一轮皓月当空，然自己怯风，不敢坐月下，法友真公（今如）却要澹归月下陪坐。澹归以屋内有荔枝相诱惑，真公禁不住荔枝的诱惑，舍月进屋。"我归松寮啖荔支，团团皓魄流华池"，"但得荔支如月大，咬着卧时咬着坐"，并嘲笑月中蛤蟆"错将明月当荔支，一口横吞咬不破"，其喜爱荔枝之心，憨厚真切，可敬可爱。

其四序曰："自十三日不得荔支，已无余想。台设阇黎遶搜真公囊底，为最后供。明日张作圣复继之，皆绝顶黑叶也。水尽山穷，又入桃花源里，事出意外，不可无诗。"诗云：

别却丰湖下宝安，水晶应日浮冰盘。已知俭岁敢嫌少，欲解真馋不惮酸。舌与荔支作一片，照水飞霞光潋滟。美食难教中饱人，独有此公饱不厌。我得荔支病骨轻，监寺极有添花情。荔支未熟百鸟瘦，熟时百鸟皆和鸣。几年菀结变枭勇，不数大战昆阳兵。三日已来饷道绝，旧病欲作还零丁。平原出猎不见兔，老拳阂杀摩天鹰。小童伴我操丸药，食指不动动两脚。黑叶仍堆满案红，钩起相思一络索。一回叹此非意中，老真囊底成顽空。贼打贫儿事亦好，其奈人心各不同。闻他说是最后供，欲将谁向西方送。荔支有处即西方，不消举足分轻重。近来乐事已萧条，干坐东方亦无用。篁村长者情更多，勒转后队当前戈。我到半途复来此，盘中七宝光相罗。延得一日似一劫，不称此土为娑婆，称为极乐之行窝。

诗歌写吃荔枝时节已过，自己到宝安只吃到了些残余荔枝，却也是"舌与荔支作一片，照水飞霞光潋滟"，大有饥不择食之态。吃完

后实在无法再得到荔枝，于是打起了真公案供荔枝的主意，唆使台设阇黎（今镜）和小童去"偷"，也不管对菩萨恭不恭敬，"荔支有处即西方，不消举足分轻重"。恰好第二天士民张作复又送来了足量绝顶的荔枝（"盘中七宝光相罗"），才真正解了馋，也缓解了病情。澹归于是"不称此土（宝安）为娑婆，称为极乐之行窝"。

其五序曰："予既爱荔支，遂憎其核。张允殿馈无核荔支四百许枚，惟近蒂一点檀晕作核痕而已。以其适如我意，目曰'如意珠'。此火山也，味小酢，辄欲讳之。"诗云：

我贪荔支亦无涯，譬如北人江东买枇杷。去核去皮去枝蒂，饶君减直饶君赊。当其口滑意未足，那教膜子都成肉。难道堂庖没齿肥，不胜穷搜羊脊骨。别来黑叶五日轻，寤寐何止三秋情。梦回许我筑茅屋，挥手暂谢匡山君。从容或饱来年腹，未须草草怀增城。却逢火山不敢薄，相待又如孔融席间呼老兵。虽然不是蔡中郎，面貌仿佛如平生。奇哉允殿使者至，一笑欲与盘俱倾。我愿荔支不生核，此树何得知吾心。枝枝红白双结子，柔若无骨犹虚声。色香味外成妙触，一时绝韵难为评。不羡菖蒲煮紫米，不羡蕗草烹黄精。此之玉液无火候，弹丸自育云中英。道华一食无核枣，已足与天同不老。让我从来不爱仙，事事当如我意好。欲如我意当何如，与此荔支无有殊。小而无核使之大，大而有核使之无。锡以嘉名表尤异，等于髻中如意珠。如意珠，难卜度，记与道流曾戏谑。一苞百颗尽摩尼，不许一颗藏一壳。芡实圆匀径寸量，海松尖长整一捺。葡萄但有汁盈杯，频果更无心可凿。三章约法付上林，几般不顺当行罚。莲花生子何太劳，银皮两瓣三重包。胡桃安身绝险阻，大藤踞峡如生猱。水菱四面铁龙爪，山栗一体豪猪毛。彼虽无核却有械，见人欲食思操刀。怒蛙鼓腹竟何补，生龟脱壳谁相饶。君不见董家鄠坞千年计，篝灯赔出脐中膏。不如如我此如意，指头无棘牙无螫。忍辱仙人行供养，表里洞不留纤毫。愿言比德作良友，岂曰极口穷贪饕。

诗歌写自己贪吃荔枝，却嫌荔枝有核。友人张允殿以无核荔枝馈赠，澹归以为世上珍馐无过于此，美其名曰"如意珠"。他认为葡萄、苹果虽容易食，但有核；莲子、胡桃、水菱、山栗虽无核，但有硬（刺）壳，食之不易。只有荔枝，"指头无棘牙无螫"，兼两者之美，实乃世上少有珍果。虽然食荔枝容易上火，但澹归全然不顾，"怒蛙

208

鼓腹竟何补，生龟脱壳谁相饶"。

澹归还有《眼儿媚·食荔支》① 词四首，也写极对荔枝的喜爱：

脚底无根惯生苗，何物殢人娇。荔支可似，河豚拼死，魂断休招。如今又似香山老，年与兴潜消。多应孤负，小蛮杨柳，樊素樱桃。（予向食荔支，一顿得八十余颗，一日可得四顿。今一日一顿，顿止二十余颗而已）

言自己对荔枝可以拼死一爱，然年纪老了，也不像年轻时候吃得那么多了。

红绡隐隐卧佳人，香送十分春。一团软玉，半含朝露，未解行云。娇慵扶出兰汤外，点水不沾身。早知心醉，且教眼饱，莫便平吞。

将荔枝比作娇艳的丽人，其娇嫩之态，只想捧在手心看，不忍心吃掉。

手搦香肌怯情浓，影活眼光中。一回到口，有多滋味，无语形容。昼长不觉心偏短，触热老难工。山深云冷，梅低晚雪，笋拔晨风。

言品尝荔枝之美无以形容，大致与"梅低晚雪，笋拔晨风"之情韵相当。

火树生珠一林丹，擘破雪成团。人人未晓，仲春渐热，仲夏犹寒。赤衣郎子千般俊，甜尽不能酸。霎时皮脱，霎时骨委，何处冰山。

言仲春时看到满树红彤彤的荔枝，让人心头更热；夏天吃到冰清玉雪的荔枝，倍感清凉。并生动描绘出吃鲜美荔枝之爽快，霎时就让荔枝壳堆成一座小山。

澹归还有一首荔枝词，赞美荔枝清凉胜过冰壶，滋润胜过天乳，清香胜过龙脑，甘甜胜过葡萄、杨梅，并回忆在东莞篁溪徐彭龄（仲远）等友人处饱啖荔枝的美好时光，祈愿自己死后能化作荔枝：

何来几斛明珠，眼前为我俱倾倒。风流标格，素光内映，红霞外绕。凉夺冰壶，润浮天乳，香轻龙脑。问葡萄月上，杨梅露下，还分得，甘多少？　犹记病夫徼幸，尽篁溪、三年安饱。白云深睡，温柔微醉，四乡偕老。柚子堂虚，三廉石冷，南池波渺。叹吾今衰矣，可

---

① 《眼儿媚·食荔支》，《徧行堂集三》卷42，第260页。

能化汝，作安期枣？（白云乡、温柔乡、睡乡、醉乡，合为荔支封邑，亦自无忝。芥庵有柚堂梦回别业，三廉树下，仲远宅南池，皆予啖荔支处）①

澹归诗词中还有许多赞美荔枝的句子，如"低垂荔子犹申约，满把萱花未解忧"②，"黄蕉丹荔随时熟，白石清泉不见猜"③，"莫思丹荔远，渴吻尚流膏"④，"黄柑颗作兼金重，丹荔盘成怪石空"⑤，"华山（笔者注，即小华山，荔枝中的珍品）出后劲，清烈分温柔"⑥，"难道荔支红不是，柔膏暗把层冰制"⑦。

二、荔枝带来的情趣

澹归善于将与荔枝相关的所见所闻之事、可喜可谑之情写入诗中，全诗充满欢快气氛。如其《食荔支绝句》（十首）⑧：

早来闷煞枝头绿，急性谁争第一红。有分夺标犀角子，无人剪绺雪髯翁。（今年荔熟极迟，五月三日访少文，始食犀角子）

言荔枝熟得迟，好容易等到犀角子熟了，趁无人偷吃。

果熟未曾吾却去，熟情还赖主人长。一枝柳色青先折，生受王家十八娘。（仲远家闽种，其形纤长，似蔡谱所称十八娘也。余将还雷峰，恐不得尝，摘以为饯。半犹青青，然香味已逗人矣）

言友人徐彭龄家有荔枝珍品，自己离开时尚未成熟，然主人还是将其摘下为之饯行。

荔支日入庐山梦，两斛携归不较多。满载浓香供一枕，舌尖争奈鼻尖何。（梦回先以荔支两斛附余。还雷峰舟中，溽暑不得睡，然终夜饱其浓香，津津见舌尖生妒也）

---

① 《水龙吟·荔支》，《徧行堂集三》卷44，第318页。
② 《叶许山招集兼园》，《徧行堂集三》卷36，第62页。
③ 《寄曹秋岳方伯》，《徧行堂集二》卷34，第463页。
④ 《萧品石馈桃》，《徧行堂集二》卷33，第422页。
⑤ 《小除生辰，止阇黎垂示七律，侑以瘿盘黄柑，赋答》，《徧行堂集二》卷34，第465页。
⑥ 《同阿字首座茶集徐仲远南池》，《徧行堂集二》卷30，第327页。
⑦ 《蝶恋花·夏至》，《徧行堂集三》卷43，第280页。
⑧ 《食荔支绝句》，《徧行堂集三》卷40，第193－194页。

言回海云寺的舟中溽暑难耐，然有友人张安国送的两筐荔枝，可以用来消暑。

不得东官饱荔支，喜欢极亦问吾师。频来丈室分余果，暗欠明还各自知。（归见老人，虽喜极，然打脱东官荔支，亦煞风景也。方丈颇饶此，时时阑入，啖之以自补）

言天然函昰将澹归从东官召回，打断了他的荔枝梦。然只要有人送来荔枝，函昰就以之送澹归，以作补偿。

炎风不放午云凉，眉锁难开磕小窗。忽地共看欢喜面，斋厨已发荔支梆。（送供稍多，即击梆会众共食，稍得恣意）

言自己炎暑天正无聊，忽然斋橱传来发放荔枝的信号，喜不自禁。

空占雷峰常住地，都无供养众僧心。昨朝骂却今朝好，表汝为吾惭愧林。（伽蓝殿前两树参天，余责其结实不佳，或曰："此树自佳，公勿错判。"次日食之，果然）

言海云寺前有两株高大的荔枝树，自己曾责其果实不佳，有人说不要错怪，待食其果，果然味美。

辛风苦雨返篁溪，两日犹看黑叶肥。但得口头长带水，不妨脚底暂拖泥。（至篁溪雨甚，梦回以黑叶见啖。次日调空老人，亦雨甚，亦以黑叶见啖）

言自己赶到东莞篁溪，黑叶荔尚在成熟，天正下着雨，但只要有荔枝吃，脚踏泥泞而行也很愿意。

来迟来早失中间，饕餮空嗟数亦悭。余福尽堪供晚景，徐家又送小华山。（五月初一至篁溪，太早，六月初八至篁溪，太迟，失却荔支正好处。仲远饷我小华山，为之起舞）

言自己离开篁溪时，荔枝尚未成熟；再赶回篁溪时，荔枝差不多已过时，幸好徐彭龄家还有小华山可供享用，自己高兴得手舞足蹈。

日斜一盒红香满，捷足分来利市梢。伐树未逢王武子，金钱且勾绿荷包。（仲远遣人市绿荷包为馈，闻其主人不自尝，但卖而已）

言徐彭龄又从市上买了荔枝"绿荷包"供自己享用，"绿荷包"主人因其贵舍不得吃，只卖以换钱。

齐己诗难涸谪仙，江家绿却类青莲。胜情如醉君三斗，宽政才征我一篇。（偶书《荔支绝句》贻仲远，仲远复以绿荷包来曰："恐复博师一绝句也。"因走笔答之）

言徐彭龄再为自己购买昂贵的鲜品"绿荷包"，仅索诗一首作为回报。

澹归如此喜爱荔枝，他即将出岭，朋友特从增城购得凝冰子、花领、小华山三种名贵荔枝相赠：

凝冰花领小华山，百里增城费往还。晚熟看来过蔗尾，先生念欲出梅关。流连杨子卢郎外，次第方红江绿间。若较循州八百颗，也无余憾及吾悭。①

澹归如此喜爱荔枝，有一年夏天他卧病龙护园，陆世楷送来荔枝，不啻沙漠中干渴得水：

意中不似岭南人，何处轻红照眼新。伏日正长初病肺，华池欲涸更生津。分甘倘得三危露，濯水元无九陌尘……②

澹归如此喜欢荔枝，心想如果荔枝能移植丹霞山，那该多好啊：

此叶此间谁此似，荔支曾起赤城霞。那能移取千林远，冬夏齐驱二月花。③

澹归与朋友常以荔枝为题相互酬唱，幻想诗歌化作满钵的荔枝，慰藉友人的思念之情：

荔支词擅绝，甘蔗种还痴。（吾释氏号甘蔗种）雕鹗无迟疾，罗浮两合离。（右衡有《荔子诗》，余亦有《食荔支歌》）余嗔留戏谑，过饱落便宜。好作轻红钵，为君去后思。④

澹归如此喜欢荔枝，以至于他把能品尝到荔枝作为一年中最大的幸事。如"悔出雷峰早，生疏荔子丹"⑤，以自己外出化缘过早，错过

---

① 《少文遣人走增城，得荔支三种见饷》，《徧行堂集二》卷34，第467页。
② 《自韶阳以上，不得荔支，壬子休夏龙护，承孝山分惠呈此》，《徧行堂集三》卷38，第138页。
③ 《喜见红叶》，《徧行堂集三》卷40，第199页。
④ 《重别右衡并寄长旭》，《徧行堂集二》卷32，第389页。
⑤ 《万年山中送台设镜师还雷峰》，《徧行堂集二》卷32，第388页。

了荔枝成熟之时为悔；"谁在珠江尝荔子，吾家别恨写芙蓉"①，以自己无法品尝新荔为恨；"柳条已透凌江绿，荔子还思珠海红"②，以朋友将去南方，能吃到鲜荔为贺；"寂寥仍一笑，稍稍荔支红"③，以与朋友相逢于荔枝将熟时为喜；"已近荷香荔熟时，那将别绪搅晴丝"④，"荔子香边添别恨，火云簇起蓟城霜"⑤，为友人在荔枝将熟时离开为叹。

澹归写荔枝诗（词）不同于历代其他诗（词）人，他不是站在第三者的角度，以局外人的姿态冷静客观地对荔枝进行描写。他对荔枝是如此痴爱，他写作时全身心地贯注于荔枝的色、香、味之中，甚至心灵与荔枝融为一体。他的荔枝诗生动地刻画出他对荔枝深切的感受：见到荔枝的惊喜、痴呆；吃荔枝的贪馋、痴迷；没吃到荔枝的沮丧、落魄。特别是他把贪吃荔枝时奋不顾身地饕餮大餐，描写得形神具备、入木三分。他的荔枝诗长于叙事，以荔枝为切入点，写出了与张安国、徐彭龄、乐说、今如等友人真挚而深厚的感情，令读者感同身受，嘘唏不已。他的荔枝诗恰如其分地运用夸张、联想、想象等手法，描绘出果中"藐姑射之仙"的绝美品质，开拓了中国古典诗歌中咏物诗的题材内容和艺术手法。

第二节　梅花

梅花以其疏影横斜的芳姿，清雅宜人的幽香，华而不艳，冷而不淡，自古以来就为世人所钟情。岭南的梅花因地暖而开得早，往往冬天伊始即开放，具有江浙梅花所没有的特征。于是，通常在江南一带傲雪独放的梅花，在无雪的岭南成就了另外一番独特的景致。

澹归天生爱梅，他创作了数量颇丰的梅花诗（词），人称澹归以"梅"入诗，犹有嗜痂之癖。⑥澹归长年流落于岭南，他的梅花诗主要

① 《元宵前一日孝山携茗集龙护园即事》，《徧行堂集二》卷32，第379页。
② 《赠陆亦樵之仙城》，《徧行堂集三》卷35，第28页。
③ 《存四重来穗城》，《徧行堂集二》卷33，第409页。
④ 《彭羡门进士来别诗以留之》，《徧行堂集三》卷36，第45页。
⑤ 《送吴馨上北行》，《徧行堂集三》卷41，第217页。
⑥ 《寿朱南海说梅》，《徧行堂集三》卷35，第23页。

写了东莞篁溪之梅、梅岭之梅与丹霞之梅。由于写作的背景、诗作的地点及写作的意旨不同，抒写三处的梅花诗各有特点。

一、东莞篁溪之梅

澹归的大型七绝组诗《梅花兴》[①] 共二十七首，主要以东莞篁溪之梅为描写对象。当时诗人流落在东莞，结识了徐彭龄、张安国等当地乡绅。这些人疏通文墨，澹归这些诗歌是为他们而写的，因而诗歌写得通俗易懂，也没有用梅花诗传统的抒情写法，而是多用白描兼抒情，以符合这些士民的审美需求，抒写他们一起赏梅、植梅的欢乐情景。

组诗前半部分以描写为主，兼抒情和叙述，主要描写梅花在不同的自然环境下优美的姿态：

密意难输微逗玉，雅思易瘦略分香。晚来勺水相酬汝，伴取枯禅一味长。（其一《灌梅》）

写晚梅花香扑鼻。

留连不住梅梢意，没得风流也自飞。一会低头还仰面，何消落尽始知几。（其二《落梅》）

写梅花自开自落。

几番怪汝心难冷，才得阳回历乱开。何似老僧冰雪定，寒炉坐地一堆堆。（其三《至后》）

嫌梅开得太早。

杲日和风随有色，澹云疏雨过无声。却因月下重相看，全境全光画不成。（其四《月下》）

赞月下梅花朦胧之美。

铁桥下有倒垂枝，千尺寒岩照水时。万古无人能踏到，一般开落

---

① 《梅花兴》，《徧行堂集三》卷40，第203－207页。组诗第九首注："稼轩瞿公有归云庄，秋涛陈公（笔者注：即陈子壮）有云淙，皆环植梅花，今榛芜矣。与止师谈而三叹，吾别孤山已久。"可推知该组诗大概作于顺治十一年（1654）。顺治十一年，澹归为文祭故督师瞿式耜，并至秦川（今常熟），驻锡瞿式耜贯清堂。（吴天任：《澹归禅师年谱》，香港：佛教志莲图书馆1989年版，第71页）

自家知。（其五《记罗浮旧闻》）

写铁桥之梅寂寞开无主。

未到花前满眼香，从来此事不曾藏。为怜蜂蝶分明里，忘却枝头尽日忙。（其六《花间》）

写梅花招来蜂拥蝶围。

偶然少树生多想，想到西溪亦梦中。烟合暮山游客散，从无人听鹤归风。（其七《忆西溪旧游》）

回忆故乡西溪之梅。

非晴非雨罨香天，缓步如行雪夜船。脉脉递来谁领去，只应珍重好风前。（其八《将雨》）

写雨前梅花之香浓烈。

二云琼树归天上，一样榛芜满世间。还许吾侪同话旧，也怜鹤梦断孤山。（稼轩瞿公有归云庄，秋涛陈公有云淙，皆环植梅花，今榛芜矣。与止师谈而三叹，吾别孤山已久）（其九）

惜瞿式耜归云庄、陈子壮云淙别墅之梅荒芜不堪。（之所以不标题，或为避文字之祸）

只缘多病成相对，始觉清寒不易消。自把蒲团辞永夜，莫将风雨怨来朝。（其十《病不能露坐》）

写体怯不能伴梅夜坐。

夜来雨过还安否，恰有精神分外生。不是铅华经洗脱，天然赋得水云情。（其十一《雨后》）

写经雨之梅更加芳艳。

疏密颇因人近远，后先都为日开遮。风光到我枝枝好，不欠毫厘也不赊。（近人者密，远人者疏，开日者先，遮日者后）（其十二《晴》）

写梅亦具灵性。

组诗的后半部分以叙述为主，兼以描写和抒情，以时间和活动先后为顺序，叙述了在筻溪园林中种植梅树的系列情节，串连成一个个种梅的故事：

此公且似葵倾日，何物长教竹有阴。老杜到今须不死，便将辣手用慈心。（其十三《伐竹出梅》）

写砍竹使梅得到阳光。

门外有梅移入内，花砖掩映最相宜。一枝爱煞斜拖满，半臂舒香欲就谁。（其十四《移梅》）

写移入庭院之梅风姿曼妙。

移得梅花兴未尽，彩笺飞去更搜寻。不知谁拍骊龙项，万斛珠玑散一林。（其十五《寻梅》）

写致书友人索梅。

徒倚亭前如有待，岭头消息到无人。南州忽下衔花使，又是争先第一春。（其十六《仲远遣园丁送梅》）

写友人赠梅。

干老花疏偏有韵，枝多根少虑难存。却如病客无安土，乞与残生谷数升。（其十七《种梅用谷，老则倍之》）

写以谷物培植梅。

树老那教春亦老，我今即是古之僧。定知腊后新条在，莫比元宵五夜灯。（疑老树难生，自逢云："譬如买灯，看几日即休。"此语亦佳。虽然，我信其生，不信其死）（其十八《祝梅》）

祝愿老梅成活。

远树又当日暮至，大家携烛照花枝。儿童贾勇忘饥倦，不待明晨更乞师。（其十九《与康之烛下种梅，诸仆亦不乏兴，期以明日再寻》）

写黉夜秉烛植梅。

有好园亭无古树，略嫌风度太轻盈。商山四皓须眉白，絜带留侯亦老成。（其二十《略得古梅数本可爱》）

写梅使园亭增胜。

人间乐事千差别，意所同归梦亦欢。口苦不如图眼饱，径须减药买花看。（其二一《买梅》）

216

写节食减药买梅。

胜事若成应有助，好花未活得无忧。一天夜夜如酥雨，香气云光两欲流。（其二二《喜雨》）

写植梅恰逢好雨。

贵人食肉倾佳酝，清客烧香啜苦茶。品骘更逢青菜口，酴醾花却怕梅花。（亭前酴醾地为梅所据，稍迁去，存者亦炱炱矣）（其二三《移酴醾》）

写移走酴醾以旺梅。

同心自合居同地，新旧如看笑脸低。一岭莫教南北断，罗浮花直接西溪。（其二四《新栽十树，为与旧梅作介绍》）

写栽植新梅续旧梅。

未满花期花已瘁，此时观想到明年。子猷种竹无宾主，一日人消一日缘。（梅移植则花萎，自是明年大观耳。然一日不可无此君，岂论主宾久暂耶?）（其二五《萎花》）

写新梅花谢。

人老云溪容散诞，纲开花石便飘零。天教韵不宜天子，输与林家放鹤亭。（其二六《止师云：花石纲也自怪他不得》）

叹不能长伴梅花。

穿穴意瓶安楔罢，贯铜口锁没匙开。青山屋外千株绕，白月花间一塔埋。（其二七《梅花愿》）

祝愿生前死后都有梅相伴。

二、梅岭之梅

澹归的组诗《用韵酬孝山梅花诗》① 共十二首，开篇首句就是

---

① 《用韵酬孝山梅花诗》，《徧行堂集三》卷36，第53－55页。组诗大概作于康熙四年（1665）。澹归《〈问梅集〉序》曰："岁乙巳，陆孝山太守贻予《梅花诗》，为和朱君贻谷者。"（《徧行堂集一》卷6，第162－163页）"乙巳"即康熙四年。前一年（康熙三年），陆世楷在澹归、沈嗥日的陪同下，登临丹霞山，三人均有诗，故组诗中有"玉毫粲粲忆登临"句。

"岭峤寒香未觉多"，表明组诗主要是以梅岭（笔者注：梅岭古称台岭、东峤）之梅为描写对象。这组诗是写给南雄太守陆世楷（字孝山）的，故诗歌洋溢着赞美之辞。澹归与陆世楷都是浙江人，两人远离故乡千里之外，诗歌抒发了思乡之情。陆世楷也是作诗高手，艺术造诣深厚。组诗写得雅韵遥深、辞藻绵丽：

岭峤寒香未觉多，故园消息近如何。山中结素云流影，湖上浮光月涌波。无叶肯随风绰约，有花但许雪摩娑。即今放鹤亭边树，阅尽凉炎不改柯。（其一）

由梅岭怒放之梅遥想故乡杭州孤山放鹤亭之梅。

云冷风严迥绝尘，倚岩照水半藏身。千林珠玉还名士，一握冰霜领道人。老识岁寒休问腊，生逢日至别呈春。大梅山里花王历，正月从来不建寅。（其二）

以山中之梅自况自励。

流水高山共此音，新诗寄到即长吟。雪中更发剡溪兴，菊后重牵枲里心。纸帐垂垂留梦觉，玉毫粲粲忆登临。可堪寂寞三岩里，老干疏花锁夕阴。（其三）

言陆世楷寄来咏梅新诗。

花发高枝客倚楼，关山几叠暗添愁。昭回日月香初动，暝夏风烟色未流。不得移舟寻邓尉，何当控鹤过罗浮。指尖划尽书生袖，两字饥寒一带收。（其四）

由梅岭之梅想到苏州邓尉及罗浮山之梅。

南岭全开北岭枝，旧花新树费寻思。寂寥东阁人犹在，烂熳西溪梦已迟。百衲水云寒又暖，半肩风雪黠还痴。巡觞勒马浑如昨，快拂冰绡写轶诗。（其五）

由梅岭之梅联想昔日故乡西溪之梅而引发岁月沧桑之感叹。

昨岁梅花今岁开，人随花老漫相猜。疏枝试暖蜂先得，蜜蕊禁寒蝶未来。雪点鹦哥惊换拍，烟沉龙脑怯登台。伤心最是初香候，便有飞英卧碧苔。（其六）

自伤眼前梅花寂寞开放。

几将鼍袖拂罡风，万树瑶华月下空。磬口未缄休写蜡，墙头虽露不舒红。解从香里看成色，错把春前认作冬。天上珠衣浮碧海，水晶宫在广寒宫。（其七）

写月下梅花经风扫荡纷纷散落。

宦海曾同鸥海盟，曲篱深涧亚肩行。敲诗独屈林和靖，掷赋兼逢宋广平。舞遍孤山传鹤立，歌缘庾岭记冰清。开笺为濯蔷薇露，一片光摇白玉京。（其八）

盛赞陆世楷梅花诗高雅飘逸。

春色偏从岭外传，流沙积雪到何年。偃松拥盖全输艳，屈铁交枝暂比坚。玉树开时才透石，珠帘落处忽抽泉。果然赤脚吞花客，赢却苏卿一席毡。（其九）

赞扬梅冷艳清刚。

绿玉条垂紫玉根，三珠倒影落昆仑。胭脂不借檀双晕，蘑卜初收碧一痕。未许香云成实相，谁操水月浣空门。可怜风雨春来梦，招得梨花又断魂。（其十）

赞扬梅清雅脱俗。

补石何难复种花，自然尊贵不留鸦。丹铅尽洗开朝旭，水墨全图失晚霞。为说寒荒元有国，未知香梦落谁家。记曾独木桥边看，几个渔舟泊浅沙。（其十一）

赞扬梅淡雅尊贵。

梦里蒲团醒后僧，松寮竹榻唤常应。一瓶石乳吹残火，满树霜花剪薄冰。未死尘心消白业，写生妙手忆青藤。自看梵网交光义，香彻螺岩最上层。（其十二）

赞扬梅清寒香远。①

---

① 澹归《〈问梅集〉序》云："士风之下，以巧捷见才，不事王侯，高尚其事，则目笑以为迂拙，困顿老蓬藋中，谁知之者？然匹夫有志，亦有宁迂宁拙，困顿老蓬藋中，不求人知，不趋于巧捷，盖有所不忍也。问梅诸诗文，性情之正，操行之洁，表里皭然，确乎其不可拔，然韵致萧疏，无刻厉不能自容之状，又足以见其德也。"（《〈问梅集〉序》，《徧行堂集一》卷6，第163页）

三、丹霞之梅

丹霞梅花诗是澹归写给自己的诗歌。澹归借梅①表达了对丹霞山的挚爱。其感情正如其词所言："上丹霞，下丹霞，九年一对三岩花。梦随他，醒随他，醒来说梦，提起隔天涯。"② 他有关丹霞梅花的几首诗很好地诠释了他的深情。如《三岩月下对梅》写丹霞梅花黄昏之时竞相开放，暗香盈袖：

> 巡檐一笑索谁论，疑是罗浮别有村。细煮石泉当白堕，乱飘晴雪正黄昏。留连晚景风吹袖，暗满香光月到门。不辨螺岩天半树，烟云千叠拥孤根。③

《韶阳归值梅花盛开》写自己夜深从韶州回丹霞，入山后只见梅花遍地开放，花香浓烈，眼前一株梅花正傍月怒放：

> 薄雾笼崖欲见难，幽姿想也未应残。到来满地香云委，不尽空林玉露团。一树凌风偏澹宕，九霄傍月更高寒。却嫌桂子多浓郁，借与西溪放白鸾。④

澹归的梅花诗（词）寄寓着丰富的情感，或即景抒情，或托物言志，或依事说理，抒发了诗人内在的情感、志向以及独特的见解。

四、梅花诗寄寓的情志

（一）表明心志

澹归是明朝旧臣，兵败国破后他不得不遁入佛门。到丹霞山后，心灰意冷的澹归仿佛找到了心灵栖息所，他呕心沥血，穿州撞府，左右逢迎，四方募化，终于把丹霞山建设成与南华寺、云门寺鼎足而三的重要道场。然而他遭受了许多误解和谩骂，说他"以山人称颂功

---

① 丹霞山旧时有梅花。澹归诗词中的"三岩之梅""螺岩之香"，指的就是丹霞之梅。
② 《梅花引·忆梅》，《徧行堂集三》卷42，第271页。
③ 《三岩月下对梅》，《徧行堂集三》卷36，第59页。
④ 《韶阳归值梅花盛开》，《徧行堂集三》卷36，第55页。

德，士林訾之"①。他无处辩解，也不想辩解，遂把自己的志向和追求倾诉于诗中。梅花以其傲然霜雪、超尘绝俗的品质成为他浇胸中之块垒最好的凭借物。先看他这首梅花诗：

云冷风严迥绝尘，倚岩照水半藏身。千林珠玉还名士，一握冰霜领道人。老识岁寒休问腊，生逢日至别呈春。大梅山里花王历，正月从来不建寅。②

诗人以梅自况，把自己同世俗名士做了截然区分，表明自己如大山里的梅一样，矜持自己的气节，根本不在意于世俗名分。

再看他的这首绝句：

几番怪汝心难冷，才得阳回历乱开。何似老僧冰雪定，寒炉坐地一堆堆。③

诗人责怪向阳的几株梅花把持不住，趋势附热，无法像自己一样，禅定于冰雪之地。

在澹归的梅花诗中，不时出现"孤山鹤梦""放鹤亭边""孤山传鹤"等字眼，他以长期隐居在西湖孤山、植梅畜鹤的林逋自比，实际上是以不受尘世滋垢、洁身自处的隐士情操自励。

（二）抒写友情

澹归一生交游广泛。冬至春来这段时期，探梅赏梅成为他与宾朋好友相聚酬韵的共同主题。澹归的诗歌善于以梅为依托，抒发了纯洁高雅的友谊。

如《琐窗寒·次孝山过龙护园观庭前梅树》，写临冬与挚友陆世楷在南雄龙护园观庭前梅树，当时梅"寒苞未坼，小如寒豆"。他回丹霞后，因病烦心，忘了龙护园之梅。一天，忽得陆世楷所寄龙护园梅花诗，精神为之一振，似乎感觉到了梅"果熟香生，枝传干授"：

记得冬时，寒苞未坼，小如寒豆。归来忘却，病后眼将眉覆。镇支离、欹枕下帘，打成日午三更候。听金声忽掷，锦笺初展，珠泉重逗。　清瘦。微吟罢，觉果熟香生，枝传干授。深严阴雪，怎比晴光

① （清）邵廷采：《西南纪事》卷7，清光绪十年（1884）《邵武徐氏丛书》初刻。
② 《用韵酬孝山梅花诗》（其二），《徧行堂集三》卷36，第53页。
③ 《梅花兴·至后》，《徧行堂集三》卷40，第203页。

和厚。为空庭、分绿出青，后来长见今抚手。便呼他、太守梅花，一样松风透。①

《梅花引·忆梅》回忆与陆世楷、法兄阿字品梅赋诗：

……挥毫珠玉天峰麓，荡胸冰雪龙溪曲。数枝斜，几人家。近闻落尽，点点踏寒鸦。（天峰和孝山诗，龙溪与阿字同游同赋，皆可念也）②

《退庵、汉翀招同杨莲峰司李、黄君甫都阃、李禹门参戎、王震生孝廉、海幢阿字首座探梅龙溪》写他与彭襄、汪起蛟、阿字等友人同门到惠州博罗龙溪探梅，梅香氤氲，雅意融融：

扁舟一夕趁潮行，月漾龙溪梦亦清。冷露凝香分蕴藉，暖风浮玉动轻盈。使君有意先茶具，野老何知殿墨卿。遥语散花天莫散，乱抛晴雪下仙城。③

探梅后泊龙溪口，在月下同阿字、乐说、乘消、觉熏、汝得、纯铸诸法门兄弟，分韵赋诗：

犹见寒香罩眼新，更乘寒月卧江滨。胸中寥廓有如此，世上萧疏得几人。烟合远峰微似梦，潮分夜气迥无尘。何须添入横斜影，墨晕全开劫外春。④

诗歌紧扣"月下"之境，远看梅林，朦胧如"墨晕"，远峰则如烟似梦。法门兄弟同聚一起，豁达洒脱，试问世上还有何许人能如此萧疏！

（三）抒发乡思

澹归的梅花诗通过旧思起兴，或睹物联想，跨越时空，视通岭外，表达了思乡之情。如：

不向西湖老，横山省更赊。（旧尝卜隐横山石幢坞，贫不能买，主人许余以赊）清阴疑画舫，乡思彻梅花……⑤

---

① 《琐窗寒·次孝山过龙护园观庭前梅树》，《徧行堂集三》卷43，第308页。
② 《梅花引·忆梅》，《徧行堂集三》卷42，第271页。
③ 《退庵、汉翀招同杨莲峰司李、黄君甫都阃、李禹门参戎、王震生孝廉、海幢阿字首座探梅龙溪》，《徧行堂集三》卷37，第87页。
④ 《探梅后泊龙溪口月下，同阿字兄、乐说弟、乘消、觉熏、汝得、纯铸诸禅，分赋得人字》，《徧行堂集三》卷37，第87页。
⑤ 《戴庵》，《徧行堂集二》卷32，第390页。

222

梅花岭外三千里，拂水岩前十二时。万顷春云消息近，故乡元是净琉璃。①

澹归是浙江杭州人。杭州老和山以北，由古荡向西至的水网地带，统称西溪，与孤山、灵峰并称西湖三大赏梅胜地，自古以来就是文人咏梅胜地。澹归梅花诗中多次提到西溪，借梅花表达流落在岭南的客子对故乡的思念。如"一岭莫教南北断，罗浮花直接西溪"②；"寂寥东阁人犹在，烂熳西溪梦已迟"③；"蜡索西溪，灯连邓尉，一花谁定迟速"④；"却嫌桂子多浓郁，借与西溪放白鸢"⑤；"似到西溪呈旧面，未逢南雪有离魂"⑥，等等。

（四）阐发禅义

梅花和佛教有很深的缘分。梅花一尘不染，超尘绝俗，与佛性相通。澹归身处佛门，在创作梅花诗时，有意或无意地对禅理佛义进行诗化描写和提炼。在他的梅花诗里，经常会出现"空"字，流露出他的空观思想。"空"对应禅理中的"无"。"无"是永恒的，不管有相还是无相，无论梅花是否被雨雪覆盖、是否展现在枝头，她的美就在心中，所谓"为空庭、分绿出青，后来长见今抚手"，"枝条欲出难寻路，空色交光不露痕"。"无"的另一层含义是"有"，万物在时空的轨道上是留不住的，但会以不同形态的相出现，梅花也是如此，如"落影已空千万朵，余香还发两三梢"，"到来满地香云委，不尽空林玉露团"；"无"和"有"是相对的，是不可分的，对梅花也是这样，如"天香不把春心泄，霜魂月魄无踪迹"，"未许香云成实相，谁操水月浣空门"。梅的花开花落，本身是无意识的，是一种自然之态，人如果破除执着，就会感受到生命悄无声息地运行，体悟出其中真谛。正如澹归所描写的："粉轻轻，碧盈盈，一天香雪落无声。怕风争，倩云擎，烟萦雾结，月澹露华清。"⑦

---

① 《送霞舫道人还虞山》，《徧行堂集三》卷41，第214页。
② 《梅花兴·新栽十树，与为旧梅作介绍》，《徧行堂集三》卷40，第206页。
③ 《用韵酬孝山梅花诗》（其五），《徧行堂集三》卷36，第54页。
④ 《东风第一枝·梅花再开》《徧行堂集三》卷43，第309页。
⑤ 《韶阳归值梅花盛开》，《徧行堂集三》卷36，第55页。
⑥ 《夏园探梅》，《徧行堂集三》卷37，第88页。
⑦ 《梅花引·咏梅》，《徧行堂集三》卷42，第271页。

五、梅花诗的艺术特色

澹归的梅花诗别开生面，优美动人。他笔下的梅花，形象丰满，饱含情感；意象绝特精妙，给人留下深刻的印象，体现出他在艺术上的精心构思和探索开拓。

（一）移情手法

澹归在他的梅花诗里，用得最多、最成功的就是移情手法。著名美学家朱光潜说移情手法"就是人在观察外界事物时，设身处在事物的境地，把原来没有生命的东西看成有生命的东西，仿佛它也有感觉、思想、情感、意志和活动，同时，人自己也受到对事物的这种错觉的影响，多少和事物发生错觉和共鸣"①。移情手法使诗歌对梅花的描写，不会停留于客观平面的刻画，而是灌注了作者强烈的情感色彩。如澹归写自己在丹霞依梅而居，以梅为友，梅与他形成了一种心灵上的感应与默契。他离丹霞外出，梅一直等到他回来才竞相怒放：

> 不见归人不竞芳，此情应与白云长。愧无文采酬珠玉，剩有清癯伴雪霜。谁送暗香怜取片，每裁春信怕成章。那堪又鼓芙蓉枻，赢得相思水一方。（"取片"，字出内典）②

澹归赋予梅以灵性与情愫，在与梅进行心灵上的对话，如他的《梅花兴·灌梅》："密意难输微逗玉，雅思易瘦略分香。晚来勺水相酬汝，伴取枯禅一味长。"③再如他的《梅花引·咏梅》，完全把自己的思想情感投射于梅。词后跋曰："西溪梅盛于腊月，邓尉盛于正月，相去二百里，气候不齐如此。岭南梅盛于长至，辛亥正月还山，见三岩梅花大放，怪而问之，山中人云：长至已开，腊月大雪后，松竹枝条多折，惟此花更开尤盛，亦异事也。"词云：

> 蜡索西溪，灯连邓尉，一花谁定迟速。多情自喜多才，怜人赏心难足。丹霞至后，有开断、寒枝重续。想巡檐、待我归来，笑解秀眉双蹙。　一瓣瓣，细镂香玉；一线线，澹攒金粟。深匀点点檀红，巧

---

① 朱光潜：《西方美学史》，南京：江苏人民出版社 2015 年版，第 529 页。
② 《自凌江还山喜梅花未放》，《徧行堂集三》卷 36，第 55 页。
③ 《梅花兴·灌梅》，《徧行堂集三》卷 40，第 203 页。

胜飞飞荨绿。冰霜妙用，故抑勒、岭南松竹。尽唱残、白雪高歌，再鼓阳春一曲。①

（二）意象妙合

澹归的梅花诗情景相生，情景交融，清旷灵隽，形成优美而圆融的意境。这同他对意象的精心选择与组合是分不开的。如其《梅花兴·咏梅》词：

风萧萧，雪飘飘，长耳冲寒过灞桥。有魂消，没魂招，香香色色，一字也难描。　相期非色非香外，光分水月谁同载。冻泉腰，断云梢，孤烟逗处，仿佛见团瓢。②

词勾画出一幅空阔凄清的梅花图：瘦驴在风雪交加中踏过灞桥，桥边的梅花悄无声息地独自开放，梅岭深处，隐约现出了隐者居住的茅屋。通过抒写梅花凌雪独放之景，寄寓了澹归孤高绝尘的情怀。

再如他回忆杭州西溪的这首短诗："偶然少树生多想，想到西溪亦梦中。烟合暮山游客散，从无人听鹤归风。"③澹归精选了四个暮色意象：苍烟、远山、游客、归鹤，既切合西溪梅开的傍晚，又非常契合自身的"遥想"。

澹归还善于用与梅相关的泉、霜、雪、露、玉、月、烟、雾、梦等淡雅的意象，组合成暗香浮动的朦胧意境，衬托出梅绰约高雅之美，如"愧无文采酬珠玉，剩有清癯伴雪霜"④，"冷露凝香分蕴藉，暖风浮玉动轻盈"⑤，"更有月寒清绝处，慢煨冬笋看梅花"⑥，"烟萦雾结，月澹露华清"⑦ 等。

（三）写实手法

相对于历代梅花诗而言，澹归的梅花诗比较独特的是多用写实的表现手法。诗歌不同于散文，写实不是惯用的手法，而描写梅花，用

---

① 《东风第一枝·梅花再开》，《徧行堂集三》卷43，第309页。

② 《梅花引·咏梅》，《徧行堂集三》卷42，第271–272页。

③ 《梅花兴·忆西溪旧游》，《徧行堂集三》卷40，第204页。

④ 《自凌江还山喜梅花未放》，《徧行堂集三》卷36，第55页。

⑤ 《退庵、汉翀招同杨莲峰司李、黄君甫都阃、李禹门参戎、王震生孝廉、海幢阿字首座探梅龙溪》，《徧行堂集三》卷37，第87页。

⑥ 《留别雷峰同参诸子》，《徧行堂集三》卷35，第13页。

⑦ 《梅花引·咏梅》，《徧行堂集三》卷42，第271页。

写实手法就更难。历代诗人的梅花诗很少用写实手法，基本上用抒情的手法。澹归的大型七绝组诗《梅花兴》，则尝试用记叙兼描写的写实手法，写眼前实实在在的一株株梅花，写与友人品梅、种梅一个个欢快的场面，写园庭栽植梅花一段段故事。尤其是组诗后半部分，写移梅入园、向友人索梅、友人送梅、谷物植梅、好雨润梅、移醸护梅，基本上按照植梅、培梅、护梅的先后顺序进行描写，首首都是写实。语言通俗朴实，几乎都是叙述性文字。这在历代梅花诗中极少看到，体现出澹归对梅花诗表现题材和写作手法的探索和开拓。

梅花、荔枝成为澹归冬、夏两季最为眷恋之物，"夏至饱须寻荔子，冬余忙即种梅花"①，"年年卒岁约难同，梦入梅花又落空。恰似老饕贪荔子，只消过夏不经冬"② 便可见得。梅花、荔枝也是他脑海里萦回难忘的意象，如"荔子不从甜处赏，梅花只应冷边开"③，"半生不欠梅花冷，一钵应兼荔子香"④，"梅花寒故国，荔子恋炎洲"⑤。梅花诗和荔枝诗成为澹归岭南风物诗中的"双璧"。

第三节　其他物产

澹归诗歌除了重点抒写了荔枝和梅花，还吟咏了其他岭南特产。

澹归有《点绛唇》⑥ 组词，以小令的形式精练描写了蕉子、波罗蜜、椰子、竹枝笋、桄榔、三廉、鹰爪兰、火种等物产：

天露凝脂，海滨初见芭蕉子。甘凉透齿，花气元如此。　斫却中心，判为儿曹死。投刀视，华冠不似，似有千人指。（有数种，其子多者，一枝数十斤，委地不起。殃崛摩罗作千人拇指，花冠不足，欲杀母取指，如来现神足化之，乃投刀出家）（其一《蕉子》）

言蕉子甘凉如露，并引用优美的佛教典故状其花冠如千人指。

---

① 《遣兴》，《徧行堂集二》卷34，第441页。
② 《呈仲远》，《徧行堂集三》卷40，第195页。
③ 《送俞右衡还嘉禾》，《徧行堂集二》卷34，第462页。
④ 《黄冈万考叔话旧海幢》，《徧行堂集三》卷36，第46页。
⑤ 《送沈存西还当湖》，《徧行堂集三》卷39，第172页。
⑥ 《点绛唇》，《徧行堂集三》卷42，第251页。

不见生花，树皮裂处成奇果。本无人我，错把篱门锁。 地下能通，根上还分颗。君知么，人人夥夥，大度全包裹。（果中最大者，一枚或至二十余斤，从树身迸裂出果，或出根上，则邻家得之，亦异物也。内有瓤数百，瓢各有子，如菱栗可食）（其二《波罗蜜》）

言波罗蜜从树身树根上生果，果重，内有瓤数百，瓢各有子，如菱栗。

短发垂棕，越王头上模糊眼。不知远患，悔已知之晚。 此事须知，酒在车渠碗。人心险，一瓢可选，凶吉为君转。（志称，越王醉后，为林邑王刺客所杀，悬首于树所化。外有棕如挂发，核上彷佛两眼，肉生核内，洁白，有浆碗许，尚作酒气，核为瓢杓，盛一切饮，有毒即沸）（其三《椰子》）

以远古的传说来诠释椰子奇怪的外形及其果核。

不远行迤，却来枝上抽新笋。地皮聊剩，且向空中垦。 有腹无心，难教伊思忖。伊须忍，水沟气井，节节疼儿枕。（此竹于枝间生笋，根亦生笋，不行远。儿枕疼乃蓐妇一病）（其四《竹枝笋》）

言竹枝笋于竹枝间生笋，节节生得繁密。

独坐林间，来年忽报桄榔熟。有肤随剥，粉屑柔消玉。 挂杖多文，未取如棕竹。凶年谷，寺奴难足，欲养千头木。（木皮内有面，可搜和作饼食，木可为杖及诸器具，文理如棕竹）（其五《桄榔》）

言桄榔木皮内含淀粉，可食用，其纹理如棕竹。

唤作三廉，寻常五七奇逢九。拉痁如朽，阳德尊龙首。 紫穗纷披，干与枝兼有。偏长久，果先花后，绣错无新旧。（粤人呼棱为廉，九廉极难得，或谓能截疟也。花紫白成穗，老干亦时绽出。一年两熟，花与果长相忌）（其六《三廉》）

写三廉叶子有五棱、七棱，也有九棱（甚少）；三廉最奇特之处是"果先花后"。

非木非藤，是花是叶难酬话。生开熟谢，绿倩黄婆嫁。 破鼻瓜香，没味随他罢。谁呼下，千群一架，赚得鹦哥怕。（此花以生熟见异，生时花开绿如叶，不可辨，熟即黄如瓜香。以其每朵有距若鹰爪，

227

故得此名）（其七《鹰爪兰》）

写鹰爪兰花刚开时如绿叶，花熟时黄如瓜香，花瓣呈鹰爪状。

块垒谁消，癫葡萄为他充叶。蟾酥一滴，无路观眉睫。　鬼见难依，盗见还难劫。琴三叠，火声撒烈，好与焦桐协。（名不可解，其叶甚怪，乃如苦瓜，碑礴可笑。或谓其汁甚毒，能坏人眼，俗以充篱落御盗，又置米上送鬼也。其大者，材可作琴）（其八《火秧》）

写火秧叶状甚怪，如苦瓜，汁液有剧毒，种篱落间可防盗。

澹归诗歌中还提到石栗。据澹归致友人信中介绍，"石栗为丹霞土产，寄供一斗，试下茶看，颇有榛子风味也"①，又有"（石栗）吾山土产，虽不是交梨火枣，此间人亦唤作石仙桃，恰好应时及节"②。澹归常将石栗当作山中礼物送人，"充下茶之用"③。澹归有诗《代石栗赋谢孝山》：

结根倚岩阿，日与蔓草并。水土力未充，肌肤常不盈。幸然得所依，石质刚而清。霜露不相欺，华实同生成。坦怀谢丛棘，濯素资云英。回甘谏果浮，薄腻新榛轻。凝膏逊胡桃，流馥输香秫。苟堪野老馐，敢厕侯门鲭。偶充幽人献，获邀君子铭……庶非芹子美，螫口虚逢迎。犹存眇小躯，一叶随茶铛。倘因咀嚼余，玉齿闻云笙……④

从诗歌可知石栗倚岩得土而生，是一种类似小板栗的野果。

清代诗人张英在《保艾阁诗序》称："天地和气充溢，蒸而为云，垂而为露，百祥集，庶物蕃。夫诗殆和之，积而不可掩，发而不逢知者也。"⑤ 认为诗歌应体现诗人所见所闻"百祥集，庶物蕃"的景象。澹归非常熟悉岭南各地乡野物产，"每有会意"便信手拈来，对这些不常见的风物土产加工提炼，点染勾勒，作了详细生动的描述，显出了不同一般的意境。他的这些诗歌充满地方色彩和泥土气息，成为其绚丽多姿的诗歌创作体系中"锦上添花"之笔。

① 《与于慧男明府》，《徧行堂集二》卷27，第258页。
② 《与萧孟昉明经》，《徧行堂集二》卷28，第284页。
③ 《与中千庵主》，《徧行堂集二》卷22，第132页。
④ 《代石栗赋谢孝山》，《徧行堂集二》卷30，第325页。
⑤ （清）张英：《笃素堂文集》，桐城张氏清光绪二十三年（1897）重刻本。

第七章　澹归诗歌的自我抒写

　　澹归一生先儒后佛，遭际曲折多变，坎坷跌宕。前半生挽狂澜于既倒，遭国破家亡之痛；后半生为营建丹霞道场，受乞讨奔波之劳辱。当代学人段晓华对他特立独行的人生经历加以概括："最可注意的，还是澹归本人的节义观、生死观以及特异的行事风格。一方面，他是当时士大夫避世逃禅之风的践行者；一方面，他又是献身佛教力化世俗的苦行僧。这看似矛盾，却在澹归的传奇经历中得到统一。"① 他既是顺应世变却保持气节的遗民，也是务实重行不尚名利的高僧。

第一节　皈依佛门

　　明末清初高僧天然函昰曾云："凡大人出世，则必有大顺大逆，二者皆助道之因缘，而无优劣于其间也。凡大顺者，遇真善知识，道眼明彻，具大方便，使我了了见性，不犯手于向上，不失足于旁途，而卒至于绝学无为之地，首尾俱正，权实兼隆……所谓大逆者，恩爱缠绕、冤怼牵制、毁辱逼迫、疾病延绵、衣食困乏。"② 澹归弃儒归佛，可谓经历了大顺大逆之境，始遇大逆，后遇大顺。

一、看破尘俗

　　顺治七年（1650），随着清兵向南推进，南明永历政权陷入了混

---

　　① 《徧行堂集前言》，《徧行堂集一》卷首，第 4－5 页。
　　② （明）函昰：《庐山天然函昰禅师语录》卷 10，《明嘉兴大藏经》第 38 册，第 180 页。

乱之中。正月，清兵陷南雄，又陷韶州。永历帝朱由榔弃肇庆奔梧州，命陈邦传统兵入卫，金堡固争之不可，永历帝弗听。二月，陈邦传与马吉翔、吴贞毓等合疏，诬陷金堡与袁彭年、丁时魁、蒙正发、刘湘客等诤臣把持朝政，朋党误国。永历帝下旨将金堡等人下锦衣狱拷讯。金堡于狱中，被诸酷刑，受创足折，几死狱中。王夫之、瞿式耜等人疏言申救，未果。御营统帅高必正来朝，疏言救之，金堡得以免除死刑，谪戍金齿。后钱秉镫疏言，改近戍清浪卫。在遣戍清浪卫途中，清兵至，道阻不得行，押解的士兵逃离，金堡得以逃脱，遂入桂林，瞿式耜迎之欲充书记，固辞。寓茅坪草庵。桂林陷，瞿式耜、张同敞殉节，金堡遂于庵中落发为僧，法名性因。顺治八年（1651）正月，茅坪庵主僧私度亡将，清骑兵数百，大索庵内外三日，性因禅师（澹归）几不免。时是绝粮，创作虽合，右足却较左足短二寸许，手扶童子肩才能站立。一月仅得五饭，惟撷生菜杂小米为粥食之，故恒饥，不得已，乃赴灵田教塾童以度日。①

对于曾参加反清战争的人，只要他已皈依佛门，不与世事，清廷便不再严究。于是走投无路的明遗民，除了自杀殉国或隐迹山林外，就只能选择逃禅之路。性因禅师虽已落发为僧，但他没有作为护身符的僧牒，仍是遭清王朝通缉的罪臣。时广东由平南王尚可喜辖治，尚可喜向佛，僧人们有相对宽松的环境。顺治九年（1652），性因禅师弃塾馆，下东粤，参雷峰海云寺天然和尚，受具足戒，法名今释，字澹归。住持天然和尚为磨炼他，把他安排在厨房，洗涤碗器。隆冬龟手，不废服勤。碗具破，典衣偿之，天然和尚知为法器。

天然和尚"识烛几先，盛年披缁，开法于番禺雷峰之麓海云寺。沧桑后，文人才士以及仳离故宦多皈依受具"②。但是，只有少数遗民实心皈依佛祖，许多人其实是"不得已"而逃禅。澹归就是这少数实心皈依佛祖的遗民中的杰出人物。他在海云寺暂时安定下来，得以喘息，便对自己的人生进行了反思。他忠心于明王朝，欲挽狂澜于既倒，却屡遭当权者的迫害，不但未能实现自己的志愿，还被摧折致残，差点性命不保：

---

① 吴天任：《澹归禅师年谱》，香港：佛教志莲图书馆 1989 年版，第 55－68 页。
② 汪兆镛：《海云禅藻集序》，（清）徐作霖、（清）黄蠡等编：《海云禅藻集 海云文献辑略》，杭州：西泠印社 2004 年版。

……我生遭阳九，日车便倾覆。谬欲信大义，意广才不足。开口连要津，杀机互相伏。愧乏介石姿，引去未能速。乃于播迁际，孤根锻黑狱……①

南明王朝最高统治者忠言逆耳，与奸臣一道残害忠良，澹归后悔当初不该犯颜直谏，自招其辱，"若知献玉原当刖，自识分羹便索休"②。经历如此磨难，澹归从岳飞忠于南宋王朝却最终被杀中看穿了所谓的君臣节义，认为臣子愚忠，只会咎由自取，又有谁会怜惜呢：

有意回天，到此际、天难作主。凭天去、补天何用，射天还许。那得官家堪倚仗，从来信义无俦侣。看绣旗、当日刺精忠，今投杼。　航海恨，君自取。奉表辱，君自与。便风波沉痛，不须重举。遗庙尚能余俎豆，故宫早已空禾黍。是男儿、死只可怜人，谁怜汝？（夏侯桥、沈润卿掘地，得宋高宗赐岳飞手敕石刻，装潢，乞诸名士题咏，惟石田、衡山、弇州三词甚著）③

他对封建君主的险恶用心看得非常清楚，对他们的伎俩进行深刻的揭露和鞭挞："世之所谓知人，与所谓受知者，爵禄焉耳！以人参饲羊，以羊饲犬，然后杀犬以自饲也。当夫羊得人参，犬得羊，宁非不世之遇，而卒不免于鼎烹之患。则以爵禄鼎烹天下之士，而士趋之如鹜，犹且曰：'彼知我，我宜知己死'，是乃向者羊与犬之所欲痛哭流涕，挽之而不得者也。"④

世俗险恶，人心惟危，澹归对尘俗世界感到深深的失望，为了缓解心头的痛苦，他掉头遁入佛陀世界，去寻找人生的真谛，慰藉内心的创伤。顺治九年（1652），他在《参方发愿文》中曰：

……凡夫染俗，解脱难期。某甲七载孤臣，余生戍籍……呜呼！病足未强，世途未泰。我将自恕，人亦同怜。而地狱严残，无乱离减等之例；法门精进，无修行转限之条。谁能救汝，谁能代汝？某甲从今发愿，厉志参方。闻善知识千里相寻，见善知识终身不舍。誓依净侣，誓弘正法。誓成觉道，誓度群生……⑤

---

① 《癸巳六月六日灯下作诗示世镐诵》，《徧行堂集二》卷30，第320页。
② 《偶成》，《徧行堂集三》卷35，第33页。
③ 《满江红·和沈石田诸公题宋高宗赐岳飞手敕》，《徧行堂集三》卷43，第294页。
④ （明）张穆：《铁桥集》，香港：何氏至乐楼丛书1974年版，第4页。
⑤ 《参方发愿文》，《徧行堂集一》卷8，第205－206页。

第七章　澹归诗歌的自我抒写

他祭告亡妻方氏云："汝闻吾诏狱鍜链之酷，仰天陨绝，呕血不起，人皆称汝贤，汝于妇道，亦已尽矣。吾为汝夫，汝为吾妻，皆自多生贪爱所感。"① 指出妻子听闻自己遭厄运而悲痛殒命，皆由俗缘太深，"学道之缘"太浅。

从澹归的《参方发愿文》及祭告亡妻之文可看出，他的人生信仰已发生根本变化。以前，儒家思想在他心中占主导地位，他勇担道义和责任，以死酬君，报效朝廷，却落得身体备受摧残、差点丧命的下场。

澹归弃儒皈佛也受晚明社会思潮的影响。晚明政治的黑暗与腐朽导致儒学衰颓，士人怀疑甚至厌弃儒学，他们心头的"世间法"既已动摇，许多人便去"出世间法"中寻找人生的信条，正如有论者云："自儒术既衰，微言遂绝，缙绅缝掖之辈，高者攻于经学，卑者溺于文辞，而圣贤尽性知命之旨，无复为之殚心矣。释尊诸祖乃以单提直指之说，示彼正觉，救此迷情。于是聪明奇特之士，厌迁儒之拘牵，乐禅宗之超脱，一言契旨，片偈投机，而所谓儒门澹泊收拾不住者，张无尽以为达人之论，深省有以哉。"② 故澹归有诗云：

……众人眯尺寸，达者贯幽渺。释尊操一钵，乃为万类保。我有致福心，一竖还一扫。彼无是法相，双遮亦双表……③

顺治十年（1653），澹归祭告父母曰：

……某昔为朝廷之臣，今为佛祖之子……某誓愿生生世世担荷佛法，使学道有成，则吾祖宗父母或在天上，或在人间，不难相见；倘其不成，方且沦没，于生死大苦海中求脱三恶道而不可得，岂能去来自由，以见吾一生以至多生之眷属乎？孔子曰："立身行道，扬名于后世，以显父母，孝之终也。"夫显名何益之有？立身行道，弘法于来生，以度父母，斯为至孝。某不复归，敢以是为展墓之告。④

他在《告墓文》中否认了儒家"扬名后世，以显父母"的孝道思想，代之以佛家"立身行道，弘法于来生，以度父母"的孝道思想。

---

① 《焚方孺人灵座文》，《徧行堂集一》卷8，第220－221页。
② 汪宗衍：《明末天然和尚年谱》，台北：台湾商务印书馆1986年版，第101页。
③ 《答孝山》，《徧行堂集二》卷30，第326页。
④ 《告墓文》，《徧行堂集一》卷8，第220页。

这是澹归在父母墓前发自内心的祭告，表明他从信仰上完成了从儒士到佛徒身份的转换。

二、悟法得道

澹归自小就有佛性。他孩提时代"尝与群儿戏，逐入僧舍，案有梵帙，取而观之，乃维摩诘经，一览至不二法门，恍如故物，洞悉其义；未卒读，逐群儿去，自是心目常有所忆，不能忘"①。顺治三年（1646），澹归藏身于辰、沅山中，"无以消永日，乃入僧舍借法典。忆童时所览经义，俨然在心目，遂从僧取净名经。僧曰：'此大乘法宝也，现居士身为说法，固宜究。'遂启帙授之，更授以《楞严》《圆觉》二经，俾潜心焉。阅竟，乃发深信，恨知佛法晚，渐有出世之想"。他后来回忆这段经历时说："予少不信有佛法。岁丁亥，在辰阳，读《楞严》《圆觉》诸大乘经，始知惭愧，遂发出世之念。"又说他为官时，"袭韩欧唾余，轻谤佛法，及阅《了义》诸经，始懊热知愧"②，可见他曾经诽谤佛教，及藏身辰阳山中之时，研读佛经，深为先前的无知和轻率而惭愧，"恨知佛法晚"，已萌发了出世之志。他接着说："而狂心未歇，复走两粤，庚寅，得金吾一顿痛棒，乃歇下耳。……予劣得不死，忝预僧伦已二十四腊，危甚幸甚！然狱底孤吟，不落怨愤叫嚣之气，而山林本色时复透露，岂可谓非多生熏习耶？"③他遭受陷害下狱，受佛教忍受诸般苦难教义的影响，心态发生了很大变化，从而"不落怨愤叫嚣之气"，显露出"山林本色"。

顺治七年（1650），澹归充戍清浪卫途中，得机逃至桂林。"冬十月十九夜梦被执，至法场，大雨，行刑者未至，自念天向暮，岂决人时耶？既有持酒馔至者，引满一杯，复自念，暇甚，好作绝命诗也。自吟自喜，尽一杯酒，取片肉，未及咽而噎，遂寤。徐理前诗，则忘之，仅得'三十六年余梦幻'一语耳。晨起，拈'朝闻道，夕死可矣'，成一义。"④澹归把"三十六年余梦幻"作为"道"而"闻"，表明他已深受禅宗般若空观的影响，禅宗宣扬世界一切皆虚妄，《金

---

① 吴天任：《澹归禅师年谱》，香港：佛教志莲图书馆1989年版，第3页。
② 《答陈蔼公文学》，《徧行堂集二》卷29，第294页。
③ 《梧州诗序》，《徧行堂集一》卷4，第109页。
④ 《四书义自叙》，《徧行堂集一》卷7，第193页。

刚般若波罗蜜经》就云："一切有为法，如梦幻泡影，如露亦如电，应作如是观。"《摩诃般若波罗蜜经》亦云："解了诸法如幻、如焰、如水中月、如虚空、如响、如捷闼婆城、如梦、如影、如镜中像、如化。"澹归赴灵田教塾童时，"设帐之夕，诵《弥陀经》《忏悔文》，施食，持佛号三百，发西方愿，漏未尽。五鼓起，讽《楞严》《大悲》十咒，称佛号，诵《怡山愿文》毕"①，可见他已开始类似居士信徒的生活。

顺治九年（1652），澹归投奔海云寺天然函昰门下，受具足戒，真正开启了他的僧侣生涯，"脱身事三宝，厉怀拔五浊。此生已再生，凉风豁烦燠"②。然澹归虽断发立誓，却并不意味他尘缘尽泯，六根已净。对于一个入世既深、尘缘实重的永历诤臣而言，要想淡忘世事、消泯内心之苦痛，从而体悟圆融无碍的禅境，谈何容易。"禅家以无善无恶为宗旨，凡纲常名教，忠孝节义，都属善一边，禅家指为事障、理障，一切扫除而归之空"③，然澹归初入佛门，虽"身托缁流，心乖白月"，然"宰官之障未除，文士之气未尽。万行未习，六度未修。下足三餐，开单一梦"④。

禅宗的悟道是极讲因缘的，并非个人主观意志所能决定，一旦因缘聚合，条件成熟，祛除尘滞，明心见性，便若瓜熟蒂落，水到渠成；反之，如果修持方法不对，悟性不高，又没有高僧大德指点，虽至死亦不能参得大概。在向佛的路途上，文士出身的僧人首先会受到儒学"理障"的困扰。今睹《出家》诗曰："华梵名言底不同，咒声初学苦难工。六经章句曾多读，一会《出家》失辨聪。"⑤ 澹归也说："然吾辈出家学道，比寻常人稍易，却比寻常人倍难，以其识义理则修行近，多知见则执碍深耳。"⑥ 文士长期浸染于儒学氛围之中，培养了较为丰富的识见和思辨能力，而对于"不立文字""不落理障"，以直观觉知佛性真如的祖宗而言，显然是相悖的，因此他们在参究佛经精义时，首先必须破除内心所"执"。且禅宗的悟道方式有顿、渐之分。所谓

---

① 《四书义自叙》，《徧行堂集一》卷7，第194页。
② 《癸巳六月六日灯下作诗示世镐诵》，《徧行堂集二》卷30，第320页。
③ （明）刘宗周：《会录》，吴光主编：《刘宗周全集》第2册，杭州：浙江古籍出版社2007年版，第640页。
④ 《参方发愿文》，《徧行堂集一》卷8，第205页。
⑤ （清）徐作霖、（清）黄蠡：《海云禅藻集》卷2，逸社丛书1935年排印本。
⑥ 《与陆丽京学博》，《徧行堂集二》卷28，第274页。

"顿悟"，即指禅者刹那间百念俱断，销尽尘劳，从而体悟圆满智慧之境；而"渐悟"则强调经教，力主通过渐修而达禅境。然而"顿""渐"只是相对的，任何禅者之悟都不离此二途，"顿悟"是刹那间的"质变"，而"渐悟"是禅者思想境界的量变，二者殊途同归，不可偏废。①

澹归初入佛门，"俗缘"深重，修持方法不对，"欲依文解义，自作修持，渺难着力"②，为"理障"所碍，"渐悟"且难，何言"顿悟"。天然和尚虽常接其入丈室，"以本分钳锤"，然亦"未能洒然"，在禅悟的路上，澹归还处于混沌未开的状态，迟迟未能得到天然和尚的印可。

在修持悟道的过程中，澹归遇到了三次机缘。每遇一次机缘，就精进一层。第一次机缘是顺治十七年（1660），友人尹右民见访，在送别的舟中，忽"百千蚊子围绕，目不交睫"，偶忆旧题，他顿悟"本来面目"，遂作诗云：

才力君难老，身心我欲休。百年来梦觉，一息过春秋。余暑犹若此，凉风何所求。聊将不变意，儿戏阅浮沤。（其二）③

此诗虽未必能证明澹归已了悟禅理，但似乎可以看出，他渐从浮生往事的痛苦中解脱出来，以一种恍如隔世的态度超然观之。

第二次机缘是顺治十八年（1661）他与海发印公（今印）的一席交谈。海发印公"研究祖道，至于忘身"，"不复有见猎之喜习气"。两人交谈间，海发印公及时点拨，使澹归参悟到"法不孤起，仗境方生，熟处难忘，逢场作戏"④的圆通之境，了悟到万法因缘而起，明心见性方为悟通佛法。

第三次机缘是康熙五年（1666）岁末，一场大病使澹归生命垂危，⑤ 天然和尚至榻前，握其手与诀曰："汝前所得，到此用不着，只

---

① 李舜臣：《岭外别传：清初岭南诗僧群研究》，广州：南方日报出版社 2017 年版，第81 - 82 页。

② 《答巢端明孝廉》，《徧行堂集四》续集卷 12，第 280 页。

③ 《雷峰老人至戴庵，是夕尹右民孝廉过访》，《徧行堂集二》卷 32，第 393 页。

④ 《四书义自叙》，《徧行堂集一》卷 7，第 194 页。

⑤ 许多士人在参禅路途上有一个共同的特点，那就是在重病临危之际勇猛精进，甚至彻见本来面貌。参见李舜臣：《明末清初岭南诗僧综论》，廖可斌主编：《明代文学论集》（2006），杭州：浙江大学出版社 2007 年版，第 397 页。

韶文化研究丛书

第七章 澹归诗歌的自我抒写

恁么去，许尔再来。"澹归闻此语，"病中返照，大生惭愤，起坐正观，万念俱息，忽冷汗交流，碍膺之物，与病俱失。从此入室，师资契合，顿忘前所得者，老人乃印可"①。这场机缘看起来颇具传奇色彩，实则可以看出，澹归对自己迟迟不能悟入得法非常焦急，由于精力耗费过度，他支撑不住，病倒了。天然和尚看准他悟入火候已到，机缘已现，用诀语点醒了他，似乎说他以前所做的要么是陷于义理之中，要么是依经文持修，以直观觉知佛性的窍门还未开，自己的真心本性还是处于迷失状态，没有彻见心性的本来面目；必须抛弃这样的修行路径，才能真正懂得观照本心自性。澹归听了天然和尚的诀语点拨，顿觉智慧圆满，身心剔透，幡然悟入，"碍膺之物与病俱失"，涅槃新生，从此入室，得天然印可。

康熙七年（1668），天然和尚付以大法，为天然第四法嗣。他回忆这段经历时说："既落发后，欲依文解义，自作修持，渺难着力。乃寻善知识，入丛林，行苦行，下手参禅，十六年而始洒然有自肯处，真见今之儒非孔氏之儒，今之师非配君与亲而并大之师也。盖执位为上，口耳次之，心性之师灭迹尽矣。"② "十六年"即顺治九年（1652），澹归弃塾馆，下东粤，参雷峰海云寺天然和尚，受具足戒，到康熙七年（1668），得天然和尚付嘱大法，刚好十六年。在这段话中，澹归援佛入儒，从佛家的观点来看待何谓孔氏之儒、何谓儒学大师。

当时相当一部分友人对澹归弃儒归佛不理解，以为他逃避现实，苟且安身，出于不得已而为之，规劝他应当于"茅茨石室里孤洁自好"，甚至责备他"仆仆风尘，殊有名节不终之状"，把他"比之遁迹之流，托于卖卜佣舂以见志，即推而高之，如青莲之学仙，特欲耗壮心遣余年"。澹归指出友人的见解实是"失言失人"，同他"二十年前所见道理"如出一辙，然自己"过此见亦已久矣"。他进而指出友人之所以"失言失人"，"实未尝究心此道，又此道中亦多假托，往往为人所疑，间有涉猎其书者，复困于微言，鲜能领略，则闻而不信，见而不知，故无足怪"。自己身入佛门，实是崇信佛教教义，践行自己

---

① （清）光鹫：《舵石翁传》，（清）吴道镕撰，（清）张学华增补：《广东文征》第6册，香港：香港中文大学出版社1973年版，第440页。

② 《答巢端明孝廉》，《徧行堂集四》续集卷12，第280页。

的信仰，"佛法至大，非世间智所窥，若不具正法眼，与诸祖把手同行，即于世间立大功，享大名，皆是虚生浪死"①。其中所指的"二十年"应是顺治七年（1650），澹归于桂林茅坪草庵中落发为僧，到康熙九年（1670）得友人责备信札，此时他得天然和尚付嘱大法已经两年。澹归完成了从修持无方到契入心地法门的漫长历程。

三、明心见性

澹归受天然和尚付嘱大法，道法精进，在诗歌中有意无意地表达了他的心境感受及禅学思想。

澹归秉持禅宗的心性教义，以本心为真知，以明心见性而获得精神上的解脱。他赠给阿字和尚的诗云："世路无达观，逼侧何时休。预闻一着宽，因知万法优。吾友得地大，老僧亦天游。岂云学佛隘，云海迷空沤。"②他追求与世无争、委运乘化的心灵境界：

支离甘水草，汩没任云岑。何日扶筇杖，安眠就纸衾。鸿飞天际远，莫遣猎人寻。③

他描绘自己勘破诸法相，泯灭烦恼和痛苦，获得般若智，达到了一种超尘脱俗、心志如铁的状态：

灯前常独坐，坐久灯自灭。此意少人听，不知向谁说。（其二）
明月冷于水，我冷复如月。不闻风雨声，蛟龙缠古铁。（其三）
颠倒元非我，支离却似人。长将一枕梦，销缴百年身。（其四）④

他追求远离喧嚣尘世、独来独往的禅境：

花发千林且覆阶，雪深三尺恰登台。口边是路身全入，顶上无门眼正开。碧海不容明日住，青山又把活人埋。芒鞋竹笠偏相称，挂杖过头独往来。⑤

澹归认为真正的生命是超越无常、超越生死的，所以面对险恶之

①《答陈蔼公文学》，《徧行堂集二》卷29，第294页。
②《同阿字首座茶集徐仲远南池》，《徧行堂集二》卷30，第327页。
③《龙护午日书怀》，《徧行堂集三》卷39，第175页。
④《绝句》，《徧行堂集三》卷40，第180页。
⑤《遣兴》，《徧行堂集二》卷34，第447页。

境，他心情放达：

俯视不见水，仰视不见山。乾坤迷宿雾，岩溜徒潺潺。我行当乞
食，策杖辞云关。片叶转深江，奔雷怯层湾。一笑语同舟，慎勿愁险
艰。芒鞋穿纤路，急篙斗飞湍。逆风吹苦雨，襟袖无由干。习子忽有
句，长吟发欢颜。道流所异人，用忙如用闲。苦趣虽复增，诗情未尝
删。删增两不受，此老随时还。①

他看到为官的朋友劳于案牍，身心俱疲，庆幸自己能跳离险恶之
境，清静随缘地生活：

只为有官才有病，不须辞药但辞官。半帘云树思俱阔，一榻图书
梦亦安。五柳先生腰骨硬，十年宰相齿牙寒。济川莫怪停舟楫，宦海
风波自古难。②

他认为佛老不可分，也不能分，老子、庄子追求的"无为"和
"逍遥"与禅宗所讲的"超脱"是一致的：

一叶此身轻欲举，野牛错把鼻头穿。束修何美二三子，起宅无劳
千万钱。剃发远辞驴耳国，裁衣近隔马蹄篇。比来只让无功醉，那得
参禅不学仙。③

总之，澹归遁入佛门后，释家思想是他思想的主体，但他并没有
抛弃儒家思想，而且还夹杂着一定的道家思想。

第二节　关心生民疾苦

澹归虽身入佛门，但他并不是闭关不出、面壁悟修之人。法兄阿
字说："既幸其不止于文章节义，又幸其不为独善祖师。"④ 陈垣认为
他"虽已毁衣出世，仍刻刻与众生同休戚也"⑤。廖肇亨也以为澹归
"绝非一般传统定义下的遗民，其甚至颇以遗民枯槁山林为是非"，

---

① 《觉熏有冒雨行舟之作示之》，《徧行堂集二》卷30，第331页。
② 《柬尧功（时以病在告）》，《徧行堂集三》卷35，第20页。
③ 《遣兴》，《徧行堂集二》卷34，第448页。
④ （清）阿字：《徧行堂文集序》，《徧行堂集一》卷首，第4页。
⑤ 陈垣：《清初僧诤记》卷2，励云书屋刻本1934年版。

238

"甚以天下苍生为念"，"每于其能力范围内为民喉舌"。① 蔡鸿生称他"为民请命，企望拯'遗黎'于水深火热之中"，"他的人道主义精神不能抹煞的"。②

澹归为营建丹霞而四处奔波，广泛接触社会，不但耳闻目睹百姓的疾苦，而且有亲身的体会，这必然在他的诗歌中有所反映。澹归是个出家人，他无力拯救百姓，但能把百姓的疾苦抒发出来，表达自己的悲悯之心，也希望引起当权者的注意。正如他所说："出世间之饥饱，常视世间之安危，深山病汉，坐而待尽，理有固然，不知当路诸公救民水火者，何以解此益深益热之苦耶!"③ 他为民呼吁，忧心民瘼可以看作他普度众生的"另类"表现。他甚至认为"盖绝尘逃世，在儒教已非正宗，况佛法尤乖大乘也"④，这在佛门是惊人之论。他在《李灌溪侍御碧幢集序》云："先生每闻官邪政浊，闾阎疾苦，诗书崩坏，仰屋而叹，对案忘餐，虽老弥笃……夫新故即移，天地犹吾天地，民犹吾民，物犹吾物，宁有睹其颠沛，漠然无动，复为之喜形于色者耶? 予故推先生为一世真儒，于吾法中大乘菩萨种子久远成熟……"⑤ 这既是对李氏的评价，也是澹归的自我评价。澹归虽身处苦寒僧寮之中，却不忘生民疾楚。赵朴初赞之曰："跣足蓬头执役勤，犹忧衣食累乾坤。半衾半钵冷兼饿，诗卷长留血性人。"⑥

一、抒写官吏残暴之苦

清初不但政局动荡，役税繁重，而且水旱灾害频发，百姓苦不堪言。澹归的《大水》诗二首描绘了惠州黎民遭受水患的惨状：

江湖一夜势俱平，鼓角声中浊浪横。突兀定能留象岭，拍浮飞不起鹅城。山根莫放蛟龙卧，屋脊徒兼犬豕行。剩有伤心家室外，灾黎无命答三征。（其一）

新晴有客荡扁舟，绝叫奇观泪亦流。浮沫敢将蚁子翼，平田不作

① 廖肇亨：《金堡之节义观与历史评价探析》，《中国文哲研究通讯》1999 年第 4 期。
② 蔡鸿生：《清初岭南佛门事略》，广州：广东高等教育出版社 1997 年版，第 69 页。
③ 《与王仲锡臬司》，《徧行堂集四》续集卷 11，第 254 页。
④ 《与苏商卿宪副》，《徧行堂集二》卷 24，第 170 页。
⑤ 《李灌溪侍御碧幢集序》，《徧行堂集四》续集卷 4，第 74 页。
⑥ 沈去疾：《赵朴初年谱》，上海：上海辞书出版社 2008 年版，第 247 页。

稻孙谋。支离萍梗谈孤往，颠倒干戈听远忧。莫枉水滨人面鸟，愁云高处怕登楼。(其二)①

澹归敢于揭露清朝统治者不顾人民死活、横征暴敛的酷政，表现了他悲天悯人、忧生嗟世的情怀：

白马青袍，偏打算、穷乡下邑。时正是、秧针透绿，波文浮碧。呼犊田间空老牸，插禾塞上惟顽石。待回旗、榴火已炎炎，嗟何及。 种得许，抽芒急；收得许，吹秆密。听庄头报道，四方之一。旧谷已将填旧债，新租更苦无新入。叹过堂、板外事还多，眉毛结。②

词描写百姓因徭役而误了农时，春耕季节，田畴闲置；等服役结束回家，农时早过。纵然田地种得些许谷物，收成也很差，无法交纳租税。

载谷船回，结局了、数声长叹。谁承望、薄田三顷，抛荒一半。弃去投军元作贼，剩来非佃还思乱。问汝催、可得似官催，声声怨。 差使到，鸡豚断；兵马过，妻孥散。把生愁死乐，添修空观。县尹已开明岁卯，库司未打今年算。怕长沟大壑有人填，无人看。③

词写的是别传寺派僧人去收取饭僧田田租，结果发现僧田被抛荒一半，原因是很多佃户或投军或落草，剩下来的人"非佃还思乱"。澹归担心寺庙收取租税的僧人把佃户逼苦了，僧人告诉他，官军收税才凶残无比，"差使到，鸡豚断；兵马过，妻孥散"。官府仓廪入不敷出，对百姓课以重税，这样下去，只"怕长沟大壑有人填，无人看"。

顺治八年（1651），为打击郑成功的海上抗清势力，清廷开始海禁，企图用坚壁清野的手段困死在台湾岛上的郑成功，强迫广东、福建、浙江沿海居民内迁三十里，尽烧民居及船只，不准片板入海。沿海一带百姓不能依海而生，非常困苦。澹归悲从中来，愤然写道："岁暮民益穷，感至悲复生。荒菅亦饮露，欲起难为情。"④ 顺治九年（1652），澹归化缘江东，看到江浙一带异常萧条，繁华不再，非常伤感：

---

① 《大水》，《徧行堂集二》卷34，第460—461页。
② 《满江红·早禾无收》，《徧行堂集四》续集卷16，第447页。
③ 《满江红·晚禾无半》，《徧行堂集四》续集卷16，第449页。
④ 《月下》，《徧行堂集二》卷30，第324页。

……故乡早不似他乡，干戈无处寻干净。一团冰雪伴樵渔，从前热闹何消问。当湖花发桃李枝，尽在翩翩年少时……兵风四海血模糊，空果空花齐打失。吾侪小小各身家，杜鹃不用啼归血。乾坤许大一微尘，复是微尘尘里身。星幻灯翳何处觅，冤妻业子推愁轮……①

二、抒写"三藩"作乱之祸

天灾可怕，苛政可怕，兵燹更可怕，其破坏程度更大。康熙十二年（1673），清廷作出撤藩的决定，吴三桂在云南反叛，福建耿精忠、广东尚之信先后响应。清廷调集官兵民力征讨，官急民困，乱象丛生，"闻道军需急，千艘济粤西。官私无暇日，水陆尽遗黎。战苦兵锋涩，村荒径草齐。畏途兼落照，天际一眉低"②。次年，耿精忠自福建攻江西，吴三桂自长沙攻江西，两兵会合。赣、粤边境之南安、韶关一带，赋敛既亟，转输频繁，民生益困，既有"剥运遭龙战，洒血纷玄黄……大哉寒号虫，文质随炎凉"③，也有"上下交相征，官贫民亦殚"④，还有"烽烟直上虫沙化，荆棘横斜猸貉争"⑤。澹归在《与王仲锡枭司》札中云：

盖兵愈骄，将愈懦，赋敛愈繁，民生愈困也。各县派米，已于一年中纳三年之米，送过庾岭者，每石费二两有奇，至于卖妻鬻子。各县派夫，已于一年中用六年之夫，送过庾岭，道殣甚多，至拘留军中不遣。喜乱之民铤而走险，其无能者或死或徙……若章贡不下，转输之役势不得休，又岂待其君子化为猿鹤，而小人始化为虫沙耶？⑥

在这封书信中，澹归指出当时徭役征赋之繁重，"一年中纳三年之米""一年中用六年之夫"，求生者"卖妻鬻子"，服役者"道殣甚多"，希望官友王仲锡以菩萨心肝，具悲悯之情怀，施救时之才略，挽民生于水火。

---

① 《客里行呈旧座师黄果斋先生》，《徧行堂集二》卷31，第353－354页。
② 《军需船》，《徧行堂集四》续集卷14，第342页。
③ 《南韶杂诗·龙护园寒雨》，《徧行堂集四》续集卷13，第302页。
④ 《南韶杂诗·凌江放舟》，《徧行堂集四》续集卷13，第302页。
⑤ 《至龙护，值孝山抱恙，又闻彭湖梗阻，同人各以且住为佳，因题二诗致意》，《徧行堂集三》卷38，第153页。
⑥ 《与王仲锡枭司》，《徧行堂集四》续集卷11，第254页。

康熙十五年（1676），吴三桂遣兵侵广东。二月，尚之信应之，战争越来越焦灼。澹归有诗云：

昨夜闻雷罢，今朝得沍寒。玄黄深欲战，冰炭错相干。欲问岁无恙，谁怜民未安。风波吾已老，敢惜路行难。①

雷峰、海幢均遭剽劫。丹霞贫穷，贼不来掠夺。澹归嘲讽吴三桂叛逆，对天下生灵"刮皮啮骨"，必然会自取灭亡。自己虽然暂免于劫乱，然无法独乐安枕：

九只金乌不当一，弯弓拟落天边日。海立山崩势自骄，鱼惊鹿骇欲何逃。大众方穷我方病，同死同生岂无命。将军纵掠韶阳城，传呼日月今重明。廉石山中枪已朽，师子岩前失却口。称戈荷校网谁投，刮皮啮骨何时休。雷峰击柝夜未歇，忽闻海幢清昼劫。丹霞重门虽洞开，便有白鼠无银台。业海风涛八面作，百苦安能思独乐。汝曹莫寻沙打油，佛灯灭后闻鸺鹠。老来甘食还甘寝，茫茫大地谁安枕。一星火焚须弥卢，集苑不如仍集枯。六十余年一长叹，玄黄血溅龙酣战。山空夜寒啼杜鹃，今年可是周三年。②

澹归外出化缘，看到城镇因战乱一片荒芜，百里不见人烟，非常伤感，"昔年好村镇，今来存几家。败屋半无门，历历蒙霜花。庵荒僧亦去，老树啼饥鸦"③。他多次在化缘途中遭到盘查，"我非玉泉来，不应是细作。严城苦诘问，有理无可答"④。化缘晚归，一路忧惧，"一钵归仍晚，前途畏尚存。穷民兼饿虎，深夜集荒村"⑤。他多次受到惊吓，"日暮舟倒行，新月生前滩。忽闻呵叱声，柔橹浮惊湍。乘舟似怀璧，匹夫终未安"⑥。在这种处境下，澹归自嘲还不如一只草间的小麻雀，"时哉篱间雀，戢身隐蓬蒿。万一鹰与狸，高视遗秋毫。有险不惧行，有幸或俱徼"⑦。

战争造成田园荒芜，一片凄凉。官府草菅人命，壮丁缺衣少食，生民命悬一线：

① 《寒》，《徧行堂集二》卷33，第421页。
② 《丙辰二月之事，海幢有诗寄怀，题此奉答》，《徧行堂集四》续集卷13，第321页。
③ 《南韶杂诗·岸旁荒院》，《徧行堂集四》续集卷13，第302页。
④ 《南韶杂诗·相江门》，《徧行堂集四》续集卷13，第304页。
⑤ 《泊界牌山月下》，《徧行堂集二》卷33，第420页。
⑥ 《南韶杂诗·凌江放舟》，《徧行堂集四》续集卷13，第302页。
⑦ 《南韶杂诗·寒雀》，《徧行堂集四》续集卷13，第303页。

日行不见人，夜宿不闻犬。惟有鸺鹠声，时近或时远。围门白昼闭，余息不暇喘。忽传辕门令，长跪蒙锻炼。生杀问钱神，无劳读囚欸。吾民尚有根，荑草法应斩。源源后来兵，残汁舐破碗。赤体无完衣，此肉不待袒。朱轮及墨绶，活人用死眼。皇天倘有泪，一滴庶可转。①

城中和村中驻扎的士兵，四处作乱，盗掠奸淫，无恶不作：

城中村中官如麻，或有起家或破家。只遣穷民填性命，前供猛虎后供鸦。吾宗三刹悬两地，不解忧身解忧世。苦雨连宵不肯干，皇天有泪曾无济。层崖四面妇子啼，朝来失牛暮失鸡。兵声喧喧何日定，定后催科皮骨尽。②

官兵战时更是凶残贪婪，狡黠无耻：

萧索悲人事，蹉跎阅此生。干戈从二代，沟壑转三征。荆棘梅关涩，波涛锦水腾。官私同困敝，上下各分崩。扼腕趋藩镇，流涎绕贯城。兵呼频唯诺，寇退独骄盈。剧有伤心法，休论没世名。春秋聊借口，君父莫留情。是手能翻覆，非时并送迎。饥来元似虎，饱去即为鹰。酒德重赓颂，钱神又作经。骑危须后命，铸错问前程。易得田畴废，难教丘壑宁。无人堪地坠，有泪与天倾……③

战事惨烈，骸骨遍野。澹归率领僧众，跋山涉水，到处殓埋尸骨，无论其逆身份：

无谁收战骨，青磷荡风雨。夜深闻鬼斗，胜负两无取。筋脉缠蔓草，肌肤落野鼠。痛汝无所归，似我宜为主。韶阳有贤守，未语心先许。掩骼乘春令，王政故可举。怒蛙式武车，雄魄亦可与。吾意平如砥，四海一子女。顺逆岂有常，时哉审所处。④

在莲花岭收埋尸骨，诗人对战场惨状作了详细的描述：

言登莲华岭，云是昨战场。据险虽有势，持久非其方。两胜成一负，杀伤互相当。折矢如败革，委地栖严霜。冷风吹白日，惨凛无精

① 《南韶杂诗·有所见闻》，《徧行堂集四》续集卷 13，第 301 页。
② 《孟夏》，《徧行堂集四》续集卷 13，第 321 页。
③ 《感时寄怀孝山》，《徧行堂集四》续集卷 16，第 424 页。
④ 《南韶杂诗·收战骨》，《徧行堂集四》续集卷 13，第 305 页。

光。山溪自高下，俯仰随低昂。有时堕碉底，渍水疑浮囊。双钩猛一拨，白沫流猪肪。干柴起湿火，黑灰荷青筐。汝曹亦健士，奋臂轻螳螂。生犹念故妻，死即沉他乡。夜阑或偶语，凄切兼寒螀。狐狸跳其前，鸱枭啸其旁。先登谁大将，后死谁真王。同业化鲸鲵，结怨胎豺狼。我无度世力，为汝摧中肠。极乐有莲池，宝树郁成行。垂慈等一子，热恼还清凉。①

诗歌描写当时敌对双方在此反复争夺，死伤相当。战场折矢如败苇，白骨遍布山野。有的尸体"堕碉底，渍水疑浮囊。双钩猛一拨，白沫流猪肪"。尸体经焚烧后，化为筐筐黑灰。吃尸体的猛禽野兽随处可见。诗人为这些死者感到十分哀伤——战争没有输赢，只有死亡。

第三节　秉持忠贞气节

澹归少年时性情"孤介旷远，不屑为时名"，青年时喜欢"谈时政"，以"危词切论"②。旋即遭遇世乱，起兵抗清，几死敌手。在永历朝中，又因触忤权臣而被廷杖下狱，命悬一丝。一位热血男儿，经历许多变故后，绝望之余，出家为僧，皈依佛门，但礼义廉耻、气节操守依然在他心中，与佛学向善去恶、修持洁身融为一体，正如其师天然函昰，"世变以来，宗门不能独免，虽已毁家出世，仍刻刻与众人同休戚也"③。他出家为僧，却仍有儒者的情怀，并不推崇"枯木禅"。他沉浸于佛学，但并不意味着他反对儒学，在澹归看来，儒佛是相通的，两者是殊途同归，"所愿学佛为儒，同一鼻孔；明心见性，各断命根。永无斗净之风，共入圆通之域"④。他调侃自己"着了袈裟，不脱襕衫气。或作治国平天下会，或作格物致知会，总好去讲道学，且道禅和子佛法在什么处"⑤。他劝世人究心佛学，也鼓励世人精

①《南韶杂诗·莲华岭》，《徧行堂集四》续集卷13，第306页。

② （明）王夫之著，鸥建鸿等校注：《金堡列传》，《永历实录》卷21，长沙：岳麓书社1982年版。

③ 陈垣：《清初僧诤记》卷2，励云书屋刻本1934年版。

④《四书义自叙》，《徧行堂集一》卷7，第194页。

⑤《四子言志诗》，《徧行堂集三》卷41，第213页。

研儒学，"努力诗书事，君家经术深"①，"谁当推冀缺，儒术起辕门"②。释陟删说他"忠孝之概，根本佛性，并行不悖"③，可谓中肯之评。

一、澹归的节义之举

澹归不以自己身在佛门而置道义于不顾。顺治七年（1650）十一月，清兵陷桂林，督师瞿式耜、总督张同敞被执不屈，以身殉节，暴尸刑场。澹归上书定南王孔有德，请瘗二忠烈遗骸。并辑录瞿式耜、张同敞遗稿，合辑成集，为之跋，以俟刊行。④ 澹归作为南明遗臣，是清廷通缉的对象，此时他已落发为僧，身披缁衣隐姓埋名，然而他对瞿式耜、张同敞二柱臣充满崇敬之情，激于义而上书定南王孔有德，"自叙历履与两公交情，略无隐讳"⑤。其书曰：

> 山僧梧水之罪人也。承乏披垣，奉职无状，系锦衣狱，几死杖下。今夏编成清浪，以道路之梗，养疴招提，皈命三宝，四阅月于兹矣。车骑至桂，咫尺阶前而不欲通，盖以罪人自处，亦以废人自弃，又以世外之人自恕也。今且有不能一言于左右者。故督师大学士瞿公、总督学士张公，皆山僧之友也，已为王所杀，可谓得死所矣。故国之人，势不并存，忠臣义士，杀之而后成名，两公岂有遗憾于王？即山僧亦岂有所私痛惜于两公哉！然闻遗骸未殡，心窃惑之。古之成大业者表扬忠节，如出天性，杀其身而敬且爱其人……请具衣冠为两公瘗。瞿公幼子尤宜存恤，张公无嗣，益可哀矜，并当择付亲知，归葬故里，则仁义之举，王且播于无穷矣。如其不尔，亦许山僧领尸随缘藁葬，揆之情理，亦未相妨，岂可视忠义之士如盗贼寇仇然……⑥

在给孔有德的这封书信中，澹归不卑不亢，以义争之，以理谕之，以情感之。孔有德感于澹归的节义，最后同意由他出面安葬瞿、张二人。澹归这一节义之举，得到士林普遍称赞："（其）上孔王请收葬张

---

① 《赠刘子毅》，《偏行堂集二》卷33，第428页。
② 《赠徐将军价人》，《偏行堂集二》卷33，第429页。
③ 吴天任：《澹归禅师年谱》，香港：佛教志莲图书馆1989年版，第122页。
④ 吴天任：《澹归禅师年谱》，香港：佛教志莲图书馆1989年版，第65页。
⑤ 吴天任：《澹归禅师年谱》，香港：佛教志莲图书馆1989年版，第65页。
⑥ 《上定南王》，《偏行堂集二》卷24，第160页。

文烈、瞿忠宣二公书，所维护纲常、矜全忠节者，词无胜义、慈悲慷慨、动魄凄脾，是知不特开阐宗风、具龙象，乃抑亦吾道之伽蓝"①。

澹归还有一个义举是上书平南王尚可喜，对他家乘《元功垂范》中称明朝为伪朝，称明兵为贼兵进行辩护：

> 前所编次《元功垂范》一书，遵奉记室。所授稿本于明称伪，于明兵称贼，初谓奏报相沿，未曾改正。窃念明灭元而修《元史》，不以元为伪，不以元兵为贼；元灭宋而修《宋史》，不以宋为伪，不以宋兵为贼；明末君臣播迁，亦自延其祖宗一线之脉，非僭窃比，而清朝承明正统，且驱除李自成，为崇祯雪恨，于明本非寇雠。今书称李自成为伪为贼，称明亦为伪为贼，略无分别，恐非正理。谨请发回原书改正，于明朝削去"伪"字，称明，于明兵削去"贼"字，称兵或称将领之名。盖天下之分义，当与天下共惜之，天子之体统，当为天子共存之也……②

这封《上平南尚王》书，义正词严，理直气壮。尚可喜不得不接受他的建议。澹归这一节义之举，获得士林普遍赞誉。有义士寄澹归绫裱，乞书《上平南尚王》，澹归以诗答曰：

> 直道斯民在，空言亦可存。何人操史笔，不意到王门。内外无殊体，兴亡共一尊。吴绫闲索字，字里立乾坤。③

然而世人却以他与新朝权贵往来密切，为他们歌功颂德、祷寿祈福等表面现象对他进行严厉的指责。黄宗羲《天岳禅师诗集序》云："于近日释氏之诗，极喜澹归，及《徧行堂集》出，粉墨点杂矣。"④黄宗炎《阅〈澹归语录〉诗序》讥曰："祝发为僧，竟忘所自，但成一领众募缘之俗汉而已。阅其《徧行堂集》，尤为滥恶不堪……天下因好名而自败其名者，皆澹归之《语录》乎！"又有诗表达不齿之情："针神补缀苦辛勤，无缝天衣稳称身，感慨流连怀故国，趋炎附势媚时人。诗文撮合烂朝报，凡例差排新措绅，毕竟西山采薇曲，《武成》

---

① 梁基永编印：《烟语词笺》，《仪清室丛书》（二），个人印藏 2002 年版。
② 《上平南尚王》，《徧行堂集二》卷 24，第 161 页。澹归同时又致信尚可喜最信任的家臣金绚，为"明不称伪"及明将李定国"不当称贼"辩护。（《徧行堂集二》卷 25，第 195 页）
③ 《升初以幅绫索书所上平南王启》，《徧行堂集四》续集卷 14，第 349 页。
④ （明）黄宗羲著，陈乃乾编：《黄梨洲文集》，北京：中华书局 1959 年版，第 371 页。

未可一齐陈。"① 近代学者陈垣说："今所传《徧行堂续集》二，有某太守、某总戎、某中丞寿序十余篇，卷十一有上某将军、某抚军、某方伯、某臬司尺牍数十篇，睹其标题，已令人呕哕。"② 笔者认为黄宗羲、陈垣等人的观点有点脱离"知人论世"之旨，没有了解澹归当时所处的境遇，也没能理解"苦体乞食，不择贵贱""遍行乞求，广度人民"的佛教教义。相比之下，当代学人段晓华教授的评价更为客观："（他）以天下苍生为念，便不以名节自居，不恃隐遁为高，其与清廷官员接触，绝不空谈义理，反颇注意时事，不忘拯民于饥溺，在能力范围内为民喉舌。"③ 对于"清初士人与大吏间、遗民与士人间、遗民与大吏间种种复杂的关系，特别是明朝遗民与清朝大吏的往还，如果依然墨守已定的'阐释架构'作一律等同的论观，是很难取得合理和更有意义的解释的"④。

二、澹归的节义诗

清廷在岭南的统治稳固后，抗清义士大多亡散。在清廷高压之下，受佛门教义的影响，澹归的诗风逐渐从慷慨激越转变为深沉含蓄。但他同许多遗民诗僧一样，"肮脏不得志，遂皈心华首，深究无生之旨。然酒酣耳热，时有精悍之气，如一线电光，发于冷云疏雨中"⑤。他褒扬节义和操守的诗歌中明显体现了这一特征。

（一）颂扬以身殉国的明末士人

澹归经历或目睹这些节士的遗址遗物，触景生情，睹物思人，抒发自己的悲慨之情。如他化缘经过赣州，路过卢观象⑥故宅，赞扬他清兵围城后，忠贞不屈，誓死不降，带领族人以身殉国：

① （清）全祖望辑选，沈善洪等点校：《续甬上耆旧诗》卷39，杭州：杭州出版社2003年版，第210页。
② 陈垣：《清初僧诤记》，励云书屋刻本1934年版。
③ 《徧行堂集前言》，《徧行堂集一》卷首，第5页。
④ 谢正光：《清初诗文与士人交游考》，南京：南京大学出版社2001年版，第221页。
⑤ 《铁桥道人稿序》，吴天任：《澹归禅师年谱》，香港：佛教志莲图书馆1989年版，第83页。
⑥ 卢观象，字子占，赣州人。明万历二十五年（1597）选贡入南雍，授河涧间府通判。天启元年（1621）先后任天津卫判官、河涧府屯田同知、左军都督府经历等职。后因宦党当道而引退。清顺治三年（1646）清兵围赣州，他积极联合乡绅，组织城内壮丁，支持杨廷麟抗清。十月城破，率全家40余人面北而泣，从容投城西铁盎塘而死。

虔州有清池，长夏生冰霜。当年卢少参，举族斯沦亡。去今二十载，父老犹悲伤。云有佳公子，八岁能文章。朱唇逗黑齿，步武如鸿翔。整衣出再拜，我死先为倡。一辞杨督师，再辞两高堂。辞亦几何时，此地无商量。杨公顾卢公，一笑泪双行。与君老成人，岂不如儿郎。其家争致死，若网俱随纲。我犹闻此子，堕地违膻芗。应欲手援人，所爱先忠良。微吟当晚风，洒然见南阳。①

他在惠阳看到永历朝中书舍人邝露的绿绮台琴②，因琴怀人，表达了对邝露为国战死的敬仰。诗歌序曰："此邝中翰湛若琴也。中翰既死于兵，家贫暂典，力不能赎，叶锦衣德备赎之。其子叔嗣告于木主，遂归叶氏，将令此琴不至流落失所。止言阿阇黎与邝故交，憩锡惠阳，谈及往事，锦衣即携琴泛湖，余于末坐，与此琴为新相识。因念两公用意，于交情生死之际，不在一琴。感而成诗，忘其缠绵悱恻矣。"诗云：

……昔者邝生饱奇字，龙虎文中高位置。清狂自许米元章，博奥谁论萧颖士。半生辛苦得此琴，与之卧起称同心。同生同死分已定，共赏不足常孤吟。黄尘忽度梅花岭，兵火光边横血影。弓刀那解发丝桐，玉轸金徽抛故锦。青衣黠慧抱琴回，（邝有小僮，为兵所掠，给以卖琴，因得归）琴到人今来不来。堂前觅不生新谷，厨下行还滑旧苔。平生服玩典卖尽，一朝及汝肝肠摧。锦衣故人矜侠烈，赎转胡笳十八拍。尤物从来不一家，得主何须更愁客。为说当年出尚方，国恩家宝重悲伤。看汝阅人长落落，人来阅汝徒茫茫。可怜刘家卖琴翁，合离草草如秕糠。（琴出刘氏，闻为武宗所赐）吾侪好会良有以，文人食报犹文章。明日东西南北人，行云流水皆荒唐。独有生生死死意，他年此夕难相忘……③

他过鄱阳湖口，怀念当年左良玉、金声桓等在此据守抵抗清军：

潋滟孤帆出，萧条一望中。天低前际水，云折后来风。万里无终始，随流失异同。谁能遗烈在，血战悯群龙。④

---

① 《卢子占故宅》，《徧行堂集二》卷30，第334页。
② 顺治七年（1650），清兵包围了广州城，永历朝中书舍人邝露遣小童将他心爱的绿绮台琴送回老家，与众将领勠力守护广州城达十个月之久，粮尽弹绝，城破被杀。
③ 《绿绮台歌》，《徧行堂集二》卷31，第352－353页。
④ 《过鄱阳湖》，《徧行堂集二》卷32，第387页。

248

他过故人邹介子书院，怀念这位晚明忠贞之士：

随风错过故人家，皂荚枝头日影斜。春入江南寒扑面，可怜秋怨促琵琶。（其一）

罢参天界却寻君，生面才看死便分。闲里不曾忙着眼，一声无计叫离群。（其二）

素磁长夏坐如年，狱底楼头各一天。玉海尘封难借问，到门风景却依然。（其三）

不须扣策恸山丘，华表遥知懒寄眸。绕遍孝陵看直北，血痕横亘古神州。（其四）①

他驻锡瞿式耜贯清堂，回想过去梅花满园，现在却完全荒芜，以梅喻人，缅怀抗清志士：

二云琼树归天上，一样榛芜满世间。还许吾侪同话旧，也怜鹤梦断孤山。（稼轩瞿公有归云庄，秋涛陈公有云淙，皆环植梅花，今榛芜矣。与止师谈而三叹，吾别孤山已久）（其九）②

（二）赞美不愿出仕的新朝遗民

澹归称颂许多遗民虽满腹经纶，然不愿出仕，或隐于市，或终老林泉，或栖身佛门：

儒术尊三老，当时有乞言。似君富才学，毕世卧林泉。心向青原尽，书从白鹭传。悲来能作赋，萧飒向秋天。③

未免人间梦，嗟君济世才。远虽空万里，高不藉层台。煮字还成饱，歌骚且节哀。逃禅乘慧业，莫受眼光埋。④

吴门重要离，风并梁鸿远。至今气谊徒，不随流俗转。屠公称市隐，未以然诺显。阴德如耳鸣，众闻则已浅。侃侃庄俊叔，只身堕虎圈。往来频画策，身亦几不免。解骖不市恩，折节此其选。若敖岂无虞，匪躬故蹇蹇。凤雏下丹穴，老怀庶可卷。更缔朱陈欢，长者誉何忝。⑤

---

① 《过邹介子书院》，《徧行堂集三》卷40，第185－186页。
② 《梅花兴》，《徧行堂集三》卷40，第204页。
③ 《赠友》，《徧行堂集二》卷33，第423页。
④ 《赠友》，《徧行堂集二》卷33，第423页。
⑤ 《赠屠育仁》，《徧行堂集二》卷30，第333页。

他表彰有气节的遗民。如赞扬画家陈洪绶（章侯）遁身佛门，不结权贵，不慕钱财，甘于淡泊：

历落如论七不堪，难将昨梦驻优昙。才名自爱陈同甫，心事徒怜郑所南。出火三车犹曲径，垂丝千尺在深潭。凭公透过东西路，昧却红尘是碧岚。①

他称颂伍瑞隆（铁山）画技超群，国破后气节如初，以诗酒泄愤，出家漂游：

犹记京师无恙日，四海名流如一室。淋漓彩笔共酬歌，雄捷逢君皆屏迹。金轮忽暗扶桑枝，地北天南奔走迟。剑树刀山衽席过，空劳鬼国数相知。当年醉客埋荒草，剩得头皮鬓已丝。呜呼伍君世人争欲杀，徼幸苍苍存落拓。也似金生狱底未成磷，万里青山一布衲。判隔余生信渺茫，何缘豪气看如昨。欲言无语指胸前，五岳横排都倒踏。七十老翁何所求，一双白眼随浮沤。诗筒酒碗堪驱使，未遣清狂万斛愁……②

他赞许万泰（履安）在抗清失败后，甘于清贫，坚持操守，以义声著称：

壮情真不已，身世古今分。三百年来话，须麋劫外论。寒塘擎败笠，老树戴孤云。此意无人写，何妨我共君。（其一）

抵掌河清事，蹉跎早白头。不官犹汉节，落地即明州。绿萼西溪梦，黄花彭泽秋。途穷君莫惜，恸哭亦高流。（其二）③

（三）对家园沦陷的气节之士深表同情

他去寻访故人，却看到故人家遭兵燹之祸，悲情满怀：

偶寻故人约，言登百家村。当年刘侍郎，甲第如云屯。一朝罹兵燹，空劫惟灰痕。园林走蒿莱，篱落穿鸡豚。中有贤公子，雅质犹春温。烹泉摘嘉蔬，往事时一论。君家秉节义，世德诗书敦。盛衰非有常，枝条归本根。万木见萎谢，且幸留芳荪。世情岂足问，一叹声已吞。归途循曲巷，彷佛联高门。断砖费屏除，且复谋朝昏。举手欲解

① 《次韵寄答陈蔼公》，《徧行堂集三》卷37，第112页。
② 《海幢行答伍铁山》，《徧行堂集二》卷31，第353页。
③ 《次韵别万履安》，《徧行堂集二》卷32，第393页。

维，暮天不可扪。猛风吹寒雨，为我一招魂。①

故人家当年"甲第如云屯"，而今"园林走蒿莱"。他也无力帮助故人后代，只能叮嘱他们"断砖费屏除，且复谋朝昏"。

友人苏镇戎出身将门，然宅第被官府征收，全家自食其力，艰难度日，他非常伤感：

苏公世将门，国破身亦老。第宅归今官，田禾复枯槁。饿死不关天，莫恋禾边草。为言官粮急如弦，鬼伯夜语鹈鶒传。田中禾登田主死，贫儿犹得张空拳。只今年纪余七十，有时自采东岩石。捱得工夫卖得钱，烟生土锉留朝夕。夕夕朝朝一卷经，有子趁墟孙负薪。苦乐随时何足道，白衣苍狗皆浮云。浮云自信无拘束，穷若甘心睡亦足。梦醒来看折脚铛，一盂糙米连羹熟。可怜百代往来人，茫茫对面相歌哭。②

友人庄蝶庵负经世之才，所居之城被清兵攻破，身陷被俘，侥幸逃归，居所却成一堆瓦砾，他很是伤心：

庄公经世才，时命两不犹。覆城无完家，安得辞俘囚。脱身还其里，瓦砾繁鹈鶒。雪涕语父老，心在夫何忧。譬如三灾余，惨澹生调柔……③

友人杨榴庵资质超群，国破后无以为生，他劝慰友人随他在丹霞山为僧：

匡山有遗民，逸宕饶英风。秉质贵独异，举足嫌雷同。六翻手自铄，不作摩天鸿。观其自谯篇，次骨求心宗。知我来虔州，朝夕能从容。投林或曳屣，过水兼扶筇。我犹习粗行，一钵擎虚空。相对各萧然，致雨吾非龙。远客怜近客，两者皆奇穷。来朝顺流下，更问陶皮翁。归舟欲相携，下榻螺岩中。老僧亦无根，铁船驾千峰。落帆时触石，挂脚还摩松。与子一长笑，老大成童蒙。④

吴天任说澹归"方外言行，亦与一般缁流迥异，盖以儒入佛，其用世则以忠爱为心，身体而力行，生死行之。及其归向三宝，则以慈

① 《百家村》，《徧行堂集二》卷30，第336页。
② 《赠苏镇戎》，《徧行堂集二》卷32，第381页。
③ 《赠庄蝶庵》，《徧行堂集二》卷30，第333页。
④ 《赠杨榴庵》，《徧行堂集二》卷30，第334页。

悲弘济为愿，又身体而力之……要其入世出世，前后之揆，靡不一以贯之"①。澹归于节义，不论出世入世，一以贯之，褒扬宣教，身体力行。

第四节　对旧国新朝的情结

对澹归的研究，还存在一个误区，即认为他是明末清初反清复明的遗民中坚。产生误会的原因主要有四：一是他是明王朝的臣子，尤其是南明王朝的重臣，必然会心恋旧主，反对新朝。二是他的诗文中赞扬有气节的遗民，并利用道场丛林庇护遗民。三是他在诗文中谴责了清朝的贪官悍吏，为民生疾苦呼吁。四是乾隆四十年（1775），乾隆皇帝在检阅各省呈奏的应禁毁书目时，发现澹归《徧行堂集》"语多悖谬"，谕旨对澹归的诗文集"必应毁弃，其余墨迹墨刻亦不应存"，"并将所有澹归碑石亦即派诚妥大员前往椎碎推仆，不使复留于世间"②。这也是最主要的原因。

然而细读《徧行堂集》后，却发现澹归没有"语多悖谬"。《徧行堂集》文字狱案只是乾隆皇帝出于褊狭的政治目的一手炮制的冤案。

一、对明王朝的反思

澹归是明朝旧臣，对晚明朝政洞若观火，有非常深刻的认识。他清楚地看到晚明朝廷奸臣当道，最高统治者崇祯皇帝不仅不能明辨是非，还满腹猜疑，杀罚严酷；群臣战战兢兢，自求保命，对朝政袖手旁观。崇祯皇帝既没有得力的举措扭转朝局，也无法明察危机四伏的势态，"烈皇帝天质英明，然详于细，疏于大，察远而遗近，每为在旁之奸巧中而不自觉，当其谴斥稍过，群臣悉袖手，为不终日之计，逃责于局外，侥幸于事后……既曲突徙薪之不用，并焦头烂额而无闻，可痛也"。作为继统的南明王朝，不仅不能上下一心，共同抗清，反

---

① 吴天任：《澹归禅师年谱》，香港：佛教志莲图书馆1989年版，第2页。
② 中国第一历史档案馆编：《纂修四库全书档案》（上），上海：上海古籍出版社1997年版，第455－456页。

而争立为王，派系林立，内斗不休，"弘光继统，不仇雠是寻，而修门户之怨"①。这样的王朝必然要走向灭亡。

澹归曾任南明永历王朝兵科给事中，为匡扶朝政，他多次上疏，痛陈陈邦传、马吉翔、吴贞毓、庞天寿等人把持朝政，祸国为患，结果遭到他们的陷害。永历四年（1650），澹归被下锦衣狱拷讯，被诸酷刑，几死狱中，后得高必正等人的援救，才充成清浪卫。澹归以自身的经历，痛陈南明政权的黑暗残暴：

……我生遘阳九，日车便倾覆。谬欲信大义，意广才不足。开口连要津，杀机互相伏。愧乏介石姿，引去未能速。乃于播迁际，孤根锻黑狱……②

他指出南明王朝最高统治者忠言逆耳，与奸臣一道残害忠良，人心尽失，国运自然无法挽回：

时令相间欲卖愁，无谁少却有谁收。若知献玉原当刖，自识分羹便索休。向下双叉俱北指，最初一点在东流。可怜唤尽桃花水，片片闻声只掉头。③

他清楚地看到明王朝在历史的递变中已经成为陈迹，不可挽留，也不必为之叹惜：

来宵旅泊又中秋，眼角金陵王气收。逝水声俱忘断续，连山影不到沉浮。每怜蝶梦回蚁穴，多恐鼍更隔凤楼。欲倚兴亡寻往迹，一轮冷艳正当头。④

经历如许磨难，澹归从岳飞忠于南宋王朝却最终被杀，对自己过去效忠南明王朝进行了反省，认为封建主子背信弃义，杀害忠臣，长城自坏。而臣子愚忠，招来杀身之祸，也是咎由自取，又有谁会怜惜呢？他哀叹道：

有意回天，到此际、天难作主。凭天去、补天何用，射天还许。那得官家堪倚仗，从来信义无俦侣。看绣旗、当日刺精忠，今投杼。　航海恨，君自取。奉表辱，君自与。便风波沉痛，不须重举。

① 《李灌溪侍御碧幢集序》，《徧行堂集四》续集卷4，第73页。
② 《癸巳六月六日灯下作诗示世镐诵》，《徧行堂集二》卷30，第320页。
③ 《偶成》，《徧行堂集三》卷35，第33页。
④ 《八月十四夜龙江舟中对月》，《徧行堂集四》续集卷14，第371页。

遗庙尚能余俎豆，故宫早已空禾黍。是男儿、死只可怜人，谁怜汝？（夏侯桥、沈润卿掘地，得宋高宗赐岳飞手敕石刻，装潢，乞诸名士题咏，惟石田、衡山、弇州三词甚著）①

可以说澹归的眼光已经突破了忠孝节义、伦理纲常的藩篱，完全抛弃了封建家奴思想，达到了近代启蒙思想的水平，与同时代的顾炎武、黄宗羲、王夫之等人走在时代的前列。他已形成了朝代递变之历史观，蔑视神圣的封建王权：

袍袖俱沾草，颠毛总映霜。雪天消木佛，死垄薄生王。建国争蜗阔，编年过电长。吾侪有何恨，独立见兴亡。（其五）②

在他看来，明灭元，元灭宋，清承明之正统，皆"天下之分义"③，以至"衰国之忠臣与开国之功臣，皆受命于天，同分砥柱乾坤之任"④。

二、对清王朝的体认

澹归对刚入主中原的清廷，最初是有抵触情绪的。他在这一时期创作的诗文颇有"怨言"，谴责清廷杀掠无度：

……天道当好还，世胄婴显戮。鬼妻与鬼女，掠贩如转毂。岂能一主人，常有万鞭朴。刀锯免则已，何敢怨奴仆。至于编户氓，宛转陷沟渎。意计不可量，皇天亦已酷……⑤

但随着时间的推移，他逐渐认同清初统治者所推行的一系列政策，从与南明王朝的对比中看到了清开国的新气象，逐渐转变为一个豁达的新朝遗民。这主要从以下三个方面体现出来：

---

① 《满江红·和沈石田诸公题宋高宗赐岳飞手敕》，《徧行堂集三》卷43，第294页。
② 《乙巳九月十四日，阿字首座与予别子胥口。时法门多故，予复抱病还山，诸护法深加悯念，属师躬致曲折，乃挐扁舟追予于英州，不及，遂以丹霞，成两日夕登临晤语之乐。失便宜得便宜，非出家人未易受用也。师垂示五言近体十首，顷在韶阳归舟，重忆此境，追酬雅什，不限韵数，各纪一时》，《徧行堂集二》卷33，第412页。
③ 《上平南尚王》，《徧行堂集二》卷24，第161页。
④ 《上定南王》，《徧行堂集二》卷24，第160页。
⑤ 《癸巳六月六日灯下作诗示世镐诵》，《徧行堂集二》卷30，第320页。

（一）对清廷的"直言"与"建言"

在澹归诗文集中，更多的是"直言"，指出现实社会政治的不当之处，同时提出"建言"，即如何避免这些不当或纰漏之处。如清初文网过严，士人忧惧，澹归提出放宽禁限，让士人感到没有拘禁，才能人心思定，这才是长治久安之策：

……文纲密以张，猛火无凉泉。丈夫能救时，此道非经权。鸟飞不疑天，鱼跃不疑渊。天渊亦不疑，鱼鸟同翛然。①

在《单质生诗序》中，他认为江东社会不稳定，民心屡变的原因是"劝惩道失"，必须严惩贪官墨吏，使他们不敢鱼肉百姓；同时对江南士人不要带有偏见，才能宣导世情人心：

……昔高皇帝惩元季官邪，所以治贪墨吏者至严，吏惴惴救过不终，毋敢以私意鱼肉细民，而况遗老……今此道不讲，吏得摧残无忌，旧缙绅有中人之产，率不自保。东南半壁取之近三十年，反者四起，朝而秦，暮而楚，又因以为利，此劝惩道失，乱之所繇，作而不止也。故英主有大略，无务以胜国之节士为新朝之顽民，使君臣大义深切著明。夫君臣大义，二主之所共深切著明，无所益于胜国之亡，而能为新朝资观感，则正人心、厚风俗，其功直与佐命等……②

从这则序言可以看出，澹归讲的是"直言"，没有"反言"。他向当朝最高统治者提出一个治平之策："故英主有大略，无务以胜国之节士为新朝之顽民，使君臣大义深切著明。夫君臣大义，二主之所共深切著明，无所益于胜国之亡，而能为新朝资观感。"这些话完全出自其肺腑之言，希望统治者能采纳。再如其《记舒公语》，规劝最高统治者，"惟皇其立极"，才能正人心、移风俗：

忠臣不可为，良臣难自致。龙虎倘无能，风云有何事。为上患不作，作或非其人。为下患不应，应或私其身。一私生百欺，至于卖其君。一欺生百疑，至于残其臣。势利有旁操，法度安能申。大运还诸天，直道还诸民。彤廷剪劲草，四海随风尘。惟皇其立极，知人乃称

---

① 《文趾许中翰论治以安静为先，予美其言，述意成诗》，《徧行堂集四》续集卷13，第311页。
② 《单质生诗序》，《徧行堂集四》续集卷4，第86页。

哲。一夫如善射，百夫争决拾。弃置此一夫，百夫皆屏息……①

（二）对"三藩之乱"的态度

澹归对清廷没有反心，从他对"三藩之乱"的"愤言"中也可体现出来。在这场浩劫中，他站在清廷一边，谴责吴三桂等人倒行逆施。他给友人的信云：

> 滇池初沸，人称故国之旗，弟即辩之，盖取六诏，戕共主，皆此公也。世岂有项羽而可复为义帝发丧者乎？佛法世法，同条共贯，释迦如来亦不曾许人边那边，到处悖逆。傅抚受康熙再生之恩，尽心无二，亦是本等，况与永历之仇为难？此弟所以亟取其择义之正也。偶因示谕，辄此剖析，初不欲使傍人闻之，想高明者于彼中一目洞如观火耳。②

他指出有些人参与吴三桂的叛乱，以为这是反清复明，其实乃是非不分、助纣为虐，进而揭露了吴三桂的狼子野心，认为清将傅弘烈揭发吴三桂谋反行径，效忠康熙，报恩清廷，这是他的职责本分，无可厚非。

康熙十七年（1678），吴三桂病死。叛军无首，军心瓦解，清军逐步收复了湖南、广东、广西、贵州、四川等地。澹归激励参加平叛的友人："野老年来望太平，期公努力致休明。便研丹液全铭鼎，更挽银河净洗兵。"③

（三）对在清廷为官友人的态度

澹归对在清廷为官的友人，没有嘲讽劝退，甚至连半句微词也没有。相反，他希望他们当好差，多为朝廷出力，多为百姓办实事、好事。如能吏彭襄任番禺知县，"经理无遗，百姓一苏"④，寻转考功司员外郎，澹归勉励他要为朝廷选拔好人才：

> 妙誉新归吏部郎，山公启事有辉光。疏通民隐闻三善，洗剔官评见一匡。藻鉴双悬驱日月，冰壶独抱散风霜。欲知万里为霖事，听职

---

① 《记舒公语》，《徧行堂集四》续集卷13，第310页。
② 《与丘贞臣明府》（二则），《徧行堂集四》续集卷11，第271–272页。
③ 《留别文山》，《徧行堂集二》卷32，第381页。
④ 何向东等校注：《新修潼川府志校注》（下），成都：巴蜀书社2007年版，第854页。

琴歌春雨堂。①

彭襄在他的鼓励下，颇有政绩，授河南南汝道副使。澹归以诗相送，嘱咐他要继续为朝廷效力，为百姓造福：

……朝廷将右文，选曹且虚席。岂无民事忧，政本存举劾。吏道日多岐，贤愚同梗塞。上下两手中，千变蒙一格。黄河啮奔沙，百川被其责。君子比姜桂，细人托枳棘。公如白阳铜，朗拔见清识。此行酌宽严，于法宜损益。丈夫首皇路，为物常作则。念兹一邑难，悯彼四海厄。谁能用才贤，乃如嗜鸡跖。和风扇郊原，鸣吠亦休息……②

友人罗紫剑任永安司训，澹归有诗赠别，鼓励他为朝廷培育和选拔好人才：

领袖推英绝，宫墙借宿儒。濯溪成异锦，垂露落明珠。桃李随高下，风云自卷舒。朝廷重经术，咫尺到征书。③

三、对康熙皇帝的审视

康熙登基后，继顺治之升平气象，奋发有为，铲除鳌拜，平乱三藩。澹归对康熙治国理政颇为认同，逐渐放弃嫌疑，对康熙表示钦服和敬佩，"今天子御极，六诏归我版图，率土大定，武功既章，文德用显"④。

如康熙十三年（1674），广东巡抚刘秉权平息潮州刘进忠叛乱，晋升为兵部右侍郎，澹归以诗相贺：

圣主柔南服，中丞揽绣衣。烈风惟返火，甘雨不浑溪。道在三台近，情轻百虑微。偶然值鸥鸟，相率共忘机。（其一）⑤

在这首诗中，澹归称康熙为"圣主"，并说"道在三台近"，可见他对康熙并不反感。同年，澹归任丹霞住持，在上堂仪式上，他"拈香云：'此一瓣香，恭惟今上皇帝，惟愿一人有庆，万寿无疆。'又拈

---

① 《退庵新擢考功奉柬》，《徧行堂集三》卷36，第61页。
② 《送彭退庵》，《徧行堂集二》卷30，第341页。
③ 《贺罗紫剑司训永安》，《徧行堂集二》卷33，第411页。
④ 《广东通志序》（代），《徧行堂集四》续集卷4，第88页。
⑤ 《还山留别刘大中丞》，《徧行堂集二》卷33，第433页。

257

云：'此一瓣香，奉惟护法檀越，惟愿文臣不爱钱，武臣不惜死，万民乐业，天下太平。'"① 虽说这是个仪式，然澹归如抱有反清之心，绝不会在菩萨和僧众面前立此愿、发此言。他赠别好友刘廷标出任曲靖同知，诗中有句云："薄宦移南诏，嗟公万里劳。君恩无不在，臣谊复何逃。"表现出对康熙钦敬的态度。再看他送别好友杨汝邻、林育长奉诏北上的两首诗词：

> 万里西山月，秋空执袂凉。君今莅京邑，芝草冠群芳。北斗依天近，黄河到海长……大业开皇路，全身入帝乡。此中双镜影，合照未能忘。②

> 天子欲行推毂礼，将军叱驭神京。一轮霜月迓寒星。平沙遥列阵，细柳近开营。　野老临岐珍重意，曾分宝地金城。梅花雪净马蹄轻。春风红杏子，笑向日边生。③

诗中对清廷之都北京有敬仰之心，祝愿友人能得到康熙的重用，得以充分展现才干。诗词中"北斗依天近""大业开皇路，全身入帝乡""天子欲行推毂礼，将军叱驭神京"等句，不是一个蔑视朝廷、心怀叵测的遗民能说出来的。

如果上述材料可能因为澹归是在公开场合说话，或是对官友说话，未免有言不由衷之嫌的话，那么康熙八年（1669），康熙皇帝下旨停止实行长期令僧侣感到忧惧的沙汰令，澹归作长歌志颂，则是完全出自内心的感激与欢喜：

> 有诏来天阙，相传自海幢。遂停沙汰令，不遣鼓钟荒……为人崇福善，与国走祯祥。妙悟追先帝，冲龄继盛唐。枝条趋印度，车骑拂扶桑。七宝三乘饰，千华一叶藏。何辜蒙害马，此路得亡羊。勿谓驱除快，应思述作伤。异端忧悄悄，正法用堂堂。乞取孤穷字，言旋道德乡。几生悬白月，半榻饱清霜。仅足填沟壑，深惭动庙廊。从容裁吏议，决定出乾纲。始读腾师象，重宣舞凤凰。不过尊志事，已见扩津梁。甘露军持外，卿云帝座旁。吾徒资覆载，佛祖许超骧。老病终安养，英才足阐扬。庄严还塔庙，接待尽梯航。般若流辉满，菩提密

　　① （清）陈世英等修撰，释古如增补，仇江、李福标点校：《丹霞山志》，广州：广东教育出版社2015年版，第47页。
　　② 《送杨汝邻之宛平任》，《徧行堂集三》卷39，第169页。
　　③ 《临江仙·送林育长奉召北上》，《徧行堂集三》卷42，第277页。

荫凉。护明垂果熟，帝释雨花香。王度宽相畜，僧规好自防。野干休僭越，醉象莫猖狂。实地修行海，空游寂灭场。袈裟如变白，纶綍复批黄。我喜谁知惧，君明辅欲良。住持多国土，付嘱峻宫墙。八极金轮绕，三时玉历长。六龙天上下，一座地中央。强敌输千子，同风协万邦。兵销迟舜禹，刑措少成康。大梵传声远，波旬革面降。隐消山木恨，显发水云光。记莂留人主，依归藉法王。身心尘刹奉，誓愿劫灰偿。宝镜融诸相，檀林秀各方。并将八万岁，比德逊无疆。①

诗歌赞扬康熙皇帝年幼继承帝位，却"为人崇福善，与国走祯祥。妙悟追先帝，冲龄继盛唐"，又能"从容裁吏议，决定出乾纲。始读腾师象，重宣舞凤凰"。他告诫僧侣们要感恩康熙，谨遵朝廷法度，莫生妄念，潜心修持，"王度宽相畜，僧规好自防。野干休僭越，醉象莫猖狂。实地修行海，空游寂灭场。袈裟如变白，纶綍复批黄"。他相信，尽管因三藩之乱，国家遭受创伤，但定会出现国泰民安、威震远邦的康熙盛世，"兵销迟舜禹，刑措少成康。大梵传声远，波旬革面降"。

四、没有叛逆之心

明末清初相当一部分遗民不与清廷合作，消极抵抗，这与他们心头未能解开的两个死结密切相关。一个是清取代明而引起的家臣忠君思想，进而上升为贰臣变节的内心拷问；一个是清入主中原的合法性，进而上升为夷夏之防。澹归通过对晚明王朝的反思、对清代政权的体认以及对康熙皇帝的审视，解开了这两个结。

对于第一个"死结"，澹归在序钱谦益《列朝诗传》中有明确的解答：

《列朝诗集传》，虞山未竟之书，然而不欲竟，其不欲竟，盖有所待也。……虞山未忍视一线滇云为崖门残局，以此书留未竟之案，待诸后起者，其志固足悲也。《覆瓿》《犁眉》，分为二集，即以青田分为二人，其于佐命之勋，名与而实不与，以为其迹非其心耳。……析青田为二人，一以为元之遗民，一以为明之功臣，则凡为功臣者，皆

不害为遗民。……呜呼！虞山一身之心迹，可以听诸天下而无言矣。①

"青田"即元末明初辅佐朱元璋立国的刘基，他有着非常浓厚的遗民心态。澹归指出刘基"一以为元之遗民，一以为明之功臣，则凡为功臣者，皆不害为遗民"。那么钱谦益虽对明旧朝有遗民之心，但不妨其为清新朝之臣；自己虽也是明旧朝之遗臣，也不妨碍为清新朝之民。

明末清初遗民思想深处的第二个死结，就连当时著名的启蒙思想家顾炎武、黄宗羲、王夫之等人都没能解开。他们无法超越夷夏之防的固守，无法消除内心固障，观念还束缚在包容性不大的民族气节之中。澹归则完全跳出了夷夏之辨的藩篱。他在致友人的信中指出：

> 世间无不变通之理，为贫而仕，古之人不以为非，况兄负经世之志，有人民社稷之寄。苟能济人利物，则一身出处可不计也。华夷二字，乃人间自家分经立界，若同一天覆，则上帝必无此说，亦但论其所行之善恶耳。……如莽将军有仁义于南韶，南韶之人至今颂美不去口，不可说渠不是中国人，便抹杀了他也。其二诗所感慨皆汉儿事。凡弟之所是非，从民生起见，不为一身出处起见，并不为一国土内外起见，此为天道，此为圣教，高明以为何如？②

在这段话中，澹归否定了传统的夷夏观念。在他看来，固守"夷狄""索虏""犬羊"等观念的人不会变通，也不通情理，并一针见血地指出："华夷二字，乃人间自家分经立界，若同一天覆，则上帝必无此说，亦但论其所行之善恶耳。"他以满族将军莽依图为例（莽依图驻军云南不杀降，不掠民，时人称"仁义将军"），凡有利于社稷民生的人，即是"中国人"；进而鲜明地提出"家天下"的观念，"从民生起见，不为一身出处起见，并不为一国土内外起见，此为天道，此为圣教"，劝解友人不要再耿耿于夷、夏之分，正、闰之辨。

澹归初着僧衣时，无法彻底了断与故明的干系。他寻访遗老，凭吊故迹，与故人相聚唱和，砥砺志节，写下了一些缅怀故国的诗文。这原是一种正常心态。他怀念故国，并不能说明他就一定反对新朝；他称赞遗民气节，并不是要蓄谋造反；他颂扬抗清赴死的瞿式耜、何

---

① 《列朝诗传序》，《徧行堂集一》卷8，第204页。
② 《与丘贞臣明府》，《徧行堂集四》续集卷11，第272页。

腾蛟、张同敞等明朝英烈，也赞扬莽依图、傅弘烈等忠君爱民的清朝将领；他谴责清廷贪官悍吏，为民生疾苦呼吁，并不是要诋毁整个清王朝，而是希望当权者能体察弊政民瘼，为天下百姓建立一个安稳清平的社会。

乾隆皇帝借口澹归有"悖谬"之语，炮制《遍行堂集》文字狱，完全出自"惨酷、阴柔、颟顸、诡谲的统治行为和手段"①。澹归生前就担心因文字而惹祸，对自己著作中过激篇章字句作过削删。他在《与陈季长太史》中云："野臣传谕，《悲歌行》涉愤激，不宜广示于人，极感道义深爱……因简旧时著述，有不和平者皆删之，不欲负良友也。"②《与郑牧仲隐君》一札也云："文字之祸比来颇酷，幸无使不知己者见之，徒以不赀之躯蹈不测之阱，无益也。"③乾隆皇帝对澹归采取颟顸手段或许可以解释为清初澹归所属的曹洞宗依然"持锡自重，保持着孤峻精严的门风"，当时那些稍有气节的文士"甘愿托身于曹洞之门"④。乾隆皇帝对这样的僧侣群体必须加以整肃，以显示朝廷对方外之士也不是听之任之。澹归和他遭毁版的《遍行堂集》于是就成为乾隆皇帝惨毒阴柔政治手段的牺牲品。

总之，无论从澹归的遗民情结还是他华夏之辨的思想境界来看，他在遁入佛门以后，有气节，却没叛逆之心；他想做个"净民"，却没想做"逆民"。他不是一个反清复明的遗民中坚，而是一个顺应世变、见解豁达的遗民僧人。有论者云："明末清初岭南诗僧群不是一个远离尘世、忘情于山水的诗群，也不是抗争于现实波峰上的诗群，他们既是诗人与僧人的结合体，又兼具胜国遗民与新朝子民的双重性格。这种多面、复杂的人格，十分真切地反映出明季清初岭南云诡波谲的历史情境。"⑤对澹归的评价应持这样的观点。

---

① 严迪昌：《清诗史》上，杭州：浙江古籍出版社 2002 年版，第 5 页。
② 《与陈季长太史》，《遍行堂集二》卷 24，第 179 页。
③ 《与郑牧仲隐君》，《遍行堂集二》卷 29，第 308－309 页。
④ 覃召文：《岭南禅文化》，广州：广东人民出版社 1996 年版，第 32 页。
⑤ 李舜臣：《明末清初岭南诗僧综论》，廖可斌主编：《明代文学论集》(2006)，杭州：浙江大学出版社 2007 年版，第 403－404 页。

第八章　澹归诗歌的成就及影响

澹归在清初诗坛的影响不必夸大，但也不能低估。澹归自顺治五年（1648）至康熙十七年（1678），在岭南度过三十年。其间，顺治九年（1652）至顺治十年（1653），乞缘江浙一带，当时风声紧，澹归还被视为南明罪臣，他很少同外界接触，基本上没有诗歌酬唱。他在江西庐山及周边地区短暂活动过，但局限于佛门之内，基本上没有与外人有诗歌往来。直到康熙十七年（1678）至康熙十九年（1680）这两年多的时间，他出岭至浙江嘉兴请藏经，才抛头露面，写了大量的应酬诗、赠答诗，但所接触的基本上是中下层人士，影响不大，所以澹归文学活动的地域范围基本局限于岭南。鉴于他对整个清初诗坛的影响有限，钱仲联《顺康雍诗坛点将录》所点的诗坛一百〇八将中没有他的座次。

但是如果着眼于清初岭南诗坛，澹归的影响则得以突显。学界一般认为清初的岭南诗坛，影响最大的是"岭南三大家"。其实"岭南三大家"的影响力主要集中于屈大均一人。屈大均周游大江南北，诗歌创作丰富，为人风发扬厉，其影响超过澹归；而陈恭尹、梁佩兰在岭南的影响，其实不如澹归。澹归对岭南诗坛的影响有三：一是清初岭南佛教繁盛，澹归是清初岭南僧人诗群中最杰出的代表，其诗歌影响力甚至超过其师天然函昰；二是澹归与江浙诗坛联系紧密，他与清初诗坛魁首钱谦益关系密切，与江浙一带来粤诗人相互过从，在一定程度上，澹归成为岭南诗坛与江浙诗坛交往的纽带；三是澹归与清初岭南官府交往密切，他既与督抚大吏有诗歌唱和，又与中下层士人广泛交往，他的诗歌被岭南社会各阶层广泛接受，且广泛影响岭南社会各阶层。

第一节　澹归的诗学思想

澹归没有诗学理论著作，也没有专文论述其诗学思想，但在为他人诗文集所撰的序跋以及致友人的书信中多次表达了他的诗学思想。他的诗歌中闪现着吉光片羽之言及其诗学观，这些诗学观点虽然没有形成一套逻辑严密的诗学思想体系，却比较全面地反映了他中年以后对诗歌创作的心得、体会以及他对明末清初的诗学理论进行的整合。

一、诗以言志缘情为本

澹归认为诗歌本于言志缘情。他说："诗依人而重轻，人依志而大小。古之人以志为诗，今之人以诗为志矣。以志为诗，见志而遂见诗；以诗为志，见诗而不见志。夫见诗而不见志，君子耻之，况于借诗以为志，借志于诗以为诗乎？"① 强调在诗歌中抒发一己之志，反对为作诗而作诗。澹归所言"志"的内涵，与传统儒家诗教重"美刺讽谏""温柔敦厚"又不尽相同，而是偏重"郁于中而泄于外"的主体之真情实感。② 因而，他特别强调情是诗歌之源，情深则诗兴，情寡则诗枯。他在《俞右衡雪诗跋》中说："盖其情愈深，其韵愈逸，其词愈俊。情者，诗之种，右衡则情种也。吾以不及情，故诗衰；右衡多情，故诗不衰。"③ 他还强调诗歌中性情之"真"，"诗，性情流露之最真也"。张穆回忆与澹归谈诗："余家东湖，去芥庵一水间……晤澹归大师夜话，喜余诗出于性情。"④ 正是出于对诗歌抒情言志和性情之真的追求，他不认可应酬诗，他举例："龚芝麓《游南华》五言近体八首，同游与追和皆八首，自可别成唱和一帙，借此以了应酬，复与南华何涉？曾旅庵至海幢，属予次韵，予不应也。文生于情，诗以道志，才落应酬，便成苦海。即论应酬，亦自有应酬之地、应酬之时，

---

① 《张雏隐诗序》，《徧行堂集一》卷7，第173页。
② 李舜臣：《释澹归及其诗文》，钟东主编：《悲智传响：海云寺与别传寺历史文化研讨会论文集》，北京：中国海关出版社2007年版，第177页。
③ 《俞右衡雪诗跋》，《徧行堂集四》续集卷9，第210页。
④ 吴天任：《澹归禅师年谱》，香港：佛教志莲图书馆1989年版，第68页。

岂可将此副面目呈似大鉴耶!"① 他还指出情是由境激起的，如果境不奇，则情不郁勃，情不郁勃，就不能写出好诗，"情交于境而发为诗，情不极其郁勃，则诗不奇，境不极危且险，则情不郁勃"②。

二、诗当"骨清""矜贵"

澹归提出"论交不独以其才，论诗必及其品"③。所谓"诗有品"，即诗"不受垢""不受尘""不受俗"。他认为："诗之为道，如水如镜，镜不受垢，水不受尘，仙不受凡，诗不受俗，盖无所受之也。"④澹归赞扬姚水真之诗"不受一点尘埃，色声香味无一缺陷，亦不借一分增设，绚烂之极，正尔平澹"⑤；又说"诗文之道，奇平、浓澹、深浅、迟速，各从其所近，然神不可不清，骨不可不贵……意思萧洒，决不飘堕尘埃"⑥；批评"今人为诗，好走平熟，自文其浅思寡学，几于拄形无骨，束骨无筋……诗而不能侠，亦谓之辱诗也"⑦。

澹归强调诗歌要"矜"。诗人"其未作也，不轻与人以入；其既作也，不轻与己以出。一则伐毛，粉泽外尽；再则易髓，臭味内脱；三则炼神，则清虚之相俱消。无论一章一句，即一字不比于雅，必芟；即列一友生、标一时地名位，近于不雅，不用；其集而次之，不发乎情，不止乎礼义，不苟存。其慎也如是，盖慎而后可以言矜也"⑧。

由诗及人，诗有品，首先诗人必须有品；诗矜贵，诗人必须矜贵。他举例："书生饿且死，犹咏梅花。彼以诗致饿，终不以饿废诗。贯休投赠钱武肃，有'一剑光寒十四州'之句，王门典谒欲改为'四十州'，贯休云：'诗不易改，州亦不易增。'拂袖径去。彼以诗去，终不以不去改诗，诗人之尊贵如是。"⑨ 又说："其人风流蕴藉，谦以自牧，别有凌霄之姿，耳目不得而狎玩。以柳下惠之和，三公不能易其

① 《曹溪新旧通志辨证》，《徧行堂集二》卷19，第58页。
② 《陈彦达诗序》，《徧行堂集四》续集卷4，第79页。
③ 《坚素堂诗集序》，《徧行堂集四》续集卷3，第48页。
④ 《彭羡门进士南游草序》，《徧行堂集一》卷6，第158页。
⑤ 《姚媒长醒泉诗集序》，《徧行堂集一》卷6，第159页。
⑥ 《曹季子诗序》，《徧行堂集一》卷6，第165页。
⑦ 《王云外诗序》，《徧行堂集四》续集卷3，第67页。
⑧ 《陆旷庵集序》，《徧行堂集四》续集卷3，第59页。
⑨ 《徐且闲诗序》，《徧行堂集四》续集卷3，第66页。

介，学之者或流为不恭，此之谓矜贵。"① 他赞扬朱子蓉之诗矜贵有品：

> 凤雏集异采，举翮凌丹霄……微吟倚墙东，隐若闻箫韶。已辞秋蛩怨，复谢春莺娇。本无衰世怀，里耳安能邀。罗浮二千仞，云海浮金鳌。浩歌走万灵，飚轮驾惊涛。有时独焚香，手把朱弦操。寒月影疏梅，长枝横铁桥。三山覆箬笠，百花开缊袍。一唱《紫芝曲》，再赓《白云谣》。群仙同抚节，此调今寥寥。②

三、反对诗歌拟古模仿

澹归反对步轨古人，将自我湮灭，"读古人书，见古人如此作，如彼作，便须自寻出路。若才拈笔，便思古人某作如此，当如此作；某作如彼，当如彼作，作作皆效古人，将自置何地"③？他对以拟古相高、以剽窃为能感到不可思议，"诗者吾所自为耳，亦何与古人事？世乃有以古人之衣冠自掩其面目，复借古人之面目加人以衣冠，曰某篇似某某，某句似某某，是直以优孟相待而名为推奖，不可解矣"④。他解释，诗文都是因时因地而作，古今没有相同的境遇，今人焉能步趋古人，"诗文之妙，得于偶然。古之人偶然而起，偶然而止，后遂奉之为格。今之人必如是起，必如是止，古岂著之为令哉！境之幻绝莫如梦，世未有预拟一梦之局，以待寐者之相合，亦未有预开一醒之路，以待寤者之相寻也。大块噫气，其名为风，众窍之怒号，长短大小疾徐高下之变，各因于物，而风未尝与焉"⑤。澹归力主创新的诗学思想同钱谦益一致，钱谦益说，"今之谭诗者，必曰某杜，某李，某沈、宋，某元、白，其甚者则曰兼诸人而有之，此非知诗者也"，诗者"如人之有眉目焉，或清或扬，或深而秀，分寸之间，而标置各异。岂可以比而同之也哉"⑥。

---

① 《陆旷庵集序》，《徧行堂集四》续集卷3，第59页。
② 《题朱子蓉诗集》，《徧行堂集二》卷30，第348页。
③ 《徧行堂集缘起》，《徧行堂集一》卷首，第9页。
④ 《周庸夫诗集序》，《徧行堂集一》卷8，第200页。
⑤ 《诗话偶钞序》，《徧行堂集一》卷8，第203页。
⑥ （清）钱谦益著，（清）钱曾笺注，钱仲联标校：《牧斋初学集》卷31，上海：上海古籍出版社2009年版，第910页。

澹归称颂《诗经》中的作者不求相似，于是篇章各具面目，后人却务求相似，自身面目全无，"古王者巡狩，至诸侯之国，命太师陈诗，以观民风，则三百篇所由删也。十五国之人听一王之观，各不求相似；今之人走一时之好恶，无一不求相似。于是见人而不见己，见衣冠不见面目，见悲喜不见性情"①。他赞扬陆筠修诗"不失己，故不徇物，面目真而衣冠非窃，性情真而悲喜俱亲"②；评价周庸夫诗"'断然为庸夫先生之诗，非今人之诗，非古人之诗也。'人各有一面目，不为古今所限。古今既不得而限，而谓之今人则诬，谓之古人则谤，与其人交臂间，以一手掩其面目，虽欲自称无罪，岂可得耶？诗有性有情，有肤有骨，有气有理，有入门有出路，有行有藏，有自为，有与人，合而成一。诗之面目适以自肖其面目……盖自具一面目，不假模范于古人，不效颦笑于今人，亦有时而同，亦有时而异，其同于古今者非古今，而异于古今者亦非周先生，此先生之真面目，先生之真诗也"③；肯定沈雪峰"其诗一出杜甫，悲天悯物，沉郁顿挫，不啻神似。然以王孟之清标，兼高岑之爽气，蕴藉风流，独见本色，不复以恒似为工，此其所擅场也"④。

澹归反对因袭模仿，明确提出"贱同而贵创"⑤，"只说得自家意思"⑥，"走生不走熟，走清不走浊，走自己不走他人"⑦，"宁别无同，宁冷无热，宁怪无庸"⑧，"尽作者之长，不为时流转，亦不为昔径迷"⑨。他自评他自己创作的诗歌："登歌清庙，与街头市尾唱莲花落并行千古；若一派化主梆铃声喧天聒地，则昔贤集中所未有者，不妨澹归独擅也。"⑩ 自信这类诗歌必有可观之处。他自己作文"能发昔人未发之理，道昔人未道之言"⑪。

---

① 《滋树轩诗集序》，《徧行堂集四》续集卷3，第61页。
② 《滋树轩诗集序》，《徧行堂集四》续集卷3，第61页。
③ 《周庸夫诗集序》，《徧行堂集一》卷8，第200－201页。
④ 《沈雪峰诗序》，《徧行堂集四》续集卷4，第81页。
⑤ 《李赤茂集序》，《徧行堂集四》续集卷3，第60页。
⑥ 《与陆筠修方伯》，《徧行堂集四》续集卷11，第253页。
⑦ 《姚雪庵诗叙》，《徧行堂集一》卷7，第177页。
⑧ 《姚子水真六十初度僧伽诗册序》，《徧行堂集四》续集卷3，第52页。
⑨ 《汪子倬集序》，《徧行堂集四》续集卷4，第72页。
⑩ 《徧行堂集缘起》，《徧行堂集一》卷首，第8页。
⑪ （清）徐乾学：《丹霞澹归禅师塔铭》，（清）陈世英等修撰，释古如增补，仇江、李福标点校：《丹霞山志》，广州：广东教育出版社2015年版，第114页。

四、反对诗歌拘于声律

澹归对诗的声律持开放包容的态度，他认为诗歌的思想内容是第一位的，诗歌的思想内容不能受制于声律。他赞成作诗"不屑屑于声律，以为遇事有感，率然为之，亦各言其志耳"[1]。这一观点与钟嵘"但令清浊通流，口吻调利，斯为足矣"[2]的诗律观一致。他特别反对在有清之世还拘泥于唐代之古韵：

> 唐以诗赋取士，颁沈约四声为礼部韵，有出韵者不得入彀。如制义之遵朱注耳，今人便以朱文公当孔子，是谤孔子也。孔子之学尚非颜、曾、思、孟所及，岂朱注能尽其底蕴耶？诗宗沈韵，制义遵朱注，皆挟功名之势以驱之，世不可与庄语久矣。予作诗多用《洪武正韵》，或以出韵为疑。予笑曰：唐人图科第，不敢出韵；吾若出韵，只失却一名诗僧耳，秃头沙门故自无恙，且勿担忧。[3]

澹归主张作诗不拘束于声律，但并不是说他主张作诗不讲声律，他对作诗不注意声律的钟士雅委婉地提出批评："足下天资高妙，诗中奇秀之句冲口辄出，叹服无已。惟格韵似未甚谐婉，此乃才人不受羁勒之态，但多阅古人诗，多作诗，自然陵颜轹谢，驾李轶杜也。弟少年为韵语，都无师法，今老病潦倒，益不复昔意于此。然细自揣摩，于诗文一道，皆非正宗……"[4]

五、诗贵平和

澹归提出诗人当有"风人之致"[5]。所谓"风人之致"就是自《诗经》以来而形成的古典诗歌哀而不伤、怨而不怒的优良传统。他在《王说作诗集序》中说："余亦时为诗，性既粗直，诗亦愤悱抗激，每见说作诗辄自失，以为有愧于风人也……其为人多情而静，每抱肮

---

① 《无弦吟序》，《徧行堂集一》卷7，第179页。
② （南朝梁）钟嵘：《诗品》，北京：中华书局1991年版，第35页。
③ 《徧行堂集缘起》，《徧行堂集一》卷首，第9页。
④ 《与钟士雅文学》，《徧行堂集二》卷29，第304页。
⑤ 《题石鉴和尚遗墨后》，《徧行堂集四》续集卷9，第202页。

脏而未尝露，盖自然得风人之遗。"① 他反对诗歌抗激、谗刻、发露、怨怒，提出"诗气贵和，诗心贵静，神贵远，韵贵深稳"②，"刚非露骨，柔非纵筋，朴以立干，秀以舒采"③，"清绝不寒，秀绝不纤。高绝不孤危，奇绝不刻削"④，以及"不激枭以伤气，不琢削以损神，不纤丽以丧骨，浩然天真，一出于性情之至正"⑤。他赞扬沈皞日（融谷）之诗如西湖："西湖之胜在春与秋，春宜浅过，秋宜深初。融谷之诗，于春乃在烟柳欲舒，露桃未放，于秋则在碧梧夜月，丹桂晨风。秀不趋艳，清不入寒，丘壑远映，翠无秾纤，波澜近漾，澹无激射，此融谷诗品于西湖有神似者也。"⑥ 又赞扬："融谷之诗奇而不险，丽而不纤，幽而不僻，朴而不陋，清而不寒，壮而不厉，亦不可以一名名，不可以一位位，而无不当名，无不当位……盖取其和，和故大，大故敏，敏故工，工岂刻画之所能致哉？"⑦

当然，他并不是反对感情内充的诗歌，只是提倡表达时不要过激过愤。他在《琼岛行小叙》中说："本之以忠爱，而时寓其激楚，复有骚人之遗。"⑧ 要得"骚人之遗"（风人之致），就得把握一个"寓"字。

六、诗人当"虚静"以"定慧"

澹归受老庄思想的影响，论诗歌创作提倡虚静，与刘勰"陶钧文思，贵在虚静"的观点一致。他赞扬"芳洲自少及今，同人称为静者，盖定慧之基固矣。世以沐猴之习，遭旋火之轮，不能自立，惧将焚焉，未能成器，何由载道？则学芳洲之文者，先学芳洲之静"⑨。然而不能机械理解澹归的"虚静"论，他认为"静"与"动"是辩证对应之关系，要处理好"静"与"动"的辩证关系，必须充分发挥人

① 《王说作诗集序》，《徧行堂集一》卷7，第174页。
② 《铁潭诗集序》，《徧行堂集一》卷7，第182页。
③ 《汪子倬集序》，《徧行堂集四》续集卷4，第72页。
④ 《沈客子诗序》，《徧行堂集四》续集卷3，第63页。
⑤ 《树德堂诗集序》，《徧行堂集四》续集卷4，第74页。
⑥ 《沈融谷粤游草序》，《徧行堂集一》卷6，第163页。
⑦ 《沈融谷寓斋诗集序》，《徧行堂集一》卷6，第154－155页。
⑧ 《琼岛行小叙》，《徧行堂集一》卷6，第162页。
⑨ 《陆芳洲集序》，《徧行堂集四》续集卷3，第58页。

的主体地位和主观能动性，方能达到"至静"状态。他在《郑素居诗序》云：

> 盖孔子常有言矣："诗可以兴，可以观，可以群，可以怨。"夫是极天下之至动者也。然而归于正，出于至性。故非至动者不可与言诗，非至静者不可与言动。以吾观之，至静者不与动为对，亦不与静为类。与动为对，则亦动之类；与静为类，则亦静之对。皆不足以为主于动静，而动静得而主之。此虽言诗不可，况过于诗者乎？杜子美之诗曰："静者心多妙"，以其不住于静，故妙，以其不住于妙，故静也。夫不住于静，并不住于妙，而天下之真诗出矣。[1]

"静"，不是呆板、死寂，而是凝聚精神，仔细观照个人的行为与内心的活动，能在诗中或静或动，随时作最恰当的抉择。只有心灵的"至静"功夫完全发挥作用，才能达到诗歌创作的最佳境。[2]

澹归认为只有诗人心定，才能生慧，慧生才能明理，理至才能文成。他在给友人陆芳洲诗文集作序时云："古今贤达，无不从大般若中来，所云定能生慧，则其入手，慧复生定，亦其得力也。慧则明，明则无理不彻，断则有惑皆遣，惑遣则群疑悉剖，谓之智锋；理彻则一照无余，谓之静鉴……古之人务治其心，使定慧之体自复，明断之用俱章……"[3] 他认为陆芳洲之诗文臻于至善，缘于陆芳洲之静定之功，"芳洲之理定慧相生，譬诸大地不动，今古密迁，云物无穷，春工若一。所谓即定之际，慧全在定；即慧之际，定全在慧"[4]。

七、诗人穷而益工

澹归认为富贵之人作不出诗。他们生活优裕，没有不平之情，也就没有不平之鸣。只有羁旅草野之人坎坷不遇，郁积不平，一旦发泄于诗，才情俱佳。他为袁子云诗作序曰："盖五欲之求无所不足，则情不数变而才不发。故天多愚，而人多灵；富贵之人多愚，而陋穷不

---

① 《郑素居诗序》，《偏行堂集一》卷7，第172页。

② 廖肇亨：《今释澹归之文艺观与诗词创作析论》，《武汉大学学报》（人文科学版）2010年第6期。

③ 《陆芳洲集序》，《偏行堂集四》续集卷3，第57－58页。

④ 《陆芳洲集序》，《偏行堂集四》续集卷3，第58页。

得志之人多矣也。使彭子为令，至今无恙，行且报最，吏习日深，福泽之肉日肥，肝膈日俗，即不暇作诗……"① 这与韩愈和欧阳修的观点是一致的，韩愈在《荆潭唱和诗序》中说："夫平和之音淡薄，而愁思之声要妙；欢愉之辞难工，而穷苦之言易好也。是故文章之作，恒发于羁旅草野。至若王公贵人，气满志得，非性能而好之，则不暇以为。"欧阳修在《梅圣俞诗集序》中说："予闻世谓诗人少达而多穷，夫岂然哉？盖世所传诗者，多出于古穷人之辞也。凡士之蕴其所有，而不得施于世者，多喜自放于山巅水涯之外，见虫鱼草木风云鸟兽之状类，往往探其奇怪，内有忧思感愤之郁积，其兴于怨刺，以道羁臣寡妇之所叹，而写人情之难言，盖愈穷则愈工。然则非诗之能穷人，殆穷者而后工也。"澹归为朱子葆诗作序曰："（子葆）负济世之才，为时而诎，承清白之无余者，走数千里，索诸名山水，因以问四方之贤豪，间论古今人事，往往慷慨流连，不能自已，一见于诗。近过海幢示澹归，澹归非能诗者，而识其工，非惟识其工，又识其穷。穷者诗之里，工其表也。"② 又在《施端臣诗序》云："胸中无块垒，不能工于诗；胸中块垒不消，即出世亦不能自立。"③

诗人处于穷厄之境，不容于世，然后推己及人，对于人生、社会有了全新的、深刻的体验，"通则失之，穷则得之"④，进而将以前从未有过的心灵感受表现出来，才能写出前所未有的作品，他在《李潜夫诗序》中曰："以潜夫为穷，故未能忘情于达者之见也。夫所谓达者，岂非得吾心之所安哉？今以富贵与潜夫，潜夫不安也，必将日趋于穷而后安，此潜夫之达也。词达而已，不达岂能工哉？或曰：潜夫得其心之所安，当以穷为乐……"⑤ 为丘曙戒诗作序亦云："非曙戒宦辙之穷，而诗运之盛也。"⑥

八、诗人识、才、法相济

澹归强调识见（或识量）对诗人的重要性。他认为识量决定人的

---

① 《抽簪杂咏序》，《徧行堂集一》卷7，第180页。
② 《朱子葆诗叙》，《徧行堂集一》卷7，第177页。
③ 《施端臣诗序》，《徧行堂集四》续集卷3，第65页。
④ 《蓼岩遗稿序》，《徧行堂集一》卷7，第179页。
⑤ 《李潜夫诗序》《徧行堂集一》卷7，第180－181页。
⑥ 《二子海外诗序》，《徧行堂集一》卷7，第171页。

才干，"有天下士，有国士，有一乡之士，盖分于识量。识如山，量如水，山至于妙高，水至于大瀛海，然后足以发其才。识卑者才虽高，仅成部娄；量狭者才虽广，亦灌陂池。若夫拔地邻虚，群峰如子，吞天浴日，众壑归臣，人惊其才而不原其识量"。为什么识量决定人的才华呢？澹归认为"踞妙高之巅，俯祝其下，四达皆见，绝大瀛海之底，旁探其津涯，则八表俱迷。彼识不尊，事与理碍，即有冥搜之思，思欲通而嗣宗之辙已穷。量不扩者，情为词局，有倾倒之力，力欲往而夸父之钦饮已竭矣。然则为诗不论识量而论才，不论才而呴濡于事理，诘曲于情词，皆逐末也"。他以清初提倡宋诗的吴之振（孟举）为例，吴之振在清初宗唐深厚的氛围中独开一面，提倡宋诗，没有出众的识量，不能为也不敢为："孟举之识，不为今人所诱，亦不为古人所凌，其量不为近之时地所圉，亦不为推而前、却而后之时地所动。是故寄意于毫素，不慑唐以上，不轻宋以下，不袭衣冠于经史，不降格于里巷，不腐落于秋实，不剪缀于春华，断然自见。"①

澹归主张"才""法"相济。"才"意味着创新，突破旧有规范；"法"意味着恪守诗歌最基本的审美原则，不会出现破体。只有把两者结合起来，才能守正出新。他说："才能就法，法能御才，则诗之道兴；使才至于坏法，执法至于弃才，则诗之道废。诗之废兴与世之治乱同一道也。用才者贵识才中之体，则繁简之度咸宜；用法者贵得法外之意，则宽严之节各当。唐诗人惟杜子美耳，李太白犹有法不御才之叹，况其下者乎？……盖识才中之体，又得法外之意。"② 相比较而言，澹归更强调"才"的重要性，有"才"就不会死守成法，灵活为文。他说："大抵作文，章法、句法、字法，俱宜变换，始能开人眼，细观古人剪裁炉锤之妙便知。"③ 他回忆蒙师方子春先生教人作文："以文必缚题，不为题所缚。尝曰：'碎题使完，完题使碎；板题使活，活题使板。发昔人未发之理，造昔人未造之局，道昔人未道之言。'"④

韶文化研究丛书

第八章 澹归诗歌的成就及影响

---

① 《吴孟举诗集序》，《稿行堂集四》续集卷 3，第 68 页。
② 《龚升璐容安集序》，《徧行堂集一》卷 8，第 201 页。
③ 《与乐说辩大师》，《徧行堂集二》卷 22，第 126 页。
④ 《方子春先生传》，《徧行堂集四》续集卷 6，第 126 页。

九、诗人当交游

这是澹归诗学思想中最有特色的一环。他认为"诗以韵度胜"，交游是激发诗人韵度的最好途径，"人生世间，不知交游，如村落小儿，见客忸怩，便欲避去，虽为士流，识其韵度之不足也。诗之道，以韵度胜，韵欲高，度欲远，无不借交游以发之"①；又认为人不交游，就会郁闷闭塞，只有通过交游，才能迸发诗人的才情，"人不游，则胸中之奇不发，然当其未游之时，必有所欹崎历落而不得志者。蕴崇日久，处篱落间辄闷，入见妻子益闷，与寻常过从之亲串刺促相对，即又闷。于是拂衣远行，情怀激楚，见峰岭之横侧，江湖之清深奔放，吊古者之遗迹，遇新知交之磊砢英多，与故人阔绝，于不意获一倾倒，则胸中所蕴崇忽然而发。其发也，亦必不肯寂寥，短悲浅笑而遂已，故诗之奇常出于游"②。澹归的这一观点与苏辙一致，苏辙《上枢密韩太尉书》曰："其居家所与游者，不过其邻里乡党之人；所见不过数百里之间，无高山大野可登览以自广。百氏之书，虽无所不读，然皆古人之陈迹，不足以激发其志气。恐遂汨没，故决然舍去，求天下奇闻壮观，以知天地之广大。"③

澹归认为，交游是拓宽诗人视野、开阔眼界、增长见识的最好方式之一。足不出户、闭门造车的人绝对写不出好诗歌。优秀的诗人需要通过交游扩大其襟怀，才能写出不朽的作品，"闭户读书，能尽天下之胜，终不如亲到一回也。丈夫当使游屐遍于名山大川，穷幽剔秘，发其灵秀，与吾之神理相激荡"④。他举例说："史莫盛于司马迁，诗莫盛于杜甫。迁有奇祸，甫有奇穷，所游历皆半天下，以其不平之气与名山大川相为激荡。譬诸瀛海，风涛吞吐，或凝为怪石，或散为神灯，鱼龙昼斗，魑魅夜啸，素旗玄甲，鼓歌乐舞，千态万状，不容测度，必非止水细流之所能变现也。"⑤ 澹归的这一观点也与苏辙一致，

① 《黎尧民诗序》，《徧行堂集一》卷7，第168页。

② 《汗漫吟序》，《徧行堂集一》卷7，第183页。

③ （宋）苏辙著，陈宏天、高秀芳点校：《苏辙集》第2册，北京：中华书局1990年版，第381页。

④ 《江粤行纪序》，《徧行堂集一》卷7，第169页。

⑤ 《廖梦麒诗集序》，《徧行堂集四》续集卷3，第54页。

苏辙《上枢密韩太尉书》亦云："太史公行天下，周览四海名山大川，与燕、赵间豪俊交游，故其文疏荡，颇有奇气。"①

澹归还有许多值得注意的诗学观点，他没有对这些观点加以深入阐发，然这些如碎金般的观点，闪烁其诗学思想的智慧。如他提出诗文之语必须通俗易懂，"文之妙者，只似说话，此笔端有舌之注脚也，但没有几个得到此田地"②。他提出僧人之诗"不可有僧气，恶其蔬笋。不可有僧气，忽有官人气，亦自不类；恶其蔬笋而好其酒肉，又不类矣"③。澹归还提出"选诗千古事，不可不严也"④。

澹归的诗学思想无疑继承了儒家和道家的文艺思想，从司马迁、刘勰、锺嵘、杜甫、韩愈、苏轼、苏辙、钱谦益等人那里汲取了丰富的营养，但是他绝对不盲从古人的诗学观，而是有继承，也有独见，具有鲜明的个性特征。如他对明末清初诗坛领袖钱谦益非常崇敬，却对钱氏的某些诗学观并不苟同，甚至提出批评。如钱谦益屡屡把诗运与国运并提，以此指陈七子派与竟陵诗派"鬼气幽，兵气杀，着见于文章，而国运从之"⑤。澹归对此颇不认同，他说："虞山之论，以北地为兵气，以竟陵为鬼趣，诗道变而国运衰，其狱词甚厉。夫国运随乎政本，王李锺谭非当轴者，既不受狱，狱无所归。"⑥ 他不仅没有指斥七子派与竟陵诗派，还表彰他们对明代诗坛的贡献，完全不认可钱谦益"诗亡国亦亡"的说法，"明之才为制艺所耗，王李锺谭之徒，抵掌而开诗运，至于今益盛，钱虞山以致乱之狱归之。此四子者为诗致盛，不为世致乱，而世之乱、诗之盛不期而会，不知其然而然"⑦。

① （宋）苏辙著，陈宏天、高秀芳点校：《苏辙集》第 2 册，北京：中华书局 1990 年版，第 381 页。

② 《与陆筦修方伯》，《徧行堂集四》续集卷 11，第 253 页。

③ 《见山诗集序》，《徧行堂集四》续集卷 4，第 78 页。

④ 《与南雄陆太守孝山》，《徧行堂集二》卷 26，第 220 页。

⑤ （清）钱谦益：《列朝诗集小传》（丁集中），上海：上海古籍出版社 1959 年版，第 571 页。

⑥ 《列朝诗传序》，《徧行堂集一》卷 8，第 204 页。

⑦ 《沈宏略诗集序》，《徧行堂集四》续集卷 3，第 70 页。

第二节　澹归诗歌的艺术特色

澹归的诗歌主要载录于《徧行堂集》《遍行堂续集》中，还有逸诗若干（据吴天任《澹归禅师遗著考略》）。据不完全统计，正集存诗12卷1 700多首，续集存诗4卷719首，合2 500多首，几乎全为出家后所作，[①] 他出家前的诗集《临清来去集》《梧州诗》《梦蝶庵诗》等均已失传。诗是澹归抒发情怀的载体，用以遣怀、咏物、赋感、悼古、咏史，然更多的是作为朋友同道之间心灵传通的媒介，凡离别、相思、送往、迎来、祝寿、礼佛、唱和、酬答、凭吊、题赠，无不用诗表情达意。

澹归诗歌的艺术成就，历来受评价很高：

王夫之评价他："堡文笔宕远深诣，诗铦刻高举，独立古今间，成一家言。行书入逸品。"[②]

陆世楷说："（澹归）学羡五车，书夸三壁。蚤年制艺，纸贵国门；中岁诗篇，价高海贾。至于绘图郑侠，无非痛哭之书；请剑朱云，尽是风霜之笔。既而皈心净域，弘览宗乘。霏玉屑于杖头，掷金声于钵底。江花谢草，皆成只树檀林；学海文河，别现金绳实筏。鸿篇累牍，见者仰为斗山；尺幅单词，得之珍同琬琰。"[③]

沈皞日评价道："（澹归）于诗，则汉魏三唐两宋所涵泳而镕铸者也；而又出其余思以为辞，则豪而为铜琵琶、铁绰板，细而为晓风残月，秦苏辛柳不多让焉。未常有求似古人之迹，未常无纯似古人之神。浩浩乎，落落乎，如山如岳，如泉鸣谷应，如风起波兴，如磵草，如篱英，如春云之和蔼，如秋月之澄清。来不知其所端，去不知其所向，不必分其为始，分其为终，不必分其为儒为僧，而直以《徧行堂集》视之而已矣。"[④]

阿字评价他的诗文："一真之境备于日用，冲融妙敏从胸襟中流

① 澹归称他"开丹霞以前诗文散失殆半"（《与南雄陆太守孝山》，《徧行堂集二》卷26，第226页），《徧行堂前集》也仅收集他出家后所作诗歌的半数。

② （明）王夫之著，欧建鸿等校注：《永历实录》，长沙：岳麓书社1982年版，第188页。

③ 《征刻徧行堂诗文引》，《徧行堂集一》卷首，第8页。

④ 《徧行堂续集叙》，《徧行堂集四》卷首，第3-4页。

出，拈掇无遗，遂能大破町畦，忘乾坤之新故，铲文义之萌芽，理事无轧，巨细必陈。"①

乐说说他："至发为文章，旨趣笔锋，纵横变幻，而法度紧峭，理致严正，于世出世法贯彻圆融，悉归于大公无我之域，匪徒廉顽立懦，诚足位置人天。"②

李复修评其诗文曰："一种肮脏气骨，屹然难撼，一种世外绝尘，悠然无踪。文心之高，高于青天；文致之深，深于沧海……若绝律、若词颂，直三百之性情，超盛唐风味。"③

近人陈融说："澹归诗，语刻而意厚，多阅历过来语，亦见道力。其未出家之时，则颇慓悍。"④

今人吴天任谓："（澹归）行余事为文章，亦复宕远高举，自成一家。"⑤

结合上述诸人的评价，澹归诗歌的艺术特色主要表现为以下几个方面：

一、涵泳汉魏，镕铸唐宋

（一）澹归诗歌颇有魏晋诗风，其孤高幽远者似阮籍、嵇康之诗

澹归钦佩阮、嵇二人，称阮籍"出其白眼，人见为至豪"⑥，称嵇康"孤情洁守""未能忘世，不屑见用于世"⑦。他的诗也受阮、嵇二人的影响。如《至雷峰初雨，曾自昭自城中还山》：

衰气落群卉，贞实耽萧森。严霜被槁枝，元化潜相斟。我昔遘之子，已获静者心。带水隔长病，有怀徒钦钦。及兹慰晤言，小雨来初阴。能无一日叹，庶解三秋吟。呜呼古人远，不可见于今。时尚日以媮，法流但浮沉。吾生惟狭中，好友如山深。何时续断羽，携手梅花

---

① 《偏行堂文集序》，《偏行堂集一》卷首，第4页。
② 《偏行堂续集叙》，《偏行堂集四》卷首，第2页。
③ 《偏行堂集序》，《偏行堂集一》卷首，第1页。
④ 陈融：《颙园诗话》，吴天任：《澹归禅师年谱》，香港：佛教志莲图书馆1989年版，第123页。
⑤ 吴天任：《澹归禅师年谱》，香港：佛教志莲图书馆1989年版，第2页。
⑥ 《予方有公事说为朱肇修明府叙诗》，《偏行堂集一》卷2，第55页。
⑦ 《书嵇中散赋后》，《偏行堂集一》卷17，第452－453页。

岑。素月照寒灰，共理无弦琴。琴声不可听，冰雪弥空林。不知两寂寞，相对谁相寻。①

诗中写的是一种萧瑟背景下形成的悲凉心境，颇有阮、嵇之诗高远幽深、清峻超拔的特色。

澹归恬静超然之诗又颇得陶诗之妙。他多次在诗文集中赞扬陶渊明，如"死莫出山看种放，穷仍失火听陶潜"②"谁能对此空归去，却让陶潜独醉醒"③。陶渊明平淡自然的诗风对澹归影响很大，如：

闲园阒无事，好友来相期。郡斋亦萧然，心眼无瑕疵。小轩旧听雨，虚窗对清池。芭蕉欲抽绿，力困春寒时。缓步过水亭，往事怀新诗。屈指四五年，急景如飙驰。形役心自疲，衰病安可辞。闻有栖玄士，寒壑回春姿。丹田升玉液，紫宫发金芝。谷神初不死，老聃尚婴儿。宴坐观浮云，勿受青山嗤。吾生岂无涯，此道非磷淄。清言澹忘夕，归途足凉飔。凉飔不可留，会遗长松持。④

诗歌表达了澹归信步小轩，暂时忘记了长久的劳顿，享受难得的闲适与安逸。语气平缓，情调悠然。再如以下几首：

八桂荒唐梦，低徊不可寻。市朝谁变置，山水各登临。老惜诛茅力，闲消择地心。归来秋未晚，松竹有余阴。⑤

不易成朝夕，何当别恨浓。为停深夜雨，一送上江风。种树怀榛子，题诗想桂丛。南山常照眼，把菊倘能同。⑥

转侧依筇杖，吾身信自然。可知榕树外，更有竹床眠。风脚频传磬，沙头罢听舷。清凉饶慰藉，曳屣向秋天。⑦

澹归诗中常出现菊、松、竹等陶诗意境，如"归来秋未晚，松竹有余阴""南山常照眼，把菊倘能同"。切时、切地、切景，没有模仿的痕迹，平淡自然，深得陶诗神理。

---

① 《至雷峰初雨，曾自昭自城中还山》，《徧行堂集二》卷30，第323页。
② 《遣兴》，《徧行堂集二》卷34，第442页。
③ 《九日同愿乘诸子登海螺岩》，《徧行堂集三》卷40，第208页。
④ 《孝山招同方蓬、融谷，茶集听雨轩》，《徧行堂集二》卷30，第332页。
⑤ 《松云之仙城》，《徧行堂集二》卷33，第428页。
⑥ 《送文山别驾之粤西》，《徧行堂集二》卷33，第428页。
⑦ 《移寓》，《徧行堂集二》卷33，第429页。

（二）澹归诗歌深受唐诗的影响

澹归诗歌豪迈俊朗处颇近初唐王勃。其诗文集中多处称赞王勃，如"矫矫百尺姿，龙门分偃蹇"①"世有军功追武库，自传诗笔到龙门"②"慈分鹿苑无岐路，峻出龙门有独裁"③。澹归的诗歌还有很多与王勃同调，如：

送客逢君又远行，老怀益觉世缘轻。蹉跎光景非无用，斟酌波澜各不停。游罢应嫌天地窄，归来好共水云盟。只今屈指重相对，世路茫茫恐未平。④

种玉亭前调欲同，雨华台畔曲弥工。柳条已透凌江绿，荔子还思珠海红。万里登临供警策，两京钟鼓发春容。兴来直上飞云顶，仙骨珊珊想御风。⑤

炎风卷处便知秋，珍重临岐句更酬。自愧浮名虚半世，也劳古谊剩归舟。精勤白业君须念，颠倒青山我未休。目极江湖烟雨里，金鳞难得一竿收。⑥

澹归才力雄厚，自谓才命与李白相似。他在诗文集中多次赞扬李白，如"笑呼杜甫与李白，尔曹有才无命视我今何如"⑦"君才拓得葛洪影，我亦还登李白台"⑧"多才李白虽无命，有子苏环亦未贫"⑨"海底琴高新跨鹤，山头李白旧骑鲸"⑩。澹归诗歌雄肆凌厉之处，甚似李白，如以下两首：

……无端忽发名山梦，一瓢冲破梅花风。匡庐拔地四十里，彭郎雪浪摩青空。汉阳苍出五老上，群峰总角围儿童。玉帘马尾三峡水，一喝万舞开先龙。焚香炷顶绕铁塔，半晴半雨携孤筇。白波涌出青莲花，紫芝幻作金芙蓉。何当一锡穿二井，洞庭扬子皆朝宗……⑪

① 《送刘直生太守北归》，《徧行堂集二》卷30，第348页。
② 《赠杨髯龙》，《徧行堂集三》卷37，第86页。
③ 《访史端州庸庵》，《徧行堂集三》卷37，第113页。
④ 《送药倩出岭》，《徧行堂集三》卷35，第8页。
⑤ 《赠陆亦樵之仙城》，《徧行堂集三》卷35，第28页。
⑥ 《留别惠阳诸公》，《徧行堂集三》卷36，第64页。
⑦ 《为尹右民题观澜阁诗集》，《徧行堂集二》卷31，第359页。
⑧ 《送俞右衡还嘉禾》，《徧行堂集二》卷34，第462页。
⑨ 《送陈子厚昆仲扶尊人岱清司李橡归海昌》，《徧行堂集三》卷36，第76页。
⑩ 《鱼游松顶鹤栖波》，《徧行堂集三》卷38，第138页。
⑪ 《除夕书怀赠公绚》，《徧行堂集二》卷31，第355页。

老我方思蜡游屐，济胜有心已无力。抟风不得欺怒鹏，岂与燕雀同啾唧。匡山拔地四十里，汉阳去天不盈尺。面临星渚背江州，风静鄱阳献沉碧。共言天秀甲寰中，水在坳堂翻一滴。我向其间浮芥舟，片帆撞落天边月。恰闻宝藏在龙宫，半云半水寻双楫。忽遇高人沈尚庐，襟怀浩荡开江湖……①

（三）诗歌情趣及释理尤似苏轼之诗

澹归对古代名贤提及最多的是苏轼，他对苏轼的诗、词、书、画学识非常推崇，诗集中有多首仿苏、和苏之作。其诗歌盎然情趣及议论释理，尤似东坡。如：

不向西湖老，横山省更赊。（旧尝卜隐横山石幢坞，贫不能买，主人许余以赊）清阴疑画舫，乡思彻梅花。藻月参差竹，松风断续茶。何须分主客，得懒即吾家。（其三）②

热瞒人自堪从宦，冷拗僧俱说住山。只可老随无肉瘦，不须死逐采薇顽。半痴半黠乾坤窄，全假全真梦觉闲。直得双瞳寒似雪，插天峰在白云间。（其一）③

澹归诗歌学习古贤人者甚多，无法一一列举。澹归之诗"未尝有求似古人之迹，未尝无纯似古人之神"④，他的诗既不是魏晋之诗，也不是唐诗、宋诗，而是澹归之诗，面目自具。陈融《读岭南人诗绝句》咏今释四首，其四云"君诗万首已惊人，词笔尤堪泣鬼神。风骨棱棱世难有，不秦不柳不苏辛"⑤。尽管这是说他的词，其实其诗亦然，"善于师古又能独出机杼的确是今释诗歌的艺术特点"⑥。

二、以学为诗，才气饱满

澹归学力雄厚，在诗歌中驱遣学问，略无滞碍。他诗歌的这一特征，尤其体现在古体诗中。如：

---

① 《庐山行酬沈尚庐》，《徧行堂集四》续集卷13，第327页。
② 《载庵》，《徧行堂集二》卷32，第390页。
③ 《偶题》，《徧行堂集三》卷37，第84页。
④ 沈鳟日：《徧行堂续集序》，《徧行堂集四》卷首，第3页。
⑤ 陈融：《读岭南人诗绝句》，1965年自印本。
⑥ 覃召文：《岭南禅文化》，广州：广东人民出版社1996年版，第139页。

……天空闻见净，电转言思阔。荷道则有忧，求人固其急。我非念《法华》，何以慰风穴。随缘分异熟，因智成巧拙。马祖方踞床，百丈便卷席。举拂与置拂，如雷起一喝。彼若有异同，此岂无得失。铁围两座山，红炉一片雪。当日耳俱聋，于今眼又黑。曹溪有智海，灵龟本无迹。石头在梦中，同此游寂灭。悯我耽疏慵，虑我圈狭劣。偶然值生缘，方便示鞭策。已受如幻身，敢辞如幻职。元非二乘人，万物体不隔。顾惭一念存，得使诸病入。古今无两用，见起即成惑。铁牛过窗棂，有尾不得出。回头才一笑，山海忝超越。末流方簸荡，贤者宜尚默。云霞委荒草，举手可长别。不忍负众生，是为佛祖式。持以对吾师，如师心所切。①

这首诗引用了大量的佛门典籍故实，寓含着曹洞宗细致绵密、幽渺艰深的教义，大量采用曹洞宗禅诗的本体意象和事相意象。诗歌沉博奥邃，陆离斑驳，如列佛鼎彝法物，对之气敛而神肃，显示出清初学人之诗的端倪。

澹归的诗歌能状人难状之境，写人难写之景，这正是他才气的表现。如状写大风，其气势与威力，被刻画得出神入化，极尽其妙：

未闻六月息，更具四方风。尔复因谁怒，民兼值此穷。深林追虎豹，浊浪卷鱼龙。木石微尘堕，帆樯败叶空。吹砂遮地黑，衔烛避天红。马迹平城外，军声钜鹿中。雷霆初侧耳，冰雹忽交胸。去泄泾阳恨，来争砥柱功。钓鳌朝奋鬣，役鬼夜移松。大块东西坼，圆机上下冲。何人符六震，援例失三公。帝释威方整，修罗势尚雄……②

三、婉转多变，不拘一格

澹归诗歌形式多样，各体皆备，在《徧行堂集》中，绝句最少，古体诗次之，律诗最多。律诗之中，七律又最多。他的诗歌中还有许多组诗，其中不乏大型组诗，如《遣兴》由76首七律组成，显得才情迸发，落笔如风。《食荔枝》由5首长篇古体诗组成，极尽铺陈之能事。由长篇古体诗形成组诗，这在前人诗集中很少看到。

---

① 《小除生辰，和尚有诗垂示，敬赋五言展谢》，《徧行堂集二》卷30，第323－324页。
② 《大风》，《徧行堂集三》卷39，第172页。

澹归的诗歌中还有类似竹枝词的俗歌，篇数不少，这些诗歌充满原生态和乡土气息。如《沙打油歌》：

张打油，李打油，老夫是名沙打油。头里更有脚，脚里更有头。面前无眼睛，背后无骷髅。油不见一滴，沙不见一粒。一对铁槌一万斤，黑海打成红石屑。不如一个歇。黄金是日，白银是月。往往来来马不停蹄，车不改辙。只这一条道路，一般时节。有何滋味，何时休息。镇与我眉毛厮结……①

又如《示乞油化主》：

去年不了今年了，今年不了来年讨。鼻头长扯一条绳，秋草痕深见春草。汝不得小我不老，繁花落处闻啼鸟。三更老鼠入琉璃，兔子月中寻药捣。菜里无油脏腑焦，火云烧尽田禾槁。不成热症却成寒，满锅剩把浮沤炒。化主殷勤须及早，名香一主将心表。但愿今年茶子十分收，稳向槽边打之绕。②

澹归曾自评这类诗歌："登歌清庙，与街头市尾唱莲花落并行千古；若一派化主梆铃声喧天聒地，则昔贤集中所未有者，不妨澹归独擅也。"③ 他自信这类诗歌自有不朽的生命力。

即使同一体裁的诗歌，艺术情趣却婉转多变，摇曳多姿。例如同为五律，有的写得清新而自然：

采幽携胜侣，爽气满琴川。闲指石城路，因过玉版禅。松阴移日正，竹影落风偏。饭罢好徐步，解衣山寺前。（其一）④

有的写得浅显而有理致：

未识鄱阳险，安知万虑空。声非驱白马，力不借黄龙。莫辨存亡地，谁分上下风。浮生难了事，飘泊趁飞蓬。⑤

有的写得洗练而有余韵：

月洁千寻水，松高百尺霜。便教泉上酌，不见囊中装。好恶虽同

---

① 《沙打油歌》，《徧行堂集二》卷31，第373页。
② 《示乞油化主》，《徧行堂集二》卷32，第382页。
③ 《徧行堂集缘起》，《徧行堂集一》卷首，第8页。
④ 《同汪魏美、孙子长、蒋幼舆、印公游虞山》，《徧行堂集二》卷32，第386页。
⑤ 《鄱阳湖》，《徧行堂集四》续集卷14，第345页。

种，衰荣且各方。相思寄何所，寂历晓钟长。(其五)①

有的写得简洁而有情趣：

独坐秋声里，幽思共小亭。精神还寂寞，气象未凋零。风落长留树，天行不待星。微吟向阶下，可解互相听。②

有的写得生动而滑稽：

爱君犹静主，只合住深山。谷响吾谁逐，松风了不关。双林前世影，一钵几时还。置剑无言后，诒人买翠鬟。(小翮两夫人别居，盗劫此，则小翮在彼；劫彼，则小翮在此。予戏谓：人欲避盗，却须多置几房。末语漫缀此)③

四、以文为诗，长于写实

澹归的诗歌以文为诗，是他继承并融会宋诗艺术手法的表现。澹归以文为诗有以下四个主要特征。

一是诗如散文，讲究谋篇布局，善于架构。如《戊申中秋，孟昉招同周竢庵、施伟长、程大匡、王一肩、戴圣则、罗万年、杨彦升诸公，筇崖、中千、平远诸师，小集遁圃》：

万里无云当此日，满把幽怀消未得。主人有约过名园，一笑登楼尽佳客。是时月桂吐天香，金粟半黄珠半赤。双眼难酬玉屏紫，五凤忽献冰轮白。共言此月十分清，此月元无分外明。恰有良朋来胜地，便从好景见深情。老夫不语同流静，且看刘伶开酒阵。倾倒仍余北海尊，淋漓尚忆东皋兴。感慨于今二十年，闲愁推不上遥天。西昌歌管升平乐，荒草凄迷万井烟。文采风流君未坠，天涯那得常高会。郁孤台畔遇重阳，可似今宵同白醉。客去无人独倚楼，梅花谁向小窗收。雪中未放剡溪棹，月下先输曲浒游。却记浮庐深夏语，南山随我板桥流。④

---

① 《送王耻古给谏还朝》，《徧行堂集二》卷32，第398页。
② 《独坐》，《徧行堂集二》卷32，第394页。
③ 《留别萧小翮》，《徧行堂集二》卷33，第424页。
④ 《戊申中秋，孟昉招同周竢庵、施伟长、程大匡、王一肩、戴圣则、罗万年、杨彦升诸公，筇崖、中千、平远诸师，小集遁圃》，《徧行堂集二》卷32，第377页。

诗歌以时间先后为顺序，写黄昏登楼，楼上月出，对月畅饮，客散独处。诗中采用了插叙、补叙手法，诗歌容量大而不乱。

澹归的近体诗同样体现出法度井然、结构合理的特点。如《同汪魏美、孙子长、蒋幼舆、印公游虞山》，视线由远而近，直至眼前，镜头由远景逐渐过渡为特写：

> 盘折数峰过，登临意愈新。风烟昏海盖，刀剑发山皴。拂水谈如昨，漓江梦已陈。（曾于留守坐中闻拂水之胜）还怜金粟树，寂寞久无邻。（维摩寺银杏数株，极苍古可爱）（其二）①

二是诗中多用注与序，有时注与序甚至超过诗，以弥补诗歌因凝练跳跃而难以抒写的细枝末节。如：

> 浮生难觅火中冰，野寺空怜霜后藤。喜得再来休再去，却须认取古榕僧。（福州林宪濩生时，其父梦有来谒者，投刺称古榕僧，遂生宪濩。登天启乙丑进士，有文名。每游历所至，访古榕人地，不可得。后以大行奉使粤东，将由惠阳还里，太守觞之湖上，因屈指诸梵刹，及古榕，惊喜，即命驾过之。恍然皆旧所识，乃留宿寺中。仅两日而病，作书诀别。其家遣仆驰归，遂卒。噫，彼知一去劣得再来，来已即不复去，亦自有斩钉截铁之概。《西湖志》不载此事。丙午六月七日同翟宪申、任厥迪、严筑公、姚宣甫、彭钟鹤、黎传人游古榕，为纪之）②

三是将叙事、抒情、描写融于一体，而以叙事、描写见长。如古体长篇《绿绮台歌》：

> ……昔者邝生饱奇字，龙虎文中高位置。清狂自许米元章，博奥谁论萧颖士。半生辛苦得此琴，与之卧起称同心。同生同死分已定，共赏不足常孤吟。黄尘忽度梅花岭，兵火光边横血影。弓刀那解发丝桐，玉轸金徽抛故锦。青衣黠慧抱琴回，（邝有小僮，为兵所掠，给以卖琴，因得归）琴到人今来不来。堂前觅不生新谷，厨下行还滑旧苔。平生服玩典卖尽，一朝及汝肝肠摧。锦衣故人矜侠烈，赎转胡笳十八拍。尤物从来不一家，得主何须更愁客。为说当年出尚方，国恩

---

① 《同汪魏美、孙子长、蒋幼舆、印公游虞山》，《徧行堂集二》卷32，第386页。
② 《古榕纪事》，《徧行堂集三》卷41，第220页。

家宝重悲伤。看汝阅人长落落，人来阅汝徒茫茫。可怜刘家卖琴翁，合离草草如秕糠。（琴出刘氏，闻为武宗所赐）吾侪好会良有以，文人食报犹文章……①

诗叙绿绮台为唐代武德年间名琴，曾是明武宗的御琴，为义士邝露所有。邝露精于琴，对绿绮台珍爱无比，"出入必与俱"。广州沦陷，邝露殉国，其琴由小童抱回老家。琴后为惠阳人叶龙文以百金所得。叶氏某日携琴泛舟丰湖，邀请当时文士一起雅聚，诸人一见先朝遗物，都唏嘘不已。

四是诗句散体化，句中多虚词。如：

……黄河注海，大行插天，一波一浪，一土一石，皆藕断而丝连。吾以一微尘入大千内，不亦劣于蜗角之左都触而右都蛮。彼生老病死，刹那交报，更险于峻坂之陨丸。即吾身之五脏六腑，三百六十节，八万四千毛窍各不相知，各不相到，有何越肥秦瘠之相干。而况于阎浮提中帝王卿相，垒粘沫散，虎嗥龙噬，电光忽闪，岂足当兜率陀天眼睫之斜看。②

热瞒人自堪从宦，冷揶僧俱说住山。只可老随无肉瘦，不须死逐采薇顽。半痴半黠乾坤窄，全假全真梦觉闲。直得双瞳寒似雪，插天峰在白云间。（其一）③

五、意象灵动，意境圆融

澹归的诗歌情景交融，物我为一。他善于对意象进行精心选择和组合，多层次交融在一起，展现出生动丰富的意境。如《雪霁泊镇江》：

浩荡泊京口，参差几叶横。潮声入夜重，雪色对江明。天堑还前代，风波让后生。客长山梦熟，不觉往来轻。④

诗人写大雪初停之夜泊船镇江之感受，选取潮声、夜雪、大江、

---

① 《绿绮台歌》，《徧行堂集二》卷31，第352－353页。
② 《姚以式来见，其扇头别离难长歌为旧同官蒙圣功所赠，以式亦以和篇相示。感而题此，兼寄圣功》，《徧行堂集二》卷31，第360页。
③ 《偶题》，《徧行堂集三》卷37，第84页。
④ 《雪霁泊镇江》，《徧行堂集二》卷32，第387页。

风涛四个意象，形成一个声势阔大的意境，却以江边的几叶横舟，反衬出作者历经旅途疲惫后，在小舟中享受难得的舒阔和宁静。

澹归的诗歌还有一个特点，就是意象的选择层次感往往由近至远，造成余音未绝、遐思不断的美感。如：

雪窖冰天赤脚行，莫言诗少不多情。千峰侧耳能相望，一片松风万古声。①

老松大竹藏深屋，赤石清泉散彩霞。更有月寒清绝处，慢煨冬笋看梅花。②

澹归诗歌意象虚实结合，将人的思绪从现实的凝视引向时空的遐想。如：

扁舟载月寻常事，独许名流入画图。难道年年当此夜，江天只有一轮孤。（其二）

赤壁矶头独自立，炉灰网结几春秋。不曾寂寞苏团练，山尚青青水尚流。（其三）③

当然，澹归诗歌最大的特色还在于他的禅境诗。其禅境诗蕴含禅理、禅趣，以事明理，以物显道，以形而下明形而上，无说理迹象而禅理自在，寓禅理于意境之中。澹归的禅境诗往往受"教外别传，不立文字。直指人心，见性成佛"禅宗理念的影响，或借空山旷野，或以月明星稀之夜，或凭一花一草，传递所感悟的佛法真谛。心物相契，表里澄明，造语圆融，自然清新而又含义深远，言有尽而意无穷。如：

故人索新句，即事赋无题。一叶山蹊水，孤灯东院西。草间虫自语，树杪鹊仍飞。庭月下墙角，双眉寒欲低。④

诗人孤灯夜坐，看庭月满院，墙角影阴；树荫婆娑，山鹊绕飞；听草间虫鸣，溪水淙淙，这一切都显得自然而静谧，空在我心，包罗万象，有而似无，澄空无碍。再如：

……四时水草随阶下，万里风云息眼前。峻极藤萝扶石磴，空悬

---

① 《送真乘悟公之沈阳》，《徧行堂集三》卷40，第192页。
② 《留别雷峰同参诸子》，《徧行堂集三》卷35，第13页。
③ 《为药情题赤壁后游图》，《徧行堂集三》卷40，第201页。
④ 《孝山询近作，仅两诗耳，夜坐成短句》，《遍行堂集二》卷33，第435页。

洞壑倚江船……①

……野寺萧萧孤磬晚，方舟泯泯一江深。眉间霁月俱辉映，不待晴空欲满林。②

内心自在，则无所不容。面对大自然中的霁月彩霞、松荫竹影、坂石清泉、风云波涛、树木花草，诗人心无挂碍，圆融通灵，清净无染，来去自由，通畅自如，运用万端，无滞无碍。诗歌写出了禅家寂、空、了的意识氛围，这就是"般若三昧"。

六、语言平易，明白如话

澹归的诗歌大量采用日常生活用语，同时不避俚语、俗语，将这些来自现实生活的语言融于诗歌之中，收获了机趣盎然、平近活泼的艺术效果。如：

玉渊潭上石，我亦坐题诗。别恨当春雨，孤情忆昔时。卿云开蔓草，宝树发交枝。他日重相过，知公愿所持。（其一）③

昨宵已借今宵节，今月还胜昨月圆。好景便如叨分外，老夫恰值在江边。云开未欲欺丹桂，风软仍能护白莲。人定莫愁天不定，双雕一箭意悠然。（其一）④

澹归诗歌很少佶屈聱牙，绝不刻意去雕刻藻饰，故作深奥奇险，语言平易朴素，同散体化的句式结合在一起，几近于现代白话诗。如：

广州不异杭州客，未做金三早出家。莫道我今非我昔，眼还近视面还麻。（其二）⑤

片帆黑夜落前滩，不做禅和不做官。出世世间都一棒，果然除却是非难。（其六）⑥

相逢未久又还山，地北天南转盼间。霖雨苍生公莫倦，住山僧也不曾闲。（其二）⑦

---

① 《留别雷峰同参诸子》，《徧行堂集三》卷35，第13页。
② 《常月生别驾招游连社庵》，《徧行堂集三》卷35，第31页。
③ 《送人依上座之栖贤》，《徧行堂集二》卷33，第421－422页。
④ 《十五夜》，《徧行堂集三》卷38，第132页。
⑤ 《存四欲还武林题三绝句》，《徧行堂集三》卷40，第193页。
⑥ 《送别姚繼庵郡丞》，《徧行堂集三》卷41，第217页。
⑦ 《遇侯公言总戎于梅关，口占为别》，《徧行堂集三》卷40，第208页。

······五十以前老吾老，五十以后幼吾幼。不知谁老兼谁幼，且喜无前亦无后······①

再如《挑脚汉歌》：

挑脚汉，挑脚汉，尽大地人都一担。一肩挑到菩提场，力屈筋舒不辞倦。不辞倦，不施劳，这样人还好结交。底事叩门眉疙瘩，有时转背口唠叨。人人有个无尽藏，拈他些子生惆怅。一生辛苦守悭囊，空与无常留榜样······②

澹归相当一部分诗歌将大量的俚语、俗语融于文言之中，甚至通篇以"准"白话文行之。虽然他并不是第一个在古典诗歌上使用白话文的人，但在清初，能够如此频繁地使用白话者，澹归无疑是较为突出的一人。③ 有论者称澹归的作品是"中国近代新的文学样式的先驱"④。

值得补充说明的是，澹归遁入佛门后，诗歌受佛理禅学思想的影响，风格产生了较大的变化，"不落怨愤叫嚣之气，而山林本色时复透露"⑤，与他出家前的诗歌是不同的。他出家前的诗歌风骨峻嶒、怨愤难平，正如澹归自评曰："性既粗直，诗亦愤悱抗激。"⑥ 亦如陆世楷云："至于绘图郑侠，无非痛哭之书；请剑朱云，尽是风霜之笔。"陈融指出："其未出家之时，则颇慓悍。"如顺治七年（1650），澹归诏狱后折足卧于舟中，王夫之前去探望他，澹归赋诗云：

挑灯说鬼亦无聊，饱食长眠未易消。云压江心天浑噩，虱居豕背地宽饶。祸来只有胶投漆，疾在生憎蝶与鲦。岁得狂朋争一笑，虚舟虚谷尽逍遥。⑦

诗歌痛陈时局，怨愤满怀。

相传澹归还有一首讽刺吴梅村的兴亡诗：

---

① 《旋庵湛公生辰歌》，《徧行堂集二》卷31，第365页。
② 《挑脚汉歌》，《徧行堂集二》卷32，第382页。
③ 李舜臣：《岭外别传：清初岭南诗僧群研究》，广州：南方日报出版社2017年版，第253页。
④ 李福标：《从〈徧行堂集〉看僧澹归的诗文批评》，《中国韵文学刊》2005年第3期。
⑤ 《梧州诗序》，《徧行堂集一》卷4，第109页。
⑥ 《王说作诗集序》，《徧行堂集一》卷7，第174页。
⑦ （明）王夫之著，《船山全书》编辑委员会编校：《船山全书》第15册，长沙：岳麓书社1996年版，第885页。

十郡名贤请自思，座中若个是男儿。鼎湖难挽龙髯日，鸳水争持牛耳时。哭尽冬青徒有泪，歌残凝碧竟无诗！故陵麦饭谁浇奠，赢得空堂酒满卮。①

诗歌写得正气凛然，咄咄逼人。悲慨之情，跃然纸上。

第三节　澹归与岭外诗人的交往

澹归与岭外诗人的交往受限于他生平活动的区域。这些诗人主要来自江浙一带和江西境内，也有一部分是他的前朝同僚。

一、钱谦益

钱谦益，字受之，号牧斋，江苏虞山（今常熟）人。明万历三十八年（1610）进士，崇祯初官礼部右侍郎。南明弘光朝官礼部尚书。清兵南下时迎降，官礼部右侍郎管秘书院事，充修明史副总裁，任职六月，即告病归里，秘密从事抗清活动，与瞿式耜、郑成功等抗清力量有联系。钱谦益是明末清初著名诗人，金俊明评他的诗，以为"托旨遥深，庀材宏富，情真而体婉，力厚而思沉，音雅而节和，味浓而色丽，其于历代百家都不沾沾规拟，而能并有其胜，斯固杜老所云'别裁伪体''转益多师'，'近风雅'而'攀屈宋'者与？晚乃禅悦简栖，心空味外，妙香熏染，益振新晖，冥想灵冲，有非尘步所能追跋者矣"②。归庄曰："近世钱宗伯始为之（指诗歌）除榛莽，塞径窦，然后诗家始知趋于正道，还之大雅。"③

澹归在崇祯朝时就与钱谦益有交谊。钱氏与澹归师祖道独友善，又与瞿式耜有师生之谊，因而澹归对钱氏非常敬重。

钱氏曾作《寄怀岭外四君诗》之《金道隐使君》："朔雪横吹铜柱残，五溪云物泪泛澜。法筵臛食仍周粟，坏色条衣亦汉官。毕落禅枝

---

① 陈垣：《清初僧诤记》，《明季滇黔佛教考》（下），石家庄：河北教育出版社2000年版，第557页。

② 钱仲联主编：《清诗纪事》（一），南京：凤凰出版社2004年版，第316页。

③ 钱仲联主编：《清诗纪事》（一），南京：凤凰出版社2004年版，第316页。

除鸽怖，多罗佛钵护龙蟠。菰芦一老香灯畔，遥祝金轮共夜阑。"① 认为澹归虽遁迹空门仍心怀明室。又在给澹归的信中云："我两人心心相向""行迹相闻，却如时时在瓶拂间"②。

澹归作诗回应钱氏，称两人情谊不断，都心向佛门，认为钱氏出仕清廷乃声名所迫，心志没有改变：

> 苍江白浪梦初残，游戏同归法海澜。未谢闲名还热客，现成公案付秋官。双鱼远韵三年续，百感劳生一曲蟠。拨尽孤灯犹独立，数声宿鸟报更阑。③

《又赠牧斋》诗云：

> 楸枰局里画乾坤，万里遥看一老存。峻极儒宗凭岱岳，大观义海发朝暾。劫灰欲尽丹心出，硕果将留黄发尊。却许野人无事好，不教世谛落寒温。④

诗歌称颂钱氏为当世一代儒宗，虽朱明社稷已倾圮，但他对旧朝忠心不改，且有所待。

澹归所作《列朝诗传序》曰："《列朝诗集传》，虞山未竟之书，然而不欲竟，其不欲竟，盖有所待也。传有'胡山人白叔，死于庚寅冬'，则此书之成，两都闽粤尽矣。北之死义，仅载范吴桥，余岂无诗？乃至东林北寺之祸，所与同名党人一一不载，虞山未忍视一线滇云为崖门残局，以此书留未竟之案，待诸后起者，其志固足悲也……"⑤ 他借此文剖析钱氏心迹，言其恢复旧朝之心志未死，似有为钱氏迎降变节开脱之意。

二、龚鼎孳

龚鼎孳，字孝升，号芝麓，安徽合肥人。明崇祯进士，官兵科给事中。入清，官累至礼部尚书。诗风婉丽，间有遒句，与钱谦益、吴

---

① （清）钱谦益著，（清）钱曾笺注，钱仲联标校：《牧斋有学集》卷4，上海：上海古籍出版社1996年版，第165页。
② （清）钱谦益著，（清）钱曾笺注，钱仲联标校：《牧斋有学集》卷40，上海：上海古籍出版社1996年版，第1392页。
③ 《酬钱牧斋宗伯壬辰见寄原韵》，《徧行堂集二》卷34，第454页。
④ 《又赠牧斋》，《徧行堂集二》卷34，第454页。
⑤ 《列朝诗传序》，《徧行堂集一》卷8，第204页。

伟业并称"江左三大家"，著作有《定山堂集》。

顺治十四年（1657），龚鼎孳过海幢，出钱谦益信札，殷殷以刊行憨山大师《梦游集》为念。龚鼎孳有《人日同张登子邓孝威游海幢寺访澹归上人》：

雨后经行祇树林，石栏横屐碧苔岑。佛云不改清流色，人日偏宜海国阴。过岁白花飞蝶早，当时赤棒伏龙深。旅辰暇肯虚莲社，一饭青精万里心。（其一）

尽收残泪卧空山，铁甲风霜史影还。天外赭衣飞战血，井中青史问柴关。团瓢世隔文难隐，出处心伤鬓已斑。他日诛茅参半偈，可容同卧竹坪闲。（其二）①

诗歌回顾了澹归崎岖的经历，对他的遭遇深表同情；赞扬澹归虽遁身佛门，仍保持清流本色，表达了对他的敬仰。

澹归作《人日龚芝麓邓孝威垂访海幢寺》：

胜流坐对即空山，未碍梅花笑任还。风雨杂陈今昔梦，松筠长护死生关。珠川空写何年泪，玉竹犹分一样斑。此去相思无远近，曹溪元不隔人间。②

诗歌抚昔追今，抒写了两人依依惜别之情。

二月，龚鼎孳得憨山大师《梦游集》原稿，时广东布政使的曹溶以及督学钱黍谷等捐资缮写，由海幢寺僧人及皈依华首的士子合力秉笔，数日而毕，澹归撰文纪其事。③

康熙四年（1665），澹归行化南雄，遇友人介子入都投靠龚鼎孳，澹归写信给龚鼎孳相荐，"（介子）自云：贫困无状，儿女之缘未了，当走都门谒芝麓先生。先生于如粟，不减法华长者之念穷子，知大士怜才，自应如此。弟亦奉违数载，未寄数行。前与耻古书，谓宪体崇严，不应草野致问。介子谓先生阔大胸中，岂宜作此相待？遂分付数行，值其匆匆，都不得尽怀抱，见意而已"④，颇有客套之语。澹归又

① （清）龚鼎孳：《定山堂集》卷25，《清代诗文集汇编》第50册，上海：上海古籍出版社2010年版，第594－595页。
② （清）徐世昌：《晚晴簃诗话》卷82，北京：中华书局1990年版，第8951页。此诗未见于《徧行堂集》（广东旅游出版社2008年版）。
③ 吴天任：《澹归禅师年谱》，香港：佛教志莲图书馆1989年版，第72页。
④ 《寄龚芝麓总宪》，《徧行堂集二》卷24，第161页。

有诗相寄赠，忆八年前于海幢寺分离后的相思之谊：

……柏府清风传海岳，梅关春色间云烟。那将八载相思字，拓在萧萧雁影边。①

三、钱秉镫

钱秉镫，号田间，安徽桐城人。明诸生。南明唐王时，授漳州府推官。桂王时，授礼部仪制司主事，考授翰林院庶吉士、知制诰。清军攻占桂林后，东归，改名澄之，字饮光。后因避祸削发为僧，名幻光，又名西顽。工诗，有《藏山阁诗存》《田间诗集》。

钱秉镫对澹归有援救之恩。永历四年（1650），澹归受陈邦传、马吉翔、吴贞毓等人陷害，下锦衣狱，后谪戍金齿，得钱秉镫疏言相救，改近戍清浪卫。②

钱秉镫出家复还俗，澹归有《酬桐城钱饮光田间集见怀原韵》：

出海楞伽取次登，梦中罗刹有何凭。未能食菜还如虎，但解吟诗可是僧。搔首即闻通帝座，攀髯长恨失桥陵。怜予不作翻云鹊，坐断盲龟第一乘。③

诗后有跋曰："虎得一人欲食之，其人哀求云：'一家待我以活，王食我，是食我一家矣。家有一猪，愿取以代。'虎许之，随其人抵家，商之妇。妇曰：'一家靠汝，汝业此猪，若食此猪，与食一家无异。后园有菜，可令虎食之。'其人以语虎，虎曰：'汝也说得是，只汝看我嘴脸，可是吃得菜底么？'饮光不能茹素，举此调之，以报三十年前天师请客之谑。'近日能诗随付法'乃饮光诗也，触我法门至痛。会吟诗僧，不会吃菜老虎，恰好一对。"澹归惋惜秉镫受不了佛门清规戒律，最终没有持定出家之愿行。序中言两人"三十年前"即相交，可见两人感情之深远。

---

① 《送介子入都并柬龚芝麓总宪》，《徧行堂集三》卷35，第31页。
② 吴天任：《澹归禅师年谱》，香港：佛教志莲图书馆1989年版，第63页。
③ 《酬桐城钱饮光田间集见怀原韵》，《徧行堂集四》续集卷15，第395页。

四、施闰章

施闰章，字尚白，一字屺云，号愚山，安徽宣城人。顺治六年（1646）进士，授刑部主事。顺治十八年（1661），施闰章调任江西布政司参议，深受当地人民的爱戴，百姓尊称他为"施佛子"。康熙六年（1667），清廷裁撤道使，被罢官。施闰章归乡闲居十余年，无意仕途，每遇朝廷征召，称病不就。康熙十八年（1679），朝廷开博学鸿儒科，他仍称病不应，在其叔一再劝说下，他才离家北上应试，授翰林院侍讲，纂修《明史》。闰章工于诗，时号"宣城体"。他与宋琬有"南施北宋"之名，位"清初六家"之列。

澹归没能与施闰章谋面，却十分敬重施闰章。他在《书白鹭书院会讲诗后》云："岁乙巳，愚山施公重会此院，西昌萧孟昉①为会主，讲论之余，宴衍殊适。其饮馔千余人，凡三日，部署井井，都不闻人声，当事诸公以此叹其才也……今者愚山去而白鹭荒，即愚山存而白鹭之会亦不能常。求之江右，无二愚山，求之吉州，亦无二孟昉，能无优昙一现之慨乎？"② 又有《白鹭书院》诗，赞扬施闰章移风化俗，兴教一方：

竹筏无篙寸寸移，横坡剪草绿难齐。楼中白月谁先得，林外乌鸦向晚啼。尚有诗书循旧典，更无桃李落新蹊。昨年盛事优昙现，莫怪疏慵太乙藜。③

澹归来到南昌，登上滕王阁，感慨施闰章如"天外飞鸿""潭中去龙"，颇有人事兴废之感：

江山无力记春秋，今昔谁从望眼收。天外鸿飞才倚槛，潭中龙去忽成洲。层楼不逐兴亡尽，瀛海何妨上下流。借取一湾销夏处，凉风吹散百年愁。④

施润章曾在江西吉安焕文门外金牛寺下的金牛泉边建取亭。澹归

---

① 萧孟昉为清顺治年间泰和人。
② 《书白鹭书院会讲诗后》，《徧行堂集一》卷17，第449页。
③ 《白鹭书院》，《徧行堂集三》卷37，第102页。
④ 《又次施少参愚山》，《徧行堂集三》卷37，第99页。

坐取亭酌金牛泉，有诗怀念施闰章：

问水初能揖取亭，此君眼对此山青。烟云物外虽相识，风雨声边
未易听。画得方圆非北斗，疑他清浊置铜瓶。忽然蹄角分明见，莫向
金牛索典型。（亭为施愚山所建）①

五、王夫之

王夫之，字而农，号姜斋，湖南衡阳人。其志行之超卓，学问之
正大，体用之明备，著述之宏富，与顾亭林、黄梨洲诸老相颉颃。精
研六经，诗其余事，词旨深复，气韵沈，读之如观夏鼎商彝，使人穆
然神肃，翛然意远。②

永历四年（1650），澹归遭陈邦传、马吉翔、吴贞毓、王化澄等
人陷害，下锦衣狱。王夫之劝大学士严起恒救之，未果。澹归受创足
折，卧舟中，王夫之往省，澹归书一诗示之，痛陈时局险恶，小人得
志，自己无能为力，面对友人，只能以笑为哭（见本章第二节）。

王夫之为营救被诬陷下狱的澹归，三次上书弹劾王化澄。王化澄
欲杀王夫之，王夫之逃桂林投瞿式耜。八月，清兵至桂林。桂林陷，
王夫之间道归衡阳，筑土室于石船山，晨夕杜门著书，沧桑黍离之感，
生死不忘。

王夫之归乡后，与澹归或未能见面。顺治八年（1651），澹归作
组诗《遣兴》，痛陈个人身世之悲与黍离兴亡之叹。康熙二年
（1663），王夫之读到澹归组诗，作《读甘蔗生〈遣兴诗〉次韵而和
之》七十六首③（甘蔗生为澹归号），回应澹归之作。康熙十九年
（1680），王夫之闻澹归示寂后，作《尉迟杯·闻丹霞谢世遥为一哭》：
"追忆云暗苍梧。也则是、风光本色消遣。裸戏谷泉雷电里，莫更有
耶娘生面。今且向、垂杨暮雨。鹃啼处、咒残春一线。想依然、还我

---

① 《坐取亭酌金牛泉》，《徧行堂集三》卷 37，第 102 页。

② （清）徐世昌著，傅卜棠编校：《晚晴簃诗话》（上），上海：华东师范大学出版社 2009
年版，第 36 页。

③ （明）王夫之著，《船山全书》编辑委员会编校：《船山全书》第 15 册，长沙：岳麓书社
1996 年版，第 587 页。

伤心，归舟天际相见。"①表达了对澹归的沉痛悼念。

六、方以智

方以智，字密之，号曼公，又自号愚道人，披缁后号无可、药地等，人称极丸老人、青原尊者，安徽桐城人。崇祯十三年（1640）进士，官检讨。弘光时为马士英、阮大铖中伤，逃往广东。永历时任左中允，遭诬劾。清兵入粤后，在梧州出家，法名弘智，后定居江西庐陵青原山净居寺。康熙十年（1671）冬，方以智为粤事牵连被捕，解往广东，途经江西万安惶恐滩头时自沉。方以智家学渊深，博采众长，主张中西合璧，儒、释、道三教归一。

澹归与方以智共事永历朝。据澹归回忆，永历四年（1650），他在梧州诏狱中作词数阕，方以智见而称之。② 同年，经周必正等人搭救，澹归由苍梧至桂林，舍于小东皋，迁茅坪庵，与方以智等人酒酣耳热，"歌呼未尝间日夕"③。方以智出家后定居青原山，澹归称之曰："师得慧解脱，不离笔墨游戏而作佛事，上下五百年，纵横一万里，无有与之匹者。"④ 并作诗赞之：

……青原天人师，法轮藉转毂。愿闻师子吼，肯作哑羊狱。我为三叹息，日光在西陆……⑤

澹归又有寿词赞美方以智孤高不群，委婉规劝方氏反清复明心志难遂，还是安心做个佛门高僧为好：

金粟前身，玉堂遗老，寒月孤悬众星小。北归梦随海上断，西来意向庭前了。雨岩花，玄亭凤，轻轻扫。　九带堂边无一少，七祖塔中休再讨。且把枯荆总靠倒。枝枝露交翠羽盖，重重影纳摩尼宝。一千年，佳山水，供之绕。⑥

澹归驻锡丹霞山后，多次想去青原山拜访方以智，曾致信方以智：

　① （明）王夫之著，《船山全书》编辑委员会编校：《船山全书》第15册，长沙：岳麓书社1996年版，第728页。
　② 《偏行堂集缘起》，《偏行堂集一》卷首，第9页。
　③ 《送郑野臣之桂林序》，《偏行堂集一》卷4，第85页。
　④ 《题药地大师画》，《偏行堂集一》卷16，第410页。
　⑤ 《亦庵赠中千院主》，《偏行堂集二》卷30，第336页。
　⑥ 《千秋岁引·寿青原药地长老》，《偏行堂集三》卷43，第292页。

"（澹归）日以丹霞牵连，充当家，充化主，如驴推磨，被两个皮罩子罩住两眼，都不知天色早晚，麦子多少，只管盘旋，亦大可笑……但愿麦子磨完，驴子不死，更向青原山里饱吃自在水草，沾和尚余荫，未知得有此福否耳。"又写道："明岁有请藏之举，则趋谒座前，忏罪非远；青原胜览，更欲借杖头指点，补此番草草之憾耳。"①

康熙七年（1668），澹归春至南雄。秋九月，自螺川归。② 其间到青原山，拜访了方以智，并有诗赠之，极赞青原山丛林兴盛气象，是个修持的好地方：

未了青原付与谁，埙篪同调更相吹。（笑公重兴此山，师继其席，盖法门伯仲）千峰紫气当关覆，十面香云匝地围。爻象曾怜山下火，须眉且驻劫前灰。直钩钓得狞龙后，限作飞流不许归。（师住青原，得三瀑布）③

康熙十年（1671），方以智殁于江西万安惶恐滩，澹归闻之，作词哭之，赞其为一代高僧大德，先知先觉，多才多艺；认为他是无端牵连被捕，不愿受凌辱，失意至极，遂自寻绝路：

有来谁不去，青原老、摩竭令全提。是三角麒麟，波中扫迹；一枝菡萏，座上披衣。兼收得、花宫藏玉带，纶阁显金镳。先觉先知，同归极果；多材多艺，独运灵机。　人间真叵测，马牛莫及处，逆顺风齐。须信闲名易谢，大病难医。笑白泽图边，何劳听棘，黄茅瘴里，更懒牵犁。未解月轮东转，错道沉西。④

七、徐乾学

徐乾学，字原一、幼慧，号健庵、玉峰先生，江苏昆山人，顾炎武外甥，与弟元文、秉义皆以文名，人称"昆山三徐"。康熙九年（1670）进士，授编修，先后担任日讲起居注官、《明史》总裁官、侍讲学士、内阁学士、左都御史、刑部尚书等职务。

---

① 《与药地和尚》，《徧行堂集二》卷22，第127－128页。

② 吴天任：《澹归禅师年谱》，香港：佛教志莲图书馆1989年版，第87页。

③ 《青原山赠药地禅师》，《徧行堂集三》卷37，第98页。

④ 《风流子·挽药地和尚》，《徧行堂集三》卷44，第325页。

徐乾学生平喜与士交游，与明遗民往来较为密切。康熙二年（1663），徐乾学游岭南，获晤澹归，朝夕谈论甚欢。① 康熙十八年（1679），澹归赴嘉兴请藏经后，访徐乾学于花溪草堂。② 徐氏欲与吴门诸老，为澹归终老谋一安身之处，③ 然澹归"已决意还庐山，归死于丛林师友之手"④。澹归有诗答谢徐乾学，诗歌回忆康熙二年（1663）徐氏游历岭南时两人倾心交谈，慨叹三位老友（澹归、徐乾学、钱秉镫）多年后能重逢于吴门，感激老友的不弃和关爱：

瘴海曾同浃日谈，余情剩得忆江南。揭来耳热三珠树，乱后心苏八宝函。不为风尘收病马，谁将眠食放春蚕。一毫端外重逢地，月影波痕各自谙。（先一日，健庵以予旧草索饮光题后，即知予已在吴门，三人重见，各自一段波澜，不妨同探同会）⑤

八、曹溶

曹溶，字秋岳，一字洁躬，号倦圃，浙江秀水（今嘉兴）人。明崇祯十年（1637）进士，授御史。入清，历官河南道御史、户部侍郎、广东右布政使、山西按察副使。康熙十三年（1674），丁忧不复出。康熙十七年（1678），荐举博学鸿词试，以疾辞；荐修《明史》，亦不赴，终老林泉。其诗与合肥龚鼎孳齐名，人称"龚曹"。尤工长短句，卓然名家。

顺治十二年（1655），曹溶任广东布政使，澹归有诗相寄，抒写相思之情，表示自己滞留庐山，期待早日回粤相见：

闻道襄帷下粤东，故人真不与人同。梅关花挟罗山重，棠荚枝连道树浓。鸿雁欲看新卖剑，豺狼且避旧乘骢。多情为觅闲僧信，石上支颐靠短筇。（其一）

尘劳廿载并蒿莱，病骨从心等作灰。须发自还能老塔，风波愁上

---

① 《送徐太史赴厥序》，《徧行堂续集四》续集卷2，第39页。

② （清）徐乾学：《丹霞澹归释禅师塔铭》，（清）陈世英等修撰，释古如增补，仇江、李福标点校：《丹山霞山志》，广州：广东教育出版社2015年版，第112页。

③ 吴天任：《澹归禅师年谱》，香港：佛教志莲图书馆1989年版，第116页。

④ 《与徐健庵太史》，《徧行堂续集四》续集卷11，第259页。

⑤ 《喜晤玉峰徐健庵太史》，《徧行堂续集四》续集卷15，第395页。

越王台。黄蕉丹荔随时熟，白石清泉不见猜。赚却庐山归未得，莲花池好待谁开。（其二）①

澹归回粤后，曹溶造访他，澹归有诗相赠，感慨乱后重逢，感激旧朋好友对他的牵挂：

繁霜陨叶复何论，自有分条不异根。零落山川曾一恸，寂寥风雨幸相存。钵声并写烟霞色，屐齿孤留水月痕。底事曲终人未见，相期款款数晨昏。②

顺治十三年（1656），曹溶降级改任山西阳和道，③澹归有诗相慰，赞扬曹溶在南粤与白居易在忠州一样，勤政爱民；自己因老友离任而十分伤感：

不妨执政三遭已，若到除书九转难。（秋岳颇好玄门，借用白傅忠州事）去国无词山独老，穷民有泪海俱宽。端州石少归舟驶，沉水香疏半臂寒。遮莫野僧潭上月，年年只自倚阑干。④

康熙七年（1668），澹归有信问候屡征不应、隐居在家的曹溶：

……珠江别后，不觉十载余，身世相催，在急流中，目不及瞬，念此凄断。承闻高卧东山，休心古处，贤者故有以自乐，然旁求之谊，岂能恝然？霖雨苍生，终当不免。弟为丹霞山子牵鼻七年，丛席渐成，尚难结局，风尘一钵，自业所招……小诗未足仰酬高韵，并近刻寄请削示。何当晤语，消此远怀耶？⑤

康熙十三年（1674），三藩之乱，曹溶以边才被荐，随征福建，澹归有诗寄勉：

寒月浮初夜，梅花点客襟。远怀分老友，独坐见长吟。南海思弥阔，东山卧已深。谁呼烛龙起，一照万方阴。（其一）

未许闲名谢，空怜保社痴。干戈余两眼，丘壑系单丝。绝壁青如

---

① 《寄曹秋岳方伯》，《徧行堂集二》卷34，第463页。
② 《秋岳过访，辱赠新诗，是日携履安万子垂寄之什，喜而有作》，《徧行堂集二》卷34，第463页。
③ 顺治十四年（1657）春，龚鼎孳颁诏至粤，持钱牧斋宗伯书，访求道独，为搜罗散佚，得憨山《梦游全集》原稿，曹溶与钱学宪等为集众缮写，数日而毕，澹归撰文纪其事。曹溶载以归吴。可见，曹溶离开广东是在顺治十四年春后。
④ 《慰秋岳》，《徧行堂集二》卷34，第465页。
⑤ 《与曹秋岳侍郎》，《徧行堂集二》卷24，第168页。

故，流云冷不知。疏钟连急杵，忆尔梦回时。（其二）①

康熙十七年（1678），澹归出岭到嘉兴请藏经，丁忧归里的曹溶前来看望他，②澹归作诗感谢老友的真挚情谊：

处陆非图激水宽，栖芦暂觅一枝难。全经恰在尘中出，古道还成域外观。敢到国门悬敝帚，不因时序掷秋纨。许多欢喜重相见，又向春风识岁寒。③

时曹溶、徐乾学等欲为澹归在黄山觅静室居之，澹归婉言谢绝。

九、陆圻

陆圻，字丽京，一字景宣，号讲山，浙江仁和人。陆圻素负盛名，士人争相接近，为"西泠十子"之冠。明亡后，绝意功名，行医卖药于江浙间。受《明书》案株连，久得获释。父母去世后，于康熙六年（1667）出家，初名德龙，字谁庵。

康熙九年（1670）陆圻来岭南，澹归欲与之相见，但没有及时得讯，陆圻乘舟直下肇庆：

各自余生绝后甦，眼前真得一尘无。已闻入岭思相见，却为畲山信亦疏。何处十行随水到，不禁三匝绕床呼。扁舟直下珠江去，莫待追风上沥湖。④

澹归与陆圻在肇庆相见。陆圻入丹霞丛林，得澹归极力引荐，他与天然函昰信云："杭州陆丽京已出家，法名德龙（应为法龙⑤），字谁庵，专入丹霞参礼和尚。渠与今释同庚同盟，以大事未办，年运渐往，此心极切，若不了当，誓不下山。幸和尚痛与提耳，并谕知客，安置一单寮，免其随众，使得全副精神归并一路。孝山已有书上白，格外成褡，慈悲摄受，庶不虚其数千里趋向之勤耳。谁庵博敏多材艺，其德量醇诚宽厚，胜今释十倍，今释却有三分怠赖，若锻炼得他，乃

---

① 《寄答曹秋岳侍郎》，《徧行堂集二》卷33，第425页。
② 吴天任：《澹归禅师年谱》，香港：佛教志莲图书馆1989年版，第108页。
③ 《舟次嘉禾，曹侍郎秋岳过访却柬》，《徧行堂集四》续集卷14，第372页。
④ 《寄陆丽京》，《徧行堂集三》卷36，第69页。
⑤ 汪宗衍：《明末天然和尚年谱》，台北：台湾商务印书馆1986年版，第71页。

法门一砥柱也。"① 天然为陆圻取法名今竟，字与安。

陆圻入丹霞，澹归因事未能陪同，却有诗相送，言丹霞山是个修持的好地方，希望陆圻能在天然函昰的引导下，成为法门龙象：

> 虚阁俯深江，风雨时一吼。孤情托眇莽，游目亦无偶。微云起空山，卷舒故难久。一朝随飘风，缕缕复何有。记与兄别时，屈指及三酉。各从百死余，利钩赢脱口。不获留飞扬，何计辞老丑。扁舟见端水，双眼覆两肘。初云关未过，再云骨渐朽。同流作宕子，此心能不剖。星言入丹霞，万事谢纷纠。君见天然翁，穷岩只老叟。杀活一时行，魔佛两俱培。室中埋文璧，一拜再压纽。我归方有言，君闻已欲呕。飞涛落长松，白月堕疏柳。危峰起神螺，群石伏蝌蚪。谁家古墙隅，剑光发敝帚。一举一切断，二头与三首。何妨老赵州，百岁擅黄耇。广庭击金钟，圭斋裂瓦缶。弥天走群蚁，吾得掊吾手。②

陆圻入丹霞，天然函昰以澹归及陆世楷之荐，使掌书记。然陆圻只在丹霞待了很短的一段时间，他"所重不全在佛法"③，"僧服儒心""虽作头陀不解禅"，"不肯以浮图自待"④，还未与外出未归的澹归在丹霞山见面，便下山了。⑤

十、魏礼

魏礼，字和公。江西宁都人，"易堂九子"之一，与兄际瑞及禧齐名，人称"季子先生"。郁郁不得志，遂弃诸生远游。年五十，倦游而归，构屋于翠微峰左干山巅，称"吾庐"。时伯子、叔子相继去世，诸子纷散，易堂久虚无人，独礼率妻儿居十七年以终。

澹归有《寿宁都魏和公》，赞扬易堂文业之盛，以及"易堂九子"的豪迈情怀：

> 易堂有客推三凤，幽壑何人取二奴。乐合宫商存玉尺，文成篆籀

① 《上本师天然昰和尚》，《徧行堂集二》卷21，第101页。
② 《送与安上座入丹霞》，《徧行堂集二》卷30，第341页。
③ 《与南雄陆太守孝山》，《徧行堂集二》卷26，第225页。
④ 陈永正主编：《屈大均诗词编年笺注》，广州：中山大学出版社2000年版，第170页。
⑤ 澹归曾致信陆圻曰："得方丈信，知吾兄已下山，盖为令弟、令子之病，弟略知其不因此……若近来别有所见，谓丹霞道理不过如此，正好掉臂而行……"（《与陆丽京学博》，《徧行堂集二》卷28，第276页）

出金壶。清尊豪挟四公子，高盖羞倾五大夫。会见龙湫涌甘露，集贤从此表仙都。①

十一、万泰

万泰，字履安，一字悔庵，浙江鄞县人。明崇祯举人，曾参加复社。入清服道士服，隐居不仕。万泰是浙东学派甬上支派的创始人，子斯大、斯同传其经史之学。

澹归与万泰是浙江同乡，又同年中举，交情很深。顺治十年至十一年（1653—1654），澹归身披缁衣，行化于江浙，与万泰重逢。澹归有诗追叙旧谊，赞万泰气节：

壮情真不已，身世古今分。三百年来话，须麋劫外论。寒塘擎败笠，老树戴孤云。此意无人写，何妨我共君。（其一）

抵掌河清事，蹉跎早白头。不官犹汉节，落地即明州。绿萼西溪梦，黄花彭泽秋。途穷君莫惜，恸哭亦高流。（其二）②

曹溶任广东布政使时过访澹归，带来万泰的问候信札。澹归非常感动，即次韵万泰诗寄答。诗歌追忆劫后零落旧友，言万泰最为深沉智勇；赞扬万泰秉持气节，深得祖上遗风：

不能剪舌遂成诗，异口同音此一时。去日苦多真戏耳，大千俱坏亦随之。深沉智勇归无用，迢递饥寒忍莫辞。何地良朋堪到眼，珠江胜似玉渊湄。（记同人共集湖上，于履安有智深勇沉之目）（其一）

庐山横侧尽吾庐，贫病驱人叹索居。与汝梦中同栩栩，阿谁醒后又蘧蘧。栖心半路愁尊宿，濯足前溪美老渔。天井云连秦望白，不知斟酌稳何如。（周茂三期我于天井山，张荀仲期我于秦望，我则自期于庐山，皆未就也）（其二）

落羽江头唤谢皋，悲君憔悴赋同袍。丰城有气休寻剑，巴峡无情懒掷骚。灰冷炉中堪拨火，巢深叶底验吹毛。宗风祖德如能述，大海云音起墨涛。（令祖大将军故曾游戏法门，来诗有"我欲出家犹未得"

① 《寿宁都魏和公》，《徧行堂集四》续集卷15，第401页。
② 《次韵别万履安》，《徧行堂集二》卷32，第393页。

之语）（其三）①

顺治十三年（1656），曹溶即将由广东改任山西，澹归有诗寄万泰，分述他和曹溶近况，言难舍好友分离：

半日方塘话未忘，知君心不异联床。故人底事赋归去，（秋岳闻欲解任）好砚亦难携满囊。贫入官斋春寂寂，病连僧寺水茫茫。海云有分风吹惯，荔子牵衣梦又长。②

十二、汪沨

汪沨，字魏美，浙江钱塘人。与人落落，性不好声华，时人号"汪冷"。初为诸生，试辄高等，然未尝怀刺一见当事。当事或割俸金为沨寿，不得却，坎而埋之。里贵人请墓铭百金，拒弗许。尝出游，之天台，居石梁左右，反河渚，徙孤山，之匡庐、黄山、白岳，所至与异人高士游。年四十八卒。朱克敬《儒林琐记》言汪沨"喜为诗，脱稿即焚之，人莫能见。每行山中，自歌其诗，歌毕长啸，或痛哭，人皆以为狂，识者以为逸民"③。

顺治十年（1653），澹归行化江右，在琴川（今常熟）遇汪魏美等旧朋，④ 同游虞山：

采幽携胜侣，爽气满琴川。闲指石城路，因过玉版禅。松阴移日正，竹影落风偏。饭罢好徐步，解衣山寺前。（其一）⑤

汪沨有洞庭之游，澹归作诗相赠，羡慕他自由自在的逸民生活，赞美他的操守气节：

括苍别后长相忆，岑寂琴川又一时。喜尔渐无添担累，于人何有买山痴。剑门石上休垂足，金粟堂前好眨眉。此去洞庭波浪阔，可能落叶寄秋思。（其一）

君虽堂上有慈亲，养志何惭菽水贫。独凤况甘栖槁木，一麟聊足

---

① 《次韵答履安》，《徧行堂集二》卷34，第463页。

② 《海幢卧病柬履安》，《徧行堂集二》卷34，第466页。

③ 钱仲联主编：《清诗纪事》（一），南京：凤凰出版社2004年版，第146页。

④ 吴天任：《澹归禅师年谱》，香港：佛教志莲图书馆1989年版，第71页。

⑤ 《同汪魏美、孙子长、蒋幼舆、印公游虞山》，《徧行堂集二》卷32，第386页。

负遗薪。（魏美不上公车，家贫妻死，惟老母弱子相依耳）去来未脱
无安土，呼吸谁操不住身。见说人间空寄托，肯弃白业买黄尘。（其
二）①

十三、汪楫

汪楫，字舟次，江都人，原籍休宁。性伉直，意气伟然。岁贡生，
署赣榆训导。荐应"博学鸿儒"，试列一等，授翰林院检讨，纂修
《明史》。楫少工诗，与三原孙枝蔚、泰州吴嘉纪齐名。

澹归与汪楫通过友人周亮工的介绍相识。汪楫可能托周亮工请澹
归序其诗。澹归序云："天下诗人多矣，各骋其才，极其思之所至，
往往读之称善，然善者有人在，称者有我在。今年来庐陵，得白岳汪
子舟次诗，如火见火，忽然而合，而无此火异彼火想，亦无彼火同此
火想。其似我者，如我所自为，意中所自有也。其胜我者，如我惨澹
经营，不知其语之所从来，而得一意外之语，其胜我益多，如我所得
意外之意益甚。抵几奋笔，亦不自知其喜之所从来。其善也无人在，
其称也无我在，天下有神合如是者耶？……"② 并有《赠汪舟次》，赞
扬其才气不凡，一扫当时诗坛颓靡之风：

我为庐陵行，耳热汪舟次。昨来读其诗，雄力发英智。霍如韝上
鹰，望云刷双翅。虽有黄口鹏，老拳安足试。栎园吾老友，指屈天下
士。知己昔所希，一生当两世。孤灯百虑烬，逸才结遥思。宝琴响河
山，老僧舞不置。同行不同见，辨眼已失字。同见不同行，比足即亡
驹。扫除坛坫秽，立罢屠沽市。疾趋淮阴军，卷甲持赤帜。暂破四兵
观，且慰单行志。③

可能还是周亮工牵线搭桥，澹归终于与汪楫在宜楼见面了。两人
一见如故，相谈欢洽，又相互推重：

觌面相呈各倚阑，西江东望白云闲。荡胸共许宜楼近，洗眼谁呼
逝水还。姜桂辣能扶健笔，箪瓢酸莫点名山。（作文贵辣，游山忌酸，

---

① 《赠汪魏美之洞庭》，《徧行堂集二》卷34，第454页。
② 《汪舟次诗序》，《徧行堂集一》，卷6，第164页。
③ 《赠汪舟次》，《徧行堂集二》卷30，第337－338页。

此予与舟次坐中语）不知抗手重逢处，一笑千盘紫翠间。①

离别时，汪楫有诗送别澹归。澹归也有诗相酬，诗中提及汪楫好友周亮工和吴嘉纪：

世间穷未足，物外许相亲。我爱周元亮，能怜吴野人。晴霞挂山麓，秋水压河滨。手把寒云结，飞花片片尘。②

康熙十八年（1679），汪楫应"博学鸿儒"，试列一等。澹归致信祝贺汪楫："隔阔许久，每思高论，辄诵雄篇，眉间精悍之色，如在心目前不离一步也。比来著述益多。弟腹中几无一点墨汁，有时搦管，不成一字，始知才尽之叹，今古同然也……今年秋战，努力东南第一人，山中闲汉为知己色喜也。"③

十四、吴之振

吴之振，字孟举，号橙斋，别号竹洲居士，晚年又号黄叶老人、黄叶村农，浙江石门（今桐乡）洲泉镇人。幼即聪颖过人，文才隽秀。顺治九年（1652），十三岁应童子试，即与吕留良定交，试后又与黄宗羲兄弟交往。是时重宋诗，之振家富裕，购藏宋人集部秘本甚多。其诗亦近宋人，尤工七言。

康熙十七年（1678），澹归出岭请藏经，八月二十三日到嘉兴，九月二十三日往平湖。其间一个月，有半个月时间住在吴之振的黄叶村庄。澹归与吴之振可谓一见如故，澹归对吴之振的才识非常赏识，称"语溪十五日，获倾倒于吾孟举，自谓得未曾有，别来尚有朝霞鲜采映照目前也"④。并说："孟举之识，不为今人所诱，亦不为古人所凌，其量不为近之时地所围，亦不为推而前、却而后之时地所动。是故寄意于毫素，不慑唐以上，不轻宋以下，不袭衣冠于经史，不降格于里巷，不腐落于秋实，不剪缀于春华，断然自见，其孟举之识量而莫能御其才。"⑤

---

① 《宜楼留别白岳汪舟次》，《徧行堂集三》卷 37，第 102 页。
② 《酬舟次送别韵》，《徧行堂集二》卷 33，第 424 页。
③ 《与汪舟次文学》，《徧行堂集二》卷 29，第 292 页。
④ 《与吴孟举中翰》，《徧行堂集四》续集卷 11，第 263 页。
⑤ 《吴孟举诗集序》，《徧行堂集四》续集卷 3，第 68－69 页。

澹归称赞黄叶村庄"涉其径，则幽而深，登其堂，则轩而旷，察其部署，竹树丘壑，如阅数十百年之久，妙合自然"①。兼有诗，称赞黄叶村庄设计布局巧妙：

名园吾所敬，负形齐五岳。风雨宿已辞，登览岂可略。主人报我晴，浮云类陨箨。郭外无泥途，阴晴两不错。凉飔送软款，众芳迎绰约。遥指黄叶村，此意匪台阁。回廊合松竹，夏屋分丘壑。虚池疏十亩，广庭距一索。夕月饯笙歌，朝霞散华蕚。矫若出谷莺，化为摩天鹤。穷源得建置，使才见挥霍。当其经营始，军书起芒角。城市自空荒，鱼鸟自飞跃。五月遂断手，天然谢穿凿。观者不谓新，疑是古人作。木石献苍润，图书领卓荦。闲寻种菜诗，寄意出寥廓。小人艳富强，君子服礼乐。大星系匏瓜，神龙隐尺蠖。一朝乘风雷，仰视迷燕雀。归来过僧庐，周垣易篱落。女萝附乔松，安危信所托。中宵云复垂，乃如隔日疟。人定亦胜天，速强迟自弱。许君午桥能，付以北门钥。②

澹归饶有兴致地与吴之振酬作田园诗，称赞自耕自适的田园生活：

寄身在野不称尊，果腹供人缓步扪。木札味中谁辨舌，河沙子外莫留根。（其一）

一横一直更无斜，人尽天来便有芽。笼内药惟收远志，星边木只系匏瓜。（其二）③

藿食偏怜肉食尊，有谋待献舌尝扪。人从花下兼求果，我向苗前已得根。（其一）

匏曲仍嫌蒿亦斜，苔丝采罢又槐芽。莫贪野苋忘家苋，曾掷甜瓜种苦瓜。（其二）④

澹归赞赏吴之振不随时俗，选编《宋诗钞》，推崇宋诗：

纷纷耳贵三唐体，别眼谁将两宋看。解得出身元有路，但求入格亦何难。郑庄置驿无分舍，李渤藏书不独观。海上钓鳌知好手，月钩

① 《吴孟举诗集序》，《徧行堂集四》续集卷3，第69页。
② 《黄叶村庄茶集呈孟举》，《徧行堂集四》续集卷13，第314页。
③ 《次韵孟举种菜诗》，《徧行堂集四》续集卷16，第435页。
④ 《再叠前韵》，《徧行堂集四》续集卷16，第435页。

风线一垂竿。①

吴之振送澹归《宋诗钞》。澹归随身携带以供阅读，临终前将《宋诗钞》转送法兄阿字。②

第四节　澹归在岭南诗坛的地位和影响

澹归是清初由儒入释的著名人物，是明清之际著名诗人、词人、书法家、高僧。③ 他在岭南诗坛的地位和影响，其法兄阿字用一段话作了概括：

> 夫能以无言为功，使义天朗耀，则莫若诸古德踏翻向上，停竭识浪，凭凌敻绝，正智宏杰，一咳一唾，珠玑盈把，声音所接，如初日浴海，秋月行空，地变黄金，河成酥酪，真廓如也。然使其握毛锥子以临赫虢，中峰、大慧抗精极思，虽声光振起，而扬榷微细，繁章累句，未可独擅文坛。盖斯道之深玄，天材之挺拔，如鲁麟颖凤，而能兼之者，亦自中峰、大慧而后，祥鳞瑞跖不多觏遇也。予道弟澹归和尚为文阵雄帅，四十年前鹊起甲科，健笔劲气，破明二百余年委靡之习，浩浩然，落落然，使人如攀琼枝、坐瑶圃，离奇光怪，楷模宇内……（一入空门）起中峰、大慧尔雅之盛，而能以无言为功，别有密移为所矜惜。夫岂非吾宗之伟人欤，夫岂非吾宗之伟人欤！④

阿字指出自古以来佛门高僧大德辈出，然精通文墨者却少，虽然大慧宗杲禅师、中峰明本禅师有文名，却不能扬名文坛。自大慧、中峰等禅师之后，佛法、文墨兼通，且能显名文坛的，就只有澹归了。澹归在遁入佛门前连登科甲，才高学富，力破晚明诗坛萎靡之习，其诗文成为士人学子们的圭臬。入空门后，能继承大慧、中峰文德之盛，如"鲁麟颖凤"，是佛门中少见的龙象。

澹归在清初岭南僧俗中文名之高，从以下几个事例中可以看出：

---

① 《吴孟举过访，以宋诗选见赠却谢》，《徧行堂集四》续集卷15，第390页。
② 《与海幢阿字无和尚》，《徧行堂集四》续集卷10，第231页。
③ 《徧行堂集前言》，《徧行堂集一》前言，第3页。
④ 《徧行堂文集序》，《徧行堂集一》卷首，第3-4页。

一、平南王尚可喜两次委托他撰写庙碑

顺治十一年（1654），尚可喜捐重资重修广州光孝寺大殿，刻碑为记，主笔就是澹归。一般来说，寺院勒石刻碑之主笔多为佛门尊者或硕学鸿儒。澹归于顺治九年（1652）始入粤礼天然和尚受具足戒，入粤才两年，僧腊不过四载，在僧群中只能算是后生晚辈，却被委以岭南第一名刹光孝寺重修碑记之主笔，完全是因为他的诗文之名，否则难膺此"殊荣"。①

康熙三年（1664），尚可喜经"恩准"，在广州建大佛寺，撰写碑记的重任再次委予澹归。这自然是因为澹归"文字酉皇"，时澹归正致力于营建丹霞山，他在岭南佛门中已开创出了一番气象，声名渐盛。在平藩的眼里，澹归已是岭南一个不可多得的文星大德。

二、人以得澹归序其诗文为荣

澹归在岭南名气很大，求他撰写诗文序跋、寿序、传记的人络绎不绝，他疲于应付，不得不托词婉拒。在这些人中，有一个叫姚水真的檀越，与澹归法门兄弟解虎（锡公）关系很好。姚水真六十岁时，乞诸僧之诗，汇为僧伽诗册，托解虎请澹归为序。解虎数请，澹归没有答应。康熙十五年（1676）冬，解虎病亟，令其门人抵澹归书："吾死，不失信于水真。"② 澹归不能辜负法门兄弟临终之请，不得已才为姚水真僧伽诗作序。姚水真把澹归的诗序作为六十岁生日的珍贵礼物，唯恐澹归不答应，还得托关系、"走后门"，可见澹归在岭南文名之高。

三、得天然函昰赏识提拔

澹归投奔海云寺天然函昰，"涤碗橱下，衣百结衣，形仪成削，

---

① 何方耀：《澹归金堡与〈元功垂范〉关系考辨》，钟东主编：《悲智传响：海云寺与别传寺历史文化研讨会文集》，北京：中国海关出版社 2007 年版，第 52 页。
② 《姚子水真六十初度僧伽诗册序》，《徧行堂集四》续集卷 3，第 53 页。

韶文化研究丛书

第八章 澹归诗歌的成就及影响

静嘿堆堆，无所辨别"①，他初到海云寺时位列僧侣最下层。然而由于他在明末清初文（诗）坛上享有盛誉，旋即被天然和尚提升为记室，掌管文墨。清初海云寺文告之辞，多出其笔下，如《雷峰放生社说》《为雷峰乞米说》《雷峰募伽蓝殿疏》《雷峰营建钱粮疏》等。

四、石鉴抱疾苦读其诗而亡身

澹归法兄今觑石鉴极喜澹归诗歌，虽病甚，仍读其诗至三更不辍。康熙十七年（1678）三月，石鉴病逝。天然和尚语澹归曰："石鉴读汝集，每至三更，复病而死。"石鉴读澹归诗歌，如痴如醉，爱不能舍，劳神过度，遂至殒命。此等悲壮"佳话"，在中国古典诗歌史上是绝少的。

五、廖燕痛哭失去了揄扬之人

康熙十九年（1680），澹归病逝于浙江平湖，韶州才士廖燕（柴舟）闻之，作文痛哭："庚申十一月二十八日，友某持师绝笔示燕，不禁泪涕交横，仰天大哭……师死而斯文丧矣，天下茫茫，谁与定燕文与传燕文者耶。此燕之所以仰天痛绝也。呜呼已矣！……燕《二十七松堂文初集》刻成，私念世人心目浅狭怀私，恶道人善，兼趋利，耳食无志，斯道美恶莫辨，非得一代伟人如师者赏鉴品题而揄扬之，终莫能取信……"② 以文才傲视一世的廖燕，因澹归殁，诗文再也得不到他的"赏鉴品题而揄扬之"而痛哭叹惜，澹归之才学名望可谓高矣。

明末清初，天然和尚门下集中了"可能是中国有史以来最大的诗僧集团"③，形成了"海云诗派"。澹归开创丹霞山，请天然和尚上山主持法席，丹霞实成"海云诗派"的又一核心阵营。丹霞山以其山水胜景与佛家法乳凝聚了岭南僧众乃至八方英才，"一朝成胜览，百代

---

① 《徧行堂文集序》，《徧行堂集一》卷首，第3页。
② （清）廖燕著，林子雄点校：《廖燕全集》，上海：上海古籍出版社2005年版，第163－164页。
③ 覃召文：《岭南禅文化》，广州：广东人民出版社1996年版，第141页。

留逸兴。粲粲落唾珠，堂堂开笔陈"①，丹霞山上诗词唱和不绝，文阵俨然。澹归其才之大、著作之宏富、见地之超迈，自是文阵中的骁将，他以诗名重一时。②

澹归与天然函昰、剩人函可并称为清初岭南三大名僧。澹归性格外向，待人处世，一腔热情，其诗疏快明朗，较之天然的内敛深隐，更受世人喜爱。就佛门道法之影响，澹归自然不如其师天然，但就诗歌的成就和影响而言，却在其上。故叶恭绰评价他："澹归于宗门未遂为宗匠……诗笔苍老，亦足与顾、陈抗衡。"③ 吴天任云："明末诸僧中，禅师（指澹归）以诗文名，诗尤铦刻高举，独立古今间。"④

清初岭南诗坛总体上宗唐。王士禛在《池北偶谈》中写道："东粤人才最盛，正以僻在岭海，不为中原江左习气熏染，故尚存古风耳。"⑤ 所谓"古风"，也就是宗唐诗风。澹归入岭后，同陆世楷、沈皥日等人分居南雄和丹霞山，不少两浙入粤文人于此落脚，进而彼此结缘，形成了一个在粤或旅粤的江浙文人圈。他们带来与宗唐诗风不甚相同的浙派诗风，在一定程度上促进了岭南诗坛与江浙诗坛的交流和融合。朱彝尊《临江仙·寄题澹公精舍》云："兰若去天三百尺，生涯一片青山……何时一茅屋，吾党共追攀。"⑥ 澹归所营建的丹霞山地理位置独特，更加重了他在清初岭南诗坛的影响。

至于澹归在整个清初诗坛的影响，也不可低估。⑦ 上文已述他与钱谦益、王夫之、钱秉镫、徐乾学、曹溶、吴之振等江浙诗坛大家往

---

① 《读孝山游丹霞五言古体赋答》，《徧行堂集二》卷30，第328页。

② 也有论者更看重他的词，将他的词与王夫之的《姜斋词》称为清初南明遗民词的"双璧"。（严迪昌：《清词史》，南京：江苏古籍出版社1999年版，第103页）

③ 叶恭绰：《明清间今释字卷跋》，叶恭绰：《矩园余墨》，沈阳：辽宁教育出版社1997年版，第142页。

④ 吴天任：《澹归禅师年谱》，香港：佛教志莲图书馆1989年版，第101页。

⑤ （清）王士禛著，文益人校点：《池北偶谈》卷11，济南：齐鲁书社2007年版，第204页。

⑥ （清）朱彝尊：《曝书亭集》卷30，《清代诗文集汇编》第116册，上海：上海古籍出版社2010年版，第264页。

⑦ 李舜臣认为澹归"其诗名不如文名，后人注意最少"（《岭外别传：清初岭南诗僧群研究》第253页），笔者不同意这一观点。澹归诗歌之所以"后人注意最少"还是受乾隆皇帝所炮制的《徧行堂集》文字狱的影响，乾嘉诗坛、晚清诗坛都无人敢问津。民国以后，《徧行堂集》由于毁版，澹归的诗歌一直消匿于众人的耳目之间（除了个别学者能够看到珍藏本），直至1997年北京出版社出版《四库禁毁书丛刊》，《徧行堂集》才得以出现在众人眼前，澹归的诗歌才得以进入研究者的视域之中。其诗名与文名难分伯仲，如果须作一个比较，笔者倒认为其诗名还略大于文名。

来唱和。康熙十七年（1678），澹归去嘉兴请藏经，滞留江浙，很多人慕名前来拜访他，与他酬唱，请他品题，以得到他的题赠为幸。其中王石年推澹归为"天下第一人"；① 黄辛子称澹归之文可配黄道周先生；② 陈长卿自谓平生酷爱漆园、龙门、苏子瞻、李卓吾，澹归"殆兼四老之胜"③；龚砚石与澹归分离了二十六年，却一直保留澹归旧诗稿。④ 这些人或出于偏好，或出于交情，或出于迎合，对澹归的赞誉或许过之，然王夫之说他"诗铦刻高举，独立古今间，成一家言"⑤，近人陈融说他的诗"语刻而意厚"⑥，当是公允的评价。

---

① 《次韵答王石年赠别》，《徧行堂集四》续集卷 15，第 402 页。
② 《柬黄辛子》，《徧行堂集四》续集卷 15，第 413 页。
③ 《柬黄辛子》，《徧行堂集四》续集卷 15，第 413 页。
④ 《赠龚砚石》，《徧行堂集四》续集卷 14，第 354 页。
⑤ （明）王夫之著，欧建鸿等校注：《永历实录》，长沙：岳麓书社 1982 年版，第 188 页。
⑥ 陈融：《颙园诗话》，吴天任：《澹归禅师年谱》，香港：佛教志莲图书馆 1989 年版，第 123 页。

附　录　澹归年谱简编

吴天任先生《澹归禅师年谱》（以下简称《吴谱》）已具规模，然其未见《徧行堂前集》，抉摘虽力，内容残缺自不待言；有时过于繁复，对澹归诗文整篇征引，充塞篇幅，有碍对澹归生平事迹的整体把握；有时大段抒写个人观点，有点像史论，有违年谱体例；同一年之事，未按时间先后撰述，甚至前后颠倒；有时征引文献篇名、卷帙亦有误。笔者针对《吴谱》所存在的这些问题，或删繁就简，或对征引文献加以补充，或对所误加以厘正，名之曰《澹归年谱简编》，不敢掠吴先生之美也。

万历四十二年甲寅（1614），澹归生。

澹归姓金，名堡，字道隐，号卫公。浙江仁和人。出家后，参雷峰海云寺天然函昰和尚，法名今释，字澹归，一字蔗余，号甘蔗生、冰还道人，又号借山野衲。

公先世无可查考，其父官曾官给事中，（《方子春先生传》，《徧行堂集四》续集卷6）其他无所考。

公娶妻方氏，子世镐、世镇、世锡、世铖。女二：一名莲，适朱；一名某，适程。（《金节母张孺人传》，《徧行堂集四》续集卷6）

万历四十六年戊午（1618），澹归五岁。

是年始从方子春先生读书，颖悟绝伦，有神童之目。

尝与群儿戏，逐入僧舍，案有《维摩诘经》，取而观之，恍如故物，洞悉其义。自是心目尝有所忆，不能忘。（《方子春先生传》，《徧行堂集四》续集卷6）

天启三年癸亥（1623），澹归十岁。

父令其学制艺，方先生见其所为文，谓当以文名世，不仅取科第也。是年举博士弟子员。（《方子春先生传》，《徧行堂集四》续集卷6）

崇祯九年丙子（1636），澹归二十三岁。

是年乡试中式，五策谈时政，娓娓数万言，危词切论，直攻乘舆无讳，主者奇之。闱牍出，天下拟之应付廷对。（《永历实录》卷21）

时剩人函可方为居士，见其制艺，击节叹曰："此宗门种草也。"（《舵石翁传》，《咸陟堂集》卷6）

入京会试缺资，公贷于虞立蒸。（《负心说赠虞绍远》，《徧行堂集四》续集卷1）

崇祯十年丁丑（1637），澹归二十四岁。

会试报罢。

崇祯十三年庚辰（1640），澹归二十七岁。

是年成进士，廷试二甲第四十名。（《负心说赠虞绍远》，《徧行堂集四》续集卷1）

崇祯十五年壬午（1642），澹归二十九岁。

出知山东临清。摘发奸猾，安抚流离，士民欣戴之。是时山东盗起，临清豪族，故习为响马贼，应盗者起，众至数万。公与从数胥吏叩其垒，慷慨为陈大义，盗魁感泣，叩头请死。公慰安之，皆解散为农，而公耻以抚盗功自见，遂不上闻。（《永历实录》卷21）

时总兵刘泽清驻临清，骄悍蛮横，渔猎百姓，公抗直责之。刘被迫与公约不犯临清一草。

值岁大祲，旱疫洊至，民多流亡，公以抚字为急，缓于催科，遂以岁计去官。

崇祯十七年甲申（1644），澹归三十一岁。

吏部尚书郑三俊荐其才，未及用，而都城陷，南还，丁内艰。

顺治二年乙酉（1645），澹归三十二岁。

葬父甫襄。清兵陷杭州。

杭州陷后，公避地禹航，潜结乡勇，与原任都督同知姚志卓、长兴参将方元章等起兵，欲复杭州；与浙东诸义师遥为声援，孤军抗战，几死敌手。及江、浙郡县相继瓦解，志卓走富阳，公弃家渡江入越，与镇臣郑遵谦等会合仍图再举。（《岭海焚余》上）

公入越，见镇臣方国安于舟中，国安欲遣兵为公迎取家属，公谢绝之。时志卓复趋余杭，公即挈渔舟赴小霅与会，并与郑遵谦共商恢复之计。（《岭海焚余》上）

闰六月，南安伯郑芝龙、礼部尚书黄道周等奉唐王朱聿键监国于福州，旋即帝位，改元隆武。（《小腆纪年》卷10）同月，总兵王之仁，张国维、行人张煌言等奉鲁王朱以海监国于绍兴。封志卓仁武伯，除公职方郎中，不拜。

隆武既立，公间关走福州，入朝，陈志卓战功，授志卓平原将军。十月，公上《中兴大计疏》，劝帝出关进取。（《岭海焚余》上）

帝托候饷不进。会两湖总督何腾蛟，疏请移跸湖南，乃劝帝弃闽幸楚。帝喜而称之，授公兵科给事中、泉州知府，公以服未终，力辞。（《小腆纪年》卷33）

公既辞官，惟请敕印，联络江上义师经络三吴。从之，以礼科给事中兼职方员外郎，出监总兵郑遵谦军。公仍辞礼科给事中，惟受职方员外郎之衔，以赴军前。（《岭海焚余》上）

顺治三年丙戌（1646），澹归三十三岁。

正月十八日，公至钱塘江忠义军，郑遵谦率诸将拜诏，即拟迎驾。是月，旧辅马士英在方国安军中，曾疏请入朝，国安与郑芝龙合疏荐之，求复其职。公闻之，即疏陈其误国之罪，力主不当复职，又疏陈郑遵谦起兵倡义之功。（《岭海焚余》上）

旋经台州到绍兴，上启鲁王，劝其崇仁让而奉一尊，迎隆武以图光复。诸仕于鲁监国者大哗，群起而攻之。鲁王亦怒其劝之称臣于隆武。

公以所事未遂，而朝局日危，及遣中军参将龚朝植，奉敕书、关

防，还闽缴上，并上书奏请其罪。（《岭海焚余》上）

旋奉旨回行在供职，是年夏，公还至闽，上欲夺情官之，公屡请终制，不许。公还朝，见国势日危，而上下酣嬉，奔竞营私，怒焉忧之，乃上陈时事疏。（《岭海焚余》上）

公屡疏语侵郑芝龙，芝龙欲杀之。公再请终制，帝终准其去官守制。八月，公辞朝，临行，又上陛辞忠告疏。是月，清兵度仙霞关，连陷建宁、延平，帝出兵汀州，清兵追及，帝遇害。（《小腆纪年》卷13）

全浙既陷，公不能归，乃避地湖南，依举主学使周大启于沅州。是年秋，公至辰阳。

公僦居辰、沅山中，无以消永日，乃入僧舍借《净名经》《楞严经》《圆觉经》等诸法典，潜心阅竟，乃发深信，恨知佛法晚，渐有出世之想。（《舵石翁传》，《咸陟堂集》卷6）

十月，两广总督丁魁楚、广西巡抚瞿式耜、奉桂王朱由榔监国于肇庆。同月桂王即皇帝位于肇庆，改元永历。

十一月，前大学士苏观生奉唐王朱聿键之弟朱聿𨮁，立于广州，改元绍武。十二月，清兵入广州，唐王朱聿𨮁殂。

顺治四年丁亥（1647），澹归三十四岁。

辰、沅陷，公匿于黔阳山中，清辰沅道戴国士，素慕公名，驰书请相见，公抗书绝之。（《永历实录》卷2）

顺治五年戊子（1648），澹归三十五岁。

是年仍居辰溪山中。

八月服阕，公自辰溪出山，至桂林，以瞿式耜荐，赴肇庆谒行在，以旧官授兵科给事中。公甫受职，上时政八失疏，劾庆国公陈邦传、文安侯马吉翔、司礼监庞天寿等。又别一疏，论国之大患，仍集矢于马吉翔、郝永忠、陈邦传等人，劝帝收拾威灵，独主刚断。帝怒，欲廷杖之，以公先朝侍从，乃止。（《南疆逸史》卷28）

明室局处西南，公盱衡天下大势，谓宜作进取之计，乃上中兴四议疏。（《岭海焚余》中）

顺治六年己丑（1649），澹归三十六岁。

正月，陈邦传以公劾之而生怨，两疏攻公，未果。

是年，各地败讯纷传。正月，清兵陷南昌。二月，清兵陷湘潭，督师何腾蛟死之。同月，李成栋兵溃信丰，渡水溺死。（《永历实录》《南疆野史》《小腆纪年》）

四月，孙可望以云南内附，求王封。朝议争论未定，公以三百年无异姓王，七疏力争。朝内外以为允，乃罢封王之议。（《岭海焚余》《永历实录》）

是年夏，公假归杜门四十日，更疏请求去。帝命公即出视事，署掌礼科印务，公力辞。（《岭海焚余》下）

朝政大权多落于宦官内臣之手，公上疏倡言宜还政阁部大臣。（《永历实录》卷21）

顺治七年庚寅（1650），澹归三十七岁。

正月，清兵陷南雄，又陷韶州。帝奔梧州，命李元胤留守肇庆，公偕戎政尚书刘远生，宣谕广州诸将。（《小腆纪年》卷17）

帝弃肇庆而西，命陈邦传统兵入卫。公固争以之不可，瞿式耜亦疏论弃肇庆之非计。（《小腆纪年》卷17）

二月，陈邦传与马吉翔、吴贞毓等合疏论公与袁彭年、丁时魁、蒙正发、刘湘客等，把持朝政、朋党误国。帝以袁彭年反正有功，且已丁艰去，特免议。余下锦衣狱拷讯。行人王夫之劝大学士严起恒救公，未果。（《小腆纪年》卷32）

公即受诬陷狱，乃上疏申辩。

公于狱中，被诸酷刑，几死狱中。

瞿式耜阅邸报，得公疏，怜其遇，至于泣下，凡七疏申救，不听。（《小腆纪年》卷17）后高必正来朝，疏言救之，公得减死，谪戍金齿。后钱秉镫疏言，改近戍清浪卫。（《小腆纪年》卷17）

时行人王夫之以公受创足折，卧舟中，因往省，公书一诗示之。

公既遣戍清浪卫，会清兵至，道阻不得行，押解走窜，遂入桂林，瞿式耜欲迎之充书记，辞之。寓茅坪草庵。桂林陷，遂于庵中落发为僧，法名性因（以下称公为"禅师"）。（《永历实录》卷21）

十一月，清兵陷桂林，督师瞿式耜、总督张同敞被执不屈，羁于别室。（《小腆纪年》）

闰十一月，瞿式耜、张同敞殉节桂林，禅师遗书定南王孔有德，

韶文化研究丛书

附录 澹归年谱简编

请殓二骸。(《杨二痴传》，《徧行堂集四》续集卷6）其后禅师搜录式耜、同敞遗稿，合辑成集，并为之跋，以俟刊行。（苏雪林《南明忠烈传》卷16）

顺治八年辛卯（1651），澹归三十八岁。

正月，茅坪庵主僧私度亡将，骑兵数百，大索庵内外三日，禅师几不免，竟绝粮。时创伤虽合，右足较左足短二寸许，手扶童子肩始能立。一月仅得五饭，余惟撷生菜杂小米为粥食之，故恒饥，乃赴灵田教塾童以度日。

三游临溪洞。

夫人方氏卒。（《越秀集》）

顺治九年壬辰（1652），澹归三十九岁。

弃塾馆，下东粤，参雷峰海云寺天然和尚，受具足戒，法名今释，字澹归。在厨亲涤碗器，隆冬龟手，不废服勤，碗具破，典衣偿之。天然知为法器。（《舵石翁传》，《咸陟堂集》卷6）

会王说作（邦畿）亦礼天然于雷峰，说作工诗，禅师序其《耳鸣集》，极意推许。

十二月，甫进戒，从止言（今堕）出岭，为匡山长住计，过彭蠡，涉扬子江，侨寓晋陵。（《越秀集》）

顺治十年癸巳（1653），澹归四十岁。

六月，作《灯下作诗示长子世镐》。（《海云禅藻集》）

至毗陵，遣旧苍头金绥持文于闰六月初九日焚其夫人方氏灵座。

于毗陵交唐洁庵。（《唐洁庵八帙寿序》，《徧行堂集四》续集卷2）

又与汪魏美子倬兄弟遇。（《汪子倬集序》，《徧行堂集四》续集卷3）

顺治十一年甲午（1654），澹归四十一岁。

仲春，为文祭故督师瞿式耜。

旋至秦川，驻锡贯清堂。（《越秀集》）

游虞山，谒豁堂岩和尚于三峰。（《书隐求斋颂古前》，《徧行堂集四》续集卷9）

时天然和尚欲归隐匡山，先命禅师度岭，乞缘江左。及冬返，天然主栖贤，禅师充书记。

顺治十二年乙未（1655），澹归四十二岁。

四月，天然和尚至饶州万年山，禅师亦自栖贤往，仍充书记。（《明末天然和尚年谱》）

冬归岭南。

顺治十三年丙申（1656），澹归四十三岁。

是年，寓锡东官。（《查母陈太安人传》，《徧行堂集四》续集卷6）

顺治十四年丁酉（1657），澹归四十四岁。

人日，龚鼎孳（孝升）过海幢，出钱谦益（牧斋）书，殷殷以刊行憨山大师《梦游集》为念。二月，求得全集原稿，曹溶（秋岳）及钱寰谷等捐资缮写，由海幢同人及皈依华首士子合力秉笔，数日而毕，禅师为文纪其事。（《录梦游全集小序》，《梦游集》卷1）

是年，仍寓锡东官。（《查母陈太安人传》，《徧行堂集四》续集卷6）

顺治十五年戊戌（1658），澹归四十五岁。

至东莞之篁溪。时张安国与比丘自逢，于篁溪创芥庵，为天然和尚法筵；徐彭龄以国变不欲仕，隐篁溪，禅师居芥庵，与安国、彭龄游。两人欲为禅师谋三年闭关计，会安国得废苑于篁溪，因竹为径，据水作亭，既成，禅师取山海戴民之语，名曰"戴庵"。并作诗为纪。（《海云禅藻集》）

是年小除夕，天然和尚有《戊戌小除示澹归书记》。（《瞎堂诗集》卷3）

顺治十六年己亥（1659），澹归四十六岁。

夏四月，呕血。（《越秀集》）

冬十二月，复还戴庵。每入丈室，天然和尚接以本分，钳锤虽有启发，未能洒然。（《舵石翁传》，《咸陟堂集》卷6）

315

顺治十七年庚子（1660），澹归四十七岁。

在宝安梢潭夜度，时尹右民持制义一篇见示。既别，舟中蒸热，百千蚊子围绕，目不交睫，偶忆其题，不觉本来面目为之看破。（《越秀集》）

本年，今䂵落发受具于雷峰。（《栖贤石鉴䂵禅师塔铭》，《徧行堂集四》续集卷8）

顺治十八年辛丑（1661），澹归四十八岁。

七月，道独坐化于东莞芥庵。八月，天然奉塔于罗浮华首之南，并继华首法席。

十月，李永茂（孝源）、李充茂（鉴湖）兄弟，以仁化丹霞山舍于禅师，辟建别传寺。（《明末天然和尚年谱》）禅师有《喜得丹霞山》赠之。

是时，张穆（穆之）居东湖，去芥庵一水间，常过禅师夜话留宿。（《铁桥山人年谱》）

冬，禅师由丹霞返雷峰，经海幢，与今无盘旋逾月。（《越秀集》）

康熙元年壬寅（1662），澹归四十九岁。

正月，游端州。（《赠侯公言总戎》，《徧行堂集二》卷32）

旋入丹霞，三月二十四日抵山，有诗《喜入丹霞》。（《徧行堂集三》卷35）

禅师既得丹霞，建别传寺，后遂卓锡于此，充监院。所撰《丹霞山新建山门记》《丹霞施田碑记》《丹霞营建图略记》《丹霞山大悲阁记》《丹霞山兜率阁记》《准提阁记》诸作，述缔构区画事甚详，以陆孝山（世楷）之助为多。（按：孝山为禅师中表，任南雄太守）

禅师有诗《喜得丹霞山赋赠李鉴湖山主》。（《徧行堂集二》卷31）

天然和尚有诗《送澹归住丹霞》。（《瞎堂诗集》卷18）

四月，永历帝被吴三桂害于云南。（《小腆纪年》卷20）

五月，行化南雄。（其手书墨迹《重送侯公言》，今藏于香港至乐楼）

康熙二年癸卯（1663），澹归五十岁。

二月至广州，天然和尚有《送澹归行化五羊》。（《瞎堂诗集》卷12）

在广州，值徐乾学（健庵）游岭南，获晤，朝夕谈论甚欢。（《送徐太史赴厥序》，《徧行堂集四》续集卷2）

南雄太守陆世楷捐建丹霞山新山门。（《丹霞山新建山门记》，《徧行堂集一》卷11）

康熙四年乙巳（1665），澹归五十二岁。

九月，与阿字禅师别于胥江口，抱病还山，有酬阿字五言近体十首。（《徧行堂集二》卷33）

时清廷有汰僧议，特旨令天下僧、道复民衣。（《明末天然和尚年谱》）

康熙五年丙午（1666），澹归五十三岁。

六月七日，同翟宪申、任厥迪、严筑公、姚宣甫、彭钟鹤、黎传人等，游惠州古榕寺。（《古榕纪事》，《徧行堂集三》卷41）

秋，序张穆（穆之）《铁桥集》。（《铁桥集》卷首）

别传寺大体落成，周起歧《新建丹霞别传寺记》，并勒石于丹霞山紫玉台。南雄太守陆世楷捐俸修建山门。（《丹霞山新建山门记》，《徧行堂集一》卷11）

孟冬，韶州府通判杨耀先铸造千斤乌金幽冥钟一座，舍入丹霞山别传寺。（《与杨崑日别驾》，《徧行堂集二》卷27）

腊月四日，迎天然和尚入丹霞别传寺，主法席。天然极称丹霞景物之美，随足力所及，游览山中诸胜，成十二律，名《丹霞诗》，并命能文诸衲，随意属和。禅师和其诗十首。（《徧行堂集三》卷37）

已而病作，垂危，天然亲至榻前，握手与诀曰："汝前所得，到此用不着，只恁么去，许尔再来。"闻语，病中返照，大生惭愤，起坐正观，万念俱息，忽冷汗交流，碍膺之物，与病俱失；从此入室，师资契合，顿忘前所得者，天然乃印可。（《舵石翁传》，《咸陟堂集》卷6）

康熙六年丁未（1667），澹归五十四岁。

赴广州，旋归丹霞。（《越秀集》）

时南雄米贵,许文趾两馈白米,禅师自以日啖不满五合,殆足半年粮,作诗谢之。又祖秀庭馈白米一盘,供薄粥之用;其孙殿臣,继馈一盘,师以为异数,亦作《虞美人》词谢祖秀庭。(《徧行堂集一》卷16)

七月,以今覩所献舍利子于丹霞山海螺岩建造舍利塔。(《募造舍利塔疏》,《徧行堂集一》卷9)

八月,居士张原等将南雄房产赠别传寺作下院,名龙护园,太守陆世楷捐俸重修。(《与张宝潭善友》,《徧行堂集二》卷29)

是年有《送张穆之还泷水》诗。(《徧行堂集三》卷37)

康熙七年戊申(1668),澹归五十五岁。

元旦,天然和尚付禅师以大法,为第四法嗣。又付今壁(仞千)大法,为第五法嗣。解夏,又付今辩(乐说)大法,为第六法嗣。(《明末天然和尚年谱》)

今壁有酬禅师法兄见赠诗。(《海云禅藻集》)

春,至南雄。秋九月,自螺川归。时丹霞下院龙护园已将落成。(《越秀集》)

十月十四日,天然和尚六十一示生,作六十一诗十四首。禅师作解连环词为寿。(《徧行堂集三》卷42)

冬,由南雄太守陆世楷捐建的准提阁落成。(《准提阁记》)

康熙八年己酉(1669),澹归五十六岁。

天然举禅师为别传寺西堂。(《明末天然和尚年谱》)

天然和尚付今菴角子大法,为第七法嗣。(《明末天然和尚年谱》)

由大司马周有德捐建韦驮殿落成。(《丹霞新建韦驮殿碑记》,《徧行堂集一》卷11)

康熙九年庚戌(1670),澹归五十七岁。

春至肇庆。(《越秀集》)太守史树骏与韶州太守马元共同捐建丹霞地藏阁。

刊印天然和尚《丹霞语录》,陆世楷为作序。又刻天然所撰《楞伽心印》四卷。(《明末天然和尚年谱》)

是年程周量（可则）有寄禅师诗。（《寄丹霞大师》，《海日堂集》卷4）

康熙十年辛亥（1671），澹归五十八岁。

春，出清远峡，抵珠江。（《王宪长仲锡诗集序》，《徧行堂集四》续集卷3）

周有德捐建的华藏庄严阁落成。（《华藏庄严阁记》，《徧行堂集一》卷11）

史树骏与马元共同捐建丹霞地藏阁落成。

冬，天然和尚受匡山归宗寺请，往主持，禅师与诸子相留，请毕丹霞创造之局。天然卒行，几至绝裾。丹霞法席遂虚。（《明末天然和尚年谱》）

康熙十一年壬子（1672），澹归五十九岁。

春，别传寺将舍利子函封入藏海螺岩之舍利塔。（《舍利藏中石记》，《徧行堂集一》卷11）

夏，避暑丹霞龙护园。（《越秀集》）

秋，普同塔落成。（《丹霞普同塔碑记》，《徧行堂集一》卷12）

于珠江交张颖坚，为其祖容宇翁题真赞。（《题张颖坚像赞》，《徧行堂集四》续集卷7）

康熙十二年癸丑（1673），澹归六十岁。

八月初六日，得归宗寺两札，以天然老人病甚，催禅师与今无阿字速往料理。

二十四日，为周典江（韩瑞）作诗序。

九月十六早解维，二十日到龙护园。

二十一日，晤陆孝山。

十一月三十日，别栖贤，至归宗谒天然。（《丹霞日记》）

时平南王尚可喜汇其生平战功事迹，属尹源进为撰年谱，以垂示子孙。源进转付禅师为之，书成二卷，名曰《元功垂范》，仍题吏部考功郎中尹源进撰，并有其序。禅师固自承编次之役（《上平南尚王》）。书中于平南王语多颂扬，以方外作此，遂为士林所訾。

其后，禅师有《上平南王书》，请更正《元功垂范》中呼明王朝为"伪"之称谓。平南王以其词严义正，卒允所请。陆升初见禅师《上平南尚王》而爱之，求为手书以赠。禅师有诗《升初以幅绫索书所上平南王启》。(《徧行堂集四》续集卷14)

是年，禅师六十生辰，天然和尚有诗为寿。(《瞎堂诗集》卷14)

十一月，吴三桂以云南叛清。禅师有《与丘贞臣明府书》论其事。(《徧行堂集四》续集卷11)

康熙十三年甲寅（1674），澹归六十一岁。

新春，与天然和尚游玉帘泉，有《齐天乐·归宗侍天然老人游玉帘泉》词记之，天然亦有诗。(《徧行堂集三》卷44)

春还丹霞，俯顺众请，三月一日入院并开堂说法。(《舵石翁传》，《咸陟堂集》卷6)

时耿精忠叛应吴三桂，自福建攻江西，三桂自长沙攻江西，两兵会合。赣、粤边境之南、韶一带，赋敛既亟，转输频繁，民生益困。禅师有《与王仲锡臬司》，与之言当时之状。(《徧行堂集四》续集卷11)

冬，舍利塔落成，历时八载。(《丹霞舍利塔碑记》，《徧行堂集》卷12)

禅师自编《徧行堂前集》诗文，止于是年。(《越秀集》)

康熙十四年乙卯（1675），澹归六十二岁。

是岁在丹霞。(《越秀集》)

康熙十五年丙辰（1676），澹归六十三岁。

是岁，吴三桂遣兵侵广东。二月，尚之信叛应之。萑苻遍地，到处掠杀。雷峰、海幢、韶州、仁化，均遭剽劫。天然和尚已还雷峰，有《秋兴八首》寄慨。禅师有《上本师天然昰和尚》书，以丹霞险阻，贼未敢攻，请至避乱。又有诗《丙辰二月之事，海幢有诗寄怀，题此奉答》寄海幢阿字和尚，诗云："九只金乌不当一，弯弓拟落天边日。海立山崩势自骄，鱼惊鹿骇欲何逃。大众方穷我方病，同死同生岂无命。将军纵掠韶阳城，传呼日月今重明。廉石山中枪已朽，师子岩前失却口。称戈荷校网谁投，刮皮啮骨何时休……"(《徧行堂集

四》续集卷 13）又有《与陈伯恭诸文学》，言及仁化一带被掠情况。

冬，同门解虎（今锡）病亟，为姚水真求禅师序其所藏六十初度僧伽诗册，以偿宿诺，禅师数病未暇，至是，终为序之。（《姚水真六十初度僧伽诗册序》，《徧行堂集四》续集卷 3）

诸护法出资刊印刻《徧行堂前集》，法兄阿字作序。（《徧行堂集四》续集卷 10）此次禅师刻集费用，盖多由好友资助，集中有《公绚募刻徧行堂集寄谢》（《徧行堂集四》续集卷 14）、《与刘焕之总戎》（《徧行堂集四》续集卷 12）。

是年，尚之信以广东应吴三桂，尚可喜卒于粤。

康熙十六年丁巳（1677），澹归六十四岁。

自去春仁化一带遭劫，丹霞虽幸免，而影响所及，亦苦穷匮，禅师有《与姚嗣昭太守》书，向其求贷。（《徧行堂集四》续集卷 11）

是年，有《上本师天然昰和尚》札（二），请天然将所撰《首楞严直指》定本寄丹霞，并作序。请乐说继丹霞主首座，乐说坚辞不允。（《徧行堂集四》续集卷 10）

又有《与陈长卿太史》书，与其言诗韵。

是年在丹霞退院。（《越秀集》）

十一月朔，出丹霞赴南韶。（《徧行堂集四》续集卷 13）

康熙十七年戊午（1678），澹归六十五岁。

元旦，在岳庙关祠间与友述旧谈心。（《南韶杂诗》注，《徧行堂集四》续集卷 13）

春，作《上本师天然昰和尚》札（三），言已决意出岭，当以丹霞一席，托之乐说。（《徧行堂集四》续集卷 13）

年来以三藩之乱，粤北、赣、湘各地，俱遭兵燹，骸骨遍野，见之悯伤。禅师亲率僧众，乘小舟备器具，到处检埋白骨，使不所失。（《检白骨疏》，《徧行堂集四》续集卷 5）

六月，起程赴嘉兴请藏，以丹霞院事付乐说主持。夏，与傅子奇遇于凌江。（《不平平说赠傅子奇》，《徧行堂集四》续集卷 1）六月二十五日，度梅岭（《六月廿有五日度梅关》），乐说抵南安送别（《与乐说辩弟别于南安》）；七夕抵南昌（《七夕抵南昌》），候萧孟昉于郡

署（《候孟眆于郡署之寓》），守风鄱阳湖（《鄱阳湖》）。（《徧行堂集四》续集卷 14）

禅师行后，乐说虽勉强摄丹霞院事，仍怀退意，拟请天然和尚重来主持，禅师又致书劝其勉任兹艰。（《与丹霞乐说辩和尚》，《徧行堂集四》续集卷 10）

有书致同门栖贤角子（今鼋）和尚，述此行请经，不欲藉权势先容，代问候天然和尚。（《与栖贤角子鼋和尚》，《徧行堂集四》续集卷 10）

致书戴怡涛，请其捐廉帮助角子禅师化缘，救助栖贤贫刹。（《与戴怡涛宪副》，《徧行堂集四》续集卷 11）

七月十九日，过匡山栖贤，作诗文祭石鉴（今觊）和尚。（《祭栖贤石鉴和尚文》，《徧行堂集四》续集卷 5；《悼栖贤石鉴觊兄》，《徧行堂集四》续集卷 14）其后撰塔铭，编其遗集，名《直堂集》。（《栖贤石鉴觊禅师塔铭》，《徧行堂集四》续集卷 8）

八月二十三日到嘉兴，九月二十三日往平湖，同人相助得五十金，请得正藏经。续藏经及回丹霞盘费，尚须筹措。（《与丹霞乐说辩和尚》，《徧行堂集四》续集卷 10）

陆世楷（孝山）、曹溶（秋岳）闻禅师至嘉兴，先后过访。（《陆孝山太守闻予至郡，即自当湖来会，宅中多冗，一面而归，感其至情，怋然有作》《舟次嘉禾，曹侍郎秋岳过访却柬》，《徧行堂集四》续集卷 14）

十月初三日，陆鹤田侍御招禅师茶集陆园桂山堂。（《陆园》，《徧行堂集四》续集卷 13）

同月，访大音禅师于东湖，携登报本塔。（《重建东湖报本塔记》，《徧行堂集四》续集卷 5）

过笕桥，老故人萧瑞郊闻之，亟来相见，欢喜异常。（《赠萧瑞郊》注，《徧行堂集四》续集卷 7）

时有指禅师居积多财，禅师有《答王梅符居士》札，辩其诬。（《徧行堂集四》续集卷 12）

旋过当湖，故旧好友纷来畅叙，王寅旭求序其父之诗，汪周士、汪子倬、李竹西均求序诗集，沈尚庐新识，亦求题像。（《王云外诗序》《汪氏三子诗序》《汪子倬集序》《李竹西诗序》，《徧行堂集四》续集卷 3；《题沈尚庐像》，《徧行堂集四》续集卷 8）

322

时沈仲方编著《逸民录》，以禅师列于其中，禅师致书仲方，谢不敢居。（《答沈仲方文学》，《徧行堂集四》续集卷12）

虞绍远持禅师旧时借其祖虞立蒸、其父虞季宪借券五纸，尽以还禅师，禅师作《负心说赠虞绍远》。（《负心说赠虞绍远》，《徧行堂集四》续集卷1）

禅师已适朱氏女名莲者，自杭州至平湖，欲见禅师，师以其悖逆无行，又以出家人，已与世法绝，拒之。（《与孔仪大侄》《留示孔仪》，《徧行堂集四》续集卷12）

时与丘贞臣明府有华夷之辩。（《与丘贞臣明府》，《徧行堂集四》续集卷11）

康熙十八年己未（1679），澹归六十六岁。

赴云间，曾晤孝山（世楷），春初旋与相别。（《与陆孝山太守》，《徧行堂集四》续集卷11）

四月，遣僧大集将藏经奉回丹霞。（《与萧柔以参戎》，《徧行堂集四》续集卷12）

孟夏，过金阊，为徐伯充题所藏三十七年前（澹归）笔迹。（《题徐伯充所藏墨迹》，《徧行堂集四》续集卷9）

夏，驻于半塘圣寿寺，不开因缘口，不投一刺于贵人，端午节无钱买角黍。寻患病，至五月末始愈。（《南园口号》自注，《徧行堂集四》续集卷14）

是时徐乾学（健庵）、曹溶（秋岳）欲为禅师觅静室居之，禅师谢绝，以己衰病之躯，惟思还庐山归老耳。（《与陆亦樵处士》，《徧行堂集四》续集卷12；《与鲁谦斋太守》《与曹秋岳侍郎》《与黄伯和内翰》，《徧行堂集四》续集卷11；《云间徐鹿公、苕溪潘霞山，欲为予谋习静地，题此奉柬》，《徧行堂集四》续集卷13；《与徐健庵太史》，《徧行堂集四》续集卷11）

时旧友陆旷庵欲纳姬，禅师劝之勿为此举。（《答陆旷庵文学》，《徧行堂集四》续集卷12）

原拟与沈尚庐作庐山之游，后因尚庐以故中辍，禅师亦打消此意。（《答沈尚庐文学》，《徧行堂集四》续集卷12）

在半塘，聂乐读以禅师于永历八年甲午所致手札请题。（《题甲午

与聂乐读手札后》,《徧行堂集四》续集卷9)

秋,证十禅友自浙来半塘,出石鉴和尚遗墨求题。禅师为题,谓石鉴字出于苏,诗出于王、孟,见地超迈,说法峻洁。然一往蕴藏,多风人之致。(《题石鉴和尚遗墨后》,《徧行堂集四》续集卷9)

时贺天士自丹阳来访旧话,禅师欲隐林屋,天士欲隐惠山,有二老往来之约,禅师作诗为券。(《贺天士自丹阳来访》,《徧行堂集四》续集卷15)

禅师留吴门日,积诗颇多,袁重其为钮南六索师赠诗,言南六欲刻师吴门诗。(《袁重其索为钮南六赠》,《徧行堂集四》续集卷16)

禅师将别吴门,王石年有诗赠别,推为天下第一人,禅师有诗逊谢之。(《次韵答王石年赠别》,《徧行堂集四》续集卷15)又黄辛子见禅师近刻之文(按:当指《徧行堂前集》),谓可配黄先生石斋,禅师愧不敢当。(《柬黄辛子》,《徧行堂集四》续集卷15)

禅师又有《与陈长卿太史》,言己与漆园、龙门、苏子瞻、李卓吾,盖有一二分相似,非能得其全也。(《徧行堂集四》续集卷11)

又有《与陆筠修方伯》,论文当以说得自家意思,明白痛快为上,不可模仿古人。(《徧行堂集四》续集卷11)

秋,去吴门,自谓为俗家眷属所驱。诸友留别不可得,濮澹轩、汪元隐、文与也等,均有诗赠别。(《去吴门》及次韵酬别诗见《徧行堂集四》续集卷15)

冬十一月病,谢楚畹过而诊,遂愈。(《积而能散说赠谢楚畹》,《徧行堂集四》续集卷1)

会巢端明孝廉,以世法相规,谓禅师有托而逃,禅师报以长书,自述出世归佛之经过,并阐释世间法与出世间法,以及天道人伦等问题。(《答巢端明孝廉》,《徧行堂集四》续集卷12)

康熙十九年庚申(1680),澹归六十七岁。

春,自云间扶病至平湖,访陆世楷(孝山)于其南园,假榻杜门。沈南疑等日亲几榻,问候叙话。(《南园口号》,《徧行堂集四》续集卷14)

时旧友多探访之。(《南园口号》自注,《徧行堂集四》续集卷14)

八月九日,禅师示寂。时侍者求偈示别,禅师举笔书之:"入俗

入僧，几番下火，如今两脚捎空，依旧一场懡㱀；莫把是非来辨我，刀刀只斫无花果。"掷笔而逝。

前一日，遍发岭南道俗书，及诸遗念；嘱侍者荼毗，收遗骸投于江流。（《舵石翁传》，《咸陟堂集》卷 6）

示寂前留有《遗命》。（《徧行堂集四》续集卷 9）又亲书遗札，将诗文集续稿及所编校之石鉴觑遗稿，寄还丹霞，请乐说辩将石鉴遗稿续校，其《徧行堂续集》稿，则留待刊行。又以相从三十年之铁钵赠乐说。（《与丹霞乐说辩和尚》，《徧行堂集四》续集卷 10）

禅师示寂后，侍者荼毗，不忍投弃其骨灰，奉归栖贤，后还丹霞，建塔于海螺岩。（《越秀集》）

天然和尚闻禅师示寂，有《哭澹归》《哭澹归释子二首》。（《瞎堂诗集》卷 6，《瞎堂诗集》卷 15）至禅师灵骨入塔，天然又悼以诗。（《澹归灵骨入塔》，《瞎堂诗集》卷 15）

十一月二十八日，廖燕（柴舟）有《廖柴舟哭澹归和尚文》，哭之。（《二十七松堂集》卷 4）

本年，天然和尚付今摄以大法，列为第十法嗣。

清初岭南高僧澹归诗歌研究

参考文献

1. （清）澹归和尚著，段晓华点校：《徧行堂集》，广州：广东旅游出版社 2008 年版。

2. （明）金堡：《岭海焚余》，扬州：江苏广陵古籍刻印社 1981 年版。

3. （清）澹归：《丹霞日记》，澳门普济禅院藏。

4. （明）王夫之著，欧建鸿等校注：《永历实录》，长沙：岳麓书社 1982 年版。

5. （明）王夫之著，《船山全书》编辑委员会编校：《船山全书》，长沙：岳麓书社 1996 年版。

6. （清）天然和尚著，李福标、仇江点校：《瞎堂诗集》，广州：中山大学出版社 2006 年版。

7. （清）阿字：《光宣台集》，清嘉庆二十四年（1819）刻本。

8. （清）成鹫和尚著，曹旅宁、蒋文仙、杨权等点校：《咸陟堂集》，广州：广东旅游出版社 2008 年版。

9. （唐）张九龄著，刘斯翰校注：《曲江集》，广州：广东人民出版社 1986 年版。

10. （明）黄宗羲著，陈乃乾编：《黄梨洲文集》，北京：中华书局 1959 年版。

11. （清）钱谦益著，（清）钱曾笺注，钱仲联标校：《牧斋有学集》，上海：上海古籍出版社 1996 年版。

12. （清）钱谦益：《列朝诗集小传》，上海：上海古籍出版社 1959 年版。

13. （宋）余靖撰，黄志辉校笺：《武溪集校笺》，天津：天津古

籍出版社 2000 年版。

14.（清）廖燕著，林子雄点校：《廖燕全集》，上海：上海古籍出版社 2005 年版。

15.（清）朱彝尊：《曝书亭集》，《清代诗文集汇编》第116 册，上海：上海古籍出版社 2010 年版。

16.（清）全祖望撰，朱铸禹汇校集注：《全祖望集汇校集注》，上海：上海古籍出版社 2000 年版。

17.（清）袁枚著，周本淳标校：《小仓山房诗文集》，上海：上海古籍出版社 1988 年版。

18.（唐）李吉甫：《元和郡县图志》，北京：商务印书馆 1937 年版。

19. 中国第一历史档案馆编：《纂修四库全书档案》，上海：上海古籍出版社 1997 年版。

20.（清）陈世英等修撰，释古如增补，仇江、李福标点校：《丹霞山志》，广州：广东教育出版社 2015 年版。

21.（清）邵廷采：《西南纪事》，清光绪十年（1884）《邵武徐氏丛书》初刻。

22.（清）徐作霖、（清）黄蠡编：《海云禅藻集》，逸社丛书 1935 年排印本。

23. 吴天任：《澹归禅师年谱》，香港：佛教志莲图书馆 1989 年版。

24. 汪宗衍：《明末天然和尚年谱》，台北：台湾商务印书馆 1986 年版。

25.（清）吴道镕撰，（清）张学华增补：《广东文征》，香港：香港中文大学出版社 1973 年版。

26. 叶恭绰：《矩园余墨》，沈阳：辽宁教育出版社 1997 年版。

27.（清）陈伯陶：《胜朝粤东遗民录 宋东莞遗民录》，上海：上海古籍出版社 2011 年版。

28. 陈融：《越秀集》，香港佛教图书馆藏。

29. 冼剑民、陈鸿钧编：《广州碑刻集》，广州：广东高等教育出版社 2006 年版。

30. 仇江：《丹霞山锦石岩寺志》，杭州：西泠印社出版社 2013

年版。

31. 钱仲联主编:《清诗纪事》,南京:凤凰出版社 2004 年版。

32.（清）徐世昌著,傅卜棠编校:《晚晴簃诗话》,上海:华东师范大学出版社 2009 年版。

33. 陈垣:《清初僧诤记》,励云书屋刻本 1934 年版。

34. 李君明:《明末清初广东文人年表》,广州:中山大学出版社 2009 年版。

35. 冼玉清:《广东释道著述考》,桂林:广西师范大学出版社 2016 年版。

36. 广东省地方史志办公室编:《广东历代方志集成·韶州府部》,广州:岭南美术出版社 2009 年版。

37. 谢正光:《清初诗文与士人交游考》,南京:南京大学出版社 2001 年版。

38. 陈永正:《岭南诗歌研究》,广州:中山大学出版社 2008 年版。

39. 蔡鸿生:《清初岭南佛门事略》,广州:广东高等教育出版社 1997 年版。

40. 释印顺:《中国禅宗史》,北京:中华书局 2010 年版。

41. 覃召文:《岭南禅文化》,广州:广东人民出版社 1996 年版。

42. 林剑纶、李仲伟:《海幢寺》,广州:广东人民出版社 2007 年版。

43. 侯荣丰:《丹霞山》,广州:广东人民出版社 2013 年版。

44. 严迪昌:《清诗史》,杭州:浙江古籍出版社 2002 年版。

45. 杨权主编:《天然之光:纪念函昰禅师诞辰四百周年学术研讨会论文集》,广州:中山大学出版社 2010 年版。

46. 钟东主编:《悲智传响:海云寺与别传寺历史文化研讨会论文集》,北京:中国海关出版社 2007 年版。

47. 林有能、李尧坤主编:《六祖慧能与岭南禅宗历史文化研究文集》,香港:香港出版社 2015 年版。

48. 钟东:《澹归今释》,广州:岭南美术出版社 2012 年版。

49. 释印觉主编:《天然禅师与岭南文化》,成都:巴蜀书社 2014 年版。

50. 李舜臣：《岭外别传：清初岭南诗僧群研究》，广州：南方日报出版社 2017 年版。

51. 李舜臣：《明末清初岭南诗僧综论》，廖可斌主编：《明代文学论集》（2006），杭州：浙江大学出版社 2007 年版。

52. 李舜臣：《法缘与俗缘的反复纠葛——金堡澹归逃禅考论》，《宗教学研究》2006 年第 4 期。

53. 潘承玉、吴承学：《和光同尘中的肮脏气骨——澹归〈遍行堂集〉的民族思想平议》，《南京师大学报》（社会科学版）2005 年第 3 期。

54. 王德军：《明清之际岭南遗民"逃禅"特点研究》，《黑龙江史志》2009 年第 18 期。

55. 李福标：《从〈遍行堂集〉看僧澹归的诗文批评》，《中国韵文学刊》2005 年第 3 期。

56. 李福标：《澹归禅师丹霞山建寺因缘考》，《韶关学院学报》2016 年第 3 期。

57. 廖肇亨：《今释澹归之文艺观与诗词创作析论》，《武汉大学学报》（人文科学版）2010 年第 6 期。